BEZÜGLICH ENTEN UND UNIVERSEN

Neve Maslakovic

amazon crossing

Das Buch
An einem nebligen Montag des Jahres 1986 verzweigt sich das Universum plötzlich und ohne Vorwarnung. Schneller Vorlauf, fünfunddreißig Jahre später: Felix Sayers ist ein Kulinaria-Autor im San Francisco des Universums A, der seine Tage damit verbringt, im *Coconut Café* zu Mittag zu essen und davon zu träumen, einen Krimi im Agatha-Christie-Stil zu verfassen. Aber all das ändert sich, als seine Tante Henrietta stirbt und Felix ein Foto von ihm und seinem Vater hinterlässt – datiert auf zehn Tage vor seiner Geburt. Das kann nur eines bedeuten: Felix hat ein »Alter« in Universum B. Von der Angst ergriffen, dass sein Roman möglicherweise bereits existiert, quert Felix nach San Francisco B hinüber und verstößt im Folgenden schamlos gegen die Regeln beider Welten, indem er im Leben seines Alters herumschnüffelt. Als er knapp einem Autounfall mit Fahrerflucht entgeht, wird es offensichtlich, dass jemand weiß, dass er hinübergequert ist – und wer auch immer es sein mag, er ist nicht glücklich darüber. Jetzt muss Felix die Wahrheit über sein Alter, über die Ereignisse eines gewissen Montags und über eine flüchtige Badeente aufdecken, bevor seine Zeit in *beiden* Welten abgelaufen ist.

Die Autorin
Bevor sie sich dem Verfassen von Romanen widmete, promovierte Neve Maslakovic am STAR Lab (»Space, Telecommunications and Radioscience Laboratory«) der Universität von Stanford. Sie verbrachte ihre frühen Jahre damit, im damals kommunistischen Jugoslawien Serbisch zu sprechen. Nach einigem Herumgehüpfe hat sie sich schließlich in Minnesota niedergelassen, wo sie heute zusammen mit ihrem Mann und ihrem Sohn lebt.

Neve Maslakovic
BEZÜGLICH ENTEN UND UNIVERSEN

Roman

Übersetzt von Peter Friedrich

amazoncrossing

Die Originalausgabe erschien 2011 unter dem Titel »Regarding Ducks and Universes« bei AmazonEncore, Las Vegas.

Deutsche Erstveröffentlichung bei
AmazonCrossing, Luxembourg, Dezember 2012

Copyright © 2011 der Originalausgabe
by Neve Maslakovic
All rights reserved.
Copyright © 2012 der deutschsprachigen Ausgabe
by Peter Friedrich

Umschlaggestaltung: bürosüd° München, www.buerosued.de
Lektorat: Simon Jaspersen
Satz: infidia Textservice und Lektorat, Würzburg

Printed in Germany
by Amazon Distribution GmbH, Leipzig

ISBN 978-1-611-09946-1
www.amazon.com/crossing

Für meinen Vater

LISTE DER VORSCHRIFTEN DES DEPARTEMENTS FÜR INFORMATIONSMANAGEMENT

- § 1: Nachrichten und Medien
- § 2: Orte (Landkarten, Atlanten, Orts- und Straßennamen)
- § 3: Bürgerlicher Datenschutz
- § 4: Inter-universelles Reisen
- § 5: Intra-universelles Reisen
- § 6: Dokumente und historische Aufzeichnungen
- § 7: Alter Egos
- § 8: Haustierbesitz
- § 9: Ausweis- und Geldfragen
- § 10: Geschäftsbeziehungen
- § 11: Legislative
- § 12: Gerichte/Strafvollzug
- § 13: Präsidiale Zuständigkeit
- § 14: Schifffahrt/Marine
- § 15: Technologie
- § 16: Sport/Hobby
- § 17: Gesundheit & Medizin
- § 18: Schule/Ausbildung
- § 19: Wissenschaft & Forschung
- § 20: Künste

1
DIE IMBISS-REGEL

Der DIM-Beamte hatte mich gerade gefragt: »Grund Ihres Besuchs in San Francisco B, Bürger? Geschäft, Familie, Urlaub?«

Es war nichts dergleichen. Was mich mit meinem Rucksack in der Hand zum DIM-Schalter geführt hatte, statt an meinem Tisch bei *Wagner's Kitchen* über die Vorzüge von Reiskochern und Gemüseschälern zu philosophieren, war ein Name: Felix B. Ich musste herausfinden, ob er vielleicht ein weniger großer Zauderer war als ich. Oder ob *sein* Job, was immer der sein mochte, ihn weniger absorbierte. Und ob er nur sechs Stunden Schlaf brauchte im Vergleich zu meinen neun und dadurch eine Menge mehr Zeit zur freien Verfügung hatte. So in der Art.

»Ich bin – Tourist. Wollte mal gucken, wie es in Universum B so aussieht«, sagte ich und schob nervös meine frisch überarbeitete Identikarte unter dem Schalterfenster durch.

Der Beamte griff danach, und der Ärmel seiner avocadogrünen Uniform mit Stehkragen, die Standardausführung für Angestellte des Departements für Informationsmanagement, glitt ein Stück zurück. Er warf einen Blick auf die Ausweiskarte, sagte aber nur: »Sie sehen jünger aus als fünfunddreißig, Bürger Sayers. Sie haben es wohl knapp verpasst, wie?«

»Um Haaresbreite.«

Während ich wartete und er etwas in seinen Computer eintippte, fiel mein Blick auf einen Werbebildschirm in der Nähe, einer von vielen, die den Übergangsterminal pflasterten. »*Sauerteigbrot – Warm. Würzig. BESSER in B*« lautete der Text. Virtuelle Baguettes kollerten von der alten Golden Gate Bridge auf einen Ozeandampfer, der in die Bucht von San Francisco einlief. Also wirklich, dachte ich. Ich hatte schon gehört, dass ihr Sauerteigbrot gut war, aber »*Alles in BUTTER in B*« wäre einprägsamer gewesen – von taktvoller gar nicht zu reden (wir A-Bewohner hatten natürlich auch unsere Anzeigen, die unsere unberührten Nationalparks, die saubere Luft und so weiter anpriesen, aber bei *Wagner's Kitchen* gab es so etwas nicht, dafür sorgte Wagner schon). Die Baguettes drohten aus dem Schiff zu quellen wie aus einem zu kleinen Brotkorb, dann wechselte die Anzeige zu einer Werbung für Quasi-Katzenfutter in Premium-Qualität, das es jetzt in beiden Universen gab …

»Bürger Sayers?«

Ich richtete meine Aufmerksamkeit wieder auf den Schalterbeamten. »Ja?«

»Paragraf 7.«

»Richtig.«

»Er verbietet Ihnen jegliche Nachforschungen über Ihr Alter Ego.«

»Klar, sicher.« Selbst diejenigen von uns, die noch in dem Bewusstsein aufgewachsen waren, einzigartig zu sein, kannten Paragraf 7.

»Und er verbietet Ihnen, Ihr Alter zu kontaktieren, es sei denn, Bürger Sayers B würde Sie ausdrücklich einladen.«

»Richtig«, wiederholte ich und streifte mir den Rucksack über die Schultern. Wie Felix davon erfahren sollte, dass ich mich in seinem Universum aufhielt, sodass er mich ausdrücklich zum Abendessen oder sonst was hätte einladen können, sagte der DIM-Beamte nicht, und es war mir auch egal. Ich hatte nicht vor, ihn zu treffen, mit oder ohne Einladung.

Der DIM-Beamte hob einen Handstempel, knallte ihn auf

mein Ticket und schob es zusammen mit meiner Identikarte unter dem Fenster durch. Ich ging weiter in die Übergangskammer. Sie enthielt unter einem Glasdach einen Kreis von Sitzen, die um einen Gepäckständer in der Mitte angeordnet waren. Ich legte meinen Rucksack ab, suchte mir einen Platz in der Nähe der Tür und sah mich um. Es war Freitagnachmittag, und am Übergang San Francisco – San Francisco hatte sich eine bunte Mischung von Reisenden eingefunden, Geschäftsleute in Anzügen und Touristen in Shorts und Sandalen. Das kürzer geschnittene Haar der A-Bewohner und die klobigeren Omnis, die die B-Bewohner um den Hals trugen, gaben kleine Hinweise darauf, wer aus welchem Universum stammte – die fünfunddreißig Jahre, die seit dem Y-Tag verstrichen waren, hatten die seltsamsten Unterschiede hervorgebracht. Ich beugte mich vor, um mir das in der Mitte der Kammer gestapelte Gepäck näher anzusehen. Da waren sie. Koffer mit zwei kleinen Rädern unten und einem ausziehbaren Bügel oben. Jemand hatte mir gesagt, dass sie bei uns in Universum A auch existiert hatten, aber da die Räder und Bügel nicht recycelbar waren, gab es sie nicht mehr. Ich massierte mir die Schultern, die vom Schlangestehen mit meinem beigefarbenen, biologisch abbaubaren Rucksack schmerzten. Gut zu wissen, dass sie diese Dinge in Universum B nicht ganz so eng sahen.

Nichts an der Kammer deutete darauf hin, dass es sich um ein Vehikel handelte, das uns von einem Universum ins andere übersetzen würde. Ich hatte mit schweren Maschinerien und Kabeln und blinkenden Lämpchen gerechnet, nicht einem spärlich möblierten, kreisrunden Raum mit Metallwänden und großem Oberlicht. Einen Augenblick lang glaubte ich, ein Flimmern über dem Gepäckgestell zu erkennen, wie warme Sommerluft über heißem Asphalt, aber das war wohl nur Einbildung.

»*Verzeihung*«, übertönte eine gereizte Stimme die sanfte Musik aus den Sitzlautsprechern, »erwarten wir noch mehr Passagiere?«

Die A-Bewohnerin (oder vielleicht auch B, denn bei ihr konnte ich es als Einzige nicht genau sagen), die mir gegenübersaß, hatte ihr Magazin sinken lassen und einen vorbeikommenden Übergangsbegleiter angehalten.

Ein Raunen ging durch die Kammer, als wäre es schlechter Stil, die Übergangsbegleiter anzusprechen. »Wir dürfen keine Informationen bezüglich der Reise erteilen, Bürgerin. Paragraf 4 der Übergangsprozeduren und Datenschutzparagraf 3.« Der Begleiter ging durch eine schmale Tür hinaus, steckte aber den Kopf noch einmal herein. »Und keine Anrufe, bitte.«

Die Passagierin runzelte die Stirn und betrachtete den schlanken Omni in ihrer Hand. »Mein Begleiter hat sich verspätet.«

»Es stört unsere Geräte. Paragraf 4.«

Sie ließ den Omni los, den sie um den Hals baumeln hatte, griff nach ihrem Magazin und blätterte verärgert darin herum. Ein Paar in meiner Nähe warf neugierige Seitenblicke in ihre Richtung, und ich verdrehte den Kopf, um sie hinter dem Gepäckständer besser erkennen zu können. Ihr Etuikleid, so orangegelb wie eine Karotte – nein, wie eine Wintermandarine –, war ebenso spektakulär wie ihre eisweißen Haare und die perfekte Haut. Während ich zu erraten versuchte, ob sie aus A oder B stammte – sie sah zu jung aus, um ein Alter zu haben, daher konnte sie möglicherweise unbehindert und oft genug reisen, dass sich die Unterschiede verwischten – sah sie plötzlich von ihrem Magazin auf und blickte mir direkt in die Augen. Ein seltsamer Ausdruck glitt über ihr Gesicht. Verlegen, weil sie mich beim Starren erwischt hatte, griff ich nach meinem Omni, um mir etwas zu lesen zu suchen. Sie verzog sich wieder hinter ihr Magazin.

Ich hatte gerade angefangen, meine Krimiliste durchzusehen (es geht nichts über einen Mord im Pfarrhaus oder ein von einem gespenstischen Hund heimgesuchtes Moor, um sich vom Stress einer inter-universellen Reise abzulenken), als jemand fragte: »Ist hier noch frei?« Eine B-Bewohnerin, etwa Mitte zwanzig, mit gerötetem und verschwitztem Gesicht, im T-Shirt, eine schief sitzende Strickmütze auf dem Kopf und eine große Reisetasche über der Schulter, ließ sich in den leeren Sitz zu meiner Linken plumpsen. »Puh, gerade noch geschafft.« Sie setzte die gestreifte Mütze ab, unter der haselnussbraune Locken hervorquollen und dunkle Augen und ein rundes Gesicht umrahmten.

Ich setzte mich ein wenig aufrechter hin. Nachdem ich ihr ein, zwei Sekunden Zeit gelassen hatte, es sich bequem zu machen, räusperte ich mich und sagte: »Ich bin gespannt darauf, wie es in Ihrem Universum aussieht.«

Meinem Gefühl nach war das eine ausgesprochen höfliche Gesprächseröffnung. Sie hörte mir gar nicht zu. Sie sah nach oben. Ich folgte ihrem Blick, aber das Einzige, was man durch das Oberlicht der Kammer erkennen konnte, war der tief hängende Nachmittagsnebel mit ein oder zwei Flecken Blau darin, wo die Wolken sich teilten. Nachdem sie mich so abgebügelt hatte, griff ich wieder nach dem Omni, wischte einen Schmierer vom Bildschirm und kehrte zu meiner Krimiliste zurück. Während ich sie durchscrollte, hielt ich für einen Moment inne und stellte mir meinen Namen direkt unterhalb von dem meiner Namensschwester (keine Verwandtschaft) Dorothy Sayers vor, sie, die elf Romane und über zwanzig Kurzgeschichten um den weltmännischen Lord Peter Wimsey mit seinem Monokel geschrieben hatte. Vielleicht, träumte ich vor mich hin, während ich auf eine neue Seite wechselte, würde der Kriminalroman, den ich eines Tages schreiben wollte, auch in der Sektion erscheinen, wo aussichtsreiche und umfangreich beworbene Bücher normalerweise ihre Reise ins öffentliche Bewusstsein antraten.

Man darf ja träumen. Höchstwahrscheinlich würde alles, was ich schrieb, in der überfüllten Abteilung für kostenlose Lektüre enden.

»Einhundert«, hörte ich ein leises Flüstern von links. »Neunundneunzig … achtundneunzig … siebenundneunzig …«

Ich wandte den Kopf und stellte fest, dass die Nachzüglerin mich anstarrte und dabei leise mit sich selbst sprach. Sie klappte den Mund zu und blickte hastig weg. Ich wischte mir über die Nase, nur für den Fall, dass irgendetwas dran klebte.

»Ich hasse die Warterei«, sagte sie nach einer Sekunde. »Deshalb versuche ich mich mit einem Countdown abzulenken. So habe ich das Gefühl, ich hätte die ganze Sache unter Kontrolle.«

»Und funktioniert es?«

»Nicht richtig. Ich weiß wohl zu viel.«

»Über …?«

»Das hier.« Sie wies auf die kleine Kammer. »Glücklicherweise muss ich nur ein- oder zweimal im Jahr hinüberwechseln, aus beruflichen Gründen. Mehr können wir uns nicht leisten.«

»Geld«, seufzte ich. »Das ewige Problem.« Ich nahm an, das wäre das Ende der Konversation, und griff wieder nach dem Omni mit meiner Krimiliste. Paragraf 3 der Vorschriften des Departements für Informationsmanagement untersagte so gut wie jeden Austausch persönlicher Daten mit Fremden. Doch sie sprach weiter.

»Ich weiß, dass es keinen Grund zur Sorge gibt. Es ist schon lange keiner mehr falsch zusammengesetzt worden. Trotzdem … Wie gesagt, ich weiß einfach zu viel.« Ihr Magen knurrte lautstark. »Verzeihung. Auf dem Weg zum Terminal bin ich nur an Restaurants vorbeigekommen, die ich aus Universum B kenne. Sie wissen ja, die Imbiss-Regel.« Sie schnallte ihre große Umhängetasche auf und begann darin herumzukramen. »Da muss doch noch irgendwo eine Schachtel mit Brezeln sein … ich bin ganz sicher …«

»Verzeihung, welche Regel?« Ich sah sie fragend an. Auf der anderen Seite des Raums klatschte die A-Bewohnerin (oder B-Bewohnerin) in dem Mandarinenkleid lautstark ihr Magazin zu, was mit einem Produkt aus Weichplastik gar nicht so einfach ist, und warf einen weiteren ungeduldigen Blick in Richtung der Kammertür. Unsere Blicke kreuzten sich abermals, und diesmal gab es keinen Zweifel – sie schien mich zu erkennen.

»Hat Sie niemand über die Imbiss-Regel aufgeklärt?« Ein Schlüsselbund, ein Päckchen Kaugummi und eine Schachtel mit Taschentüchern tauchten aus den Tiefen der Tasche auf und verschwanden wieder darin. »Wenn Sie in San Francisco B herumspazieren und an ihrem Lieblingsimbiss vorbeikommen ...?«

»Das *Coconut Café*«, soufflierte ich. »Wegen der Gewürze. Die kann ich nämlich schmecken.«

»... das heißt natürlich, vorausgesetzt ihr Lieblingsimbiss existiert und ist kein Parkplatz oder Vorgarten. Dann gehen Sie rein und bestellen sich, was Sie eben so am liebsten essen ...«

»Italienische Hochzeitssuppe. Die persische Platte. Käsekuchen nach Art des Hauses.«

»Suppe also. Sie probieren die Suppe in Universum B, und vielleicht stellen Sie fest, dass sie ganz genauso schmeckt wie die Suppe im *Coconut Café* in Universum A. Enttäuschend. Nachdem Sie den ganzen weiten Weg gekommen sind. Warum kann ich hier drin bloß nie etwas finden?« Sie schloss die Tasche und ließ sie mit einem weichen Bums zu Boden fallen. »Oder sie sitzen vor einem Süppchen, dass Ihnen das Wasser im Mund zusammenläuft, und Sie wissen ganz genau, dass es Ihnen zu Hause nie wieder schmecken wird. Oder ...« – sie rümpfte die Nase – »... Sie bemerken voller Entsetzen, dass Ihre wunderbare Stammkneipe durch ein Fast-Food-Dings ersetzt worden ist und Suppe aus der Dose serviert. Man kann nur verlieren.« Sie blickte wieder nach oben, während die Sonne einen Kurzauftritt hinlegte und die metallischen Wände der Kammer hell aufglänzen ließ. »Die Imbiss-Regel gilt für alles – Bauwerke, Wasserfälle, sogar für Ihren Lieblingsbaum, falls Sie einen haben.«

»Man sollte also alles Vertraute meiden. Ich werde daran denken. Was gibt es denn da oben zu sehen?« Ich deutete.

»Jetzt geht jede Sekunde der Deckel zu.«

»Der Deckel?«

»Aus demselben Material wie die Wände.«

»Und dann?«

»Werden wir ausgetauscht. Es läuft folgendermaßen«, fuhr sie fort, bevor ich eine Zwischenfrage stellen konnte. Das war für mich eine eigenartige Erfahrung, denn normalerweise fällt es mir schwer, ein Gespräch mit Frauen, die ich eben erst kennengelernt habe, in Gang zu halten. Sie beugte sich verschwörerisch zu mir und sprach weiter: »Die Moleküle bleiben hier, nur reine Information wird transportiert. Wenn sich der Deckel über uns schiebt, wird der Singh-Vortex aktiviert und saugt die Informationen aus allem heraus, was sich in der Kammer befindet, uns, den Stühlen, dem Gepäck da, als würde man ein Haus komplett zerlegen, um zu sehen, wie es gebaut ist. Dann werden die Pläne zum Wiederaufbau anderswohin geschickt, wo mit einem anderen Haus gerade dasselbe passiert ist, um aus dem Haufen an zurückgelassenen Baumaterialien eine Kopie hochzuziehen. Schließlich ist der menschliche Körper lediglich ein Objekt, eine Form, und Ihrer ist …« – sie musterte mich – »von durchschnittlicher Größe mit hellbraunem Haar …«

Mir war nicht klar gewesen, dass ich so gewöhnlich aussah.

»Ehrlich, von Ihnen einen Bauplan anzufertigen ist lediglich ein mathematisches Problem. Ich bräuchte ein paar Byte, um die exakte Färbung Ihrer Haare zu beschreiben – mehr braun als hell – eine mäßig lange Sequenz für Form und Anordnung Ihrer Sommersprossen, eine *wirklich* lange Sequenz für alles, was in ihren Hirnzellen gespeichert ist … So ungefähr funktioniert das, nur auf molekularer Ebene und im Binärcode aus Nullen und Einsen. Ihr Gepäck wird in eine eigene Zeichenfolge verwandelt. Keine Chance, dass es verloren geht.«

»Ein Jammer – ich hätte wirklich nichts dagegen, mit einem dieser praktischen Rollkoffer zurückzukehren anstelle meines Rucksacks«, sagte ich. Mir schwirrte der Kopf. Plötzlich hatte ich eine Vision von einer Karnevalstruppe aus Nullen und Einsen, die wie Sherlock Holmes' kleine tanzende Männchen in den Singh-Vortex hineinstrudelten, um in Universum B wieder ausgespuckt zu werden.

»Von der anderen Seite muss übrigens eine identische Menge von Informationen hierhergelangen, was der Grund dafür ist, dass Übergänge von A nach B und B nach A immer synchronisiert stattfinden – wenn auf einer Seite etwas fehlt, geben sie noch *Shakespeares gesammelte Werke* oder ein Lexikon dazu –, äh, wo war ich stehen geblieben? Ja, genau. Am anderen Ende des Vortex kommen Sie als Sie selbst in San Francisco B an. Wenn es nicht zu Interferenzstörungen, Vortex-Anomalien oder unvorhersehbaren Effekten der Unschärferelation kommt.«

»Moment mal.« Ich sah auf mich selbst hinunter. »In San Francisco B trifft nur eine Annäherung an mich ein? Und ich tausche die Moleküle mit jemand anderem?« Meine Stimme klang schriller, als mir lieb war. »Und wenn ich zurückkehre, tue ich das als Annäherung an eine Annäherung?«

»Der Unterschied wird Ihnen nicht auffallen. Trotzdem habe ich immer Angst, dass irgendwo mal ein Datenverlust eintritt und ich auf der anderen Seite plötzlich kahlköpfig in der Kammer sitze. Ich glaube, deshalb reise ich immer mit Mütze.« Sie ließ die Strickmütze auf die Tasche zu ihren Füßen fallen. Ich fuhr mir nachdenklich mit den Fingern durch die Haare und dachte, es wäre doch nett, wenn sich deren Dichte durch eine kleine technische Panne zu meinen Gunsten veränderte. Da ließ mich etwas Kaltes am Knie hochschrecken.

»Murph, bei Fuß, wir sind sowieso schon spät dran.« Der schlaksige A-Bewohner, der gerade die Übergangskammer betreten hatte, trug in einer Hand einen Koffer, mit der anderen hielt er eine Leine, an deren Ende eine Art Hund hing (ein ungewöhnlich pausbäckiges Exemplar mit rosa Augen). »Laden wir unser Gepäck auf. Komm, Gabriella wartet schon auf uns«, drängte er, während sein Blick durch den Raum huschte, vermutlich auf der Suche nach besagter Gabriella.

»Was bist du denn für ein Tierchen?«, wollte die Mathematikerin wissen, während sie dem Wesen den Kopf kraulte. Das ignorierte es völlig, ebenso wie das Zerren an seiner Leine, und leckte noch einmal feucht und kratzig über mein Knie.

»Tut mir leid, Bürger. Murphina ist …« Der Blick des A-Bewohners fiel zum ersten Mal auf mich und er erstarrte. Derselbe merkwürdige Ausdruck wie bei der Mandarinenfrau trat auf sein Gesicht.

Na toll, dachte ich. Ich hatte noch keinen Fuß in Universum B gesetzt, und schon war ich zwei Leuten über den Weg gelaufen, die offensichtlich Felix B kannten.

»Sie ist eine Quasi-Hündin?«, fragte die Mathematikerin.

»Stimmt«, erwiderte er, den Blick immer noch auf mich gerichtet. »Ich weiß nicht genau, welche Zusatzgene Murphina besitzt. Wir haben sie aus dem Tierheim und ich habe sie nie testen lassen. Sie ist einfach sie selbst.«

»Da hat sie ja Glück gehabt«, meinte die Mathematikerin, während sie Murphina sanft hinter den Ohren kraulte. »Viele Leute sind besessene Naturschützer und wollen alles – na ja, auf seine ursprüngliche Basis zurückführen.«

»Ja, das sehe ich auch so«, stimmte er zu. Er ließ Murphinas Leine erschlaffen und strich sich durch die schwarzen Haare.

Ein Hund (selbst von der Quasi-Sorte) ist seit Urgedenken ein bewährtes Mittel, um mit dem anderen Geschlecht anzubandeln.

Ich stand auf und fragte die Mathematikerin: »Möchten Sie vielleicht einen Schokoriegel? Wir haben heute ein paar neue Proben hereingekriegt.«

»Danke, das wäre toll.« Ihr Magen knurrte wieder hörbar. Der schlaksige A-Bewohner stellte seinen Koffer auf das Gepäckregal, während ich mich bückte und den Reißverschluss meines Rucksacks aufzog und eine begeistert schnüffelnde Murphina verscheuchte. Der A-Bewohner zog das Tierchen weg und ich kramte einen Schokoriegel hervor. Kurz überlegte ich, ob Murphina wohl ausreichend Hunde-DNS besaß, dass Schokolade Gift für ihren Stoffwechsel bedeutete. Der fluffige Schwanz, den sie mir beim Davonwatscheln zukehrte, die rosa Augen, die spitzen Ohren und der mollige weiße Körper wirkten eher hasenartig. Oder auch nicht. Aufgrund des Aussehens darüber zu spekulieren, welche Kreaturen zum DNS-Pool eines Haustiers beigetragen hatten, war ein Schuss ins Blaue. Man kann ein Buch nicht nach seinem Umschlag beurteilen, wie es so schön heißt.

Plötzlich erhöhte sich das Aktivitätsniveau. Murphina und ihr Besitzer machten es sich neben der Frau im Mandarinenkleid bequem, die Murphina mit kaltem Blick musterte, und ich gab der Mathematikerin ihren Schokoriegel. Der Übergangsbegleiter drehte eine letzte, prüfende Runde und verließ dann den Raum.

Die Tür schloss sich beinahe nahtlos hinter ihm und über uns glitt der Deckel an Ort und Stelle. Es wurde dunkel. Die gedämpfte Bodenbeleuchtung konnte wenig gegen das Gefühl ausrichten, in einem Metallsarg zu sitzen.

»Jetzt ist es gleich so weit«, sagte ich und versuchte mir damit ebenso Mut zu machen wie der Mathematikerin, die ein wenig blass um die Nase wirkte. »Jede Minute sind wir in San Francisco B.«

»Sechs.«

»Sechs was?«

»Minuten. Solange dauert die Prozedur. Keine Sorge«, nuschelte sie mit Schokolade in der Backe, »im Vortex existiert keine Zeit und wir werden uns an nichts erinnern. Hm ...« – sie schluckte hinunter – »hm, wo wir gerade von Erinnerungen sprechen, ich habe mich gefragt, ob ...«

Die beruhigende Musik aus den Kopfstützen wurde ausgeblendet. »Bürger, wir haben soeben den Übergangsvorgang eingeleitet. Genießen Sie Ihren Aufenthalt in San Francisco B und verpassen Sie keines unserer beliebten Ausflugsziele. Gehen Sie zum Shoppen zu Pier 39, baden Sie am Baker Beach oder fahren Sie mit dem größten Riesenrad beider Welten ...«

Ich wechselte einen kurzen Blick mit meiner Nachbarin, der ihr die Unmöglichkeit einer weiteren Konversation über mögliche Beschädigungen meiner Persona signalisierte, lehnte mich zurück und schloss die Augen.

Das war es. Jetzt gab es kein Zurück mehr. Aufgedröselt wie ein alter Pullover würde das Muster meines Selbst in den Vortex gesogen und anderswo wieder zusammengestrickt werden. Ich hoffte, dass das, was Hercule Poirot als »meine kleinen grauen Zellen« zu bezeichnen pflegte, unbeschadet in Universum B eintreffen würde. Ich brauchte jede einzelne davon. Felix B nachzuspionieren, ohne dass er etwas von meiner Anwesenheit ahnte – *vielleicht sogar von meiner Existenz* –, würde nicht leicht sein. Ich hatte ganz zufällig von ihm erfahren, und das war der Grund, warum ich jetzt hier war und riskierte wesentlicher persönlicher Details verlustig zu gehen, statt gemütlich die Arbeitswoche bei *Wagner's Kitchen, Küchengeräte, Schnickschnack und Besteck* ausklingen zu lassen. Ich war ziemlich sicher, dass er nichts von meiner Existenz wusste.

Die Sitzlautsprecher priesen immer noch irgendwelche Touristenattraktionen an, die man auf keinen Fall versäumen durfte, und auf der anderen Seite der Kammer war Murphinas Besitzer in eine hitzige Diskussion mit der Frau im Mandarinenkleid verwickelt. Ich versuchte mich auf etwas Triviales zu konzentrieren, um nicht etwa während des Übergangs einen wichtigen

Gedanken zu vergessen, etwa die geniale Idee für einen Krimi, aber mir fiel rein gar nichts ein.

Neben mir fing das Flüstern wieder an. »Sechsundneunzig ... fünfundneunzig ... vierundneunzig ...«

2
UNIVERSUM B

Formen wirbelten durch meinen Kopf. Ich war nichts weiter als eine Form, und eine ziemlich durchschnittliche dazu.

Aber es war nicht das, was mir Sorgen machte.

Ich dachte an die erste Woche nach dem Tag Y zurück, als noch niemand etwas von Professor Singhs Experiment ahnte und die Universen A und B sich gerade erst geteilt hatten und *ihre* Form veränderten: ein Autounfall hier, eine Schlammlawine dort, unterschiedliche Spermien, die andere Eier befruchteten. Als die Nachricht sich verbreitete, mussten sich alle erst einmal an den Gedanken gewöhnen, dass jetzt zwei Versionen von allem existierten. Es war sicher eine Riesensache gewesen. Und ich – nun ja, ich war damals gerade sechs Monate alt.

Aber auch das machte mir eigentlich nichts aus. Aus irgendeinem Grund sorgte ich mich besonders über eine ganz bestimmte konvexe Form. Ich wollte sie loswerden, aber mir gefiel auch der Gedanke nicht, dass jemand anderes sie besaß.

Ich setzte zusammen, was mir durch den Kopf ging: Koffer mit Rädern, Metallkörbe, kastanienbraune Haare, rosaäugige, mopsige Haustiere, kleine tanzende Männchen, Schokoriegel, Paragraf 7 – Moment mal, einen Schritt zurück. Genau. Lebensmittelproben, das Berufsrisiko bei *Wagner's Kitchen*. Selbst meine verkümmerten Geschmacksnerven erwachten zum Leben, wenn ein neuer Käselaib angeliefert wurde oder ein Stapel

Schoko-Pekan-Biscotti eintraf (Käse, Schokolade und Nüsse waren Nahrungsmittel, die ich schmecken konnte), und aus diesem Grund schien mein Bauch seinen flachen Zustand verloren zu haben, obwohl ich täglich mit dem Fahrrad zur Arbeit pendelte.

Nur mal angenommen, Felix B hatte einen ähnlich aufregenden Beruf und einen ähnlich gewölbten Bauch – würde ich gezwungen sein, mir die Haare grün zu färben oder mir einen Spitzbart wachsen zu lassen, nur um mir das Gefühl meiner Einzigartigkeit zu erhalten?

Ich machte mich vor mir selbst lächerlich, und als ich die Augen wieder aufschlug, stellte ich fest, dass wir angekommen waren.

***

Die Straße vor dem Terminal im Universum B war verstopft mit Individualverkehrsmitteln – Autos. Sie standen Stoßstange an Stoßstange und ihre glänzenden roten, grünen und gelben Lackierungen ließen die Straße aussehen wie einen bunten Früchtekorb, wenn auch lauter. Sie bewegten sich kaum schneller vorwärts als die Fußgänger, die auf dem Gehsteig um mich herumwimmelten. Busse schnaubten vorbei, Verkehrsampeln schalteten hektisch um, ein vollgestopftes Cablecar, bei dem die Passagiere sogar außen auf den Trittbrettern hingen, klingelte heran. Weiter oben senkte sich ein Flieger auf das Dach des Übergangsterminals herab, um Passagiere abzuliefern. Der Berufsverkehr am Freitagnachmittag. Ich hatte davon gehört.

Kein einziges Fahrrad in Sicht. Auch keine Beförderer.

Ich las das Schild an einer nahe gelegenen Straßenlaterne. Hyde Street stand darauf, aber dies war nicht die Hyde Street, die ich so gut kannte und fünfmal die Woche von der Befördererstation bis zu meinem Büro bei *Wagner's Kitchen* entlang radelte (zehnmal, wenn man den Rückweg mitrechnete). Der Tag war allerdings genauso, wie ich ihn verlassen hatte: kalt, windig und diesig, typisch für den Sommer in San Francisco. Ich kramte meine Jacke aus dem Rucksack und bemerkte dabei, dass ein paar ausgefranste Fäden an einem der Rucksackriemen während des Übergangs originalgetreu restauriert worden waren. Ich verdrängte den unbehaglichen Gedanken, dass ich mich jetzt aus den Molekülen eines anderen Menschen zusammensetzte, strich die Falten aus der Jacke und erblickte dabei die Mathematikerin auf der anderen Straßenseite. Sie hatte die gestreifte Strickmütze wieder aufgesetzt und stand da wie bestellt und nicht abgeholt.

Im Bewusstsein, dass die ein oder andere wichtige Windung in meinem Gehirn möglicherweise während des Übergangs gelöscht worden war, beschloss ich sie anzusprechen. Vielleicht konnte sie mir sagen, wo ich ein Taxi fand, jedenfalls war das mein Vorwand, während ich den Fußgängerüberweg ansteuerte und in die Jacke schlüpfte …

»Gehen Sie auch sorgsam mit Ihrer Macht um, Bürger?«

Ich fuhr herum, die Jacke erst halb übergestreift. Hellgelbe Roben flatterten im Wind. Der Anführer der Gruppe hielt eine große, eingetopfte Sonnenblume im Arm. »Komm zu uns, Bürger, und lerne sorgsam mit deiner Macht umzugehen«, forderte er mich auf, während er unter dem Blumentopf ein Pamphlet hervorzauberte, das er mir in die Hand zu drücken versuchte. »Wir sind Passivisten, Bürger. Wir versuchen das Universum nicht zu stören.«

»Tatsächlich? Nein, aber jedenfalls vielen Dank.« Ich schaffte es, mir die Jacke ganz überzuziehen, und wandte mich fluchtartig ab. Doch die Fußgängerampel war rot. Ich beschloss, lieber nicht mein Leben zu riskieren, indem ich über die viel befahrene Kreuzung sprintete.

»Unvorsichtige Entscheidungen schaffen neue Welten, Bürger,

gedankenlose Taten bringen neue Orte hervor, ein Fehltritt kann die Saat zu einem neuen Universum legen. Wir sind alle Universenschöpfer, ja, das sind wir ...«

Ich grinste in mich hinein. Was für ein Quatsch. Professor Z. Z. Singh war der Universenschöpfer, das wusste doch jeder. Er hatte am Tag Y eine Kopie des Universums in seinem Labor hergestellt, und jetzt mussten wir mit verknüpften Welten leben, in denen ein Alter einem auch beim ausgeklügeltsten Plan einen Knüppel zwischen die Beine werfen konnte.

»... ein unbedacht gesprochenes Wort kann eine neue Götterdämmerung heraufbeschwören ...«

Der Rest seiner Gruppe stand hinter ihm, und plötzlich wurde mir klar, was an ihnen so seltsam war. Bis auf die flatternden Roben war alles an ihnen absolut bewegungslos. Völlig reglos.

»... jeder Atemzug kann kosmische Berge versetzen«, fuhr der Sonnenblumenträger fort. Nur seine Lippen bewegten sich: »... unsere Hände können neue Territorien erschaffen ...«

Die Ampel brauchte eine Ewigkeit.

»... aber die Macht, sie ist gefährlich, Bürger, sehr gefährlich. Sie muss unter Kontrolle gehalten ...«

An meinem Hals ertönte ein lautes Summen. »Ich muss rangehen«, sagte ich. Die Passivisten warfen mir enttäuschte Blicke zu und trollten sich. Ich stellte mich neben eine Straßenlaterne, um nicht von Passanten umgerannt zu werden, klappte den Omni auf und starrte auf den Bildschirm, begierig darauf, die inter-universelle Kommunikation auszutesten.

»Hallo Felix«, sagte mein Chef hinter seinem Schreibtisch. »Behandelt man Sie gut in Universum B?«

»Hallo Wagner.«

»Wie war der Übergang? Noch alles dran?«

»Scheint so.«

»Sprechen Sie lauter, Felix, ich kann Sie kaum verstehen. Was ist das für ein Lärm?«

»Verkehr. Und eine Gruppe Leute mit verrückten Ideen.«

»Hören Sie zu, Felix, ich will Sie nicht in Ihrem wohlverdienten Urlaub stören«, sagte Wagner und übersah geflissentlich die Tatsache, dass er mich technisch gesehen bereits belästigte, »aber es gibt da ein paar *Kleinigkeiten,* um die ich mich vor dem Brezelwettbewerb noch kümmern wollte.«

»Was für Kleinigkeiten?«, fragte ich misstrauisch. Mein Boss war ziemlich klein gewachsen, kam aber ganz gut damit zurecht – und mit allen Leuten gut aus. Mein Traumwochenende wäre es nicht gewesen, einem Haufen Leuten dabei zuzusehen, wie sie versuchten die größte Brezel in der kürzesten Zeit herzustellen. Wagner war Preisrichter.

»Der Kartoffelbräter – anscheinend weiß niemand, wo die Gebrauchsanweisung hingekommen ist. Egg meint, sie sollte hier in meinem Büro liegen – sie und Rocky schicken übrigens Grüße aus den Sierras –, aber ich kann sie nicht finden. Wir brauchen das Ding bis spätestens heute Abend«, sagte er, während er sich das Kinn rieb, eine Geste, die ich aus zahllosen Besprechungen gut kannte.

Ich blickte hoch und präsentierte Wagner im Gegenzug den hübschen Anblick meines Kinns, während ich einen Augenblick lang nachdachte. Das Letzte, was ich getan hatte, bevor ich zum Übergangsterminal aufgebrochen war, war, die Gebrauchsanweisung des neuen Kartoffelbräters fertigzustellen, einer Küchenmaschine, die Kartoffeln schälte, in Scheiben schnitt und garte, erhältlich in sieben Farben und zwei Größen. Anschließend hatte ich Nachrichten darüber an Wagner und die sonstigen Firmenmitarbeiter Egg und Rocky verschickt (selbst aus den Sierras führten eigentlich Egg und Rocky die Alltagsgeschäfte). »Die Anleitung sollte auf Ihrem Schreibtisch liegen. Dahin habe ich sie getan, bevor ich gegangen bin«, informierte ich Wagner.

Er hob einen Entsafter hoch, der auf seinem Schreibtisch

stand, und sah darunter nach. »Dann waren Sie heute noch bei der Arbeit?«

»Einen halben Tag.«

»Jemand kam vorbei und wollte Sie sprechen. Muss Sie knapp verpasst haben.«

»Aha«, sagte ich. Es kam selten vor, dass Kunden mich persönlich sehen wollten, den bescheidenen Verfasser von Gebrauchsanweisungen und gelegentlichen Inseraten.

Wagner hatte den Entsafter wieder hingestellt und kramte jetzt in einer Schachtel mit abgelegtem Zeug. »Hm ... kann sie nirgends sehen ... ich wünschte, man würde uns erlauben ein paar Dutzend Kopien von diesen Dingern zu machen. Manchmal denke ich, wir übertreiben es hier mit der Sicherheit. Welche Farbe hat sie?«

»Golden. Und Sie wissen so gut wie ich, dass wir uns lediglich an Paragraf 10 halten.«

»Ein Kartoffelbräter ist doch wohl kaum ein Gegenstand, der der Geheimhaltung unterliegen sollte. Golden, sagen Sie. Ah, Pommes sei Dank, da ist sie.« Wagners Brust oder möglicherweise sein dicker Bauch musste den Omni verdeckt haben, denn alles, was ich eine Weile lang sehen konnte, war sein Hemd, pfirsichfarben und vermutlich teure peruanische Importware. Mir kam der Gedanke, dass auch Wagner ein Alter Ego haben musste, im Unterschied zu Egg und Rocky, meinen jungen und sorgenfreien Mitarbeitern (die, wie viele Einzigartige, Naturnamen trugen, also »Ei« und »Fels« in diesem Fall). Einen Moment lang überlegte ich, Wagner zu fragen, ob er sein Alter Ego kannte, entschied mich dann aber dagegen.

Wagners Gesicht tauchte wieder auf dem Bildschirm auf. »Gefunden.« Er wedelte mit der Disk herum. »Ich werfe schnell noch einen Blick drauf und schicke sie dann mit dem Bräter weg. Dann wünsche ich Ihnen noch einen schönen Urlaub!«

»Warten Sie – was war denn die Kleinigkeit Nummer zwei?«

»Ach, das – ich dachte, wo Sie schon einmal drüben sind, könnten Sie vielleicht ein wenig Sauerteigansatz für die neue Brotbackmaschine mitbringen. Von der guten Sorte. Unser Sauerteigbrot hier ...«

»Ist lausig, ich weiß.«

»Ich habe einen Kontaktmann, der uns für einen gewissen Preis eventuell etwas besorgen kann. Sobald ich mehr weiß, melde ich mich mit den Details.«

»Gut, alles klar.«

Ich ließ den Omni wieder los, zog den Reißverschluss meiner Jacke hoch und trat hinter der Straßenlaterne hervor. Wagner mochte es, seine Angestellten zu beschäftigen, selbst im Urlaub, aber ich war mir nicht sicher, ob ich so weit gehen würde, Paragraf 10 (Arbeitsplatzinformationen) zu verletzen, besonders, da ich bereits auf dem besten Weg war, gegen Paragraf 7 zu verstoßen (Alter-Datenschutz).

Nach einem lebensgefährlichen Spurt über die Kreuzung, die auch dann nicht besonders fußgängerfreundlich war, wenn die Ampel auf Grün stand, kam ich schlitternd neben der Mathematikerin zu stehen. Sie sprach angeregt in ihren Omni.

»... Arni, ich weiß nicht – ich habe ihn nicht gesehen – im Terminal war so ein Gedränge ...«

Ich hielt es für das Höflichste, mich zurückzuhalten, bis sie ihr Gespräch beendet hatte.

»... ja, ich weiß – nein, ich konnte *nicht* herausfinden, ob ...« Sie sah mich und verstummte mitten im Satz mit offenem Mund. »Arni, ich rufe dich zurück.« Sie klappte den klobigen Omni zu.

»Anscheinend haben wir den Übergang doch heil überstanden«, sagte ich zur Begrüßung. »Ich wollte Ihr Gespräch nicht unterbrechen.«

»Kein Problem.« Sie grinste. »Ich habe mir ein bisschen Sorgen gemacht, als ich Sie außerhalb der Übergangskammer nicht mehr sehen konnte.«

»Das wäre eine Schlagzeile gewesen, meinen Sie nicht? Reisender beim Übergang von San Francisco nach San Francisco verloren gegangen. Wieder zusammengesetzt zu einem scheußlichen Gepäckstück ohne Griffe und Räder. Nein, ich war nur, ich wurde ... aufgehalten. Musste mal zur Toilette«, stammelte ich, weil mir auf die Schnelle keine bessere Ausrede einfiel. Tatsächlich hatte man mich zu einer separaten Schlange für diejenigen gewiesen, die Alter Egos in der Stadt hatten. Aber das wollte ich ihr gegenüber nicht zugeben. Natürlich war nichts dabei, ein Alter zu haben. Es war nur – es ließ mich irgendwie so alt erscheinen. Mit fünfunddreißig ist man jedenfalls nicht mehr ganz jung. Die Warteschlange hatte sich vor einem übellaunigen DIM-Beamten gestaut, der eine »Alter-in-der-Umgebung«-Markierung zu meiner Identikarte hinzufügte und mich warnte: »Ihre Aufenthaltsgenehmigung endet am Samstagnachmittag. Sie haben eine Woche und einen Tag Zeit. Unternehmen Sie keinen Versuch, Kontakt zu Bürger Felix Sayers B aufzunehmen. Paragraf 7.«

Wir wichen zur Seite, um die Passivisten vorbeizulassen, die inzwischen ebenfalls die Straße überquert hatten. Sie schienen entschlossen, auf keinen Fall auszuweichen oder langsamer zu gehen. Die Mathematikerin murmelte: »Die Leute machen sich über die Passivisten lustig, aber ihr Grundgedanke ist absolut richtig, obwohl Universenschöpfer eine irreführende Bezeichnung ist. Sie impliziert Absicht.« Sie zog einen dünnen kupferfarbenen Schal aus ihrer Tasche, zupfte gedankenlos ein Stück Papier ab, das daran klebte, legte ihn sich dann um die Schultern und schlang vorne einen losen Knoten. »Kalt heute. Glauben Sie, dass sie existieren?«

»Wer?«

»Viele parallele Universen, wie die Passivisten behaupten.« Beim Klingeln eines näher kommenden Cablecars glitt ihr Blick zur Straße.

»Ich hoffe nicht. Zwei reichen mir völlig.«

»Warum fahren Cablecars immer in die falsche Richtung? Da geht es ja schneller, wenn ich nach Hause laufe, mein Auto hole und selbst fahre.« Sie fügte hinzu: »Zum bihistorischen Institut. Ich habe ein paar Daten aus Universum A mitgebracht, die ich eingeben muss.«

Eigenartig, dass sie Arbeitsplatzdetails einem Wildfremden anvertraute, aber mir war aufgefallen, dass die Einzigartigen (zu denen ich auch einmal gehört hatte) sich weniger um ihre Privatsphäre sorgten. Obwohl ich nur eine vage Vorstellung davon hatte, worum es bei Bihistorie ging (die Dokumentation kleiner und großer Unterschiede zwischen unseren beiden Universen, in der Art wahrscheinlich), sagte ich: »Bihistorie? Das klingt interessant.«

»Manchmal schon. Wo wir gerade davon sprechen …«

Wir traten auseinander, um zwei DIM-Beamte in ihren avocadogrünen Uniformen durchzulassen. Sie gingen auf die Passivisten zu, die einen hilflosen Touristen eingekreist hatten. Einer der DIMs warf mir im Vorbeigehen einen strengen Blick zu, bei dem ich mir nervös die Frage stellte, ob man mir ansah, dass ich vorhatte, Paragraf 7 zu ignorieren und mein Alter auszuspionieren.

»Was sagten Sie gerade?« Ich wandte mich mit aufgesetzter Nonchalance wieder der Mathematikerin zu, doch ihr Blick war auf etwas hinter meiner Schulter gerichtet. Ich hörte, wie die Passivisten versuchten, Pamphlete an die Beamten zu verteilen, und Paragrafen zitiert wurden. Die Mathematikerin zog ihren Schal enger um sich. »Ich muss gehen.«

»Aha, ja«, sagte ich.

»Danke für die Schokolade«, meinte sie und wandte sich ab.

»Moment, ich weiß gar nicht, wie Sie heißen …?«

Ich glaubte noch zu hören, dass sie »Bean« sagte, Bohne, während sie auf die Kreuzung zueilte, wo die Schienen des Cablecars von der Hyde Street in eine aufwärts führende Straße abbogen. Sie ging um die Ecke und war verschwunden.

Und das wars dann.

Die DIM-Beamten führten die Passivisten, die duldsam nachgaben, vom Terminal weg.

Ich brauchte ein Taxi. Nirgendwo eines in Sicht.

Aber warum überhaupt fahren? Ich war ein Mann in den besten Jahren, gerade mal dreieinhalb Jahrzehnte alt, und absolut in der Lage, mein Hotel zu Fuß zu erreichen. Wahrscheinlich war das eine ganz brauchbare Methode, um mal damit anzufangen, die lästige Beule meines Bauchs zu reduzieren. Es war zwar ein bisschen kalt, aber das hier war San Francisco und der Nebel konnte sich jede Minute lichten. Ich stellte die Riemen meines Rucksacks bequemer ein und ging die Hyde Street entlang Richtung Broadway.

Noch bevor ich eine Ecke weiter war, hörte ich ein kurzes Hupen über dem Straßenlärm. Ein Wagen, so einer mit Dach zum Aufklappen, das im Moment offen stand, kroch im Schritttempo neben mir entlang. Die Quasi-Hündin Murphina, deren wolliges weißes Fell vom Westwind platt gedrückt wurde, thronte auf dem Beifahrersitz des gurkengrünen Fahrzeugs. »Können wir Sie ein Stück mitnehmen?«, fragte Murphinas Besitzer, der am Steuer saß. Er deutete auf den einzigen freien Platz im Auto, neben der A-Bewohnerin (oder B-Bewohnerin), die in der Übergangskammer so viel Aufsehen erregt hatte und jetzt gelassen auf der Rückbank saß. Der weiße Schal, den sie sich um die Haare geschlungen hatte, reichte bis auf das Mandarinenkleid herab, und ihre grauen Augen waren unverwandt auf mich gerichtet.

»Danke«, sagte ich, »aber ich gehe lieber zu Fuß. Ein bisschen Bewegung kann nicht schaden.«

Der schlaksige A-Bewohner beugte sich über Murphina und reichte mir eine Visitenkarte. »Na dann, man sieht sich.«

Ich musterte die Karte – *Past & Future* stand darauf, Vergangenheit & Zukunft, sonst war sie leer. Der Wagen fädelte sich wieder in den Verkehr ein und fuhr davon.

3
EIN PAAR GUTE NEUIGKEITEN

Am nächsten Morgen erwachte ich im *Queen Bee Inn*, einem dreistöckigen, älteren Reihenhaus auf einem Hügel mit Blick über die Bucht. Hinter dem auf Hochglanz polierten antiken Empfangstisch saß Franny, eine feingliedrige, silberhaarige Frau mit vorspringendem Kinn. »Ich hoffe, Sie haben gut geschlafen im Fliederzimmer, Bürger Sayers. Heute Morgen war Besuch für Sie da, aber Paragraf 3 schützt Ihre persönlichen Daten, daher haben wir nicht zugegeben, dass Sie hier wohnen. Aber ich *weiß*, dass unsere Gäste nichts dagegen haben, wenn *wir* sie besser kennenlernen ...«

Franny hatte sich bereits danach erkundigt, in welcher Angelegenheit ich diese Welt besuchte (»nur als Tourist«) und womit ich meinen Lebensunterhalt verdiente, und sie wusste auch, dass ich nicht verheiratet war.

»Jemand hat nach mir gefragt? Das ist eigenartig«, meinte ich. »Ich kenne niemanden in der Stadt.«

»Ein netter junger Mann. Lockige Haare, vorspringende Nase.«

»Das sagt mir nichts. Wie war der Name?«

»Er hat keinen hinterlassen, Franny«, rief eine männliche Stimme aus dem Hinterzimmer.

»Aber natürlich hat er einen Namen hinterlassen, Schatz«, rief Franny zurück und griff nach einem Notizblock. Sie blätterte darin. »Nur wo ...?«

Mein Magen zog sich vor Hunger zusammen, und während ich wartete, ging ich im Geiste schnell eine Liste von Restaurants durch, die ein üppiges Frühstück servierten. Irgendwie erschien es mir nicht richtig, dass ich das *Coconut Café* (*existierte* es hier überhaupt?) und den Spezialpfannkuchen verpasste, nur weil es irgendeine blöde Regel gab, dass man vertraute Orte meiden sollte. Warum nicht einfach in einen Beförderer springen – also ein Taxi rufen – und nachsehen, ob das *Coconut Café* sich an seinem angestammten Platz am El Camino Real befand und ob auf der Speisekarte Pekanpfannkuchen standen?

Glücklicherweise hatte ich mich für das *Queen Bee Inn* entschieden. Das Frühstück war inklusive, bereits bezahlt und stand als Buffet in einem gemütlichen Esszimmer rechts von der Treppe bereit.

Franny tippte mit dem Finger auf den Notizblock. »Hier steht es, zwei Besucher, kurz nacheinander. Der erste Bürger, der mit der vorspringenden Nase, hat keine Nachricht hinterlassen. Die Frau – die hat nur angerufen – sagte, dass sie mit Bürger Sayers aus Universum A in einer Sache von gemeinsamem Interesse Kontakt aufnehmen wolle. Hat aber auch keinen Namen genannt.«

Ein kleiner, grauhaariger Mann mit kantigem Kinn kam mit einem Tuch und einer Art Möbelpolitur aus dem Hinterzimmer. »Habe ich doch gerade gesagt, Franny.«

»Du hattest recht, mein Schatz.«

Er grunzte als Antwort, nickte mir im Vorübergehen zu und trat an eine Reihe von Fächern, wo antike Schlüssel unter den Zimmernamen hingen.

»Fang mit dem Rosenzimmer an, Trevor, Schatz. Wir erwarten heute ein frisch getrautes Ehepaar.« Wie als Echo meiner vorigen Überlegungen fügte sie hinzu: »Hat man Sie eigentlich über die Imbiss-Regel informiert, Bürger Sayers? Ich meine, bevor Sie ausgehen und sich die Stadt ansehen …«

Ich hatte eigentlich nach Broschüren über lohnende Ausflugsziele gesucht.

»Es ist nämlich besser, unsere beiden Welten nicht miteinander zu vergleichen, so viel ist sicher.«

Trevor grunzte abermals zustimmend, ohne von dem großen Schlüssel aufzublicken, den er polierte.

»Obwohl ich zugeben muss, dass ich mich immer gefragt habe, wie Franny und Trevor A ihre Pension genannt haben. Beim *Queen Bee Inn*, wissen Sie, steht das ›Bee‹ für unser Universum. Früher hieß es *Tipsy Sailor*.« Sie seufzte. »Was für ein Jahr, 1986 – wir waren jung, hatten gerade erst die Pension gekauft und alle Mühe, im Geschäft zu bleiben ... und dann herauszufinden, dass Professor Singh eine Kopie des Universums mit all seinem Inhalt hergestellt hatte! Und wir hatten uns noch kaum an festen Boden gewöhnt.«

»Verzeihung?«

»Trevor und ich sind auf einem Ozeandampfer geboren worden und wuchsen auch dort auf, *Two Thousand Sails* hieß er, vielleicht haben Sie schon einmal davon gehört. Unsere Erziehung bestand darin, zu lesen und die Welt kennenzulernen. Nach unserer Hochzeit gingen wir im nächsten Hafen von Bord und wurden sesshaft. Der Hafen hieß zufällig Oakland, gleich nördlich von hier. Sie hoben die Golden Gate Bridge an und wir segelten hinein in die Bucht.«

»Das«, sagte Trevor, der immer noch denselben Schlüssel polierte, »war damals.«

»Ganz recht, Schatz. Heute würde das Schiff nicht mehr unter der Brücke durchpassen.«

»Warum nicht?«, fragte ich neugierig. »Die alte Golden Gate Bridge ist eine Zugbrücke, oder nicht?«

»Der Meeresspiegel ist zu sehr angestiegen, Bürger Sayers. Die Flügel lassen sich nicht mehr weit genug anheben.«

»Da wir von der alten Brücke sprechen ...«

»Ja, richtig, Bürger Sayers, Sie haben nach Ausflugszielen gefragt. Ich muss sagen, es ist schön, einmal einen A-Bewohner zu sehen, der hier Urlaub macht. Die meisten kommen nur aus geschäftlichen Gründen.«

»Die Leute müssen schließlich ihren Lebensunterhalt verdienen, nicht wahr?«, brummelte Trevor, was vielleicht der längste Satz war, den ich bisher von ihm gehört hatte. Er hängte den glänzenden Schlüssel zurück und griff nach dem nächsten.

»Jeder braucht mal Urlaub, egal, was er beruflich macht, sage ich immer«, gab Franny zurück, wobei sie plötzlich herrisch klang wie mein Boss Wagner, wenn er einem seiner Angestellten befahl, endlich einmal auszuspannen. »Und Sie sind also Kulinaria-Autor, wie schön«, fügte sie milder hinzu und nickte mir zu. »Schreiben Sie Restaurantkritiken?«

»Nein.«

»Also Kochbücher?«

»Ich stelle Gebrauchsanleitungen für kulinarische Produkte zusammen.«

»Ach, das ist ja interessant. Und für welche Art von kulinarischen Produkten?«

»Alles. Ich arbeite in einer Firma für Küchenzubehör«, erwiderte ich, während ich von einem Fuß auf den anderen trat. Ehrlich, hatte die Frau denn noch nie von Paragraf 3 (Datenschutz) gehört?

»Oh, eine Firma für Küchenutensilien?« Sie verstummte, erwartete anscheinend mehr Details, aber ich lieferte keine. »Ja, wie schön. Ich stelle Ihnen die Broschüren zusammen. So lernt man die Stadt am besten kennen. Unsere Gäste aus Universum A sind immer überrascht, wie anders hier alles ist, weil sie vergessen, dass wir das große Erdbeben nicht hatten.«

Sie ging ins Hinterzimmer, um die Broschüren zu holen, und ich verlagerte mein Gewicht wieder auf den anderen Fuß, dessen Blasen ein schmerzhafter Beweis für die Richtigkeit ihrer

Worte waren. Die Stadt war *wirklich* anders, wie ich festgestellt hatte, während ich nach dem *Queen Bee Inn* suchte. Nachdem ich die Mitfahrgelegenheit von Murphina und ihrem Gefolge ausgeschlagen hatte, hatte ich mich vom Übergangsterminal entfernt, neugierig darauf, mehr von dieser Stadt zu sehen, die denselben Namen trug wie die, von der ich gerade herübergequert war. Der Buchstabenzusatz am Ende schien mir da noch ein unwichtiges Detail zu sein. Aber es dauerte nicht lange, bis meine Schritte sich zum zögernden Tappen eines Touristen in einem fremden Land verlangsamten. Die Hyde Street befand sich zwar da, wo sie sein sollte, und auch der Broadway, aber wo war der Memorial Park mit seinen vertrauten Bäumen und dem kreisförmigen Springbrunnen hin? Alles wirkte irgendwie leicht *fehl* am Platz, als würde man Mousse au Chocolat auf einem Pappteller servieren oder Wein in einem Styroporbecher. Ich probierte eine Straße nach der anderen aus, dachte immer wieder, sie würde zur Bucht führen, musste dann aber umkehren und die nächste probieren. Es war nicht besonders hilfreich, dass der Nebel, anstatt sich aufzulösen, immer dichter vom Meer heranwallte und alles in einen kühlen, rauchigen Dunst hüllte, der mich wünschen ließ, ich hätte anstelle der Sonnenbrille Handschuhe mitgebracht, obwohl es Mitte Juli war.

San Francisco ist eine hügelige Stadt. Während ich einen der steilen Anstiege in Richtung des entfernten Klangs eines Nebelhorns emporkletterte, stieß ich auf eine Reihe chinesischer Restaurants und Touristenläden. Die Restaurants wirkten einladend, und das Klügste wäre gewesen, mich zu einem frühen Abendessen hinzusetzen und dann ein Taxi zu rufen. Klüger, ja. Aber wider die menschliche Natur. Ich wollte mir meine Niederlage nicht eingestehen und suchte weiter. Schließlich lag die Pension laut Karte nur fünfzehn Stadien vom Übergangsterminal entfernt, eine Distanz, die auf dem Display meines Omni absolut machbar gewirkt hatte – und täuschend flach.

Als ich das *Queen Bee Inn* ein paar steile Blocks weit von der Bucht endlich fand, stand die Sonne schon tief am Himmel, meine Haare waren feucht vom Nebel und ich hatte einen tief sitzenden Hass gegen meinen Rucksack entwickelt. Ich trug mich ein, stapfte die Treppen zum Fliederzimmer hinauf, das eine schöne Aussicht auf den Parkplatz, nicht jedoch auf die Bucht hatte, schleuderte die Sandalen von den schmerzenden Füßen und ließ mich aufs Bett fallen, fest entschlossen, mich bis zum Morgen nicht mehr wegzurühren. Das Abendessen ließ ich mir von einem chinesischen Restaurant um die Ecke liefern (gemäß der Imbiss-Regel eines, das ich nicht kannte) und verbrachte den Rest des Abends zugegebenermaßen angenehm damit, *Die Liga der Rothaarigen* noch einmal zu lesen. Endlich glitt ich mit dem Gedanken in den Schlaf, dass Sherlock Holmes (wäre er ein Mensch aus Fleisch und Blut gewesen) nichts mehr gehasst hätte, als ein Alter zu besitzen – Holmes B, der ultimative Gegner, schlimmer noch als ein gedoppelter Professor Moriarty. Ein Alter, das mit Holmes A an jeder Ecke um den Ruhm wetteiferte, den nächsten großen Fall zu lösen. Mir kam der Gedanke, dass Hercule Poirot auch nicht besonders erfreut gewesen wäre, aber Miss Marple hätte sicher die zweite Miss Marple einfach zum Fünf-Uhr-Tee eingeladen, und Lord Peter Wimsey – nun, die beiden Lordschaften hätten sich wohl gegenseitig quer durch den Raum durch ihre identischen Monokel misstrauisch beäugt …

»Bürger Sayers?« Franny hatte mehrere Broschüren vor mir auf dem Tisch ausgebreitet. »Zu unserem Frühstücksraum, dem *Kapitänseck*, geht es dort drüben durch die Glastüren.«

»Ich bringe die wieder mit, wenn ich sie mir angesehen habe.«

»Die können Sie gerne behalten, Bürger Sayers.«

»Danke.« Ich war Plastik gewohnt, nicht die Wegwerfphilosophie von Produkten aus Papier.

Apropos Papier …

Das war der logische Ausgangspunkt für meine Suche. Warum war ich nicht früher darauf gekommen?

»Eines noch«, rief ich Franny zurück, die sich abgewandt hatte, um Trevor beim Polieren der Schlüssel zu helfen. »Gibt es hier in der Nähe einen Laden, der Papierbücher verkauft?«

»Was für Lesestoff bevorzugen Sie denn, Bürger Sayers?«

»Kochbücher und historische Bücher über das Kochen aus beruflichen Gründen, klassische Kriminalromane zum Vergnügen.«

»Wie schön. Es gibt eine Buchhandlung ein paar Blocks weiter die Starfish Lane entlang. Sie können die Cablecars nehmen, aber zu Fuß geht es schneller. Unsere Gäste aus Universum A fragen oft nach Buchläden – Bücher aus Papier sind eine Verschwendung von Bäumen, sagen sie immer – nichts einfacher als der Omni, den man sowieso um den Hals hängen hat, um etwas Gutes zum Lesen zu finden. Das kann ich nicht beurteilen. Ich konnte diese eigenartig geformten Displays, die vielen Bildchen und alles nie leiden. Sie verschandeln das gute, altmodische geschriebene Wort. Aber bitte urteilen Sie nicht zu hart über uns, Bürger Sayers. Wenn es um Umweltschutz geht, ist diese Welt vielleicht nicht so weit wie Ihre, aber sie hat auch ihre guten Seiten.«

»Natürlich«, sagte ich schnell und vermied es, das Dutzend Papierbroschüren anzusehen, das sie mir in die Hand drückte. »Tatsächlich habe ich erst kürzlich eine Gebrauchsanweisung für ein Küchengerät zusammengestellt, das von einem B-Bewohner erfunden wurde. Ein Kartoffel-Schäler-Schneider-Bräter.«

»Das ist nett von Ihnen, Bürger Sayers. Oft sind es die kleinen Dinge, auf die es ankommt, nicht wahr? Wir müssen alle das Unsrige dazu tun.«

Trevor ließ klirrend einen Satz Schlüssel fallen und griff nach mehr Politur.

Während ich durch die Glastüren ins *Kapitänseck* ging, hörte ich Franny noch sagen: »Bürger Sayers scheint ein netter junger Mann zu sein.«

***

Ein angenehmer Spaziergang entlang der Starfisch Lane, mit ihren kleinen Blumenläden, Schuhgeschäften und Boutiquen, führte mich zum Eingang eines großen Ladens, der sich über beinahe einen halben Block erstreckte. Das Schild über den Türen lautete: *Der Bücherwurm*. Ich musste gestern auf der Suche nach der Pension daran vorbeigekommen sein, ohne zu erkennen, worum es sich handelte. Ein buntes Schaufenster voller Landkarten, Reiseführer und Zwillings-Globen fiel mir ins Auge und ich blieb einen Moment davor stehen.

Im Sommer ist im Küchengeschäft nicht viel los – Wagner sagt immer, es ist einfach zu heiß zum Kochen. Jedes Jahr um diese Zeit abonnierte er für uns ein paar Reiseseiten und überschwemmte unsere Omnis mit Inseraten für herrliche Sandstrände und antike Ruinen. (Ich glaube, Wagner überschätzt die Gehälter, die er uns bezahlt.) Vermutlich tat er dies auch mit dem Hintergedanken, dass die Küchenaccessoire-Ideenproduktion und Gebrauchsanweisungs-Schreibtalente seiner Angestellten von neuen Erfahrungen nur profitieren könnten. Ich hatte überlegt, ob ich Egg und Rocky auf ihrem Wanderurlaub begleiten oder eine Eisenbahnreise durch die Weingebiete unternehmen sollte. Nach Universum B zu fahren wäre mir nie in den Sinn gekommen. Zu teuer. Egg und Rocky waren schon Anfang der Woche zu ihrer Tour in die Sierras aufgebrochen. Und ich – nun, ich hatte herausgefunden, dass mein offizielles Geburtsdatum nicht stimmte, dass ich älter war, als ich gedacht hatte – *und dass ich ein Alter Ego besaß*. Daraufhin hatte ich mein Konto leer geräumt, das Ticket gekauft, ein Zimmer im *Queen*

Bee Inn gebucht und meinen Rucksack gepackt. Abgesehen davon ...

War ich jetzt hier.

Ich trat ein.

***

Es war ein Laden voller, na ja, voller Bücher.

Es gab Tausende davon: Bücher auf Tischen. Bücher in Regalen. Bücher in allen Größen, Farben und vermutlich zu allen Themen. Sie füllten jede verfügbare Fläche von Wand zu Wand aus.

In der Nähe des Eingangs hatte ich einen Tisch gesehen, der mit »Bestseller« gekennzeichnet war, und griff wahllos nach einem der Bücher, die sich darauf stapelten. Es fühlte sich überraschend leicht an. Die Beschreibung auf der Rückseite versprach eine fesselnde Geschichte von Liebe und Rache im Wilden Westen, verfasst von einem Autor, mit dessen Verständnis für historische Genauigkeit es wohl nicht allzu weit her war, wenn man nach dem gepflegten Pärchen urteilen durfte, das sich mit blitzenden, perfekten Zähnen auf dem Umschlag anlächelte. Ich warf einen Blick ins Buch – es gab keine weiteren Bilder, nicht einmal Anzeigen, bloß Text –, dann legte ich es auf den Stapel identischer Bücher zurück und begab mich tiefer in den Buchladen hinein. Es war still. Nicht die Art von Stille aus einem Museum, eher wie in einem gehobenen Weinlokal. Ich gehörte zu nur einer Handvoll Kunden, die sich im ganzen Geschäft verteilten. Eine einzelne Angestellte stand hinter der Theke und kassierte gerade. Zwischen dicht gedrängten Regalen führte genau in der Mitte des Ladens eine breite, geschwungene Treppe ins Obergeschoss.

Baumbücher. Ich konnte mich nicht daran erinnern, schon einmal eines gelesen zu haben, obwohl ich das als Kind wohl getan haben musste, vor der Großen Recyclinginitiative der 1990er-Jahre. Damals hatte man alle Luxusgüter aus Papier eingesammelt und in sinnvolle Produkte umgewandelt, die *nicht* durch Omnis ersetzt werden konnten. Toilettenpapier. Kartons. Eierschachteln.

Aber das war in Universum A.

Ein kantiges Gesicht mit ausgeprägter Nase und einer s-förmigen Pfeife starrte mir von einem Umschlag entgegen (da ich gerade die Sherlock-Holmes-Geschichten noch einmal las, war es mir sofort aufgefallen). Ich nahm das Buch vom Regal und schlug es auf. In diesem befanden sich einige Illustrationen. Ich wählte eine beliebige Seite und las ein paar Zeilen. Es war ein an Holmes gerichteter Brief von *der* Frau, Irene Adler. Am Seitenende strich ich ein paarmal mit dem Finger darüber – schüttelte dann den Kopf und blätterte per Hand um, wenn auch mit einiger Mühe, weil die Seiten aneinanderklebten. Die Schrift war winzig, die Zeilen standen zu dicht, und der Seite mangelte es an Brillanz. Aber dennoch hatte das Buch eine ganz eigene Art von Charme, wie ein alter Mörser, der in einer modernen Küche im Regal steht.

Auf der Rückseite wurde der Band ziemlich reißerisch angepriesen. Echtes Saffianleder stand da. Lesebändchen aus roter Seide. Ich suchte nach dem Preis, entdeckte ihn rechts unten in der Ecke und schluckte. Vierhundert Dollar!

Hier kostete alles mehr – wegen der Inflation – aber das war doch ein ziemlicher Hammer. Vielleicht wäre ein kleineres Buch, eines von denen mit biegsamen, dünnen Einbänden, eher dem Portemonnaie eines Touristen angemessen, dachte ich, während ich den Holmes vorsichtig wieder an seinen angestammten Platz zwischen anderen Bänden mit Sir Conan Doyles Namen zurückstellte.

Ich nahm mir einen Moment Zeit und fuhr mit der Hand über die Rücken der Bücher von C bis D. In diesem Teil des Ladens standen offensichtlich nur Romane. Für Agatha Christies lange Reihe von Krimis reichte ein Regalbrett nicht aus (einundachtzig Bücher – woher hatte sie nur die Zeit genommen?). Darunter sah ich Dickens, Dostojewski, Dumas und andere. Ich versuchte mir meinen zukünftigen Roman vorzustellen – sollte ich denn jemals dazu kommen, ihn zu schreiben – wie er auf einem Regal darauf wartete, einen Kunden dazu zu verlocken, sich von einem Teil seines hart erarbeiteten Geldes zu trennen. Es gelang mir nicht. Der Gedanke, ein Objekt zu schaffen, das man in die Hand nehmen konnte, schien mir mit wesentlich mehr Problemen behaftet zu sein, als einen Link für einen Omni zu kreieren, der zwischen zahllosen anderen stand. Was geschah zum Beispiel, wenn man einen Tippfehler erst bemerkte, *nachdem* das Buch gedruckt war und sich nichts mehr ändern ließ? Und was machten die Autoren, wenn sie Bilder brauchten, um Schauplätze oder Plotpoints zu illustrieren, die zu kompliziert waren, um sie in Worte zu fassen? Und wenn den Lesern ein Buch nicht gefiel, konnten sie nichts anderes tun, als es nach dem Kauf in den Müll zu werfen. Es gab keine Chance zu einer kostenlosen Leseprobe – eine Verschwendung von Geld und Ressourcen. Keine Feedbacks von Lesern, keine Kommentarseite mit Lob oder Kritik. Vielleicht war es alles in allem doch nicht so schlecht, dass ich nicht hier in Universum B lebte, mit seinen ganzen Verschrobenheiten.

Plötzlich fiel mir wieder ein, warum ich überhaupt hergekommen war.

Mit mühsam aufrechterhaltener Gelassenheit lokalisierte ich die Sektion S mehrere Regale hinter mir.

Bückte mich, sah nach. Vergewisserte mich …

Und begann wieder zu atmen.

Es war nicht vorhanden.

Während mein Puls, der so schnell und nachdrücklich zu schlagen begonnen hatte wie in Poes *Das verräterische Herz*, langsam zu seinem normalen Rhythmus zurückfand, hörte ich ein leises Hüsteln hinter mir.

»Kann ich Ihnen helfen?« Es war eine Verkäuferin.

»Nein danke. Ich suchte nur nach – einem Buch.«

»Haben Sie es gefunden?«

»Nein, aber ...«

»Dann lassen Sie uns nachsehen.« Sie schob ihre Hornbrille höher auf die Nase und sah mich erwartungsvoll an. »Wie lautet der Titel?«

»Ich bin nicht sicher – das heißt, ich habe nicht die leiseste Ahnung, ob es überhaupt existiert ...«

»Aber Sie kennen den Namen des Autors?«

Den kannte ich allerdings. »Felix Sayers.«

»Sayers.« Sie kauerte sich vor das untere Regal hin, wo der Buchstabe S begann, als hätte ich da nicht gerade selbst nachgesehen. »Mal sehen. Sayers, sagen Sie ... Dorothy, natürlich ... *Starkes Gift* ... das ist gut ... *Hochzeit kommt vor dem Fall* auch ... nein, ich sehe hier keinen anderen Autor mit diesem Namen.« Sie stand wieder auf, wobei ihr beinahe die Brille von der Nase rutschte. »Ich habe das Gefühl, diese Regale werden jedes Jahr niedriger. Manchmal denke ich, am besten wäre ein einziges, langes Regal, das in Augenhöhe um den ganzen Laden verläuft. Viel einfacher. Keine Buckelei oder wackelige Leitern und immer die Frage, ob man auch in der richtigen Abteilung ist. Wo wir gerade davon sprechen ...«

»Ja?«, sagte ich und versuchte mir dabei nicht anmerken zu lassen, dass das Fehlen von Sayers-Autoren anderen Namens als Dorothy für mich eine gute Nachricht bedeutete.

»Gehört Ihr Felix Sayers zu den bekannteren Autoren der Vergangenheit?«

»Verzeihung?«

»Sie sind hier in der Abteilung für Klassiker. Autoren vor dem einundzwanzigsten Jahrhundert.«

Ernüchtert sah ich mich um. »Klassiker – oh.«

»Welche Abteilung könnte es denn sonst sein?«

»Nun – höchstwahrscheinlich Kriminalliteratur, denke ich. Haben Sie eine Krimiabteilung?«

»Kriminalromane stehen da drüben in der Ecke, aber lassen Sie mich erst nachsehen.« Sie wandte sich einem Computerbildschirm in der Nähe zu und starrte mit zusammengekniffenen Augen hinein. »Wissen Sie, A-Bewohner auf Besuch vergessen häufig, dass das, was hier in den Regalen steht, nur ein Bruchteil der lieferbaren Bücher ist. Schauen wir mal, Sayers unter Kriminalliteratur ... der Vorname beginnt mit einem F... nein, da ist nichts ...«

»Kein Felix Sayers«, schloss sie nach ein oder zwei Minuten. »Sie meinen nicht zufällig Flavio Sayer-Solomon?«

Ich schüttelte den Kopf.

»Tut mir leid, dass ich Ihnen nicht helfen konnte«, sagte sie und schob ihre Brille wieder hoch auf die Nase. »Darf ich Ihnen vielleicht etwas anderes zeigen? Auch wenn Dorothy Sayers nicht der Name ist, nach dem Sie suchen, von ihr gibt es eine hübsche Sammlung von Kriminalromanen ...«

»Elf insgesamt. Eine beachtliche Zahl.«

»... oder darf ich vielleicht Daphne du Mauriers *Rebekka* vorschlagen? Vielleicht auch *Die Vögel*, das ist zwar nicht *direkt* ein Kriminalroman, aber sehr spannende Lektüre ...«

***

Die breite, geschwungene Treppe führte ins Obergeschoss, das mehr oder weniger aus einer Galerie bestand, wo es eine Theke mit Getränken und Häppchen gab. Obwohl das Frühstück noch nicht lange zurücklag, bestellte ich Tee (sie starrten mich nur verständnislos an, als ich nach Kaffee fragte) und einen Teller mit Mandelplätzchen. Dann suchte ich mir einen freien Tisch an der Brüstung und setzte mich.

Ein Kochwettbewerb. Das war die geniale Idee, die mir im Kopf herumspukte, seit ich mit Wagner gesprochen hatte, der jetzt zweifellos knietief in Brezelteig watete. In irgendeiner ländlichen Umgebung angesiedelt, beispielsweise den Sierras, wo Egg und Rocky ihren Wanderurlaub verbrachten. Ein Kochwettbewerb schuf alle Arten von interessanten Möglichkeiten: Motive (Küchensabotage und Teilnehmer, die sich gegenseitig die Rezepte stahlen), Mordmethoden (Wanderunfälle im Sommer, im Winter Eiszapfen als Stichwaffen und natürlich ganzjährig die naheliegenden Küchenmesser) und Hinweise (tödliche Muffins, deren giftige Inhaltsstoffe sich zu lokalen Wochenmärkten zurückverfolgen ließen, et cetera). Ich würde Wagner fragen müssen, was sich bei solchen Ereignissen hinter den Kulissen alles abspielte.

Natürlich liegt zwischen einer Idee, selbst einer guten, und dem kurzen, befriedigenden Wort »ENDE« sehr viel Arbeit. Das wusste selbst ich, der ich (abgesehen von kulinarischen Anleitungen) bis jetzt ein reiner Leser gewesen war.

Ich verdrängte das ziemlich offenkundige Problem, dass ein neu erschienenes Buch von Felix B schon morgen früh in den Regalen auftauchen konnte, und stieß einen erleichterten Seufzer aus, dass wenigstens jetzt noch keine Bücher von ihm erhältlich waren.

»Erstaunlich, nicht wahr?«

Ein Mann hatte die Hand auf die Lehne des Stuhls gegenüber von mir gelegt. »Ich hoffe, ich störe nicht. Ich sehe, dass Sie auch aus A stammen.« Er nahm sich den Stuhl und stellte seinen Tee auf den Tisch. »Erstaunlich, nicht wahr?«

»Was denn?«

Er deutete mit dem Daumen über die Schulter auf die Bücher unten. »All die Bäume.«

»Tja, kann schon sein.« Ich nippte an meinem Petersilientee und verzog das Gesicht. Ich bin noch nie ein großer Teetrinker gewesen. Ich probierte ein Mandelplätzchen, das nicht schlecht war, und bot ihm auch eines an.

Er nahm es, stippte es in seinen Tee und verschüttete ein paar Tropfen auf dem Ärmel seines Tweedjacketts. »Man kriegt in der ganzen Stadt keine anständige Tasse Kaffee, aber sie verkaufen hier etwas, das sich Kaffeetisch-Bücher nennt. Und ein ganzes Regal voller Lexika. Wozu die Mühe? Lexika müssen ständig ergänzt werden. Atlanten genauso. Ich verstehe das ja bei den wirklich *alten* Büchern, denen, die geschrieben wurden, bevor man herausfand, wie es besser geht. Die sollten wir aufheben, aber das neue Zeug? Warum auf Papier drucken?« Er biss in sein Mandelplätzchen.

»Nur aus Neugier, was lesen Sie denn gewöhnlich?«, fragte ich mit innerlichem Schaudern.

»Wahre Verbrechen. Und eines sage ich Ihnen, ein Baumbuch würde ich nie kaufen, nicht einmal über ein wahres Verbrechen. Vergessen Sie den Umweltquatsch, es ist einfach unpraktisch. Ohne meinen braven Omni« – mampf, mampf – »hätte ich nichts zu lesen dabei.« Er zupfte an dem Omni um seinen Hals. »Weil es wenig Sinn hat, einen Stapel schwerer Bücher auf Reisen mit sich herumzuschleppen. Aber wissen Sie, was mich am meisten fertig macht? Was, wenn jemand *gerade eben* das Buch gekauft hat, das man selbst haben will, und das Regal ist leer?«

»Keine Ahnung.«

Ich beobachtete eine Kundin, die mit einem Arm voller Bücher die Treppe heraufkam. Sie legte sie auf dem Tisch neben uns ab und ging sich dann ein Stück Gebäck holen. Es sah nicht so aus, als hätte sie die Ware schon bezahlt, aber trotzdem schien weder sie noch sonst jemand sich über potenzielle Schmierer von ihrem Kuchen oder verschütteten Tee und zerknitterte Seiten Sorgen zu machen. Wenn ich das gewusst hätte, dachte ich. Ich hätte mir ein oder zwei Bücher zum Schmökern mitbringen können. Dann hätte ich beschäftigt genug ausgesehen, um schwatzhafte Landsleute abzuschrecken.

Der schwatzhafte Landsmann schlürfte seinen Tee aus und spähte in das leere Glas. »Nicht schlecht für einen Tee. Irgendein Zeug, das *Oolong* heißt. Ich treffe gleich mein Alter. Ein neutraler Mittelsmann hat mir gesagt, dass er die nötigen Papiere ausgefüllt hat, um mir einen Besuch bei ihm zu gestatten. Er ist Anwalt und ich leite eine Papier-Recyclingfirma – wir machen Schachteln für Frühstückszerealien aus alten Dokumenten. Gut für den Datenschutz und Paragraf 3, gut für die Natur. Darf ich mir noch eines nehmen?«

Er griff nach dem letzten Mandelplätzchen und verschwand aus meinem Leben, bevor ich Widerspruch einlegen konnte.

Es hatte sich seltsam – ja, *befriedigend* angefühlt, ein Buch in der Hand zu halten. Solide, substanziell, erdverbunden.

Und was war dabei, wenn das unpraktisch war? Das Ölgemälde der Venus, das an der Wohnzimmerwand meiner Eltern gehangen und mich als Teenager sehr fasziniert hatte, hatte eine Leinwand benötigt, einen Maluntergrund. Andererseits existierten viel mehr Papierbücher als Ölgemälde (wie viele Nachdrucke von *Was ihr wollt* gab es wohl im Verhältnis zu den zwei *Sternennächten* von van Gogh?). Also war dieser Vergleich vielleicht nicht ganz angebracht.

Meine Hand glitt zum Omni. Ich kannte meine bevorzugte Lautstärke (fünf) für Tage, an denen ich mir lieber vorlesen ließ, und meine übliche Schriftart (Helvetica, Größe 12) sowie Hintergrundfarbe (Weizen), falls nicht. Der Omni führte eine Liste meiner Lieblingsautoren, benachrichtigte mich über Neuerscheinungen, bot Leseempfehlungen von Freunden, Kollegen und völlig Fremden und vielleicht sogar der Königin von Liechtenstein an … Und trotzdem hatte der Buchladen hier mir gefallen. Irgendwie widerstrebte es mir, etwas an Universum B leiden zu mögen, hauptsächlich, weil es nicht meines war, sondern *seines.* Franny vom *Queen Bee Inn* hatte schon recht damit gehabt, mich vor Vorurteilen zu warnen.

Plötzlich dämmerte mir, dass ich im Prinzip keine Ahnung davon hatte, welche Materialien genau zur Herstellung eines Omni und seiner jährlichen neuen Batterien benötigt wurden – und wie man das mit dem Material zur Herstellung eines Papierbuchs vergleichen sollte, ganz egal welcher Prozentsatz eines Baumes in dieses hineinfloss.

Ich pickte eine halbe Mandel auf, alles, was von meinen Plätzchen noch übrig war, und überlegte, ob der berühmteste aller Wissenschaftler, Professor Z. Z. Singh, es verdient hatte, als der Sündenbock für einfach alles herzuhalten. Kreativität war die Kraft, die hinter allen Büchern steckte, und dasselbe Kreativitätsprinzip hatte ihn, auf die Physik angewandt, dazu gebracht, kurz vor Mittag des sechsten Januar 1986 in seinem Labor eine Kopie des Universums herzustellen. So war er zu dem Titel »Universenschöpfer« gekommen. Tatsächlich waren das einzig nicht Kreative an dem Ereignis die Namen, die Professor Singh – damals schon die beiden Professoren Singh – den frisch verzweigten Universen gegeben hatte. Es ging das Gerücht, dass sie eine Münze geworfen hatten, oder was immer das physikalische Äquivalent dafür war, und dass es Pläne gegeben hatte, weitere Universen quer durchs Alphabet zu produzieren. Es war lächerlich, aber ich war immer ziemlich stolz darauf gewesen, aus Universum A zu stammen.

Während ich die an den Wänden hängenden Plakate nach Ankündigungen für eventuelle Neuerscheinungen meines Namensvetters überflog und den Rest des lauwarmen Petersilientees austrank, wünschte ich mir trotzdem, dass Professor Singh nicht *ganz* so kreativ gewesen wäre.

***

Ich gab den Gedanken auf, mir ein Buch zu kaufen (es gab einfach zu viele davon, um mich entscheiden zu können), und verließ den *Bücherwurm* mit leeren Händen. Entlang der ruhigen Starfish Lane spazierte ich zur Lombard Street, wo die Stadtrundfahrten starteten. Als ich die erste Kreuzung betrat, raste ein Wagen heran, so seidig schwarz wie – ja, wie eigentlich gar nichts in einer Küche, außer vielleicht der Innenseite einer Pfanne mit Antihaftbeschichtung. Der Fahrer hinter den getönten Scheiben schien es schrecklich eilig zu haben. Er hätte mich plattgebügelt, wenn ich nicht im letzten Moment zurück auf den Gehweg gesprungen wäre.

Der Wagen raste weiter, ohne auch nur·langsamer zu werden.

4
EIN PAAR SCHLECHTE NEUIGKEITEN

»Am besten gar nichts tun, Bürger.«

»Wie bitte?«, fragte ich.

»Sie sehen so aus, als versuchten Sie eine Entscheidung zu treffen. Aber Sie sollten weise mit Ihrer Macht umgehen, Bürger. Unbedachte Entscheidungen schaffen neue Welten, gedankenlose Handlungen bringen neue Orte hervor, ein falscher Schritt könnte die Saat zu einem neuen Universum legen ...«

Ich schüttelte den Kopf und die Passivisten zogen weiter. Ich stand vor der renovierten Feuerwache, von der aus die Ausflugsbusse starteten, und betrachtete das Bürogebäude auf der anderen Seite der Straße. Es war eines dieser heruntergekommenen, deprimierenden Häuser mit abblätternder Farbe und Neonschildern, die billige Kredite versprachen – bis auf eine diskrete Tafel neben dem Vordereingang, auf der lediglich stand: *Noor & Brood, Ermittlungen. Überlassen Sie getrost alles uns.*

Der Bau hatte hohe, schmale Fenster, durch die man wenig erkennen konnte. Auf einem Parkplatz auf dem Dach standen ein paar Autos.

Im gesamten *Bücherwurm* mit all seinen Büchern hatte ich keines gefunden, das Felix Bs Namen trug, schön und gut. Aber was, wenn in seinem Computer eine vollständige Erstfassung steckte? Oder bereits eine überarbeitete Version? Oder gar die Endfassung seines Meisterwerks, bereit, auf einen einzigen

Knopfdruck veröffentlicht zu werden? Ich konnte ja schlecht bei seinen Nachbarn an die Tür klopfen und fragen: »Schreibt Felix Sayers zufällig an einem Krimi, der mit Kochen zu tun hat, wissen Sie das vielleicht?« Falls ich überhaupt herausfand, wo mein Alter wohnte.

Ebenso wenig konnte ich mich selbst für Felix B ausgeben, um Informationen zu sammeln, indem ich mich zum Abendessen bei seinen engen Freunden einlud, wer immer die sein mochten (dabei fielen mir Murphinas Besitzer und die Frau im Mandarinenkleid vom Übergang ein, die beide anscheinend mein Gesicht kannten). Es funktionierte so oder so nicht – ich konnte mich nicht als Fremder ausgeben und neugierige Fragen stellen, weil ich ihm so verdammt ähnlich sah, und auch nicht so tun, als wäre ich Felix B, weil ich wahrscheinlich eben nicht *exakt* wie er aussah. Visionen von falschen Schnurrbärten, gefärbten Kontaktlinsen und Perücken schossen mir durch den Kopf, aber fürs Erste sortierte ich sie als würdelos und unpraktisch aus.

Der Gedanke, einen Privatdetektiv anzuheuern, war mir einfach nie in den Sinn gekommen. Wie falsche Bärte oder andere Krimi-Versatzstücke, verschlüsselte Nachrichten oder Leichen in hermetisch abgeschlossenen Räumen, tauchen sie im wirklichen Leben selten auf.

Ich sah, wie ein Mann aus dem Bürogebäude trat, sich gehetzt umsah, einen Umschlag einsteckte und davoneilte. Ich hoffte, dass er bei einem der Geldverleiher gewesen war und nicht den typischen Klienten von *Noor & Brood* repräsentierte.

Das Läuten der Glocken der Feuerwache scheuchte mich beiseite. Ein mit Touristen vollgestopfter Bus fuhr heraus und bog rechts ab. Er verschwand die Lombard Street entlang, während ich mich hinten in die kurze Warteschlange einreihte, die sich bereits wieder am Schalter zu bilden begann. Ich spielte mit dem Gedanken, Detektiv Noor (oder auch Detektiv Brood) zu engagieren. Würden sie etwas für mich tun können? Oder einfach mein Geld nehmen, mir sagen, ich solle in ein paar Tagen wiederkommen, und dann die Füße hochlegen, um sich auf meine Kosten einen schönen Tag zu machen, weil es ungesetzlich war, Alter-Überwachungen durchzuführen? Oder würden sie mich einfach auslachen, vor die Tür setzen und beim nächsten DIM-Büro anzeigen? Das DIM nahm seine Aufgabe, die Privatsphäre der Bürger zu schützen, sehr ernst. Neben all seinen anderen Pflichten natürlich: Razzien auf schwarzen Datenmärkten, die Vernichtung alter Telefonbücher, Landkarten und sonstiger Dokumente, Inspektionen in wissenschaftlichen Forschungseinrichtungen und was es sonst alles so gab.

Die nächste Rundfahrt ging erst in vierzig Minuten ab. Das nahm ich als Zeichen des Himmels.

Welcher aufstrebende Krimiautor würde sich die Gelegenheit entgehen lassen, mit einem echten Privatdetektiv zu sprechen, versuchte ich mir einzureden, während ich die Straße überquerte. Detektiv Noor konnte mir ein paar Tipps geben, wie ich meinen fiktiven, noch namenlosen Schnüffler charakterisieren sollte, damit er nicht völlig amateurhaft wirkte. Ein paar Infos über Polizeiprozeduren konnten nicht schaden. Oder eine Idee, wie jemand, der in den Bergen der Sierra festsaß, verschiedene Arten von Zigarettenasche analysierte, ohne Zugang zu einem gut ausgestatteten Labor zu besitzen. Solche Sachen.

***

Der »Detektiv« entpuppte sich als leutselige, etwas untersetzte Frau, die eine Aura von Vertrautheit mit der Stadt und ihren Bewohnern verströmte. Ein wenig wie eine urbane Miss Marple (jedenfalls, wenn Miss Marple dunkelhäutig und mittleren Alters gewesen wäre und eine Detektei in einer Großstadt geführt hätte, gegen die das fiktive Dorf St. Mary Mead winzig war).

Ich stellte mich vor und sagte: »Und Sie sind Bürgerin Noor … oder Bürgerin Brood?«

»Nennen Sie mich Mrs Noor oder Detective Noor. Mit dem Bürger-Quatsch kann ich nicht viel anfangen.« Sie bot mir einen Stuhl an und eine Erfrischung aus einem kleinen Kühlschrank, der sich unter ihrem Schreibtisch befand. »Dieses Büro ist meine Operationsbasis. Pip, Ham und Daisy – meine beiden Söhne und meine Tochter – erledigen meistens die Laufarbeit.«

»Wunderschöne Naturnamen«, sagte ich, »Kern, Schinken und Gänseblümchen.« Ich akzeptierte ein Glas Wasser und ein Käsebällchen und setzte mich. Der Schreibtisch der Detektivin war übersät mit Papieren und Zeitungsartikeln. An der hinteren Wand des beengten Büros lehnten Stapel von Dokumenten, die kurz vor dem Umkippen standen. Stadtpläne und Fotografien bedeckten den größten Teil der verfügbaren Wandfläche. In einer Ecke befand sich ein Ständer mit Kleidungsstücken (für Verkleidungen?).

»Nun, was können wir für Sie tun? Eine verschwundene Geliebte suchen vielleicht? Den Hintergrund Ihrer Verlobten abchecken?«

»Nein, nichts dergleichen. …«

Mrs Noor wartete einen Moment, dann deutete sie, ohne sich umzudrehen, auf eine Messingplakette, die hinter ihr an der Wand hing. »Da oben. Lesen Sie vor.«

Ich fühlte mich wie ein Schuljunge, während ich den aus zwei Worten bestehenden Satz vorlas. »Hypothetisch gesprochen.«

»Verzeihen Sie, aber das habe ich nicht ganz verstanden.«

»Hypothetisch gesprochen«, wiederholte ich lauter.

»Und jetzt können Sie sagen, was immer Sie sagen möchten.« Sie schob ein paar Papiere auf ihrem Schreibtisch umher und buddelte einen Stift und ein winziges, pflaumenfarbenes Notizbuch aus. »Es ist absolut legal, alles zu *sagen,* was sie wollen, solange Sie nicht vorhaben, es in die Tat umzusetzen. Nicht sehr klug vielleicht, aber legal. Sie könnten mir vorschlagen, dass ich Ihrer Frau nachspioniere – was, wenn ich es tun würde, eine klare Verletzung ihrer Intimsphäre und ein Verstoß gegen Paragraf 3 wäre. Aber ich wäre nicht verpflichtet, Sie anzuzeigen, nur weil sie den Gedanken äußern. Wenn Sie versuchen würden, mich dafür zu bezahlen, das wäre eine andere Sache. Noch ein Käsebällchen?«

»Ich bin nicht verheiratet.«

Sie nahm sich ein Käsebällchen. »Das war nur ein Beispiel. Ich sehe schon, es ist nicht ganz so einfach.«

»Ich wurde vor dem Tag Y geboren.«

»Ein Alter.« Sie wischte sich die Hände ab, zog die Kappe von ihrem Stift und schlug das Notizbuch auf einer neuen Seite auf. »Schießen Sie los.«

Obwohl mir klar war, dass die erste Person, der ich mich anvertraute, mir völlig fremd war und mich wahrscheinlich über den Tisch ziehen wollte, berichtete ich Mrs Noor von dem Anruf, der mich vor einem Monat über das Hinscheiden meiner Tante Henrietta informiert hatte. Der Anwalt aus Miami sagte, während ich noch im Bett lag und mich vergewisserte, dass mein Pyjama auch anständig zugeknöpft war: »Ihnen als ihrem Großneffen hat sie ihre Sammlung von – warten Sie, wo ist es denn – die *Hälfte* ihrer Sammlung von Porzellanfigürchen vermacht. Delfine. Ihr Anteil beläuft sich auf zweiundvierzig Stück. Ich schicke sie Ihnen per Post.«

»Wie groß sind sie denn?«, hatte ich besorgt gefragt. Ich erinnerte mich daran, dass Tante Henriettas Haus in Florida eine Art Museum für allen möglichen Schnickschnack gewesen war, den sie aus dem Ausland mitgebracht hatte. Einiges davon war ziemlich voluminös gewesen.

»Jeder Delfin hat etwa die Größe einer Orange, glaube ich, und steht auf einem eigenen Ständer. Aber das ist nicht alles, was sie Ihnen hinterlassen hat«, fügte er hinzu.

»Ja?« Meine Hoffnungen wuchsen. Ich setzte mich auf und stieß versehentlich die Lampe vom Nachttisch.

»Es handelt sich um eine Fotografie.«

»Ein Foto – oh.«

»Ihre Tante hat großzügigerweise noch zu Lebzeiten den größten Teil ihres Vermögens für wohltätige Zwecke gestiftet«, sagte er in einem Tonfall, der sorgfältig von allem außer Professionalität gereinigt war. »Ich lege die Fotografie den Figürchen bei.«

Ein paar Tage später stand eine große Holzkiste mit zweiundvierzig sicher in Luftpolsterfolie verpackten Delfinfigürchen auf meiner Schwelle. Ganz am Boden der Kiste fand ich einen einfachen, braunen Umschlag. Er enthielt die Fotografie. Sie war schon stark verblasst und zeigte meinen Vater, der in seinen Armen ein Baby hielt.

Mich.

Und zwar am Tag Y, wenn man dem Datum auf der Rückseite glauben durfte. Zehn Tage *vor* dem offiziellen Geburtsdatum auf der Identikarte, die ich schon mein ganzes Leben lang besaß.

Was bedeutete, dass ich ein Alter Ego hatte. Wie jeder, der *vor* dem Y-Tag geboren worden war.

Ich weiß nicht warum, aber diese Neuigkeit traf mich mit der Wucht eines ganzen Containers voller Backsteine. So etwas erwartet man als Kind von den Eltern zu erfahren, die einen liebevoll trösten und versichern, dass man für sie trotzdem einzigartig und ein Alter auch nur eine Art Bruder oder Schwester ist. Aber nicht als erwachsener Mann, verbunden mit der Erkenntnis, dass man ein wenig älter ist, als man immer dachte. Meine Eltern mussten jemanden bestochen haben, um mein Geburtsdatum zu ändern. Aber warum? Meine Nachforschungen hatten ergeben, dass mein Geburtstag nicht im Januar lag, sondern im Juli, ganze sechs Monate davor.

»Das kam alles ziemlich überraschend«, sagte ich zu Mrs Noor. »Warum Tante Henrietta, eigentlich meine Großtante, also, warum sich das Foto überhaupt in ihrem Besitz befand, weiß ich nicht. Sie war angeheiratet, die zweite Frau von Onkel Otto. Als sie heirateten, ging ich schon auf die Universität. Das ergibt alles keinen Sinn.« Ich schüttelte den Kopf.

Mrs Noor sah mich freundlich an. »Eltern. Wir geben uns wirklich Mühe, wissen Sie. Aber es ist manchmal schwer zu sagen, was das Beste ist. Nehmen Sie meine Tochter Daisy beispielsweise – sie mag ihre Arbeit hier bei *Noor & Brood*. Es gefällt ihr, dass man nie weiß, was als Nächstes passiert, und sie mag die bunte Mischung von Leuten, die hier jeden Tag auftauchen. Pip auch. Aber Ham, da bin ich nicht so sicher. Manchmal frage ich mich, ob er nicht nur deshalb bleibt, weil es ein Familienunternehmen ist. Ich kann ihn nicht einfach danach fragen, das macht es so schwierig.«

Ich konnte mir nicht vorstellen, dass Mrs Noor Probleme hatte, mit irgendjemandem über irgendetwas zu sprechen.

»Vielleicht wollten Ihre Eltern Ihnen einfach das Wissen ersparen, dass Sie ein Alter Ego haben«, fügte sie hinzu. »Sie wissen nicht, wie es damals war. Die Ungewissheit, der Aufruhr, als wir erfuhren, dass wir mit einem anderen Universum in Verbindung stehen. Ich war noch ein junges Mädchen, stand ganz am Anfang meines Lebens und meiner Karriere als Detektivin. Und jetzt, fünfunddreißig Jahre später, leite ich meine eigene Agentur, während mein Alter – aber das gehört nicht hierher.« Sie seufzte und wackelte mit dem Finger in meine Richtung. »Aber gegen Ihr kleines Problem *können* wir etwas unternehmen. Wir fangen natürlich damit an, zu ermitteln, wo Felix B wohnt. Das dürfte eine Weile dauern. Sie wohnen in San Francisco, aber *er* könnte genauso gut in der Wüste von Nevada leben oder in einer Jagdhütte in Alaska oder einem Treibhaus in Carolina.«

»Der DIM-Beamte im Terminal hat meine Identikarte mit einem ›Alter in der Umgebung‹ markiert.«

»Das vereinfacht die Sache.« Sie machte sich in ihrer spinnenartigen Miss-Marple-Handschrift Notizen. »Und wir haben die Namen der Eltern – Klara und Patrick Sayers aus Carmel, sagten Sie? Leben Ihre Eltern noch?«

Ich schüttelte den Kopf.

»Das tut mir leid. Darf ich fragen, wie sie gestorben sind?«

»Ein Schiffsunglück.«

»Was wohl aus den Eltern Ihres Alter geworden ist? Es ist unwahrscheinlich, dass der gleiche Unfall sich in beiden Universen ereignet, aber man kann nie wissen.«

»Darum bin ich ja hier. Ich möchte, dass Sie das alles für mich herausfinden, Mrs Noor.«

Während sie sich Notizen machte, glitt mein Blick über die Artikel, die auf ihrem Schreibtisch verstreut lagen. Es ging um sehr unterschiedliche Themen – vermutlich ist für einen Detektiv alles von Interesse – und die Schlagzeilen klangen genauso wie in Universum A, nur eben gedruckt. Eine große Überschrift warnte vor einer neuartigen, von Haustieren übertragenen Krankheit, die drohte, von Universum A nach Universum B überzuschwappen. Eine mittelgroße beklagte das halbe Aussterben von Elefanten und Giraffen. Und eine ganz kleine (die sind oft am interessantesten) äußerte sich positiv über ein nach der Renovierung neu eröffnetes Restaurant in der Innenstadt, das *Organic Oven*.

»Sie bewahren ihre Kundeninformationen in Notizbüchern auf?«, fragte ich, während Mrs Noor ihren Stift weglegte.

»Mein Notizbuch? Absolut die beste Methode. Es gibt nichts Sichereres, als sich in der eigenen Handschrift Notizen zu machen und sie dann in der eigenen Tasche aufzubewahren.«

»Haben Sie viele Klienten, die Informationen über ihre Alter haben wollen, Mrs Noor?«

»Es kommt vor.«

»Wie wollen Sie mehr über Felix B herausfinden? Ohne die Aufmerksamkeit des DIM zu erregen, meine ich.« Ich blickte mich um. Das kleine, fensterlose Büro schien viele Geheimnisse in seinen Ecken und Winkeln zu beherbergen.

Sie zog eine Schreibtischschublade auf und reichte mir ihre Visitenkarte. »Für den Fall, dass Sie Kontakt aufnehmen wollen, Felix. Was das DIM angeht – die Gesetze sind zu unser aller Schutz da, besonders von Bürgern, deren skrupellose Alter versuchen könnten, ihnen die Identität zu rauben. Das ist, wie Sie wahrscheinlich wissen, nicht ungewöhnlich. Aber natürlich liegt Ihr Fall anders«, sagte sie mit einem raschen, prüfenden Blick. »Wir benötigen nur ein paar grundlegende Informationen über Bürger Sayers B, und dann kehren Sie in Ihr eigenes Universum zurück.«

»Mrs Noor, bitte verstehen Sie, ich möchte nicht, dass er erfährt, dass ich von seiner Existenz weiß.«

»Das können Sie ganz uns überlassen. Wir werden jedes Aufsehen vermeiden.«

***

Nachdem ich eine angemessene Anzahlung geleistet hatte, eilte ich zu meiner Stadtrundfahrt zurück. Da es Samstag war, war der Bus brechend voll und nur ganz hinten gab es noch Sitzplätze. Ich schritt durch den Mittelgang dieser dieselgetriebenen Monstrosität, die in *meinem* Kalifornien schon lange verboten war, und nahm am Fenster Platz. Ein paar Minuten später setzte sich eine fröhlich aussehende Frau neben mich, während die Türen sich schlossen und der Reiseleiter vorne im Bus an sein Mikrofon tippte und zu sprechen begann. »Liebe Gäste, wie viele von Ihnen sind B-Bewohner?« Neben mir ging eine Hand hoch und noch ein paar andere dazu. »Und wie viele von

Ihnen sind Besucher aus Universum A?« Ich hob gemeinsam mit den meisten anderen Passagieren die Hand. Erleichtert sah ich, dass der Mann, der keine Buchläden mochte und mir meine Mandelplätzchen weggefuttert hatte, nicht dazugehörte.

»Mein Name ist Lard.« Das hieß Schmalz, auch so ein Naturname. Der Führer tippte sich an die Mütze, die das Logo »*B besuchen mit dem Bus*« trug. »Und es ist mir ein Vergnügen, Sie alle in San Francisco B begrüßen zu dürfen.«

»Danke, Lard«, rief die B-Bewohnerin neben mir munter nach vorne. (Bei jeder Rundfahrt gibt es so eine Plapperschnute. Sie scheint immer in meiner Nachbarschaft zu landen.)

Während der Motor vibrierend zum Leben erwachte und wir aus dem Tor der Feuerwache auf die Lombard Street in Richtung Embarcadero einbogen, hielt Lard im Mittelgang geschickt das Gleichgewicht und sprach weiter. »Meine lieben Freunde, ich möchte Ihnen die Geschichte des Goldrausches von Kalifornien und der Fünfundfünfziger erzählen, jener Prospektoren, die 1855 auf der Suche nach Gold hier ankamen und das Sauerteigbrot mitbrachten …«

Lards Worte erinnerten mich daran, dass Wagner sich noch nicht mit einer Adresse für echten Sauerteigansatz gemeldet hatte. Wenn ich Glück hatte, hieß das, dass er keine hatte auftreiben können. Ich beschattete meine Augen gegen die Sonne, sah aus dem Fenster auf die Lombard Street – und zuckte reflexartig zurück. Ein Fahrzeug kam in entgegengesetzter Richtung an uns vorbeigeschossen. Der nächste Wagen passierte uns genauso schnell, dann noch einer, und jedes Mal schienen wir uns fast zu streifen. Kaum eine Armeslänge trennte uns von den 10 000-Libra-Maschinen, die wie eine in Panik durchgehende Büffelherde vorbeidonnerten. Wenn unser Fahrer nur einen kurzen Schlenker machte – wegen eines Niesens, eines Herzanfalls, was auch immer – würden wir uns von fröhlichen Touristen in zerquetschte Touristen verwandeln.

»Alles in Ordnung mit Ihnen, mein Lieber?«, flötete die B-Bewohnerin neben mir.

Ich tastete vergeblich nach einem Gurt. »Diese Autos – schon vom Bürgersteig gesehen scheinen sie sich sehr nahe zu kommen, wenn sie aneinander vorbeifahren, aber von hier aus ist es *richtig* knapp.«

»Alle A-Bewohner brauchen eine Weile, um sich daran zu gewöhnen, wie ich höre. Bei Ihnen gibt es hauptsächlich Einbahnstraßen?«

»Und Beförderer. Häufig überfüllt, aber zuverlässig computerisiert.«

Sie tätschelte mir die Hand, mit der ich mit eisernem Griff die Armlehne zwischen uns umklammerte. »Mein Mann hat immer gesagt: ›Gefahr ist die Würze des Lebens.‹«

»Ach ja?«

»Das war natürlich, bevor sein Hängegleiter einen Defekt hatte. Der arme Kerl.«

Der Busfahrer holte aus, um in weitem Bogen um eine Straßenecke zu fahren. Das Fahrzeug neigte sich schwer zur Seite und verfehlte nur knapp einen Fußgänger. Ich hielt den Blick angestrengt nach oben auf die Gebäude und Reklamebildwände gerichtet. Als nach ein paar Minuten noch nichts Drastisches geschehen war, lockerte ich meinen Griff um die Armlehne. Die B-Bewohnerin neben mir lächelte mir aufmunternd zu und richtete ihre Aufmerksamkeit wieder auf Lards Vortrag. Ich öffnete das Fenster einen Spalt weit, zuckte aber immer noch jedes Mal zusammen, wenn der Verkehr dicht an uns vorbeirauschte. Endlich lehnte ich mich zurück und ließ Lards Worte an mir vorbeifließen, während ich mit Universum B »Original und Fälschung« spielte. Wie ich bei der Suche nach dem *Queen Bee Inn* festgestellt hatte, hatten die Menschheit und der Zufall in dreieinhalb Jahrzehnten ganze Arbeit geleistet.

Wo ich gewohnt war, Neubauten zu sehen, die nach unserem

Erdbeben in die Höhe geschossen waren, sah ich hier bröckelnde Fassaden von Gebäuden aus dem neunzehnten Jahrhundert. Wo die Bauwerke sich glichen, hatten sie unterschiedliche Funktionen. Was ich als städtische Kunstgalerie kannte, bestand hier aus einer Drogerie und einem Schuhladen. Weiter drunten am Embarcadero erreichten wir Fishermans Wharf, an dessen Pier ich mich von alten Fotografien erinnerte. Keine Spur von der Transitfähren-Marina, die seinen Platz in San Francisco A eingenommen hatte. Nur Pier 39 mit seinen Andenkenläden und Restaurants sah noch genauso aus.

Als wir an einer Ampel hielten und der Busmotor einen Moment lang leiser brummte, konnte ich die Möwen vom Pier hören, aber in der Kakofonie des städtischen und maritimen Lebens vermisste ich das Brausen der Beförderer. Stattdessen gab es das stetige Donnern von Motoren. Doch die Autos (wenn ich die ihnen innewohnenden Gefahren einmal ignorierte) ließen die Stadt lebhaft und fröhlich erscheinen, wie ein Obstkorb mit viel Rot und Grün und Gelb, der in der Mittagssonne leuchtete.

An praktisch jedem Gebäude befanden sich Reklametafeln. Hatten wir denn auch so viele?

Und lag auf den Straßen meines San Francisco auch derartig viel Müll herum?

Aber die eigentliche Frage, dachte ich, während ich hastig den Ellbogen zurückzog, den ich auf dem Arm der freundlichen B-Bewohnerin neben mir abgesetzt hatte, die eigentliche Frage war, ob Mrs Noor nur kosmetische Unterschiede zwischen Felix' Leben und meinem feststellen würde – oder *kosmische.* Trugen wir lediglich den Scheitel auf verschiedenen Seiten und das wars dann, oder war er ein Selfmade-Trillionär, der ein Anwesen mit Privatstrand, zwei Tennisplätzen, drei Saunen und einer Orangenplantage besaß?

Nach der Markierung auf meiner Identikarte musste er *irgendwo* in der Nähe sein. Möglicherweise hatte er in dem auberginenfarbenen Wagen gesessen, der vor unserem Bus rücksichtslos die Spur gewechselt und unseren Fahrer zu einer Notbremsung gezwungen hatte, wodurch wir alle in den Sitzen nach vorne geschleudert wurden. Doch wenn wir uns irgendwie ähnlich waren, würde er eher mit dem Fahrrad herumgondeln. Obwohl, jetzt, wo ich darüber nachdachte, wo waren eigentlich all die Fahrräder? Ich hatte nur einige wenige gesehen, kein Vergleich zu der Anzahl in den Straßen von San Francisco A. Das Radfahren machte uns effizient, aufmerksam und fit. Die paar wenigen Radfahrer, die es hier gab, trugen eng anliegende Sportanzüge in leuchtenden Farben, als müsste man sich dafür irgendwie besonders kleiden, wie für die Oper, statt lediglich von einem Ort zum anderen zu fahren.

»Meine Lieblingsschauspielerin«, sagte die B-Bewohnerin neben mir, stieß mir den Ellbogen in die Rippen und deutete nach draußen.

Wir hielten an einer roten Ampel unter einer Reklametafel.

»Das gibt es bei Ihnen nicht mehr, oder? Kino?«

»Nee«, sagte ich. Die Dame auf der Werbetafel trug einen eng anliegenden, kakifarbenen Tropenanzug und einen breitkrempigen Hut. Sie schwang sich in einer Dschungelumgebung mutig an Lianen von Baum zu Baum, eine Python lose um den Hals geschlungen, während ihre langen eisweißen Haare hinter ihr her flatterten. Überrascht erkannte ich in ihr die auffallende Reisende mit dem Mandarinenkleid aus der Übergangskammer. Also war sie doch eine B-Bewohnerin gewesen, und berühmt noch dazu.

»Sie ist schön, nicht wahr? Das ist Gabriella Love. Ich habe *Dschungelnächte* schon sechs-, nein, siebenmal in New Jersey gesehen. Ich begreife wirklich nicht, warum Filme in Ihrem Universum aus der Mode gekommen sind. Bevorzugen Sie nicht Gruppenaktivitäten – umweltschonend und alles? Wenn Sie die

Gelegenheit haben, mein Lieber, sollten Sie sich den Film ansehen, solange Sie hier sind.«

Der Star von *Dschungelnächte* war jetzt auf den Füßen gelandet und versuchte einer aufgebrachten Horde wütender Affen zu entkommen. Es musste seltsam sein, überall, wo man hinging, erkannt zu werden, dachte ich. Selbst wenn ein Autor mit seiner Tastatur zu Ruhm gelangte, sein Gesicht blieb hinter dem Vorhang ver…

»Pfefferminze?«

Lard hatte das Mikrofon abgelegt und verteilte Süßigkeiten. Als ich das Bonbon auswickelte, summte mein Omni. Ich fingerte herum, um das Gespräch anzunehmen, aber das Ding verheddderte sich in seinem Band, und es dauerte, bis es mir endlich gelang, es aufzuklappen. »Wagner«, zischte ich (womit ich die Theorie widerlegte, dass man ein Wort ohne Zischlaute nicht zischen kann). »Wagner, ich dachte, Sie wären bei Ihrem Brezelwettbewerb.«

»Bin ich auch. Der Teig geht gerade und die Preisrichter haben Pause. Hören sie. Baguetteschneider. Vier Geschwindigkeiten. Vertikalschnitt, Horizontalschnitt, Schrägschnitt. Was meinen Sie dazu?«

Wagner probierte seine neuen Ideen gerne an mir aus. Diesen Monat war er fixiert auf alle möglichen Brotsorten, von Brötchen über Baguettes bis zu Brioches.

»Was sagt denn die Entwicklungsabteilung?« Ich sprach lauter, als ich eigentlich vorgehabt hatte, während ich mir das Bonbon in den Mund warf. Die B-Bewohnerin neben mir legte den Finger an die Lippen.

»Tut mir leid. Was denkt die Entwicklungsabteilung?«, wiederholte ich leiser.

»Sie befassen sich damit. Ich habe sie gebeten, den Schneider so zu entwerfen, dass er aussieht wie eine Miniaturguillotine.« Er stand vor einer Brezel in Türgröße (ich war beinahe sicher, dass sie nicht echt war) und nahm eine napoleonische Haltung ein, vielleicht wegen des französischen Themas des Baguetteschneiders.

»Keine schlechte Idee«, flüsterte ich. »Wir müssen ja kein Französisch in der Gebrauchsanleitung oder den Anzeigen verwenden.«

»Wo sind Sie eigentlich?«, fragte er, während der Bus über einen Buckel in der Straße holperte und der Omni und ich kurz abhoben.

»Auf Stadtrundfahrt.«

»Sie haben doch sicher von der Imbiss-Regel gehört, Felix, oder?«

»Ich bin weder in der Nähe meiner Wohnung noch des Büros oder des *Coconut Café*s. Wir fahren als Erstes zur alten Golden Gate Bridge, dann zum Riesenrad am Baker Beach, dann kommt der Zoo dran, Strawberry Hill, ein spezieller Teil der Lombard Street, der aus irgendeinem Grund besonders kurvenreich ist ...« Da fiel mir etwas ein. »Ich schicke den Text über die Golden Gate Bridge, sobald wir hier fertig sind.«

»Gut. Ich bin immer noch dabei, Sie-wissen-schon-was zu arrangieren.« Bevor Wagner auflegte, erhaschte ich noch einen Blick auf ein Team von Bäckern, das hastig die große Brezel hinter ihm neu verzopfte. Anscheinend war sie doch echt und hatte gerade begonnen, in sich zusammenzusacken. Ich schaltete den Omni aus und grübelte darüber nach, ob ich wirklich Sauerteigansatz auf dem Schwarzmarkt von Universum B beschaffen wollte. Die Sorte, die für den würzigen Geschmack des Brotes verantwortlich war, hatten laut Lard schon die Fünfundfünfziger des kalifornischen Goldrausches verwendet, ebenso wie die Erbauer der Brücke, der wir uns jetzt näherten. Leider war sie im Lauf der Zeit in Universum A verloren gegangen. Der Ersatz dafür war, darüber herrschte Einigkeit, nicht das Gelbe vom Ei. *Falls* es uns gelang, den Sauerteigansatz aus

Universum B in die Hände zu bekommen, würden wir wahrscheinlich mit der neuen Brotbackmaschine »Alte Zeiten« einen echten Verkaufsschlager landen. Paragraf 10 (Arbeitsplatzinformationen) hin oder her, ich war einfach nicht sicher, ob es richtig war, ein Firmengeheimnis an uns zu bringen, um in Universum A eine eigene Version des Produkts herauszubringen. Hoffentlich fand Wagner niemanden, der bereit war uns den Ansatz zu verkaufen, sodass sich das Problem gar nicht stellte. Am besten hielt ich mich von Sauerteigbrot erst einmal ganz fern. Man konnte mich schlecht verdächtigen, für Universum A einen neuen Geschmack stehlen zu wollen, wenn ich ihn nicht einmal kannte.

»In Bälde sollten wir unseren ersten Haltepunkt erreichen, die gute alte Golden Gate Bridge.« Lard hatte sein Mikrofon wieder eingeschaltet. »Die absolut einzigartige. Das Original. Das Gebäude, das hundert Jahre überdauert hat. Falls wir bei dem Verkehr jemals dort ankommen.«

Es war eine Erleichterung, als wir endlich tatsächlich die Brücke erreichten. Die Fahrt über die steilen Straßen mit ihren engen Kurven hatte den Bus durchgerüttelt, als wären seine Reifen aus Holz und nicht aus Gummi. Mir war flau im Magen. Der Fahrer fuhr über die Brücke (eine Erfahrung, die ich unter anderen Umständen genossen hätte), schlängelte sich dann über eine weitere enge, kurvige Straße und rollte auf den Parkplatz des Aussichtspunkts. Das Motorengeräusch erstarb.

Lard reichte den Passagieren beim Aussteigen eine helfende Hand und sagte: »Vorsicht, Stufen«, während wir durch die enge Tür hinaustraten. Der Busfahrer hatte die Füße hochgelegt und seinen Omni auf einen Sportkanal eingestellt.

Während ich den unbefestigten Weg zum Aussichtspunkt emporstieg, blähte der böige Wind meine Jacke wie eine Rettungsweste auf. In der kühlen Meeresluft hatte sich meine Übelkeit bereits gelegt, als ich oben ankam. Der Aussichtspunkt selbst war ziemlich verlassen. Zwischen ein paar niedrigen Büschen stand ein einsamer Macar-Baum mit üppigen fleischfressenden Blüten. Nur eine Handvoll Touristen schlenderte herum, schoss Fotos und erforschte die Spencer-Batterie, eine Kanonenstellung aus dem neunzehnten Jahrhundert, die über das Goldene Tor wachte, wie Lard es ausdrückte (die Meerenge, die Einfahrt zur Bucht, hieß Goldenes Tor, warum, wusste ich nicht). Die aus Ziegelsteinen erbaute Brücke überspannte sie mennigerot, das Wasser leuchtete tiefblau und die Stadt lag weiß zwischen den ausgedörrten braunen Hügeln.

»Besuchen Sie die Brücke, Felix«, hatte Wagner vor meinem Weggang gemahnt, »und schreiben Sie mir etwas Poetisches darüber.« Damit meinte er natürlich kein Gedicht, nur ein paar hübsche Worte, die er für Inserate, Broschüren und die Anleitung für die Brotbackmaschine »Alte Zeiten« verwenden konnte.

Nichts geht über einen Bericht aus erster Hand, hatte Wagner gemeint.

Er hatte recht.

Die Klippe, auf der wir standen, erhob sich über der Brücke, die Bucht lag zur Linken, das offene Meer zur Rechten und die Stadt breitete sich unter uns aus wie eine Miniaturversion ihrer selbst. Irgendetwas fehlte, und es dauerte eine Weile, bis mir klar wurde, dass es die Transitfähren waren, die in Universum A kreuz und quer über die Bucht fuhren und die Stadt mit den Vorstädten verbanden. Hier gab es nur von Freizeitkapitänen gesteuerte Segelboote, deren weiße Segel sich stolz im Wind blähten, und einige Ausflugsboote, die über die Bucht verstreut waren. Auf der Meeresseite lugte der Wellenbrecher, der die Stadt vor Sturmfluten bewahrte, in einem gewaltigen Halbkreis aus dem Wasser.

Was die Brücke selbst anging, über die wir soeben gerumpelt waren ...

Die beiden abgestuften Stützpylonen aus dem berühmten roten Ziegelstein ragten hoch aus dem Wasser. Eine Autokolonne zog sich in beide Richtungen über das Klappsegment zwischen den Türmen. Ich konnte die winzigen Gestalten von Touristen auf den Fußgängerwegen erkennen, die auf Land- und Seeseite mit Laternenmasten gesäumt waren. Ein breiter Träger vom selben Rot wie Kabel und Ziegelsteine verband die oberen Ebenen der beiden Türme.

Als ich das letzte Mal den Blick auf dieses Schauspiel gerichtet hatte, war ich etwa zwölf Jahre alt gewesen. Irgendwie hatte ich erwartet, die Brücke wäre kleiner und weniger großartig, wie es einem bei vielen Dingen aus der Kindheit geht, die man als Erwachsener wiedersieht.

Ich schlug nach einer Fliege auf meinem Arm und sie schwirrte davon. *Ihre* Golden Gate Bridge existierte immer noch, während unsere bei dem großen Erdbeben zerstört und nicht wieder originalgetreu aufgebaut worden war. Sie war zum Beispiel keine Zugbrücke mehr – sondern schwang sich in elegantem Bogen hoch über die Bucht, sodass der Schiffsverkehr darunter durchfahren konnte. Und sie hatte keinen einzigen Turm. Die Beförderlinie Nummer 88 überquerte sie und schuf eine bequeme Verbindung zur meerseitigen Halbinsel. Es war eine hübsche, praktische Brücke. Es gab nicht das Geringste daran auszusetzen.

Die Fliege kehrte zurück und diesmal klatschte ich sie platt.

Nach ein paar Schritten erreichte ich wieder Lards Touristengruppe, die sich gefährlich nahe am Rand der Klippe versammelt hatte.

»Die Pfeiler der Brücke wurden in nur vierzehn Monaten fertiggestellt«, sagte Lard. »Eine gewaltige Leistung.« Er hatte seine Kappe abgenommen und hielt sie in der Hand. »Während der ganzen Bauphase wurde unter der Brücke ein Netz aufgespannt. Neunzehn Arbeiter fielen hinein und überlebten es. Es heißt, dass sie sich selbst als Mitglieder des ›Half-Way-to-Hell-Clubs‹ bezeichneten. Auf dem halben Weg zur Hölle und zurück.« Er hielt inne, bis das laute Kreischen einer Möwe verstummt war, und ich nutzte die Gelegenheit, um ein paar Fotos zu schießen, die mir später zu einer inspirierten Wortwahl verhelfen und Myriaden von »Alte Zeiten«-Brotbackmaschinen verkaufen sollten. Lard fuhr fort: »Die Farbe der Kabel und der Träger heißt zwar ›Orange International‹, aber für mich sieht es mehr nach Rostrot aus. Sie wurde ausgewählt, um zu den Ziegelsteintürmen zu passen. Auch heute, meine lieben Gäste, gibt es noch viel zu tun, um die Brücke instand zu halten. Der Regen, der Nebel und die salzige Meeresluft nagen an der Farbe und lassen die Ziegelsteine bröckeln.«

»Können Sie die Kabel nicht mit einer haltbaren Farbe anstreichen? Oder die Ziegelsteine wasserfest machen?«, fragte ein A-Bewohner aus der Gruppe.

»Das würde unserer Politik der historischen Authentizität zuwiderlaufen. Schließlich ist nur noch eine dieser Brücken erhalten.« Lard schniefte kurz. »Die Handwerker, die sich heute um die Brücke kümmern, gehen natürlich kein Risiko mehr ein. Und das Schöne ist, wir können sie heute bei der Malerarbeit bewundern, gegen eine geringe Eintrittsgebühr.«

Ein leises Murmeln der Unzufriedenheit breitete sich im Publikum aus. Verständlich, meiner Ansicht nach. Nachdem wir schon einen ganzen Batzen für die Tour bezahlt hatten, sah ich nicht ein, warum noch zusätzliche Eintrittsgelder dazukommen sollten. Dreihundertfünfzig Dollar, der Preis eines guten Buches, waren bereits vom Saldo meiner Identikarte abgezogen worden.

»Lard, mein Lieber, ich glaube nicht, dass diese braven Leute hier noch mehr Geld ausgeben wollen«, meinte die sympathische B-Bewohnerin aus dem Bus.

»Ja genau, können wir die Maler nicht vom Ufer aus beobachten?«, fügte jemand hinzu.

»Mal sehen, was ich tun kann«, stimmte Lard widerwillig zu.

»Was ist mit Erdbeben? War diese Brücke auch einmal in Gefahr einzustürzen, wie unsere?« Es war natürlich ein A-Bewohner, der diese Frage stellte. (Langsam wurde mir klar, was die Imbiss-Regel bedeutete.)

»Wir tun, was wir können, um die Vergangenheit zu bewahren«, sagte unser Reiseführer, während er seinen Blazer mit beiden Händen glättete. »Aber ja, der Bau wurde mit Stahl armiert, um einem Vorfall der Art vorzubeugen, dem die andere Brücke zum Opfer fiel.« Abermals schniefte er.

Also wirklich! Der tat ja so, als wäre es unsere Schuld, dass ein Erdbeben der Stärke acht Komma eins die Brückenpylonen in Universum A zum Einsturz gebracht hatte. Das war nicht nur unfair, sondern auch ziemlich taktlos gegenüber einem Publikum, das hauptsächlich aus A-Bewohnern bestand. Ich wollte erwidern: »Ach ja? Und was ist mit Yosemite und Yellowstone? *Wir* haben *unsere* Nationalparks nicht ruiniert!« Es gab hier Riesenräder in beiden Parks, wie ich gehört hatte, und im Yosemite brachten motorisierte Fahrzeuge die Wanderer bis zum Half Dome, während ein halsbrecherischer Aufzug wagemutige Touristen auf den Gipfel von El Capitan beförderte. »Jetzt aber mal halblang«, begann ich, aber Lard schien mich gar nicht zu hören. Die Ausflugsgruppe starrte wie von einem einzigen Verstand gelenkt irgendetwas hinter meiner Schulter an.

Ich drehte mich um und erblickte einen silbernen Flieger, der lautlos zu uns herabgeschwebt kam. Mit einem angesichts des windigen Wetters überraschend sanften Bums landete er nicht weit entfernt auf dem Rasen. Eine der Türen glitt nach oben und zwei DIM-Beamte in avocadogrünen Uniformen sprangen heraus. Mit den Händen ihre Mützen festhaltend, marschierten sie energisch auf unsere kleine Gruppe zu. Einen wilden Augenblick lang glaubte ich, dass sie gekommen waren, um uns mitzunehmen, zu den Brückenmalern bei der Arbeit.

»Ist das hier die ›B-mit-dem-Bus-besuchen‹-Tour? Bus Nummer 5?«, verlangte der Vordere zu wissen.

»B besuchen mit dem Bus«, verbesserte ihn Lard. Der sanfte Tonfall täuschte über seinen unverkennbaren Ärger wegen dieser Störung hinweg. »Und wie kann ich Ihnen behilflich sein?«

»Nach unseren Aufzeichnungen haben Sie einen gewissen Bürger Felix Sayers in Ihrer Gruppe. Ist das korrekt?«

Lards Lippen wurden schmal. Er sah sich unter seiner Reisegruppe um. »Haben wir?«

»Äh – das bin ich«, gestand ich. »Ich bin Bürger Sayers.« Meine Stimme klang seltsam schrill.

Der DIM-Beamte ergriff mich am Ellbogen und führte mich zum Flieger.

5
FALL NUMMER 21

Aber ich habe nichts falsch gemacht, sagte ich mir immer wieder selbst vor – in dem kleinen Raum, in dem ich mich nach dem Flug zu einem Gebäude im Süden der Stadt wiedergefunden hatte, konnte mich sonst niemand hören. Sie hatten mich auf dem Dach abgeladen und hastig eine lange Treppe hinabgeführt. Dabei hatte ich Paragraf 7 doch noch gar nicht gebrochen, mein Alter weder kontaktiert noch verfolgt, nicht einmal seinen Müll durchwühlt – und mir noch keine einzige Scheibe Sauerteigbrot genehmigt, sozusagen als Vorspiel zum Verstoß gegen Paragraf 10. Hatte Mrs Noor das nächste DIM-Büro kontaktiert, sobald sich die Bürotür hinter mir geschlossen hatte (ein garstiges, ausgesprochen *un*-Miss-Marple-artiges Benehmen, wenn dem so war), um eine Verletzung von Paragraf 7 anzuzeigen? Klient sucht Informationen über sein Alter unter dem Vorwand der Befürchtung, dass besagter Alter *sein* eigenes Buch schon geschrieben hätte. Die Geschichte klang herzlich dünn.

Die DIM-Beamten im Flieger hatten sich nicht gerade gesprächig gezeigt. Auf meine Frage, ob sie mich früh am Morgen im *Queen Bee Inn* zu erreichen versucht hatten, antworteten sie lediglich mit einem brüsken Kopfschütteln. Es tröstete mich ein wenig, als ich einen von ihnen über Funk melden hörte »Zielperson gefunden, sind unterwegs« und nicht »Verdächtiger verhaftet«. Oder etwas in der Art.

Ich sah mich in dem kleinen Raum um. Weiße Wände. Eine Art Untersuchungstisch in der Mitte mit den zugehörigen medizinischen Gerätschaften. Außerdem verschiedene Plakate mit ärztlichen Ratschlägen. Alle Möbel trugen den Aufdruck »Eigentum des Krankenhauses von Palo Alto«. Ich hatte weder von Palo Alto noch von seinem Krankenhaus je zuvor gehört, aber wer das auch war, der Stuhl, auf dem ich saß, gehörte ihm.

Nach fünf endlosen Minuten hörte ich es klopfen. Bevor ich antworten konnte, ging die Tür auf und ein ganz in Weiß gekleideter B-Bewohner kam herein. Ohne die Augen von dem Omni in seiner Hand zu wenden, trat er vor mich. »Mein Name ist Chang. Ich bin Pfleger. Sieht so aus, als wären Sie einundzwanzig.«

»Nein, fünfunddreißig«, antwortete ich.

»Hä?«

»Fünfunddreißig.«

Zum ersten Mal sah er mich an. »Nein, hier steht definitiv, dass es zweiundzwanzig Fälle gibt. Sie sind Nummer einundzwanzig. Bürger Felix Sayers, frisch eingetroffen aus Universum A. Ihre Krankenakte sollte jede Sekunde hier sein – ah, da ist sie schon.« Sein Omni piepste. »Ich muss mich übrigens entschuldigen, dass wir sie so unvermittelt einliefern mussten.«

»Unvermittelt? Ich war gerade auf einer Stadtrundfahrt …«

»Richtig, ich hörte, dass man einen Flieger geschickt hat. Das muss ja sehr beunruhigend gewesen sein, wenn sich zwei DIM-Beamte so plötzlich auf einen stürzen. Haben Sie gedacht, Sie wären auf dem Weg in ein Arbeitslager?«

»Ja, schon.«

»Warum setzen Sie sich nicht hier drauf?« Er klatschte mit der flachen Hand auf den gepolsterten Untersuchungstisch. »Dann messe ich schon mal ihre Werte. Dr. Gomez-Herrera sollte jeden Moment hier sein.«

»Ich fürchte, da ist ein Fehler passiert …«

»Es gibt keinen Anlass zur Beunruhigung, Bürger Sayers. Darf ich Sie Felix nennen? Es gibt wirklich keinen Grund zur Sorge, Felix. Dies alles ist lediglich eine Vorsichtsmaßnahme.«

Ich schwang mich auf den Tisch. Ich halte mich nicht für klein gewachsen, auch nicht für groß, eher durchschnittlich, aber meine Füße erreichten den Boden nicht. Es war ein sehr hoher Tisch. Chang überprüfte meinen Blutdruck, der sicher ziemlich hoch lag, dann maß er meine Temperatur und zuletzt hörte er seltsamerweise meinen Magen ab. Er tippte etwas in den Omni und verschwand, bevor ich irgendetwas Sinnvolles aus ihm herausbekommen konnte.

Ich sprang vom Tisch und setzte mich wieder auf den Stuhl. Dr. Gomez-Herrera entpuppte sich als imposante B-Bewohnerin in den Fünfzigern und ihr ernster Gesichtsausdruck ließ mich um meine Gesundheit bangen. Sie holte sich einen Stuhl heran und nahm sich eine Sekunde Zeit, um meine Krankenakte zu überfliegen, dann sagte sie: »Tut mir leid, dass sie so unvermittelt ins Krankenhaus kommen mussten, Bürger Sayers.«

»Sie haben einen Flieger geschickt, um mich abzuholen.«

»Haben Sie schon einmal vom nordamerikanischen Haustiersyndrom gehört?«

»Dem – Entschuldigung, wie war das?«

»Die Medien bezeichnen es als das Haustierbazillus, obwohl das ein irreführender Begriff ist. Die Krankheit ist vor etwa einem Jahr erstmals in Universum A aufgetreten.«

Ich *hatte* davon gehört. Tatsächlich glaubte ich mich sogar zu erinnern, eine entsprechende Schlagzeile auf Mrs Noors Schreibtisch gelesen zu haben. Das Leiden, das erstmals unter wild lebenden Tieren in Universum A aufgetreten war (Rieseneichhörnchen *et cetera*) war auf die menschliche Bevölkerung übergesprungen, und es bestand die Gefahr, dass es sich auch in Universum B ausbreitete. Ich war erleichtert, dass ich nicht Nummer einundzwanzig in einem neuen, geheimen Universen schaffenden Experiment war, das zusätzliche Kopien meiner selbst produziert hatte. Vielleicht noch erleichterter als zu dem Zeitpunkt, als mir klar wurde, dass man mich nicht in ein Arbeitslager stecken würde.

»Ein Überträger ist gestern Nacht von A nach B gequert«, fuhr Dr. Gomez-Herrera fort. »Wir haben versucht, mit allen Kontakt aufzunehmen, die dem Ansteckungsherd möglicherweise ausgesetzt waren. Erinnern Sie sich an – wie nennt man das? – eine hundeartige Kreatur, die sich während des Übergangs in der Kammer aufhielt? Fett, weiß, rosa Augen. Ein Quasi-Hund.«

»Das Vieh hat mich abgeschleckt«, sagte ich und setzte mich steif auf. »Ich habe aber nicht versucht, es zu streicheln oder so.«

»Ich verstehe.«

»Heißt das, dass ich mir den Haustierbazillus eingefangen habe, Dr. Gomez-Herrera?«

Sie schwieg lange genug, um meine Panik auf die Spitze zu treiben, dann sagte sie: »Es ist kein Bazillus. Es handelt sich um ein Virus. Und um sich damit anzustecken, müssten Sie ausgiebig in Kontakt mit dem Tier oder seinem Kot gekommen sein. Das scheinen wir hier ausschließen zu können. Dennoch ...«

»Das Hundetier – Murphina – wirkte gar nicht krank.«

»Ein krankes Tier zeigt normalerweise nur unbedeutende Symptome. Ein infizierter Mensch andererseits kann unter schweren Niesanfällen leiden, unter Appetitverlust, Übelkeit und intensivem Gesichtsjucken.« Sie beugte sich vor. »Haben Sie eines dieser Symptome an sich bemerkt, Bürger Sayers?«

»Nein«, gab ich zu.

Fast enttäuscht lehnte sie sich wieder zurück. »Manche Patienten weisen auch Orientierungsverlust und Verhaltensstörungen auf. Aber das ist selten.«

Während ich noch an dem Begriff »Verhaltensstörungen«

knabberte, der vor meinem geistigen Auge Bilder von Patienten hinter verschlossenen Türen mit Schaum vor dem Mund aufsteigen ließ, stand Dr. Gomez-Herrera auf.

»Warten Sie«. Ich hielt sie zurück. »Untersuchen Sie mich denn nicht auf den Haustierbazillus, nur um sicherzugehen?«

»Es gibt dafür keinen Test, Bürger Sayers.«

»Nein?«

»Nein. Arzneimittel schon.« Sie behielt die Hand auf dem Türgriff. »Sie müssen verstehen – wir kennen das nordamerikanische Haustiersyndrom hier in Universum B nicht. *Kannten* es nicht. Dieser Quasi-Hund ist der erste Fall, den wir zu sehen bekommen.«

Das erklärte allerdings den Flieger und die Eile, mit der man mich ins Krankenhaus verfrachtet hatte. Es war nicht nur in meinem eigenen Interesse geschehen. Ich hatte das Gefühl, mich für das unwillkommene Mitbringsel meiner Mit-A-Bewohner entschuldigen zu müssen, selbst wenn es nur um Viren und Haustiere ging: »Tut mir leid, dass wir den Bazillus eingeschleppt haben.«

»Keine Sorge, Bürger. Wir werden schnell feststellen, wer infiziert ist und wer nicht.«

»Wie denn?«

»Quarantäne.«

6
DIE QUARANTÄNE

Am Nachmittag war ich zum ersten Mal wieder allein.

Dr. Gomez-Herrera hatte mich fassungslos und mit offenem Mund stehen lassen. Später war Chang, der Pfleger, mit der Arznei gegen den Haustierbazillus zurückgekommen, einem Fingerhut voll lila Pampe, die beinahe so schwer zu schlucken war wie der Gedanke an eine achtundvierzigstündige Quarantäne. Chang versprach mir, Franny und Trevor im *Queen Bee Inn* zu verständigen, damit sie mir mein Gepäck nachschicken. Anschließend brachten sie mich in einen kleinen, abgetrennten Flügel im obersten Stockwerk. Ob der Wachposten vor der Doppeltür die Leute am Hinein- oder Hinausgehen hindern sollte, war nicht eindeutig zu erkennen. Während ich hinter Chang den Korridor entlangmarschierte, konnte ich den einen oder anderen Blick durch halb geöffnete Türen in bereits besetzte Zimmer werfen, vermutlich die der anderen einundzwanzig Patienten, die mit dem Murphina-Tierchen in Kontakt gekommen waren. Mein Zimmer lag ganz am hinteren Ende. Es sah so aus, als hätten sie mich als Letzten gefunden.

Die nächsten paar Stunden verbrachte ich im Bett, inzwischen in einen lachsfarbenen Krankenhauskittel gekleidet, während mir mehr Aufmerksamkeit zuteil wurde als je zuvor in einer medizinischen Einrichtung. Ich fühlte mich weiter gut, wie ich nicht müde wurde, Chang und dem restlichen Personal zu versichern, die ständig hereinkamen, um Fragen zu stellen. »Juckt ihr Gesicht?« – »Hatten Sie Niesanfälle?« – »Ist Ihnen übel?« Ich musste aufpassen, mich in ihrer Gegenwart nicht irgendwo zu kratzen.

Als die Tür sich zum dritten Mal hinter Chang schloss, beäugte ich meine Jacke, die neben einem Beutel mit dem Rest meiner Kleidung an einem Haken an der Tür hing. In einer Tasche musste sich noch ein Schokoriegel befinden, wenn ich mich recht entsann. Krankenhäuser haben so eine Atmosphäre, dass man einfach immer nur futtern möchte: die kahlen, weißen Wände, die zweckmäßige Möblierung, die unnatürliche Hygiene, die Ausdünstungen kranker Menschen. Außerdem hatte mir niemand gesagt, dass ich eine Diät einhalten müsse, oder mir auch nur einen Happen zum Essen angeboten.

Ich holte mir den Schokoriegel und stieg wieder ins Bett. Neben mir lag ein Fragebogen, den Chang zurückgelassen hatte. Er betraf meine Bewegungen seit der Ankunft in Universum B. Ich aß den größten Teil des Schokoriegels (auch nicht die leiseste Übelkeit) und las die Fragen durch. Einige waren *sehr* persönlich und betrafen den Austausch von Körperflüssigkeiten. Wahrscheinlich war ich der einfachste Patient, den sie jemals gehabt hatten. Potenziell voller ansteckender Bakterien, losgelassen auf die Straßen von San Francisco B, hätte ich alles tun können, wonach mir der Sinn stand, aber tatsächlich hatte ich nur ein paar Papierbücher gestreichelt und aus einem Busfenster gestarrt.

Auf halbem Weg durch den Fragebogen musste ich eine Pause einlegen, um den Rest des Schokoriegels zu verdrücken. Ich warf das zusammengeknüllte Einwickelpapier in Richtung Abfallkorb, verfehlte ihn und musste extra noch einmal aufstehen. Ausgerechnet Quarantäne. Ich würde bis Montag Gast des Krankenhauses von Palo Alto bleiben – und noch länger, falls mein Gesicht zu jucken anfing oder ich Niesanfälle bekam –, und mir blieb nichts anderes übrig, als zu warten, bis ich endlich *entlassen* wurde und meine Detektivarbeit beginnen konnte.

Wenigstens hatte ich *Noor & Brood* rechtzeitig auf den Fall angesetzt.

Ich rieb mir abwesend die Lippe (wo etwas Schokolade klebte), bis ich begriff, dass man das als Kratzen fehlinterpretieren konnte, und hörte hastig wieder damit auf. Natürlich juckte es mich sofort überall im Gesicht und an der Kopfhaut, als würden mir Ameisen über die Haut krabbeln. Ich versuchte mich mit dem Fragebogen abzulenken.

***

Am späten Nachmittag hatte sich das Interesse an mir weitgehend gelegt, der Schokoriegel war verdaut und ich beschloss mein enges, fensterloses Zimmer zu verlassen und mir etwas zu essen zu erjagen. Ich schlüpfte in ein Paar gepolsterte Krankenhauspantoffel, vergewisserte mich, dass mein Kittel hinten gut zugebunden war, und trat hinaus in den Korridor. Am anderen Ende stand die B-Mathematikerin aus der Übergangskammer vor einer Tür mit der Aufschrift *Cafeteria*. Sie trug ebenfalls einen Krankenhauskittel und Pantoffeln und sprach in ihr klobiges Omni. Als ich näher kam, warf sie mir ein nervöses Grinsen zu und setzte ihr Gespräch fort. »... aber Arni, wäre ein direktes Vorgehen nicht das Beste? – Nein, ich weiß, dass wir vorsichtig sein müssen ... ich kann ausgesprochen subtil sein. Was? Ja, ich weiß *genau,* wie ich es anstellen muss, Arni ...«

Ich kämpfte kurz mit dem Gedanken, ob es weise war, in einem Raum voller Quarantänepatienten zu speisen, von denen einige vielleicht *tatsächlich* am Haustiersyndrom erkrankt waren, aber der Hunger siegte und ich betrat die Cafeteria. Auf einem langen, mit einem Plastiktuch bezogenen Tisch stand das übliche aufgewärmte, pampige Zeugs, aber da ich das Mittagessen übersprungen hatte, war ich nicht wählerisch. Ich nahm mir ein Tablett, wählte Truthahnsandwich, Reischips und Pudding, dann sah ich mich nach einem Sitzplatz um. Murphinas Besitzer hockte einsam in der Nähe der Fenster, den schlaksigen Körper tief über sein Abendessen gebeugt. Wie alle im Raum, die nicht zum Personal gehörten, trug er diesen lachsfarbenen Kittel. Die offenherzige und ziemlich raue Klamotte ließ mich meinen Morgenmantel herbeisehnen. Das Gepäck aus dem *Queen Bee Inn* war noch nicht eingetroffen.

Er blickte auf, als ich an den Tisch trat. »Tut mir leid wegen der Quarantäne«, meinte er und zog seine Lasagne näher zu sich, um Platz für mein Tablett zu schaffen.

Ich setzte mich. Ich wollte herausfinden, warum ein erwachsener Mann sein Haustier zu Besuch in ein anderes Universum mitnahm. »Felix Sayers«, stellte ich mich vor, während ich mit den Händen fest die Kanten des Tabletts umklammerte, als vorbeugende Maßnahme gegen potenziell infektiöse Handschläge. »Ich bin Tourist.«

»Ich heiße Granola James. Ich bin geschäftlich hier ...«

»Kein *Kaffee?!*«

Ich wandte den Kopf und erblickte Gabriela Love, den Filmstar, mit dem ich eine Übergangskammer geteilt und den ich auf zahllosen Werbeleinwänden gesehen hatte. Sie brachte ihre Unzufriedenheit sehr klar zum Ausdruck. »Das kann doch nicht Ihr Ernst sein. Nein, ich will keinen Tee.« Mürrisch gab sie sich mit irgendeiner Alternative zufrieden und schlurfte zu einem freien Tisch, während ihre hochhackigen Slipper klackten und ihr seidiger, rosafarbener Morgenmantel sich hinter ihr bauschte (anscheinend hatte sie in weiser Voraussicht passende Kleidung eingepackt). Einen Moment lang fragte ich mich, wie die berühmte Schauspielerin hier bei uns Sterblichen gelandet war, da sie mir nicht der Typ zu sein schien, der Quasi-Haustierchen streichelte. Aber dann fiel mir wieder ein, dass sie ja in

Granola James' Auto gesessen hatte. Im Moment jedoch ließ sie Bürger James völlig links liegen. Damit war sie nicht die Einzige. Ich öffnete ein Mayonnaisetütchen und verteilte den Inhalt auf der dünnen Weißbrotscheibe, um das trocken aussehende Truthahnsandwich genießbarer zu machen, während ich zahllose Blicke auf mich gerichtet fühlte. Am Nachbartisch amüsierten sich ein paar Kinder köstlich, während ihre Eltern grimmig dreinschauten und immer wieder missbilligende Blicke in unsere Richtung abschossen. Da mir der Mann leidtat, der (wie der Quasi-Hund Murphina mit all seinen Viren) immerhin ein Mit-A-Bewohner war, fragte ich Bürger James: »Und wo ist Murphina geblieben?«

»Beim Tierarzt, in Quarantäne, genau wie wir, die Ärmste. Ich hoffe, sie nimmt das Futter an.«

Ich beäugte mein Sandwich und entfernte mit spitzen Fingern ein welkes Salatblättchen. »Was führt Sie beide denn nach Universum B?«

»Geschäfte in Carmel. Was Murphina betrifft, ich nehme sie überallhin mit. Sie ist ein liebenswertes und gut erzogenes Tier. Wir wollten heute eigentlich einen Flieger hinunter nach Carmel nehmen, aber als Murph mich heute Morgen aufweckte, sah ich gleich, dass sie sich nicht wohlfühlte. Also ging ich mit ihr zum Tierarzt. Und schon schafften sie mich in aller Eile hierher.«

»Wie hat sie sich den Haustierbazillus eigentlich eingefangen?«

Anscheinend hatte man ihm diese Frage schon so oft gestellt, dass er sie in kurzen, geübten Sätzen beantwortete, während er sachte mit der Gabel an seinen Lasagneteller tippte. »Wir leben im Napa Valley. Gleich hinter dem Haus fängt der Wald an. Die Rieseneichhörnchen mögen die Bäume. Murph und ich gehen jeden Tag dort spazieren. Um ehrlich zu sein, sie braucht die Bewegung.« Die Hand mit der Gabel hielt einen Moment lang inne. »Aber wenn sie im Wald auf Eichhörnchenköttel stößt, neigt sie dazu, na ja, sie aufzufressen. Nobody is perfect.«

»Das ist doch Blödsinn«, sagte die Mathematikerin, die anscheinend ihr Gespräch mit Arni Wer-auch-immer beendet hatte und sich auf den freien Stuhl zwischen uns fallen ließ. Sie stellte ihr Tablett auf dem runden Tisch ab, dass das Besteck nur so klapperte. »Warum spüren wir solche Krankheiten nicht auf, *bevor* wir sie von einem Universum ins andere verschleppen? Stattdessen bekommen wir beim Übergang ständig die ewig alten Fragen zu hören. Zweck des Besuchs, Bonität unserer Identikarte, hat der Reisende ein Alter Ego – als wäre es einem Menschen möglich, nicht zumindest einen heimlichen Blick auf sein Alter werfen zu wollen, wenn er denn eines hat …«

Sie brach ab und verstummte, als hätte sie etwas gesagt, das sie eigentlich für sich hatte behalten wollen. Ich fragte mich, ob einer von uns – James oder ich – ihr alt genug erschien, um ein Alter Ego zu haben. Heimlich musterte ich Bürger James, aber sein sehniger Körper und der glatte schwarze Haarschopf machten es unmöglich, sein Alter genau zu schätzen. Er konnte ebenso gut dreißig wie fünfzig sein.

»Ach, egal«, meinte sie und nahm sich ein Zitronensafttütchen aus dem Korb in der Tischmitte. Sie quetschte es in ein Glas Eistee. »Freut mich, Sie kennenzulernen …«

»Granola James.«

»Freut mich, Bürger James.«

»Nennen Sie mich einfach James. Oder Granola, wenn es sein muss.«

Sie reichten sich die Hand.

»Ich bin Bean. Naturname. Bohne. Tag Felix, wir haben uns natürlich gestern schon kennengelernt …«

Ich schüttelte ihr die Hand, erfreut, dass sie sich die Mühe gemacht hatte, sich nach meinem Namen zu erkundigen. War es möglich, dass sie zu denen gehörte, die heute früh im *Queen*

Bee Inn nach mir gesucht hatten? Wenn ja, warum hatte sie keinen Namen genannt? Und wer war der andere geheimnisvolle Besucher gewesen, der lockige Typ mit der vorspringenden Nase, den Franny beschrieben hatte?

»Wenigstens dauert unsere Quarantäne nur noch etwas über vierzig Stunden«, sagte Bean, während sie in ihrer Suppe herumstocherte. »Und nicht vierzig *Tage*, wie im Mittelalter. Ganze Schiffe wurden isoliert, um sicherzugehen, dass niemand an Bord die Pest in sich trug. Eigentlich sollten wir das heute besser können. Krankheiten lieber rechtzeitig ausfindig machen, anstatt Quarantäne zu verhängen. Ein interessantes mathematisches Problem, mehr nicht.«

James und ich starrten sie an. »Sagten Sie, ein mathematisches Problem?«, wollte ich wissen.

Sie nippte vorsichtig an ihrer Suppe, dann griff sie nach dem Pfefferstreuer. »Alle Probleme sind im Grunde mathematischer Art. Manche sind nur komplizierter als andere. Den Haustierbazillus aufzuspüren – das sollte nicht so schwierig sein, denke ich – was für ein Gerät würde man dazu brauchen? Was müsste es messen? Einiges. Körpertemperatur. Die Anzahl der Niesanfälle pro Stunde oder der Viren in einer Schleimprobe. Dann müsste die gemessene Zahl mit einem Grenzwert abgeglichen werden – wieder eine Zahl –, um zu einer Ja-Nein-Entscheidung zu gelangen – binär –, ob jemand das Haustierbazillus in sich trägt oder nicht.«

»Das klingt durchaus machbar, wenn Sie es so ausdrücken, Bean«, sagte James. »Ein toller Name übrigens. Viel besser als Granola, in jeder Hinsicht. Müsli, pah! Welche Bohne sind Sie denn? Kaffee, Vanille, Chili, Kakao, grün …?«

»Keine Ahnung. Meine Eltern sind Passivisten.«

»Was meinen Sie damit?«, fragte ich. Ich griff nach einem Reischip und langte dabei nach unten, um mir den Krankenhauskittel wieder über die Knie zu ziehen.

»Die Passivisten glauben daran, dass die Verzweigung von A und B durch eine einzige Person verursacht wurde.«

»Klar«, sagte ich. »Professor Singh. Er hat in seinem Kellerlabor eine Kopie des Universums hergestellt. Das lernt man doch schon in der ersten Klasse.«

»Nein. Ich meine, ja, natürlich lernt man das in der ersten Klasse.« Sie tunkte ein Stück des faden Brots in ihre Suppe, merkte, dass es zu schnell durchweichte, und ließ es in die Schüssel fallen. »Die Passivisten sind keine Anhänger des Gedankens, dass man ein Universum im Labor schaffen kann. Nach ihrer Ansicht erzeugen die Leute immer dann neue Universen, wenn sie etwas tun, ohne die Konsequenzen in Betracht zu ziehen, etwa eine achtlose Bemerkung machen oder verschlafen oder ein Stoppschild überfahren.«

Ich sah, dass James' Gabel auf dem Weg von der Lasagne zu seinem Mund in der Luft erstarrt war.

»Ich habe die Passivisten am Übergangsterminal gesehen«, bemerkte ich. Ich erinnerte mich, dass es Bean nicht gefallen hatte, wie die Beamten sie aufforderten, das Gelände zu verlassen. »Einer von ihnen trug eine eingetopfte Sonnenblume bei sich. Aber was hat Passivismus mit Namen zu tun?«

»Meine Eltern haben meinen Namen ausgewählt, indem sie eine Nadel in eine Liste von Naturnamen gestochen haben, die für neugeborene Einzigartige, obwohl die Leute meistens anders vorgehen und einen Namen auswählen, der ihnen gefällt. Die Namen sollen ›*Anblicke, Düfte, Laute und Geschmäcker der Natur evozieren*‹«, zitierte sie, wobei sie sich ein bisschen verhaspelte. »Ich gehöre zu den Geschmäckern. Thyme – Thymian –, mein Bruder, ist der Duft und meine Schwester Cricket – Grille – ist der Klang. Ein viertes Geschwister gibt es nicht, sonst wäre es ein Anblick gewesen. Wenigstens sind wir alle leicht zu buchstabieren. Na ja, außer Thymian vielleicht. Das Gewürz, verstehen Sie?«

James legte die Gabel weg. »Hören Sie – von Professor Singhs Arbeit einmal abgesehen, glaube ich nicht, dass das eine große Rolle spielt. *Sollte* es andere Universen geben, dann würde das lediglich dazu führen, dass man sich in *diesem* Universum erfolgreich darum drückt, die Verantwortung für die Wahl des Namens seines Kindes zu übernehmen. In einigen anderen Universen hätten Ihre Eltern Sie Jane oder Hildegard genannt.«

»Vielen Dank.« Sie schob die schlappen Gemüsestückchen in ihrer Suppe hin und her. »Und was führt die Herrschaften nach Universum B?«

James entschuldigte sich abermals für all die Probleme, die er verursacht hatte, und ich sagte bloß: »Neugier.«

Jemand im Raum nieste und wir drehten uns alle nach dem Schuldigen um. Ein Mädchen im Teenageralter mit großen, nicht zusammenpassenden Ohrringen und stacheligen Augenbrauen sah entsetzt drein, weil sie jetzt vielleicht noch länger als achtundvierzig Stunden in Quarantäne bleiben musste.

Bean räusperte sich. »Wie gefällt es Ihnen denn hier? Abgesehen von der Quarantäne natürlich.«

Ich musste einen Moment lang nachdenken, denn ehrlich, was soll man schon über einen Ort sagen, an dem man nur ein oder zwei Tage verbracht hat. Doch James, der seine Überzeugungen offenbar gerne mit anderen teilte, meinte: »Eines muss ich zugeben – ich liebe die vielen Autos. Habe mir selbst eines gemietet. Ein grünes Cabrio. Toll zu fahren.«

»Obwohl das umweltpolitisch absolut unverantwortlich ist? Ich habe auch ein Auto. Gebraucht gekauft. Von einem Kaugummifabrikanten. Ich weiß gar nicht, was ich ohne meinen Käfer anfangen würde.«

»Das öffentliche Nahverkehrssystem in San Francisco A funktioniert sehr effizient.« Sobald es heraus war, wurde mir klar, dass das keine besonders diplomatische Feststellung war. Genau genommen ziemlich überheblich. In der Hoffnung, sie nicht beleidigt zu haben, fügte ich hinzu: »Na ja, Sie haben es ja gesehen. In der Stadt sind keine privaten Fahrzeuge erlaubt, nur Beförderer und Fahrräder. Es ist sauber, sicher und effizient.«

Bean ließ ihre Suppe angewidert stehen und griff nach einem Donut auf ihrem Tablett. »Aber ist es auch schneller?«

»Allerdings, wenn die Alternative ist, dass man jeden Tag im Stau steht.«

»Na gut, das muss ich zugeben.«

»Allerdings habe ich heute früh eine Stadtrundfahrt im Bus gemacht und dabei festgestellt, dass mir diese Art von öffentlichen Verkehrsmitteln nicht gerade zusagt«, bemerkte ich, folgte ihrem Beispiel und schob die Reste des Truthahnsandwichs beiseite, um nach dem Pudding zu greifen. »Zu holprig. Macht mich seekrank. Ich meine buskrank.«

»Eine Bootsfahrt durch die Bucht kann ich nur empfehlen. Seltsamerweise wird man dabei nicht so leicht seekrank. Wo wir gerade davon sprechen«, fügte sie hinzu, während sie sachte den Puderzucker von ihrem Donut schüttelte: »Hat einer von Ihnen irgendwelche Haustierbazillus-Symptome – Niesanfälle oder so?« Sie probierte vorsichtig einen Bissen. »Auf jeden Fall sollten Sie die Donuts meiden. Puderzucker kann sehr irritierend auf die Nase wirken.«

***

Nachdem das Geschirr abgeräumt war, kehrten Dr. Gomez-Herrera und Chang mit der abendlichen Dosis unserer Arznei zurück. Die Prozedur hatte etwas Unheilverkündendes an sich, und während ich mich in der Schlange anstellte, war mir sehr deutlich bewusst, dass unsere kleine, in Krankenhauskittel gekleidete Gruppe von Menschen vielleicht eine neue Seuche nach Universum B eingeschleppt und damit den Lauf der Geschichte verändert hatte. Wenigstens war es nur eine lästige

Krankheit, keine unheilbare. Bean dachte anscheinend in ähnlichen Bahnen und kommentierte unterdrückt von hinten: »Ich wette, eines Tages gibt es eine tödliche Epidemie. Das wäre natürlich eine schlimme Sache, aber immerhin würde es zwischen den Wissenschaftlern in Universum A und Universum B zu einem Wettlauf um das Heilmittel führen, und das würde den Würgegriff lockern, in dem das DIM die Forschung hält.«

»Trotzdem bin ich froh, dass Murph und ich nicht für etwas Derartiges verantwortlich sind«, hörte ich James sagen. Ich nahm zwei Pappbecherchen entgegen, einen mit der Arznei, den anderen mit Wasser, und trank sie hintereinander aus. Bean hatte recht. Gewiss konnte nicht einmal der Rat für Forschungssicherheit des DIM, der damit beauftragt war, Paragraf 19 (Wissenschaft & Forschung) zu überwachen, bei einem solchen Szenario eingreifen. Nicht, wenn die Leute erst einmal angefangen hatten zu sterben wie die Fliegen. Aber es musste doch einen besseren Weg geben, dachte ich, während ich an der Arznei würgte, einen besseren Weg, als auf eine tödliche Epidemie zu warten, um den Wissenschaften ein wenig mehr Freiheit zu verschaffen. Ich knüllte die beiden leeren Pappbecher zusammen und warf sie in den Abfalleimer. Als ich mich wieder umdrehte, hörte ich die Ärztin sagen: »Und lassen Sie mich wissen, wenn Sie irgendwelche Nebenwirkungen spüren.« Ich bemerkte, dass ich einen Teil ihrer Ansprache ausgeblendet haben musste.

Eine Weile hing ich noch in der Cafeteria herum, während einundzwanzig Bürger hitzig über die Ereignisse des Tages diskutierten. Kaum überraschend, war keiner besonders erfreut über den unerwarteten Eingriff in sein Alltagsleben, insbesondere Gabriella Love, die erklärte: »Dies ist *absolut* inakzeptabel. Ich arbeite gerade an einem neuen *Projekt*.« Ihr Blick fiel auf mich und sie musterte mich nachdenklich, wahrscheinlich weil ich neben James stand, mit dem sie immer noch kein Wort gewechselt hatte.

Ich plauderte eine Weile mit Quarantänefall 11, dem Mädchen mit den stacheligen Augenbrauen, das darüber jammerte, dass es seine Party verpasste. Und auch mit dem eher erwachsenen Quarantänefall 3, der mir erzählte, dass er als Versicherungsvertreter zu einem bi-universellen Kongress in der Stadt weile, der aber sonst keine weiteren Details über sich preisgeben wollte, da sein Alter ebenfalls an dem Kongress teilnahm und sie auf Kriegsfuß standen. Wenn man mich drängte, stellte ich mich selbst mit ein paar lapidaren Sätzen vor, zu denen »Ich bin Tourist« gehörte, ein Ausdruck, den ich langsam leid war. Aber es wäre undenkbar gewesen (obwohl ich damit bei meiner Zuhörerschaft sicher größeres Interesse geweckt hätte) zu sagen: »Ich bin hier, um meinen Doppelgänger auszuspionieren. Klar, es ist illegal, aber was ist das heutzutage nicht?«

James wurde zwar nicht direkt mit Anklagen konfrontiert, doch die Situation musste sehr unangenehm für ihn sein. Nach einer Weile zog er sich in den Hintergrund des Raums zurück, wo er mit verschränkten Armen stumm dastand, jedes Starren schweigend erwiderte und meine Bewunderung gewann. Ich an seiner Stelle wäre ein nervöses Wrack gewesen.

Als Gabriella Love endlich zu ihm trat, hörte ich sie sagen: »Das beweist, dass man auf Geschäftsreisen niemals Haustiere mitnehmen sollte, meinen Sie nicht?« Für mich klang das außergewöhnlich unhöflich, selbst für einen Filmstar.

Er ließ sich nicht erschüttern. »Ich habe das Gefühl, dass die Dinge sich noch zum Besten wenden werden.«

»Und was ist mit dem anderen?«, hörte ich sie sagen, aber die Antwort ging im verzweifelten Aufkreischen von Quarantänefall 11 unter, der Teenagerin, die zwei und zwei zusammengezählt hatte und begriff, dass sie die Party am Sonntagabend *auch* noch verpassen würde.

***

Auf meinem Bett im Krankenzimmer erwartete mich bereits mein Rucksack, dazu eine handschriftliche Mitteilung aus dem *Queen Bee Inn*. Es waren die üblichen Genesungswünsche, aber Franny hatte ein PS hinzugefügt: »Ich habe Ihnen etwas beigelegt, damit die Zeit schneller vergeht.« Ich setzte mich aufs Bett, zog den Reißverschluss auf und stellte fest, dass jemand meinen Rucksack – mit etwas mehr Sorgfalt als ich – neu gepackt hatte. Der von Franny erwähnte Gegenstand lag obenauf.

Noch nie zuvor hatte mir jemand ein Papierbuch geschenkt.

Der Titel lautete *Ein Schritt ins Leere*, und der Umschlag zeigte einen Mann, der über eine Klippe in ein waberndes, nebliges Nichts trat. Ein Agatha-Christie-Roman, den ich seit Jahren nicht mehr gelesen hatte. Ich glaubte mich zu erinnern, dass er der perfekte Begleiter für einen kalten, regnerischen Wintertag war, vorzugsweise in einem bequemen Lehnsessel vor einem warmen, knisternden Kaminfeuer. Wahrscheinlich auch nicht das Schlechteste für einen Quarantäneaufenthalt.

Nach einem vergeblichen Versuch, das Krankenhauskissen ein wenig aufzuschütteln, machte ich es mir so bequem wie möglich und schickte ein stummes Dankeschön an die Pensionsinhaber Franny und Trevor, weil sie sich daran erinnert hatten, dass ich Krimiklassiker liebte. Dann tauchte ich ein in die Abenteuer eines gewissen Bobby Jones, vierter Sohn des Vikars von Marchbolt, und seiner Partnerin in der Verbrechensbekämpfung, Lady Frankie.

7
EIN BESITZSTÜCK VERSCHWINDET

Am Sonntagmorgen weckte mich ein scharfes Summen. Wagner. »Felix«, donnerte er, »wie ich höre, stecken Sie in Quarantäne. Und das ausgerechnet im Urlaub! Geht es Ihnen gut?«

Griesgrämig, schlaftrunken und nicht in der Stimmung, Fragen zu beantworten, zog ich die Decke enger um mich und murmelte in den Omni: »Alles in Ordnung. Wagner, kann ich Sie zurückrufen?«

»Dann sind Sie also nicht krank?«

»Nein. Nur noch im Bett.«

»Tut mir leid. Gut, melden Sie sich wieder.«

Ich ließ den Omni auf den Nachttisch fallen und kämpfte mich aus dem Bett in die enge Dusche. Das heiße Wasser weckte nach und nach meine Lebensgeister, und dabei nistete sich eine Frage in meinem Kopf ein: Woher wusste Wagner, dass ich unter Quarantäne stand? Datenschutzparagraf 3 verbot dem Krankenhaus von Palo Alto, unsere Namen an die Medien weiterzugeben, jedenfalls hoffte ich das, denn es wäre doch ganz schön peinlich gewesen, wenn Felix B vorbeischaute, um mir Blumen oder einen Früchtekorb zu bringen. Höchstwahrscheinlich, so beruhigte ich mich, hatte Wagner durch einen seiner beruflichen Kontakte von der Quarantäne gehört.

Aber es gab auch noch eine andere, bedrohlichere Möglichkeit: dass Wagner nämlich einer jener Undercover-DIM-Agenten war, die es überall in San Francisco A gab (und zweifellos auch in San Francisco B). Ihr Auftrag lautete schlicht, die Einhaltung der Regeln und Paragrafen des DIM zu überwachen. Es konnte sich dabei um Buchhalter handeln, Hotdog-Verkäufer, Straßenkehrer, Bestattungsunternehmer, Pizzalieferdienste. Und mein Chef? Als Inhaber einer Firma, die qualitativ hochwertige Küchenprodukte verkaufte, vom Kuchenheber bis zum Grillherd, alles ausgestattet mit Gebrauchsanleitungen Ihres geschätzten Erzählers, hatte er eine sehr gute Tarnung. Aber Wagner, der vor Ideen nur so sprühte und der einen immer mit seinem Enthusiasmus ansteckte (obwohl mir das Wort »anstecken« im Moment nicht so gut gefiel) – Wagner ein DIM-Agent? Nein, ausgeschlossen.

Ich drehte das Wasser ab und griff nach einem Handtuch. Dass Chang und die anderen Pfleger und Schwestern alle paar Stunden hereingekommen waren, um meine Vitalwerte zu überprüfen, hatte die Nacht in eine seltsam zersplitterte Traumwelt verwandelt. In einer besonders lebhaften Episode war ich von einer Busladung voller Alter gehetzt worden, während ich verzweifelt an den ersten Seiten meines Krimis schrieb. Im Traum war ich ein Haustierchen, eine biologisch eher unwahrscheinliche Kreuzung zwischen einem Hund und dem teilweise ausgestorbenen Elefanten, und versuchte verzweifelt, mit meinen dicken Pfoten zu tippen und gleichzeitig gegenüber den Alter einen Vorsprung zu behalten, bis ich endlich mit einem Ruck aus dem Schlaf hochfuhr.

Leider konnte ich mich nicht mehr an den Plot des ausgesprochen bemerkenswerten Romans erinnern.

Ich zog mir einen neuen Krankenhauskittel über und nahm den Omni vom Nachttisch. Als ich den verknoteten Umhängeriemen entwirrte, bemerkte ich, dass das kleine grüne Lichtlein, das sonst immer brannte, jetzt erloschen war. Jetzt, wo ich darüber nachdachte, glaubte ich mich zu erinnern, dass der

Omni zunehmend dringliche Nachrichten bezüglich des Ladezustands seiner Batterien ausgespuckt hatte. Der kurze Anruf von Wagner musste ihn das letzte bisschen Saft gekostet haben. Ich schüttelte das Ding in einem letzten, verzweifelten Versuch, es auf technisch anspruchslose Art zu reparieren, scheiterte und ließ es auf dem Nachttisch liegen.

Die Cafeteria war ziemlich leer, nur an ein oder zwei Tischen sah ich missvergnügte Gesichter. Die Frühaufsteher waren bereits wieder verschwunden und der einsame Krankenhausmitarbeiter meinte mürrisch: »In zehn Minuten räume ich ab. Das ist kein Hotel hier.«

Bean und James waren nirgends zu sehen. Ich hoffte, dass sie nicht dem Haustierbazillus zum Opfer gefallen waren.

Während ich mich mit meinem Essen hinsetzte, sauste Chang mit einem Pappbecher heran und ließ mich nicht aus den Augen, bis ich ihn geleert hatte. Ich spülte den Teergeschmack der Haustierbazillus-Arznei mit Orangensaft hinunter und beendete mein Frühstück hastig unter den missbilligenden Blicken des Cafeteriaangestellten. Ohne Zweifel genoss Felix B ein angenehmeres Sonntagsfrühstück, der Teufel sollte ihn holen. Hätte ich nur im Voraus etwas über den Burschen herausfinden können – zum Beispiel seine Adresse, wo er arbeitete, ob er ein kostspieliges Auto und ein Haus besaß und eine Freundin … Aber die DIM-Regeln beschränkten den Informationsfluss auf ein Minimum, was natürlich eine tolle Sache war, wenn es um die eigene Privatsphäre ging, aber verdammt nervig, wenn man jemand anderem nachspionieren wollte.

»Bürger Sayers?« Neben mir stand Gabriella Love mit strähnigen Haaren, verquollenen Augen, aber immer noch elegant mit ihrer Seidenrobe und den hochhackigen Slippern. Sie hielt zwei Becher in der Hand. »Hat James Sie gefunden? Er ist auf der Suche nach Ihnen.« Sie bot mir einen der Becher an.

»Danke«, sagte ich, während ich mich fragte, womit ich ihre

Aufmerksamkeit verdient hatte. »Ich habe ihn nicht gesehen, bin gerade erst aufgestanden.«

»Es ist Tee. Pfirsich.« Sie verzog das Gesicht. »Darüber muss ich mal mit jemandem ein Wörtchen reden – ich *brauche* Kaffee, um am Morgen in die Gänge zu kommen. Und das Zimmer erst! Eine Katastrophe. Ich ziehe es vor, bei natürlichem Licht aufzuwachen, und das Zimmer hat nicht einmal ein einziges Fenster. Die Situation ist absolut *inakzeptabel*.«

»Die Quarantäne muss für Sie besonders schwer sein.«

»Nun – was meinen Sie damit?«

»Sagten Sie nicht, dass Sie an einem neuen Projekt arbeiten, einem Film, vermute ich? Die können doch ohne Sie gar nichts machen.«

Ihr Gesicht lief rot an und einen Moment lang schien ihr die Sprache wegzubleiben. Dann kreischte sie: »Soll das ein Witz sein?« Sie wirbelte herum, stürmte aus der Cafeteria und hinterließ eine Pfütze Tee auf dem Boden. Der Cafeteriaangestellte schoss ihr einen wütenden Blick nach.

Ich hatte ja davon gehört, dass Filmstars temperamentvoll waren. Gott sei Dank gab es hier nicht *mehr* davon. Was für ein Pech, dass ich mich ausgerechnet mit ihr im selben Universum Aufhalten musste.

Als ich in mein Zimmer zurückkam, sah ich den Omni auf dem Nachttisch liegen und mir fiel wieder ein, dass die Batterie leer war. Bevor ich mich auf den Weg machte, ein Infoterminal zu suchen, um Mrs Noor von der Agentur *Noor & Brood* zu kontaktieren, warf ich aus irgendeinem Grund noch einen Blick in meinen Rucksack. Ich hatte es mir zur Gewohnheit gemacht, täglich das Foto herauszuholen, das Tante Henrietta mir neben ihren Porzellandelfinen vermacht hatte, vielleicht, um mich davon zu überzeugen, dass es tatsächlich real war. Ich griff in die Seitentasche des Rucksacks, wo ich es aufbewahrte. Das Foto war verschwunden.

8
ICH BIN VERWIRRT

Nachdem ich das gesamte Zimmer zweimal auf den Kopf gestellt hatte, als könnte sich ein Foto einfach selbstständig machen, herausspringen und sich unter dem unbequemen Krankenhausbett verstecken, gab ich auf und trat in den Korridor hinaus. Beim Eingang zur Isolierstation gab es ein Infoterminal, gleich neben dem Wachposten, der an der Wand lehnte und ins Leere starrte. Als er mich kommen sah, wich er mit zwei eiligen, großen Schritten auf die andere Seite der Tür zurück, als hätte er Angst, sich anzustecken, und überließ mir das Terminal.

Bevor ich Mrs Noor anrief, warf ich einen Blick auf die Nachrichten. Gestern hatte ich auf dem Tisch der Detektivin noch die Schlagzeilen gesehen, die die Panik vor dem Haustierbazillus verbreiteten. Heute war das Thema völlig verschwunden. Stattdessen gab es eine reißerische Geschichte über teilweise ausgestorbene Tiere (die zuständigen Behörden hatten beschlossen, dass es doch keine so gute Idee war, ein Elefantenpärchen in eine Übergangskammer zu quetschen). Der Artikel tönte: *Ist es gerecht, dass Elefanten das Universum A durchstreifen, während man sie in Universum B nicht einmal mehr im Zoo findet? Warum sind die A-Bewohner nicht bereit zu teilen? Wir wollen auch eine Giraffe!* Und so weiter. Möglicherweise betrachtete man das Problem des Haustierbazillus inzwischen als gelöst, aber wahrscheinlich wollte das DIM nur eine öffentliche Panik vermeiden, jetzt, da klar war, dass die Geschichte mit dem Bazillus nicht nur eine Zeitungsente war.

Ich rieb mir die Stirn, hinter der sich ein stechender Kopfschmerz'ausbreitete, und fragte mich abermals, wie Wagner herausgefunden hatte, dass ich unter Quarantäne stand.

Eigentlich sollte ich ihn zurückrufen. Er war nicht nur mein Chef, sondern auch ein Freund und machte sich Sorgen um mich. Und war da nicht auch noch ein anderer Anruf gewesen, ein wichtiger?

Ich streckte mich, steif vom gebückten Stehen über dem Infoterminal. Schon deprimierend, dass ich in Universum B bisher nicht mehr erreicht hatte, als mein Foto vom Tag Y zu verlegen.

Felix B hat ein Buch geschrieben. Nein, er hat kein Buch geschrieben.

Ja, er hat, nein, er hat nicht.

Spielte es wirklich eine Rolle? Plötzlich kam mir das alles albern vor. So wie die Erinnerungen an meinen Albtraum, der sich in der Morgensonne als Illusion entpuppte, als seine ungreifbare Realität sich auflöste und der Vernunft und dem Licht des Tages Raum gab.

Was für eine geschickte und schöne Formulierung übrigens.

Dann fiel es mir wieder ein.

Natürlich. Es war ja so einfach.

Erst gestern war ich in einer Buchhandlung gewesen – wenn der Mann irgendwelche Bücher geschrieben hätte, wäre ich darauf gestoßen. Meine Sorgen waren vorüber. Ich stieß ein erleichtertes Lachen aus, brach es aber gleich wieder ab, weil die Bewegung meine Kopfschmerzen verstärkte.

In dem quadratischen Fenster, das sich in Augenhöhe in der Tür befand, erschien kurz das Gesicht des Wachpostens und war ebenso schnell wieder verschwunden. Ich wandte mich ab und wäre fast mit Bean zusammengestoßen.

»Hallo Bean, Sie Tochter pazifistischer Eltern und Verfechterin der universellen Gültigkeit der Mathematik.«

Sie sah mich merkwürdig an, aber es war nicht zu erkennen, was ihr durch den Kopf ging. »Haben Sie Lust auf einen Spaziergang? Ich weiß, wie man aufs Dach kommt.«

»Warum nicht? Vielleicht hilft es gegen meine Kopfschmerzen.«

»Die Treppe liegt gleich um die Ecke, hier entlang. Mein Zimmer hat kein Fenster, und Ihres?« Sie ging voraus und redete ziemlich schnell. »Ich fühle mich wie in einem Unterseeboot, nicht, dass ich je eines betreten hätte. Oder doch, eigentlich schon, es gibt eines im Schifffahrtsmuseum – existiert das auch in Universum A? –, aber ich habe vergessen, an welchem Pier es angedockt ist. Na egal, ich fühle mich einfach eingesperrt, und dann habe ich da ein wichtiges Projekt, an dem ich arbeiten sollte. Nein, fragen Sie mich nicht, was es ist, das darf ich nicht sagen. Es verstößt gegen die *Regeln*.«

»Was tut das heutzutage nicht?«, meinte ich, während ich versuchte mit ihr Schritt zu halten.

»Zum Beispiel, die Zahl Pi bis zu einer lächerlich großen Anzahl von Nachkommastellen auszurechnen. Bauchtanzunterricht zu nehmen. Eiscreme zu essen.« Sie zuckte die Achseln. »Eine Menge Sachen, die Spaß machen, verstoßen nicht gegen die Regeln.«

Ich blieb stehen, um meinen Kittel zuzubinden, der hinten aufgegangen war. Ich bemerkte, dass wir vor James' Zimmer angelangt waren. »James ist auf der Suche nach mir, habe ich gehört«, flüsterte ich. »Aber ich fürchte, bei ihm ist die Wahrscheinlichkeit am größten, dass er sich angesteckt hat.«

»Kommen Sie, ich helfe Ihnen. Mir tut er leid, wissen Sie. Keiner scheint ihn zu mögen.«

Sie schien sich ja ziemlich für James zu interessieren.

»Leute, die ihre Haustiere auf Reisen mitnehmen, fordern

Schwierigkeiten geradezu heraus«, bemerkte ich, während sie das Bändsel des Kittels hinten so fest zuzog, dass ich den Satz mit einem Keuchen beendete. »Man könnte es natürlich schon als gestörtes Verhalten interpretieren, dass er Murphina überhaupt mitgenommen hat«, bekräftigte ich meine Feststellung. »Wissen Sie, was mir Sorgen macht? Wenn wir jetzt anfangen, uns seltsam und abnormal zu verhalten, wie sollen wir wissen, ob es an dem Bazillus liegt oder daran, dass wir während des Übergangs ein paar Gehirnzellen zu viel verloren haben?«

Dr. Gomez-Herrera kam aus James' Zimmer, den Blick auf ein Krankenblatt gerichtet, blickte auf und fragte uns, was wir hier machten.

»Ich fühle mich ein bisschen eingesperrt«, meinte Bean.

»Ich hatte eine Eingebung, was *sein* Buch betrifft. Alles ist in bester Ordnung. Und warten Sie, mir fällt noch etwas ein – Tante Henriettas Foto ist verschwunden. Außerdem habe ich Kopfschmerzen.« Ich hickste.

Dr. Gomez-Herrera warf mir einen scharfen Blick zu und machte eine schnelle, unleserliche Notiz auf ihrem Block, dann eilte sie ins nächste Zimmer. Bean und ich gingen weiter zum Ende des Korridors, wo eine Tür mit der Aufschrift »Nur für Personal« zu einer schmalen Treppe führte. Oben gelangten wir auf das große Flachdach, auf dem der Flieger mich gestern abgesetzt hatte. Die Augen vor dem grellen Licht zusammenkneifend, trat ich zu Bean ans Geländer. Die Luft war trocken und warm. Zwischen uns und der Bucht erstreckten sich Wohngebiete, gesprenkelt mit Läden, Restaurants und Büros, wo Bürger ihren alltäglichen Geschäften nachgingen. Plötzlich erkannte ich, dass ich auf den Ort starrte, wo normalerweise meine Firma stand.

»Wir sind in Redwood Grove«, sagte ich überrascht.

»Das ist Palo Alto«, widersprach Bean kopfschüttelnd.

»Nein, ist es nicht.«

»Wir sind hier im Krankenhaus von *Palo Alto*, Felix. Das ist *deren* Gelände.«

»Aber wenn ich's Ihnen doch sage, das ist Redwood Grove.« Ich blickte mich um und versuchte den Wohnkomplex am Wasser zu finden, in dem sich meine kleine Erdgeschosswohnung befand, aber ich hatte Schwierigkeiten, mich zu orientieren. »Da drüben«, deutete ich. »Ja, ich bin ziemlich sicher, das ist die Stelle, wo ich jeden Morgen mit dem Fahrrad in den Beförderer steige. Der bringt uns in die Innenstadt, dann nehme ich das Fahrrad bis zu *Wagner's Kitchen*. Und jeden Nachmittag radle ich zurück zum Bahnhof, hüpfe in den Beförderer und fahre zurück.«

»Redwood – ach so, jetzt weiß ich's. Namensänderung, das war eines der ersten Projekte des Departements für Informationsmanagement. Um inter-universelle Verwechslungen zu vermeiden und für zusätzliche Privatsphäre zu sorgen. Aus irgendeinem Grund haben sie die großen Städte dabei ausgelassen, aber auf kleine Ortschaften trifft es zu. Stellen Sie sich mal vor, was das für ein Papierkram war.«

Ich lehnte mich über die Brüstung. »Glauben Sie, wenn wir jetzt da runterspucken, infizieren wir jemanden und lösen eine Epidemie aus?«

»Alles in Ordnung, Felix?«

»Sehen Sie doch.« Ich gestikulierte zu den Fußgängern auf der Straße unter uns. »Die sind wie Ameisen in einem Bienenstock – Ameisenhaufen, meine ich. Sie sausen mal hierhin, mal dorthin, hin und zurück. Keine Interaktion, gehen einfach aneinander vorbei, ohne sich eines Blicks zu würdigen.« Das Pochen in meinem Schädel erschwerte mir das Nachdenken. »Können Sie sich vorstellen, Sie wären in einer Kleinstadt vor hundert Jahren wort- und grußlos an einem anderen Menschen vorbeigegangen – ohne ihn wenigstens auszurauben? Manchmal wünsche ich mir die alten Zeiten zurück, als alles noch langsamer ging und niemand hetzen musste, als man noch die Muße hatte, gründlich über die Dinge nachzudenken.«

»Dreht sich nicht das ganze Leben darum?«, kommentierte sie das Gewimmel unter uns. »Sich von einem Ort zum andern zu bewegen, von Aktivität zu Aktivität. Wenn man damit aufhört, ist man tot.«

Das kam mir irgendwie ziemlich morbid vor, vor allem im Krankenhaus.

»Ich bin eine Nicht-Passivistin. Ich glaube daran, Dinge zu erledigen«, erklärte sie. »Eine Aktivistin, wenn Sie so wollen.«

»Ich bin ein Duplikat.«

Sie wandte den Kopf, um mich anzusehen.

»Ich habe ein Alter Ego«, stellte ich unnötigerweise klar.

»Ehrlich, da wäre ich nie draufgekommen. Sie wirken zu jung.«

»Danke, aber ich werde morgen fünfunddreißig, nicht erst in sechs Monaten. Das habe ich vor ein paar Wochen herausgefunden. Lange Geschichte. Der entscheidende Punkt ist – ich habe ein Alter. Und vielleicht ist der Kerl mir zuvorgekommen und hat mein Buch geschrieben. Nein, warten Sie«, meinte ich, griff mir an den Kopf und versuchte einen sinnvollen Gedanken aus meinem verwirrten Hirn zu quetschen. »Das Problem habe ich doch schon gelöst. Wenn Felix ein Buch geschrieben hätte, dann hätten sie es im *Bücherwurm* gefunden – warum heißt das eigentlich so, kriegen Papierbücher Würmer, wie Äpfel oder Birnen?«

»Ein Buch? Ich dachte, Sie schreiben Gebrauchsanleitungen für *Wagner's Kitchen*.«

»Das ist nur mein Job im wirklichen Leben«, erwiderte ich mürrisch.

»Dann sind Sie also hier, um nachzusehen, ob Ihr Alter ein Buch geschrieben hat. Ich hatte mich schon gewundert. Was für eine Art von Buch?«

»Einen Krimi.«

»Dann haben Sie einen geschrieben?«

»Ich arbeite noch am Plot«, meinte ich von oben herab. »Im Kopf.«

»Ach, *da* sind Sie.«

Chang war hinter uns aufgetaucht. »Dr. Gomez-Herrera meinte, dass sie sich heute Morgen nicht ganz wohl zu fühlen scheinen, Felix. Ich fürchte, Sie haben sich das Virus zugezogen. Gehen wir hinunter und sehen zu, was wir für Sie tun können. Übrigens ist es Patienten nicht gestattet, das Dach zu betreten.«

9
UNIVERSENMACHER

Wie sich herausstellte, war der Nebel in meinem Hirn kein Symptom des nordamerikanischen Haustiersyndroms, sondern eine Nebenwirkung der Arznei dagegen. Er verzog sich am nächsten Morgen durch eine Umstellung der Dosierung, sodass ich als mein normales Selbst aufstehen konnte, um *Noor & Brood* vor dem Frühstück vom Infoterminal aus anzurufen.

»Wir haben ihn gefunden«, verkündete Mrs Noor, nachdem ich ihr erklärt hatte, wo ich mich aufhielt und dass ich im Lauf des Tages aus dem Krankenhaus entlassen würde.

»Und wo?«

»Ich kann Ihnen jetzt schon sagen, dass er alleine das Apartment 003 im Gebäude J des Egret's-Nest-Apartmentkomplexes in Palo Alto bewohnt. Das ist in der Nähe der Bucht.«

»Interessant«, meinte ich.

»Was seinen Job anbetrifft ...«

»Ja?«, sagte ich. Mein Herzschlag setzte aus.

»Er ist Chefkoch.«

»Er ist was?«

»Chefkoch im neu eröffneten *Organic-Oven*-Restaurant in der Innenstadt.«

»Aha. Sonst noch etwas?«

»Wir forschen weiter nach«, versprach sie, winkte mir zu und unterbrach die Verbindung.

Ich schätze, mancher wird sich fragen, warum ich Felix B nicht sofort kontaktierte und ihn als lange verlorenes Familienmitglied willkommen hieß – aber ich wette, diese Leute haben keine Alter. Es war ganz einfach. Paragraf 7 diente mir lediglich als Vorwand. Ich hatte eine Heidenangst davor herauszufinden, dass er mehr aus seinem Leben gemacht hatte als ich.

Wenigstens schien er einen ganz handfesten Beruf zu haben und seine Tage nicht damit zu verbringen, sich Krimis auszudenken.

Das galt natürlich auch für mich.

Ich machte mich auf den Weg zur Cafeteria. Beim Eintreten sah ich zwei uniformierte DIM-Beamte an einem Tisch neben der Tür. Sie schienen Aussagen aufzunehmen und blickten nicht auf, als ich an ihnen vorbeikam. Ihnen gegenüber saß Quarantänefall 15, der Vater der Familie mit zwei Kindern. Im Vorübergehen hörte ich ihn sagen: »… wollen Sie damit sagen, wir dürfen nicht darüber reden …«

»Das ist korrekt, Bürger Doolittle.«

»Und wo muss ich unterschreiben?«

Ich ging zur Essenstheke und wählte ein Croissant, da es nichts gab, was in die Kategorie Käse, Schokolade oder Nüsse fiel, jene Lebensmittel, die ich schmecken konnte, und nahm dazu einen rötlichen Tee. Bean saß so weit entfernt wie möglich von den DIM-Beamten, was angesichts der Größe der Cafeteria nicht viel heißen wollte.

»Was geht da vor sich?«, fragte ich, während ich mein Tablett neben ihrem Obstteller abstellte. Meine Kopfschmerzen waren glücklicherweise abgeklungen. Den größten Teil des gestrigen Tages hatte ich nach unserer Expedition aufs Dach in mein Zimmer verbannt verbracht, mit einem »Nicht-stören«-Schild an der Tür.

»Die DIMs? Sie lassen jeden eine Schweigeverpflichtung unterschreiben, bevor er gehen darf.«

»Wegen der Seuche?«

Sie spießte mit der Gabel eine Erdbeere auf. »Genau. Wir dürfen weder über das Haustierbazillus noch die Quarantäne reden.«

»Gegenüber den Medien?«

»Gegenüber *überhaupt* niemandem.«

»Das können die doch nicht machen!«

»Musstest du noch nie eine hochrestriktive Schweigeverpflichtung unterschreiben?«

»Aber – ich habe doch schon mit zwei Leuten darüber gesprochen, mit meinem Chef und einer Privatdetektivin.«

»Mich haben sie unterschreiben lassen, sobald ich zur Tür herein war. Sie wollten mir nahelegen zu behaupten, dass ich wegen Kehlkopfentzündung ins Krankenhaus eingewiesen worden sei.« Sie umfasste ihren Teebecher mit beiden Händen. »Ich sagte ihnen, dass Kehlkopfentzündung nicht funktioniert, weil ich – wie du – schon mit jemandem gesprochen hätte, einem anderen Doktoranden, und dem – Arni – wäre es aufgefallen, wenn ich wegen Kehlkopfentzündung kein Wort hätte sprechen können, nicht wahr? Das hat sie verärgert, aber schließlich ist es nicht mein Problem, dass sie bis Montagmorgen gewartet haben. Jetzt ist es also nicht mehr der Kehlkopf, sondern Verdacht auf Blinddarmentzündung. Natürlich«, sie nippte gelassen an ihrem Tee, »kommt noch die unwesentliche Kleinigkeit dazu, dass ich Arni bereits von dem Haustierbazillus erzählt hatte. Ich fühlte mich nicht verpflichtet, das den DIMs gegenüber zu erwähnen.«

Die Beamten waren inzwischen fertig mit den Quarantänefällen 15 und 16. Jetzt saßen deren Kinder am Tisch. Ich hörte das jüngere ausrufen: »Oh, ein Geheimnis!«

»Dann wollen sie die ganze Geschichte also unter den Teppich kehren«, meinte ich, während ich in meinen Becher spähte und den Tee darin kreisen ließ. »Dann wird es immerhin keine

Anzeige gegen James geben. Man hätte ihn ohnehin kaum dafür verantwortlich machen können, dass Murphina sich die Seuche eingefangen hat«, fügte ich hinzu, obwohl es mich ärgerte, dass die Quarantäne meinen Plan, unterhalb des Radarschirms der örtlichen DIM-Beamten zu bleiben, so gründlich vereitelt hatte. Ich hoffte, sie würden mir nicht zu viele Fragen stellen, und war bereit ihnen weiszumachen, dass mich nichts mehr interessierte als eine Fahrt mit dem Riesenrad am Baker Beach.

Bean, der die Gegenwart der DIM-Beamten ebenfalls unbehaglich zu sein schien, zuckte beinahe unmerklich die Achseln und spießte eine weitere Erdbeere auf. »Erzähl mir von deiner Kindheit, Felix. Wie war sie?«

Ich setzte mich ein wenig aufrechter hin. Sie wollte mehr über mich erfahren, toll. »Nun ja«, sagte ich, warf mich in die Brust und beschloss am Anfang zu beginnen. »Ich wurde in Carmel geboren. Ein oder zwei Jahre später hängten meine Eltern ihre Jobs in einer Kunstgalerie an den Nagel, fälschten ein paar Papiere – wie gesagt, es ist eine lange Geschichte, frag mich ein andermal danach – und wir zogen nach San Francisco. Nach der Highschool – meine Highschool-Geschichten erzähle ich dir auch ein andermal – ging ich auf die Uni in San Diego, anschließend zogen meine Eltern zurück nach Carmel. Sie eröffneten eine eigene Kunstgalerie, aber kurz danach starben sie bei einem Schiffsunglück. Was mich angeht, nach der Uni bekam ich den Job bei *Wagner's Kitchen* – wo ich seitdem Gebrauchsanweisungen zusammenstelle«, fügte ich hinzu und nippte vorsichtig an meinem Tee.

»Bihistorie hat übrigens mehr mit dem zu tun, was früher Physik hieß, als mit Geschichte.«

»Oh. Physik. Ich wälze da schon lange ein physikalisches Problem: Wann wurden Innentoiletten erfunden? Ich meine, ich habe mich immer gefragt, welche meiner Vorfahren sich, nun ja, in den Wäldern hinhocken mussten und welche auf dem

›Thron‹ Platz nehmen durften.« Ich bemerkte, dass die DIM-Beamten mittlerweile mit Gabriella Love sprachen. Die avocadofarbenen Uniformen standen in schreiendem Kontrast zu ihrer rosa Garderobe. Sie wirkte nicht allzu erfreut, auf dem Weg zur Essenstheke aufgehalten worden zu sein.

»Das ist ein mathematisches Problem«, erwiderte Bean auf die Physikfrage.

»Weil alles ein mathematisches Problem ist?«

»Genau. Was glaubst du, wie viele Vorfahren du, sagen wir mal, im Jahr eins hattest?«

»Was, eins?« Ich kam zu dem Schluss, dass es sich entweder um Hibiskus oder afrikanischen Rotbuschtee handelte, nicht um Kirsche, und trank noch einen Schluck.

»Das Jahr eins. Du weißt schon, eins vor Christus, die Null auslassen, *eins* nach Christus, zwei nach Christus und so weiter.«

»Ach so, das Jahr *eins,* ich verstehe. Wie viele Vorfahren ich da hatte? Ich weiß nicht, vielleicht ein paar Tausend?« Ich brach ein Stück von meinem Croissant ab.

Sie griff nach Messer und Gabel und begann das sichelförmige Stück Melone auf ihrem Teller systematisch zu attackieren. »Du hattest zwei Eltern«, sie teilte das Stück in zwei Hälften, »vier Großeltern« – schnipsel, schnipsel, in Viertel – »und acht Urgroßeltern« – schnipp, schnipp, schnipp, schnipp. »Die Anzahl der Vorfahren verdoppelt sich mit jeder Generation, die man in der Zeit zurückgeht, wobei etwa alle dreißig Jahre eine neue Generation auftaucht.« Sie legte eine Pause ein, um eines der winzigen Urururgroßenkel-Stückchen der Melone zu essen. »In zwanzig Jahrhunderten kommen wir auf etwa sechzig Generationen. Wenn wir mit dir anfangen und die Anzahl der Leute mit jedem Schritt in einer geometrischen Reihe verdoppeln, haben wir zwei, vier, acht, sechzehn und so weiter, bis zu zwei hoch sechzig. Das, Felix, ist eine *sehr* große Zahl, mehr als eine

Milliarde Milliarden Menschen.« Sie widmete sich wieder ihrer Melone.

»Aber warte mal«, protestierte ich. »Wie ist das möglich? Es gibt nicht einmal *jetzt* eine Milliarde Milliarden Menschen, nicht in beiden Universen zusammen, und in der antiken Welt schon gar nicht. Ich kann unmöglich so viele Vorfahren gehabt haben.«

»Duplikate. Geteilte Verästelungen desselben Familienstammbaums. Deine Eltern könnten zum Beispiel denselben Urururgroßvater gehabt haben. Die Leute heiraten ständig ihre Cousins und Cousinen.«

»Duplikate.«

»Ja – doch. Was deinen Familienstammbaum zurechtstutzt und seine Äste miteinander verschränkt. Weil natürlich die Anzahl der Menschen auf der ganzen Welt kleiner wird, je weiter man in die Vergangenheit zurückgeht. Bis hin zu dem einen neugierigen kleinen Wesen, das einfach einen Tick intelligenter war als die restlichen Kinder der Affenfamilie. Überleg mal, wie *das* seine Eltern geärgert haben muss.«

»Geschichte ist sehr interessant«, bemerkte ich, während ich auf dem Croissant herumkaute und dachte, dass Butter fehlte. »All die Dinge, die all diesen Leuten zugestoßen sind.«

»Ich finde es deprimierend.«

»Warum?«

»Es gibt niemals ein Happy End. Am Ende sind alle tot.«

»Ja, das schon. Gibst du mir bitte die Butter rüber?«

»Wie auch immer, um deine Frage zu beantworten: Mit derartig vielen Vorfahren in deinem Stammbaum kannst du ziemlich sicher sein, egal, welches Jahrhundert du nimmst, dass einige von ihnen in die Büsche und auf die Felder gegangen sind und andere den – den königlichen Thron benutzten. Man kann sich seine Verwandten nicht aussuchen.«

»Ich habe gerade herausgefunden, dass mein Alter Koch ist. Seltsam«, fügte ich hinzu.

»Warum?«

»Eben. Warum ist er Koch geworden? Ich wollte nie Koch werden. Ich vermute, das bedeutet, er hat Assistenten.« Was bei mir Assistenten am nächsten kam, waren Eggie und Rocky, die für das reibungslose Funktionieren von *Wagner's Kitchen* zuständig waren und keinerlei Hemmungen hatten, mir (oder auch Wagner selbst) zu sagen, wo es langging – und nicht umgekehrt, wie es eigentlich sein sollte.

»Es ist ein Mythos, dass es für jeden Menschen den idealen Beruf gibt – oder auch den idealen Partner«, versicherte sie mir. »Bei allen, die schon erwachsen waren, als die Universen sich teilten, okay, das ist etwas anderes. Sie hatten identische Berufe und Lebensgefährten und Häuser. Kein Wunder, dass die Leute in Panik gerieten und idiotische Sachen anstellten. Aber du und Felix B, das ist eine völlig andere Geschichte. Sieh dir doch nur unsere beiden Welten an.«

»Sie haben als identische Zwillinge angefangen, das ist wahr.«

»Okay. Fast jedenfalls. Wie dem auch sei, die Unterschiede haben sich akkumuliert.«

»Und einer davon ist, dass wir A-Bewohner Omnis zum Lesen verwenden und ihr hier Papierbücher habt.«

»Wir verwenden auch Omnis, für Nachrichten und so, aber nicht bei Dingen, die mehr als ein paar Minuten Aufmerksamkeit erfordern. Ich weiß nicht, wie ihr das anstellt. Ich kritzele einfach gerne Notizen in ein Heft. Und in meinem Regal steht eine komplette P.-J.-Wodehouse-Sammlung.«

»Da hast du sozusagen einen ganzen Baum im Regal stehen, Bean.«

»Ich weiß. Aber ich habe schon als Kind angefangen sie zu sammeln – wenn wir in Universum A gelebt hätten, hätten wir uns sowieso keinen Omni leisten können.« Sie zuckte die Achseln, griff nach einer verschrumpelten Traube, überlegte es sich dann aber anders. »Benutzerinformationen bestehen hier übrigens auch aus Papier. Wir nennen sie Gebrauchsanweisungen. Nur Text und ein paar Bilder.«

»Hm. Bei Wagner's Kitchen beginne ich immer mit einem Film, wie das Produkt benutzt wird. Dann füge ich Beispielrezepte hinzu, die der Kunde ausprobieren kann, anschließend kommen kulinarische Tipps, witzige Anekdoten aus der Geschichte des Kochens … na, du weißt schon. Ich habe mal eine siebenstündige Benutzerinformation für eine Küchenpinzette zusammengestellt.«

»Was um Himmels willen fängt man mit einer Küchenpinzette an?«

»Man entgrätet Fisch. Wusstest du, dass nur vier Komma zwei Prozent unserer Kunden sich die Mühe machen, die Anleitungen anzusehen?« Die DIM-Beamten, die inzwischen mit Gabriella Love fertig waren, warfen Blicke in meine Richtung, aber in diesem Augenblick kam Quarantänefall 19 herein, dessen Namen ich vergessen hatte, und wurde von ihnen abgefangen. Ich weiß nicht, was in diesem Moment über mich kam. Ich beugte mich vor und flüsterte: »Ich habe eine Privatdetektivin engagiert, um so viel wie möglich über Felix B herauszufinden.«

»Eine Detektivin? Im Ernst?«, sagte Bean scheinbar beeindruckt. »An deiner Stelle würde ich mir keine großen Sorgen darüber machen, ob er ein Buch schreibt oder nicht. Wie gesagt, die Akkumulation von Unterschieden ist normalerweise die beste Garantie dafür, dass die Leben zweier Alter sich kaum ähneln. Tatsächlich stimmen sie normalerweise nicht einmal in den Körpermaßen überein, weil sie unter verschiedenen Umweltbedingungen aufwuchsen. Für sie tut es mir allerdings leid, muss ich zugeben. Es ist schwer, ein berühmtes Alter zu haben.«

»Wer?« Ich folgte ihrem Blick zur Essenstheke, wo der Filmstar die Nase über das Angebot rümpfte.

»Wusstest du das denn nicht? Ihr Alter hier in Universum B

ist Gabriella Love, die berühmte Schauspielerin. Sie selbst heißt Gabriella Short. Love muss ein Künstlername sein.«

»Sie ist eine A-Bewohnerin mit einem Alter? Na, so was! Ich dachte, sie wäre eine Einzigartige. Sie sieht zu jung aus, um vor dem Y-Tag geboren zu sein.«

»Alles Make-up«, meinte Bean geringschätzig. »Und dieses unnatürlich weiße Haar.« Sie griff nach ihrem klobigen Omni und sah nach der Zeit. »Ich habe gleich eine Besprechung mit Professor Max und dem Rest unseres Teams. Da sie mich frühestens gegen Mittag hier rauslassen, werde ich es wohl von hier aus tun müssen.« Sie machte eine Geste, die die Cafeteria selbst, aber auch den gesamten Quarantäneflügel meinen konnte. »Und ich werde ihnen erzählen müssen, dass ich Blinddarmentzündung habe, obwohl Arni natürlich weiß, dass ich lüge, und alle anderen auch, weil Arni nicht gerade stumm wie ein Fisch ist. Ich wünschte, sie würden uns unsere eigenen Kleider wiedergeben. Diese Kittel sind so was von blöde.«

»Vielleicht haben sie Angst, wir würden uns rausschleichen, wenn wir unsere eigene Kleidung tragen.«

»Ich weiß ja nicht, wie du darüber denkst, aber ich würde es wahrscheinlich tun.« Sie verstummte und warf einen Seitenblick auf einen der DIM-Beamten, der gerade Quarantänefall 3, dem Versicherungsvertreter, einen Stift reichte. Dann senkte sie die Stimme. »Bist du ein Mensch, der Kindheitserinnerungen und Fotos aufbewahrt?«

»Ob ich – eigentlich nicht. Bei der Arbeit ist mein Schreibtisch derartig überhäuft, dass ich es in meiner Wohnung lieber vergleichsweise karg und aufgeräumt habe. Jedes Mal, wenn neue Sachen hereinkommen, beispielsweise Topfhandschuhe oder Truthahnpipetten, und mir klar wird, dass ich mir schon wieder eine neue Idee aus den Fingern saugen muss – na ja, es würde mich nicht überraschen, wenn ich eines Tages ausflippe und das ganze Büro mit Bratensaft tränke. Ja, ich weiß, was du fragen willst – warum suche ich mir nicht einen anderen Job? Weil das Verfassen von Anleitungen recht gut bezahlt wird und ich die meiste Zeit sogar Spaß daran habe. Trotzdem will ich ein eigenes Buch schreiben. Das nicht das Geringste mit Wagner und seiner Firma zu tun hat. Rätsel und Verbrechen in der Welt des Kochens.

Ich frage mich, wie viel Freizeit sie haben«, fügte ich hinzu. »Köche, meine ich. Oder müssen sie ständig neue Menüs planen, Lebensmittel bestellen und sonstige Dinge im Restaurant erledigen, selbst am Abend?«

»Warum tust du dich nicht mit Felix B zusammen und ihr schreibt gemeinsam etwas? Es hat schon öfter schreibende Geschwister gegeben. Die Schwestern Brontë zum Beispiel. Wer noch? Mir fällt gerade niemand ein, aber es gibt sicher welche.«

»Ja, nun, ich weiß nicht, wie sie das angestellt haben. Die Brontës müssen wohl großzügigere Menschen, Personen – englische Damen – edel gewesen sein … als ich«, sagte ich. Der Satz entglitt mir irgendwie. »Weißt du, was mir wirklich Kopfzerbrechen bereitet? Was, wenn er ein Pseudonym benutzt, ich sein Buch schon kenne und es mir gefallen hat?«

»Du dachtest, du hättest noch reichlich Zeit, dann hast du von seiner Existenz erfahren und schon bist du hier.« Sie legte den Kopf nachdenklich schief. »Wenn es um mich ginge, ich glaube, ich hätte wie verrückt zu schreiben angefangen. Egal was. Irgendetwas. Wirklich.«

»So funktioniert das nicht«, sagte ich, während ich einen Klecks Butter auf das letzte Stückchen Croissant zu schmieren versuchte. Sie blieb am Messer kleben. Entschlossen schüttelte ich das Messer und durfte zusehen, wie die Butter durch die Luft flog und zielsicher auf dem Schuh des DIM-Beamten landete, der gerade an unseren Tisch getreten war.

***

Nachdem ich die Schweigeverpflichtung unterschrieben hatte – »... *die Ereignisse vom 20. Juli 2020 bezüglich der Ausbreitung des nordamerikanischen Haustiersyndroms, auch Haustierbazillus genannt, von Universum A nach Universum B via eines infizierten Krankheitsträgers, einem Haustier unbekannter genetischer Komposition, ebenso wie alle damit in Zusammenhang stehenden Ereignisse, einschließlich, aber nicht beschränkt auf die achtundvierzigstündige Quarantäne, die für die zweiundzwanzig unten aufgeführten Bürger für nötig erachtet und verhängt wurde, werden hiermit als Staatsbesitz deklariert ...«* – nachdem ich das Formular also an drei Stellen abgezeichnet hatte, schlenderte ich in mein Zimmer zurück. Ich musste den Kittel am Rücken mit der Hand zusammenhalten, weil das Bändsel schon wieder aufgegangen war. Ein Buch zusammen mit Felix B schreiben oder mir schleunigst etwas einfallen lassen, hatte sie gesagt. Als ob das so einfach wäre. Was verstand sie schon davon? Ging *ich* etwa herum und erteilte Leuten, die ich kaum kannte, gute Ratschläge über Themen, von denen ich nicht das Geringste verstand?

Die Zimmertür klappte hinter mir zu.

Der Omni lag stumm und ohne zu blinken auf dem Nachttisch. Na großartig. Jetzt blieb mir nicht nur versagt, das erste Kapitel meines Meisterwerks über den Kochwettbewerb in den Sierras auf der winzigen Omni-Tastatur zu tippen, ich konnte nicht einmal etwas *lesen*.

Ich bemerkte, dass jemand das Bett gemacht hatte, während ich beim Frühstücken war, und jetzt eine kleine, quadratische Geschenkschachtel darauflag. Ich suchte nach einer Begleitkarte, fand aber keine, also löste ich das Band und hob den Deckel ab. Pralinen. Also das war wirklich nett. Ich wählte eine aus, biss hinein, spuckte sie postwendend wieder aus und ließ sie in den Papierkorb fallen.

Gerade als ich die Stelle wiedergefunden hatte, wo ich *Schritt ins Leere* verlassen hatte (mir war endlich eingefallen, dass ich ja doch Lektüre hatte), klopfte es an der Tür und Chang kam mit einem Rollwagen herein. Für jemanden, der vom Omni und der Möglichkeit, Lesezeichen einzufügen, verwöhnt war, war es ein mühsamer Vorgang, die richtige Seite wiederzufinden.

»Chang, mögen Sie Kirschen?«, fragte ich, während er mir eine Manschette zum Blutdruckmessen um den Arm schlang.

»Tut das nicht jeder?«

»Ich habe eine schlimme Allergie. Ich glaube nicht, dass die für mich gedacht waren.« Ich deutete mit der freien Hand auf die Pralinenschachtel. »Nehmen Sie sich, wenn sie wollen.«

»Oh, Kirschpralinen? Die sind vom Geschenkladen im Erdgeschoss. Sie schmecken gut.« Er nahm sich eine. Dann pumpte er die Blutdruckmanschette auf.

»Es war keine Karte an der Schachtel. Wahrscheinlich ist sie falsch abgeliefert worden. Mein Chef ist der einzige Mensch, der weiß, dass ich hier bin, und er kennt meine Allergie gegen Kirschen.«

»Das passiert schon mal bei telefonischen Bestellungen. Sie vergessen die Karte auszufüllen.«

»Chang, wenn Sie mir die Frage gestatten, was macht eigentlich Ihr Alter?«, fragte ich, während die Blutdruckmanschette Luft abließ und er nach einem Thermometer griff.

»Der gute Chang A? Er lebt in Island und lädt mich mit meiner Familie jeden Sommer zu sich ein. Ich finde, Alter sind eine tolle Sache. Sollte ich mal eine Bluttransfusion oder eine neue Niere brauchen, gibt es immer den genau passenden Spender.«

Daran hatte ich noch gar nicht gedacht. Vielleicht hatte es doch ein paar Vorzüge, ein Alter Ego zu besitzen.

»Mm mmmm mm mm?«, fragte ich.

Er zog mir das Thermometer aus dem Mund. »Normal. Wie fühlen Sie sich heute?«

»Besser als gestern«, antwortete ich. »Was tut er denn?«

»Beruflich? Er ist Pfleger.«

»Und das macht Ihnen nichts aus?«

»Eigentlich nicht. Da haben wir immer Gesprächsstoff.« Er zuckte entspannt die Achseln, dann schien er noch einmal nachzudenken. »Aber ich muss zugeben, ich bin froh, dass Professor Singh nach der einen Kopie des Universums aufgehört hat. Noch mehr wäre – einfach übertrieben gewesen.«

Er nahm sich noch eine Kirschpraline und rollte seinen Wagen zur Tür hinaus, während ich zu *Schritt ins Leere* zurückkehrte. Diesmal hatte ich einen kleinen Knick in die Ecke der Seite gemacht und fand die Stelle, wo ich aufgehört hatte, ohne Probleme wieder – Roger Bassington-ffrench, der Typ mit den zwei kleinen *ff*, hatte soeben die Bühne betreten. Ich hatte das Gefühl, dass ich mich langsam zurechtfand.

***

Da Dr. Gomez-Herrera meine Entlassungspapiere immer noch nicht unterschrieben hatte, schlenderte ich hinüber in die Cafeteria und traf dort auf Bean. »Was ist ein Mashie?«, fragte ich sie.

Sie saß vor einem Stapel Papiere an einem Tisch bei der Tür und hatte, da der Schirm ihres Omni langsam verblasste, anscheinend gerade ihre Konferenz beendet. Ihr Krankenhauskittel hatte sich auf einer Seite gelockert und zeigte eine entblößte Schulter.

„Nichts aus diesem Universum, würde ich sagen. Wo hast du das Wort gehört?«

»Bei Agatha Christie gelesen. Dazu Niblick, Lofter, Knickerbocker und Baffie ...«, ich zählte die Worte an den Fingern ab. Ich hatte *Schritt ins Leere* gelesen, um von den Tricks der großen alten Dame des Krimis zu lernen, mich aber immer wieder in der Geschichte verloren und zurückblättern müssen. Außerdem vermisste ich den gewohnten sofortigen Lexikonzugang.

»Verstehst du etwas von Omnis, Bean?«

»Du meinst, wie sie funktionieren? Klar.«

»Gut, vielleicht kannst du meinen wieder hinkriegen. Er ist tot.«

Sie griff nach meinem Omni und drehte ihn hin und her. »Was stimmt denn nicht damit?«

»Es ist die Batterie. Ich habe sie dieses Jahr noch nicht ausgetauscht.«

»Dann brauchst du eine neue.«

»Kannst du nicht ein Drähtchen hier oder dort anders verlegen, um noch ein bisschen Saft herauszuquetschen? Wenigstens bis ich das Krankenhaus verlassen kann?«

„Ich bin nicht die Art von Wissenschaftlerin. Aber ich könnte dir eine hübsche Einführung in die Theorie der Ereigniskettenalgorithmik liefern, wenn du möchtest.«

»Ein andermal, danke.«

Ich warf einen verstohlenen Blick auf die Papiere, die vor ihr lagen. Es waren irgendwelche verzweigten Diagramme, verknüpft durch unterschiedliche Farben. Bean schien mein Interesse nicht zu stören, aber da ich sie nicht von der Arbeit abhalten wollte, wanderte ich weiter zum Fenster. Sonnenlicht strömte herein. Drunten lag ein hübscher Hof mit Holzbänken und einem kleinen Teich, der auf allen Seiten von den Flügeln des Krankenhauses umschlossen war. Mehrere milchweiße Enten mit orangefarbenen Füßen und Schnäbeln tummelten sich im Wasser.

Ein kurzer Anruf bei Mrs Noor hatte Neuigkeiten gebracht. Sie hatte einen sonntäglichen Brunch im *Organic Oven* eingenommen, wo Felix Als Chefkoch arbeitete. »*Aber er war nicht da. Als ich dem Koch zu seinem Spinatsoufflé gratulieren wollte, meinte die Kellnerin, dass er eine Woche Urlaub hätte.*«

»Sie glauben doch nicht etwa …?«

»Dass er in Universum A ist, um nach Ihnen zu suchen?

Nein, sie sagte, dass er in wichtigen Angelegenheiten nach Carmel musste.«

»Sagten Sie Carmel?« Ich kroch beinahe in das Infoterminal hinein.

»Ja, warum?«

»Ich kenne dort niemanden. Aber ich habe als Kind eine Weile dort gewohnt«, fügte ich hinzu.

„Felix, ich wollte Sie die ganze Zeit schon etwas fragen. Ihre Tante Henrietta hat Ihnen doch das Foto vom Tag Y hinterlassen, wodurch Sie von Felix B erfuhren. Aber wie steht es mit ihm? Gibt es auch in B eine Tante Henrietta?«

»Nein. Doch, ja, es muss wohl eine Henrietta in Universum B gegeben haben, aber keine *Tante* Henrietta, wenn Sie verstehen, was ich meine. Sie ist angeheiratet, die zweite Frau meines Großonkels Otto. Sie haben sich erst kennengelernt und geheiratet, als ich schon auf die Universität ging, lange nach der Aufspaltung der Universen.«

»Es wäre möglich, dass *Ihre* Tante Henrietta von Felix B wusste und auch ihn in ihrem Testament bedacht hat.«

»Darüber habe ich auch schon nachgedacht. Ihrem Anwalt zufolge bekam ich nur die Hälfte ihrer Delfinsammlung. Ich hatte angenommen, dass die andere Hälfte Onkel Otto gehörte, aber ...«

»Wir könnten einen Blick durch Felix' Fenster werfen, ob die Delfine im Regal stehen. Haben Sie Ihre im Wohnzimmer aufgestellt?«

»Äh, nein, noch nicht. Wie ist denn das *Organic Oven*, Mrs Noor?«

„Mittelgroßer Speiseraum mit neuen Tischen aus Zedernholz und Natursteinwänden. Sehr hübsch. Sie haben zum Frühstück, Mittagessen und Nachmittagstee geöffnet und zu besonderen Anlässen kann man das Lokal auch abends mieten. Sie kochen sehr gut. Ich empfehle die Eisbombe.«

»Dunkles Schokoladeneis mit Kiwi- und Bananenstücken, beträufelt mit Orangensaft, damit es spritziger schmeckt und die Bananen nicht braun werden?«

»Ich, äh, ja.«

»Das Rezept meiner Mutter«, sagte ich. »War es voll?«

»Ziemlich, obwohl ich nicht allzu lange auf einen Tisch warten musste.«

Wir vereinbarten, wieder in Kontakt zu treten, wenn ich aus dem Krankenhaus entlassen war. Dabei spürte ich ein gewisses Zögern ihrerseits und hoffte, dass ich meine Klientenprivilegien nicht überstrapazierte, indem ich dauernd anrief. Aber dagegen ließ sich nichts tun, oder jedenfalls erst, wenn ich eine neue Omni-Batterie hatte und für Mrs Noor wieder erreichbar war.

Erinnerungen an die Kochkunst meiner Mutter stiegen in mir auf, eine eklektische Mixtur aus Gerichten aus aller Welt, so ähnlich wie in meinem Lieblingsrestaurant, dem *Coconut Café*. Offensichtlich war auch Felix von unserer Mutter beeinflusst worden, vielleicht sogar mehr als ich, da ich ja kein großer Koch war und allein der Gedanke, für zahlende Kunden das Essen zuzubereiten, für mich absurd klang. Ich war ein Schreibtischhengst, der Handbücher für Küchenutensilien zusammenstellte – er benutzte sie.

Ich wandte mich vom Fenster ab und kehrte zu Beans Tisch zurück.

»… Arni, nein, ich glaube nicht, dass eine subtile Annäherung etwas bringt, nein, keine Chance, ehrlich, überall wimmelt es von DIM-Beamten. Vergiss es, ich lasse mir etwas einfallen, bevor er geht.« Sie klappte den Omni heftig zu.

»Tut mir leid«, sagte ich. »Ich wollte nicht …«

»Hallo Mit-Quarantänierte«, hörte ich James' Stimme. Die Cafeteriatür schloss sich leise hinter ihm. »Oder sagt man Mit-in-Quarantäne-Befindliche?« Er trug Straßenkleidung. Neben ihm stand Gabriella Short, immer noch in ihrer rosa Robe, und klickte mit ihren hochhackigen Schuhen. James betrachtete Beans Diagramme mit unverhohlener Neugier. Als wollte sie eine Verletzung von Paragraf 10 vermeiden und nicht zu viele Arbeitsplatzinformation preisgeben, raffte sie die Papiere zusammen und drehte sie um.

»Seltsam, unter Quarantäne sollte man doch denken, dass man sich *ständig* über den Weg läuft, Bürger Sayers. Aber Sie haben sich wirklich rargemacht«, meinte Gabriella, während sie die weiße Haarmähne mit der Hand zurückwarf. Ich fragte mich, wie sehr sie darunter litt, eine Normalsterbliche und kein Star zu sein. »Nebenwirkungen der Medikamente«, erklärte ich. »Ich musste gestern fast den ganzen Tag im Bett verbringen.«

»Sie verlassen uns schon?« Bean deutete auf James' Straßenkleidung.

»Ich war Quarantänefall 1, von Murphina mal abgesehen. Dr. Gomez-Herrera hat gerade meine Entlassungspapiere unterschrieben.«

»Na, darauf muss ich wohl noch eine ganze Weile warten – ich bin Fall 21«, meinte ich. Ich senkte die Stimme. »Soweit ich höre, hat Fall 3 – er ist Versicherungsvertreter – einmal zu oft geniest und muss noch eine ganze Woche bleiben.«

James schnitt eine Grimasse. »Murphina hat ihm in der Übergangskammer freundlich das Gesicht geleckt, als er sich nach seinem Koffer bückte.«

»Ich kam als Letzte, noch nach dir, Felix. Ich bin Fall 22«, sagte Bean. »Sie konnten mich aus irgendwelchen Gründen nicht finden. Dabei war ich die ganze Zeit im bihistorischen Institut. Wo sucht man denn sonst am Samstagmorgen nach einer Doktorandin? Natürlich verwende ich den Begriff ›Morgen‹ eher großzügig. Erst ab Mittag geht der Betrieb richtig los ...«

»Ich bin Fall Nummer 2«, erklärte Gabriella. „Mal sehen, ob ich Dr. Gomez-Herrera in ihrem Büro finde. Sie *muss* meine

Papiere unterschreiben. Bürger Sayers, ich hoffe, Sie schließen sich uns an«, rief sie über die Schulter, während sie zur Tür hinausklickte.

Ich hätte es nie gewagt, Dr. Gomez-Herrera unaufgefordert in ihrem Büro aufzusuchen. »Anschließen? Was meinte sie damit?«, fragte ich, während ich meinen stummen Omni vom Tisch nahm und ihn mir um den Hals hängte.

»Ich will keine großen Worte machen, Felix«, sagte James, „obwohl ich das ganz gut kann, wenn ich mich selbst loben darf. Lassen Sie mich einfach sagen, dass das DIM vielleicht die Rechte an den Haustierbazillus-Ereignissen hält, aber verantwortlich dafür sind immer noch ich und Murphina. Und da hatte Gabriella eine sehr hübsche Idee – hören Sie, warum begleite ich Sie nicht auf Ihr Zimmer und erzähle Ihnen alles darüber …«

Wir gingen hinaus, während Bean uns verblüfft nachstarrte.

»Dass ich auch noch als Erster entlassen werde, verursacht mir Schuldgefühle«, fuhr James fort, während wir den Korridor entlanggingen. »Als kleine Wiedergutmachung habe ich einen Ausflug nach Carmel organisiert. Wir nehmen den Flieger, sehen uns die Stadt an und gehen dann schön abendessen, alles auf meine Kosten selbstverständlich. Leider haben nicht alle zugesagt, manche hatten bereits andere Pläne …«

Wir blieben vor der Tür zu meinem Zimmer stehen.

»Der Wetterbericht ist übrigens hervorragend«, ergänzte James. »Keinerlei Nebel vorausgesagt.«

»Tut mir leid, James, aber ich muss mich um ein paar persönliche Dinge kümmern.« Es war mir peinlich, dem Mann abzusagen. Anscheinend hatte er Schwierigkeiten, genügend Leute für seinen Ausflug zu finden. Aber Carmel war der letzte Ort, an dem ich jetzt sein wollte – schließlich war Felix dorthin unterwegs, wenn man Mrs Noor glauben durfte. Das war eine ideale Gelegenheit, in San Francisco B ein wenig herumzuschnüffeln, ohne Gefahr zu laufen, ihm zu begegnen.

Ich sah James nach, wie er an dem Wachposten vorbei die Isolierstation verließ, und mir ging durch den Sinn, dass ich ihn bisher nur als farblosen, freundlichen Herrn mit einem aufdringlichen Haustier betrachtet hatte. Aber es konnte nicht einfach gewesen sein, so kurzfristig für eine große Gruppe einen Flieger und Unterkünfte in Carmel zu organisieren. Und billig schon gar nicht.

***

Dr. Gomez-Herrera kam exakt um zwölf Uhr mittags, untersuchte mich und befand mich für symptomfrei, sodass ich keine Gefahr mehr für die Gesellschaft darstellte. Sie schüttelte mir die Hand und meinte: »Schönen Urlaub noch.« Dann unterschrieb sie meine Entlassungspapiere und verschwand.

Ich tauschte den Krankenhauskittel gegen knielange Shorts und ein kurzärmliges Hemd aus. Gerade als ich damit fertig war, den größten Teil meines Gepäcks in den Rucksack zu stopfen, und noch nach einem Plätzchen für *Schritt ins Leere* suchte, klopfte es an die Tür. Bean steckte den Kopf herein. »Immer noch da, Felix?«

Ich winkte sie herein. »Ich bin gerade beim Packen.«

»Ich bin noch nicht für gesund befunden. Dr. Gomez-Herrera musste sich erst noch um Quarantänefall 4 kümmern, der krank geworden ist. Eine Tierpsychologin, die Murphina auf die Nase geküsst hat.« Bean schob meine Jacke beiseite und ließ sich aufs Bett fallen. »Also muss ich noch ein bisschen länger bleiben.«

»Magst du ein paar Kirschpralinen? Sie liegen da drüben auf dem Tisch.«

»Ja, gerne, danke.« Sie nahm sich eine. »Wie ich höre, verteilt James allerseits Einladungen?«

»Nach Carmel.«

Sie leckte sich einen Tropfen Kirschlikör vom Finger. »Ich habe keine bekommen.«

»Gibst du mir mal eben das Rasierzeug rüber, bitte?«

Sie reichte mir meine Rasiersachen und einen Kamm, den ich auf dem Bett vergessen hatte. »James ist bereits gegangen«, sagte ich, »aber vielleicht lädt dich Gabriella noch ein. Sie scheinen ja ziemlich dicke miteinander zu sein.« Ich öffnete die Seitentasche des Rucksacks, in der sich immer das Foto vom Y-Tag befunden hatte – es war immer noch verschwunden –, steckte die Toilettensachen hinein und schob *Schritt ins Leere* hinterher. Ich blickte auf. »Bean, du kannst die ganze Schachtel haben. Ich habe eine Kirschallergie. Aber weißt du vielleicht, wo man hier gute Schokolade bekommt? Meine Vorräte sind aufgebraucht.«

»Wo man gute – oh Mann, ich kann das nicht. Es gibt da ein paar Dinge, die du wissen musst. Es wäre einfach *unfair*, dich im Dunkeln tappen zu lassen. Es ist nur …«

Ich zog den Reißverschluss des Rucksacks zu und setzte mich darauf, um ihn in Form zu quetschen.

»… es ist nur eigentlich so, dass ich nichts verraten darf. Was für ein Kladderadatsch«, sagte sie und raufte sich die kastanienbraunen Locken. Es war eine Geste, die dichtes und üppiges Haar erforderte und mich immer neidisch machte. »Wo soll ich nur anfangen … du bist doch nicht etwa ein Undercover-DIM-Agent, oder?«

»Nicht dass ich wüsste.«

»Felix, du kannst nicht nach Carmel fahren. Jedenfalls nicht mit James und Gabriella.«

»Und warum nicht? Es klingt nach einer Menge Spaß.« Endlich hatte ich den Rucksack gebändigt, stellte ihn neben die Tür und wandte mich zu ihr um. Sie saß immer noch auf dem Bett.

»James ist nicht das, was er zu sein vorgibt.«

»Ein unauffälliger, freundlicher Bursche mit einem etwas aufdringlichen Haustier? Wer ist er dann?«

»Arni befasst sich gerade damit. Wir sind noch nicht vollständig sicher.«

Ich zog mir den Krankenhausstuhl heran, stellte ihn vor das Bett und setzte mich. »Sprich weiter.«

»Es ist keine schöne Geschichte, Felix«, sagte sie unglücklich. »Es ist mir sehr peinlich, wie das alles gelaufen ist.«

»Ist schon in Ordnung. Aber ich hatte gar nicht vor, nach Carmel zu fahren.«

»Erinnerst du dich, dass ich heute früh eine Besprechung mit Arni und Pak – das sind meine Mitdoktoranden – und Professor Max hatte? Wir haben einen neuen Kandidaten als Primärauslöser.« Sie sah mich erwartungsvoll an, als müsste ich verstehen, was sie damit meinte. Dann sprang sie so heftig auf, dass die Pralinenschachtel vom Bett fiel und ihr Inhalt über den Boden kullerte. »Es ist folgendermaßen – jeder glaubt, dass Professor Singh am Tag Y eine Kopie des Universums produziert hätte – so ist das aber nicht. Denn die Verzweigung zwischen A und B, ich meine, es ist theoretisch unmöglich – er führte dasselbe Experiment in beiden Universen durch, das ist gar nicht anders denkbar, damit sie sich verbinden konnten.« Sie verstummte und holte tief Luft. »Nein, ich fange noch einmal von vorne an. Wir haben zwei Universen, deines und meines, die einmal ein einziges waren.« Sie hob die Hände und legte sie mit den Handflächen aneinander, dann bog sie die Finger zurück, um ein Y zu formen. »Sie haben sich am sechsten Januar 1986 aufgespalten. Gegen Mittag kalifornischer Zeit – elf Uhr sechsundvierzig und eine Sekunde.«

»Richtig«, erwiderte ich. »Von da an haben sich unsere Wege getrennt.«

»Singh hat den Vepuz aber nicht verursacht.«

»Entschuldigung, den was?«

»Die Abspaltungen. Inoffiziell auch bezeichnet als Verzweigungspunkte in der universellen Zeitlinie. Vepuz.«

»Verzweigungspunkte im Plural ... du meinst – multiple Universen?«

»Ja.«

»Sagtest du nicht, du wärst keine Passivistin?«, meinte ich, während ich den Blick durch den Raum schweifen ließ, ob ich irgendetwas hatte liegen lassen.

Sie schnalzte ärgerlich mit der Zunge. »Nein. Hör zu. Ein Universum verzweigt sich, wann immer eine signifikante Ereigniskette in Gang gesetzt wird – zum Beispiel, dass ich hier zu dir ins Zimmer gekommen bin, um dir alles zu sagen. Im alten Universum bin ich immer noch in meinem eigenen Zimmer und packe, was wahrscheinlich auch klüger wäre. Und Singh – das Einzige, was er getan hat, war, die beiden knospenden Verzweigungen erfolgreich miteinander zu verbinden. Er war nicht der Primärauslöser.«

»Aha, war er nicht?«

»Der Universenmacher, wenn du so willst. Obwohl das ein irreführender Begriff ist – es steckt keine Absicht dahinter, ein Universum zu schaffen. Jedenfalls nicht so, wie die Passivisten meinen.« Ihr Blick bohrte sich in meinen. »Wir dachten, unsere Datenbank wäre vollständig, dass wir jeden innerhalb des Ereignisradius um Professor Singhs Labor erfasst hätten, aber wir waren bisher nicht in der Lage, irgendjemanden direkt mit dem Vepuz in Verbindung zu bringen. Dann tauchte plötzlich dieses neue Bild auf den Pinnwänden vom Tag Y auf ...«

»Warte, warte. Sag es nicht«, unterbrach ich sie.

Sie nickte. »Doch. Ich glaube, dass James und Gabriella ebenfalls auf der Suche nach dem Primärauslöser sind, und das ist der Grund, warum wir alle so um dich herumgeschlichen sind – um dich und Felix B.«

»Nein, ich meine, sag es nicht. Ich will es nicht hören.«

»Felix ...«

Ich schüttelte den Kopf. »Nein, das muss ein Fehler sein.

Überprüft eure Daten noch einmal. Ich weigere mich, diese – diese *monumentale* Verantwortung zu akzeptieren, die ihr da vor meiner Türschwelle abladet.«

»Aber wir brauchen deine Hilfe.«

»Hast du das Foto vom Tag Y aus meinem Rucksack genommen?«

»Was? Nein. Felix ...« Sie machte einen Schritt in meine Richtung.

»Tut mir leid, ich muss gehen.« Ich griff nach meinen Sachen, und bevor sie noch etwas sagen konnte, war ich zur Tür hinaus.

***

Nach einer Menge Papierkram »*Entlassen aus dem Palo-Alto-Krankenhaus mit der Diagnose einer Blinddarmentzündung, ausgelöst durch Lebensmittelvergiftung*« – anscheinend hatte es eine Epidemie von Blinddarmentzündungen gegeben – konnte ich das Krankenhaus endlich hinter mir lassen. Während ich davonstrebte, ohne zu merken, in welche Richtung, fragte ich mich, warum Bean mir all diese Dinge gesagt hatte, die mich nur belasteten. Gut, sie hatte mir viel mehr gesagt, als sie eigentlich gedurft hätte, nur damit ich endlich Bescheid wusste. Trotzdem. Wenn ihr alles so peinlich war – hieß das, dass sie das Gespräch mit mir lediglich gesucht hatte, um mir Informationen über meine Vergangenheit zu entlocken? Und James genauso? War Murphina überhaupt sein Haustier oder lediglich ein Requisit, dass er sich ausgeliehen hatte? Das fragte ich mich, während ich mich mit meinem Rucksack wie ein Slalomfahrer durch die Menge der Passanten schlängelte. Ich hielt an *El Camino Real*, der Hauptdurchgangsstraße von Palo Alto (oder Redwood, wie ich es kannte), Ausschau nach Läden, die Omni-Batterien und Schokolade verkauften.

Ich sah ein Musikgeschäft, zwei mexikanische Restaurants, drei Teestuben und ein Kino, in dem Gabriella Loves *Dschungelnächte* lief. Außerdem ein Reisebüro, das Touren durch »Gebäude, die dem Erdbeben in Universum A zum Opfer fielen, aber in Universum B noch existieren« anbot – jedenfalls stand es so in dem Prospekt, den sie mir im Vorübergehen in die Hand drückten und den ich sofort in den nächsten Mülleimer warf. Hätte Tante Henrietta nur dasselbe mit dem Foto vom Tag Y gemacht, würde ich jetzt friedlich an meinem Schreibtisch in *Wagner's Kitchen* sitzen und mich mit Melonenbällchenausstechern und Brotkästen befassen, statt halb vertraute Gegenden zu durchstreifen, ohne ein einziges Geschäft zu finden, das Süßigkeiten verkaufte.

Universenmacher – was für ein lächerlicher Gedanke.

Was konnte mein sechs Monate altes Ich angestellt haben, das *derart* bemerkenswert war?

Ich sehnte mich nach einem Mindestmaß an Normalität, so unbedeutend es auch sein mochte. Dann bemerkte ich, dass meine Füße meinen Gedanken vorausgeeilt waren. Ich stand vor dem *Coconut Café*.

10
ICH BRECHE EINE REGEL

Der Flachbau hatte nichts Bemerkenswertes an sich. An einigen Stellen blätterte die Farbe ab, an der Innenseite der Fenster klebten Fotos der angebotenen Speisen, draußen standen ein paar Tische unter Sonnenschirmen. Man sah dem Café sein Alter an, schließlich war es schon seit über vierzig Jahren im Geschäft, jedenfalls in Universum A, und zwar immer unter derselben Leitung: Samand. Er war alt, drahtig, oft unhöflich und servierte das beste Mittagessen der Stadt, inklusive Vorspeise und einem Getränk, für achtzig Dollar. Sein *Coconut Café* hatte viele Stürme überstanden, die ausufernde Inflation und die Konkurrenz scheinbar besserer Restaurants mit schickerer Ausstattung und wohlhabenderer Klientel. Samand A hatte sie alle überlebt. Ich war froh zu sehen, dass sein Alter es auch geschafft hatte. Samand B würde, wenn dies hier immer noch sein Café sein sollte, das erste vertraute Gesicht sein, das ich seit drei Tagen sah. Umgekehrt galt nicht dasselbe; er konnte mich nicht erkennen. Aber das war unwichtig.

Die Fenster brauchten vielleicht etwas dringender eine Reinigung, als mein Samand es zugelassen hätte. Ich ging hinein.

Es war schon nach ein Uhr, der größte Ansturm war also vorüber. Ich trat an die Theke und stellte mir das Aroma von brutzelnden Zwiebeln und Gewürzen vor, das die Luft erfüllte, aber natürlich roch ich wie immer gar nichts.

Eine junge Frau, möglicherweise eine von Samands Töchtern, stand hinter der Theke und arrangierte Gebäck. Sie ähnelte keiner der Töchter, die ich von Samand A kannte, seltsam für mich, gut für sie. »Wie kann ich Ihnen helfen?«, fragte sie, ohne aufzusehen.

»Ich nehme die italienische Hochzeitssuppe.«

»Tut mir leid, heute gibt es Hühnersuppe mit Nudeln.«

Ich hätte beinahe meine Identikarte fallen lassen. »Wie bitte?«

»Huhn und Nudeln.«

Ich konnte es nicht glauben. Der Name war derselbe, die Bilder in den Fenstern waren dieselben, warum glichen sich nicht auch die Tagesgerichte? Am Montag gab es die italienische Hochzeitssuppe, das war doch schon immer so gewesen – ich schaukelte auf dem Rückweg von der Arbeit oft eine Schüssel davon auf dem Lenker meines Fahrrads mit nach Hause. Huhn und Nudeln, das war etwas, wenn man sich krank fühlte. Aber keine richtige Mahlzeit.

»Also?«, wollte sie wissen, während sie Kokosnussriegel auf einem Teller anordnete.

»Ich nehme …« – ich warf einen Blick auf die Speisekarte an der Wand, um sicherzugehen, dass sie ein anderes meiner Lieblingsgerichte hatten – »das persische Gulasch.«

»Alles klar.« Sie trat an die Kasse und gab die Bestellung ein. »Das macht dann fünfundachtzig Doll… – ach so, mein Gott, Felix, du bist es ja. Hallo!«

»Äh, hallo.« Ich war sicher, dass ich die Frau noch nie im Leben gesehen hatte.

»Warum hast du denn nicht vorher angerufen?«

»Sie meinen sicher – ich bin nicht er – das heißt, ich *bin* schon Felix, aber …«

»Wie läuft es denn im *Organic Oven*? Montag ist euer Ruhetag, nicht wahr? Aber ich dachte, dann hättest du Japanischunterricht.«

Es war an der Zeit, das Missverständnis aufzuklären.

»Ich bin nicht Felix B. Ich bin Felix A.«

Sie kicherte entzückt. »Felix, du gerissener Hund, du. Ich weiß ja, dass du Luke und den anderen vom Pokern noch Geld schuldest, aber ehrlich. Das ist ja ein toller Streich. Warte, bis ich Dad davon erzähle. Ich habe mich schon gefragt, warum du in diesen komischen Klamotten rumläufst.«

Ich spürte, wie mir die Röte ins Gesicht stieg. »Also hören Sie mal ...«

»Und nein, niemand wird sich über deinen Haarschnitt lustig machen, kein einziges Wort!«

»Entschuldigen Sie, aber er ist wirklich nicht Ihr Felix«, sagte eine Stimme hinter mir.

»Nein?«

»Felix A hier ist nur zu Besuch in Universum B«, fügte James sanft hinzu.

Samands Sprössling legte sich die Hand vor den Mund, erschrocken über den Fehler, den sie gemacht hatte, vielleicht versuchte sie aber auch nur, ein Lachen zu unterdrücken. Jedenfalls hielt sie James offensichtlich für glaubwürdiger als mich. »Hoppla. Felix hat mir nie gesagt, dass er – nun, ich bin überrascht. Bitte entschuldigen Sie, Bürger.« Sie keuchte auf. »Sind Sie ...«

»Ob ich was bin?«, fragte ich.

»Nein, sie.« Samands Tochter deutete auf eine Stelle hinter James. »Ist das ...?«

»Nein, ist sie nicht«, schnappte Gabriella Short.

»Fünfundachtzig Dollar, bitte«, sagte Samands Töchterlein, jetzt gründlich beschämt. Sie belastete mit dem Betrag meine Identikarte und gab sie mir zusammen mit einer Papierquittung zurück.

Ich betrachtete James und Gabriella über den Tisch hinweg, während wir auf unsere Mahlzeiten warteten.

James räusperte sich. »Möchten Sie uns gerne etwas fragen, Felix?«

»Nein«, sagte ich ärgerlich. »Ich will zu Mittag essen.«

»Das verstehen wir vollkommen, Bürger Sayers«, murmelte Gabriella. »Wir sind hier, weil wir hoffen, Ihnen einen interessanten geschäftlichen Vorschlag unterbreiten zu können, der für sie ebenso lukrativ wäre wie für *Past & Future*.«

»Lukrativ für wen?«, fragte ich, gegen meinen Willen interessiert. Ich erinnerte mich, dass *Past & Future* auf der Visitenkarte stand, die sie mir gegeben hatten.

»Ich bin froh, dass Sie das sagen, denn es demonstriert Ihr Interesse an unseren Dienstleistungen und schafft damit eine legale Basis für die Fortsetzung dieses Gesprächs. Gut, dann will ich Sie einmal …«

»Mit unserer Verkaufsmasche bekannt machen«, warf James ein.

»… mit einigen wichtigen Details vertraut machen. *Past & Future* ist der Name der Firma, für die wir arbeiten. Unsere Forschungs- und Entwicklungsabteilung ist besonders an Ihrer persönlichen Lebensgeschichte interessiert. Ich würde Ihnen gerne einige Broschüren überreichen, wenn ich darf …«

»Kein Interesse.«

»Alles, was wir von Ihnen verlangen«, fuhr Gabriella fort, als hätte ich gar nichts gesagt, »ist, dass Sie sich nicht anderweitig zu einem Arrangement verpflichten, das nicht zu *Ihrem* Vorteil wäre, Bürger Sayers, bevor Sie unser Angebot geprüft haben. *Past & Future* verfügt über beträchtliche Mittel.«

»Die Tagessuppe sollte eigentlich italienische Hochzeitssuppe sein. Ist sie aber nicht. Eine Hochzeitssuppe ist wesentlich nahrhafter, als es klingt. Fleischbällchen, Gemüse, Pasta. Schmeckt sehr gut mit frischem Brot. Wussten Sie eigentlich, dass man sie überhaupt nicht bei Hochzeiten serviert? Der Name kommt von der köstlichen Vermählung aller Ingredienzien …«

»Bevor ich Ihnen mehr sagen kann, Bürger Sayers«, Gabriella hob die Stimme, »benötige ich Ihre Unterschrift auf diesem Vertrag.« Wie aus dem Nichts förderte sie einen Stapel Papiere zum Vorschein, sicher mehr als zehn Seiten dick. Diagonal über das Deckblatt stand gedruckt: *Past & Future*.

»Eine reine Formalität, um die Jungs in der Rechtsabteilung bei Laune zu halten«, merkte James an.

»Wer bekommt das griechische Lamm?« Samand erschien an unserem Tisch und balancierte einhändig drei Gerichte auf einem großen runden Tablett. James ließ das *Past-&-Future*-Paket hastig verschwinden und nahm den Teller mit dem Kebab entgegen. Gabriella bekam eine Hühnersuppe mit Nudeln und ich empfing mein Khoresh mit Artischocken und Huhn. »Salate und Getränke kommen gleich«, sagte Samand mit einem schnellen Blick auf mich und verließ uns wieder. Ich war dankbar, dass er mein Alter Ego nicht erwähnt oder über meinen Haarschnitt gespottet hatte.

Wir waren drei A-Bewohner, die in der B-Welt zu Mittag speisten. Das Khoresh, mit seinen zarten Hühnerfleischstücken und Artischockenherzen in einer Zitronensauce auf Jasminreis, sah himmlisch aus. Wahrscheinlich duftete es auch himmlisch. Ich beschloss, dass ich mir auf keinen Fall das Essen verderben lassen würde.

»Hören Sie«, sagte ich, während ich das *Past-&-Future*-Paket wegschob, das wie durch Zauberhand wieder auf dem Tisch erschienen war. »Tut mir leid, aber ich bin nicht interessiert.«

Gabriella runzelte die Stirn. »Ihr Alter, der andere Bürger Sayers, hat den Vertrag bereits unterzeichnet und ist großzügigst entschädigt worden. Er wird, während wir hier miteinander sprechen, bereits in den Büros von *Past & Future* befragt. Ich wollte *persönlich* mit ihm sprechen, aber ...«

»Jaja, Murphina hat eine kleine Umleitung verursacht. Ich nehme die Verantwortung dafür auf mich«, sagte James ruhig.

»Felix, wir sind ganz nah dran. Die Computermodelle zeigen schon sehr vielversprechende Ergebnisse, aber es gibt noch Lücken in unserer Datenbank. Wir brauchen dringend Ihre Hilfe, um die Ereignisse des Y-Tages zu rekonstruieren.«

»Ich war gerade sechs«, antwortete ich. »Und zwar Monate, nicht Jahre. Ich bezweifle, dass ich Ihnen viel helfen kann.«

Gabriella unternahm einen neuen Anlauf, während ihr Essen unberührt auf dem Tisch stehen blieb. »Es wäre zu unser aller Vorteil, wenn wir unsere Ressourcen und unser Wissen zusammenlegen würden. Das gilt besonders für *Sie*, Bürger Sayers, denn wenn es uns gelingt zu beweisen, dass *Sie* und Felix B es waren, mit denen damals alles angefangen hat …«

»Ist das nicht ein Verstoß gegen Paragraf 3?«, unterbrach ich sie. »Datenschutz. Schutz der persönlichen Intimsphäre. Ich war immer der Ansicht, dass es überflüssig ist, von persönlicher Intimsphäre zu sprechen. Welche andere Intimsphäre gibt es denn außer der persönlichen?«

»Wir verstoßen nicht gegen Paragraf 3«, gab sie scharf zurück. »Bürger Felix Sayers B erteilte uns die Erlaubnis, seine persönliche Geschichte zu erforschen, und jetzt bitten wir Sie um dieselbe Genehmigung.«

»Noch einmal«, erwiderte ich. »Meine *persönliche* Geschichte? Habe ich denn noch eine andere?«

»Und es ist alles völlig legal«, meinte James, während er nach seiner Gabel griff und die Lammstücke nacheinander von seinem Kebab-Spieß schob. »Auf welche Gedanken man bei der Erforschung Ihrer Vergangenheit möglicherweise kommen könnte, ist allerdings eine andere Frage. Wir bewegen uns da in einer Art Grauzone, um ehrlich zu sein. Das DIM autorisiert ungern neue Ideen, und der Gedanke, dass einzelne Menschen neue Universen schaffen könnten – nun, das wäre schon etwas Großes.«

Gabriella warf ihm einen warnenden Blick zu. »Ihre Unterschrift auf diesem Vertrag gestattet es uns, Ihre Vergangenheit ganz legal zu durchleuchten, Bürger Sayers.«

»Wie haben Sie es angestellt?«, fragte ich.

Mein Tonfall schien sie zu verblüffen. Ich zog eine Augenbraue hoch und musterte James. »Haben Sie ein vom Haustierbazillus befallenes Tier extra in dieses Universum mitgebracht, um in der Quarantäne an mich heranzukommen?«

»Natürlich nicht, Felix. Wenn ich gewusst hätte, dass Murphina krank ist, hätte ich sie so bald wie möglich zum Tierarzt gebracht und nicht auf Reisen mitgenommen. Sie wartet draußen im Wagen. Wir haben im Schatten geparkt und das Verdeck offen gelassen.« Er rutschte unbehaglich auf seinem Stuhl hin und her. »Hören Sie, wie gesagt, die Sache ist nicht optimal gelaufen. Ich benutze Murphina durchaus gerne in meinem Job, weil man mit ihr sehr gut das Eis brechen kann. Gelegentlich interviewen wir Personen, die alles andere wollen, als offen über ihr Leben zu sprechen, und geradezu unkooperativ sind. Wenn man dann ein freundliches Tierchen bei sich hat, sind die Leute eher bereit, sich zu öffnen.«

»Die Fotografie von Tag Y. Ich will sie zurückhaben.« Ich stand auf. »Ich esse lieber da drüben«, sagte ich zu Samand, der unsere Getränke und Salate brachte.

Er zögerte keine Sekunde. »Selbstverständlich.«

Ich trug mein Mittagessen zu einem Fenstertisch und aß alleine, mit dem Rücken zu James und Gabriella. Das Khoresh schmeckte besser als erwartet und ich holte das auf Papier gedruckte Exemplar von *Schritt ins Leere* heraus. Nachdem ich ein wenig mit dem technischen Problem gekämpft hatte, das Buch aufgeklappt zu halten, während ich gleichzeitig mit Messer und Gabel hantierte (und dabei Fettspritzer zu vermeiden, da sich die Seiten nicht auf Knopfdruck umblättern ließen), gelang es mir, während des Essens ein paar Kapitel zu lesen.

11
DAS BIHISTORISCHE INSTITUT

Ich verbrachte den Nachmittag damit, voller düsterer Gedanken und Selbstmitleid in der Stadt herumzuwandern – es war mein Geburtstag (der *echte,* nicht der andere, den ich vierunddreißig Jahre lang gefeiert hatte; irgendwie hatte ich sechs Monate meines Lebens übersprungen und war praktisch über Nacht fünfunddreißig geworden). Ich kehrte erst zum *Queen Bee Inn* zurück, als das Meer düster wurde und ein kühler Abend sich herabsenkte.

»Bürger Sayers, wie fühlen Sie sich?«, begrüßte mich Franny am Empfang.

»Bestens. Meine – äh, Blinddarmentzündung hat sich als Fehlalarm erwiesen. Vielen Dank für das Papierbuch, Franny. Es hat mir geholfen, die Zeit im Krankenhaus einigermaßen angenehm zu verbringen. Aber ich habe es noch nicht ausgelesen«, fügte ich hinzu, da ich mir plötzlich nicht mehr sicher war, ob das Buch als Geschenk gedacht war oder nur geliehen.

Sie lieferte mir keinen Anhaltspunkt. »Wir tun für unsere Gäste, was wir können, Trevor und ich.«

Aber trotz allen Mitgefühls bekam ich die Miete für die zwei Tage, die ich im Krankenhaus verbracht hatte, nicht erstattet, da ich im Voraus bezahlt hatte. Das trug nicht dazu bei, meine Laune entscheidend zu verbessern.

Am Dienstagmorgen war ich immer noch missgelaunt und

daher erleichtert, dass der Taxifahrer, der mich zu Mrs Noors Büro brachte, obwohl er schneller und sogar noch rücksichtsloser fuhr als die meisten, von der schweigsamen Sorte war und es nicht auf Konversation anlegte.

»Ich hatte schon versucht Sie zu erreichen, Felix«, begrüßte mich Mrs Noor und bat mich in ihr Büro (mein Omni war immer noch tot). Ich umkurvte einen Aktenschrank und setzte mich, während sie hinzufügte: »Ich habe gute Neuigkeiten.« Sie schob einen Stapel Papiere aus dem Weg, und als sie Platz für ihre Ellbogen geschaffen hatte, beugte sich über den Tisch, das üppige Kinn in die verschränkten Hände gestützt, den Blick der dunkelbraunen Augen unverwandt auf mich geheftet. »Sie scheinen nicht sehr interessiert zu sein.«

»Es sind Leute hinter mir her«, sagte ich. »Das ist ausgesprochen irritierend.«

»Trotzdem dürfte Sie das hier interessieren. Felix B wurde gesehen, als er das örtliche Büro einer Firma namens – wie hieß das gleich wieder?« Sie klappte das pflaumenfarbene Notizbuch auf und blätterte darin. »Mein Sohn Ham war zufällig gerade in der Nähe. Da haben wir es. Die Firma heißt *Past & Future*. Ein ungewöhnlicher Name. Es handelt sich nicht um einen Verlag oder etwas Vergleichbares. Sie sammeln Daten für große Firmen und erforschen die persönlichen Lebensgeschichten reicher Klienten. Außerdem haben sie eine Ideenabteilung – dabei geht es nicht um technischen Krimskrams oder die kommende Kleider- oder Musikmode, sondern sie befassen sich nur mit sogenannten ›Qualitätsideen‹. Sie waren diejenigen, die letztes Jahr die Geschichte aufbrachten, das Aussterben der Dinosaurier sei durch einen Asteroideneinschlag ausgelöst worden.«

»Ich erinnere mich daran. Das Thema schien geeignet, eine öffentliche Panik auszulösen. Weil jederzeit wieder ein Asteroid auf der Erde einschlagen könnte. Aber wie konnten *Past & Future* diese Idee am DIM vorbeischleusen?«

»Geld versetzt Berge«, meinte Mrs Noor weise. »Und davon besitzen sie reichlich. Es heißt, dass sie die Idee in einem alten Wissenschaftsmagazin aufgespürt haben, als die eigene ausgaben und jetzt die Rechte daran besitzen. Sollten jemals Abwehrsysteme zum Schutz gegen zukünftige Asteroiden installiert werden – nun, *Past & Future* wird sich fürstlich für die praktische Umsetzung der Idee entlohnen lassen. Ich weiß nicht, aus welchem Grund Felix B dort war. Ham bearbeitet den Fall. Sie scheinen nicht besonders überrascht zu sein, das zu hören«, fügte sie hinzu.

»Wie gesagt, es sind Leute hinter mir her. Fragen Sie mich nicht warum, Mrs Noor.«

»Na gut. Aber da gibt es etwas, von dem Sie vermutlich *nicht* wissen. Es war nicht einfach, an die Information zu gelangen. Glücklicherweise habe ich gewisse Kontakte«, sagte sie und wies mit einer großen Geste auf das Büro, als säßen die Repräsentanten aller wichtigen Lebensbereiche in den überfüllten Regalen herum und würden nur darauf warten, sie mit Insiderinformationen zu versorgen. »Ich habe gestern mit meinen Bekannten im Verlagswesen gesprochen. Ein Treffen beim Frühstück, zwei weitere zum Tee, eines beim Mittagessen und noch eines beim Fünf-Uhr-Tee. Glücklicherweise bevorzuge ich Kräutertee, nichts mit Koffein. Ich kann mich gar nicht erinnern, wann ich das letzte Mal so viel Zeit außerhalb meines Operationszentrums hier verbracht habe. Es wird ein klein wenig teurer werden, Felix, mit all dem Tee, den ich spendieren musste.« Sie verlagerte ihr stattliches Gewicht und der braune Ledersessel quietschte protestierend. »Aber, um es zusammenzufassen – in der Welt der Literatur ist kein Manuskript unter dem Namen von Felix Sayers B im Umlauf. Ich ließ sie sogar in den Aufzeichnungen über abgelehnte Projekte nachsehen, Aliasse, Pseudonyme. Nichts. Natürlich wäre es möglich, dass Felix gerade insgeheim an etwas arbeitet. Aber das herauszufinden wird ein wenig mehr Finesse erfordern.«

Das »Hypothetisch-gesprochen«-Schild an der Wand fiel mir ins Auge. Darunter hing noch ein kleineres, das mir bis jetzt entgangen war. Darauf stand: »Nicht beachten«. Wahrscheinlich war damit nicht das Schild selbst gemeint. Handelte es sich vielleicht um eine Anweisung, die andere Anweisung zu missachten – durfte ich zum Beispiel Mrs Noor von dem Haustierbazillus erzählen, obwohl ich mich den DIM-Beamten gegenüber verpflichtet hatte, nicht über die Quarantäne zu sprechen? Ich kam zu dem Schluss, dass das Schild wahrscheinlich nur das Offensichtliche in Worte fasste: dass Detektive normalerweise heimlich arbeiteten und in der Menge nicht weiter auffielen.

»Felix?«

»Tut mir leid, ich bin heute nicht recht bei der Sache. Ich weiß ihre Mühe zu schätzen, Mrs Noor. Es ist nur so, dass es ein paar Dinge gibt, um die ich mich jetzt kümmern muss.« Ich setzte mich aufrechter hin. »Dabei könnten Sie mir allerdings behilflich sein.«

»Schießen Sie los.«

»Zwei Dinge. Erstens muss ich wissen, wo ich eine Omni-Batterie herbekomme. Und zweitens: Wo finde ich eine Doktorandin mit dem Namen Bean, Nachname unbekannt?«

***

Eines der Probleme, wenn man herausfindet, dass man ein Alter Ego hat, ist, dass man sich plötzlich so alt fühlt, als hätte man einen Salto rückwärts über eine ganze Generation gemacht. Da hatte man immer gedacht, dass alle, die vor dem Tag Y geboren waren – man kann es nicht anders ausdrücken –, einfach *Pech* gehabt hatten. Als Einzigartiger stand man über solchen Dingen, war von diesem ganzen Alter-Zeugs nicht betroffen und würde es auch nie sein. Es war das Problem der älteren Generation.

Das war natürlich gewesen, bevor ich herausfand, dass ich mich verzweigt hatte.

Während ich von Pontius zu Pilatus lief, um mein falsches Geburtsdatum berichtigen zu lassen, war meine ursprüngliche Reaktion Ungläubigkeit gewesen (okay, vielleicht auch eine Art Panik, aber welcher ehrgeizige Schriftsteller würde nicht in Panik geraten, wenn er sich der Gefahr gegenübersieht, dass sein Roman bereits geschrieben worden ist, und zwar von keinem Geringeren als *ihm selbst?*). Sehr viel weiter war ich immer noch nicht, aber das Gefühl, alt zu sein, nagte an mir und ich vermisste die Jugend und Sorglosigkeit, die ich noch vor zwei Wochen besessen hatte. Über den makellosen Campus der Presidio-Universität zu schlendern, wo sich das Institut für Bihistorie befand, in dem Mrs Noor Bürgerin Bean Bartholomew als Doktorandin entdeckt hatte, konnte mich nicht wirklich aufmuntern. Hier wimmelte es geradezu von Jugend, hauptsächlich auf Rollerblades. Ich kam an einer Gruppe von Studenten vorbei, die eher wie Teenager aussahen und im Gras unter einem Eukalyptusbaum herumlümmelten. Ich schnappte ein paar Worte einer Biologievorlesung auf, gehalten von einer Professorin, die selbst jung genug aussah, um Studentin zu sein. Ich tröstete mich damit, dass sie vielleicht tatsächlich Teenager waren und hier die Sommerschule besuchten.

Während ich mich dem bihistorischen Gebäude näherte, summte mein Omni kurz und zeigte eine neue Nachricht an. Wagner. Ich hatte inzwischen eine frische Batterie eingelegt, und damit war auch das Gefühl verschwunden, vom Leben abgeschnitten zu sein. Diesbezüglich empfand ich zwiespältig. Es hat schon seine Vorteile, nicht erreichbar zu sein, besonders wenn man von seinem Chef lieber nicht dazu gedrängt werden möchte, sich auf illegale Aktivitäten in der Sauerteigbranche einzulassen.

Ich stellte den Omni auf stumm und betrat das Gebäude der

Bihistorie durch den Vordereingang. Es war ein dreigeschossiger, rechteckiger Block mit langen Fenstern, durch die man Menschen über ihre Schreibtische gebeugt sehen konnte. Ich blieb am Infoterminal in der Lobby stehen, um noch einmal Beans Büronummer nachzusehen, die laut Mrs Noor aus der unwahrscheinlichen Kombination L-11-C bestand. Das Infoterminal schickte mich in den Keller.

Ich fuhr mit dem Fahrstuhl nach unten und durchstreifte verlassene Korridore auf der Suche nach Raum 11, als ich Bean durch eine offen stehende Tür entdeckte. Sie hatte mir den Rücken zugewandt, die Füße auf den Schreibtisch gelegt und war in ein dickes Lehrbuch vertieft, dessen Ränder mit Notizen vollgekritzelt waren.

»Klopf, klopf«, sagte ich von der Tür aus.

Ihre Füße krachten zu Boden, das Buch knallte zu. »Was – ach, Felix, hallo. Du hast mich erschreckt.«

»Tut mir leid.«

»Ich hatte nicht erwartet ... Es ist nur so, dass es hier im Sommer sehr ruhig ist. Pak und Arni sind in einem Seminar und kommen erst später.«

»Darf ich hereinkommen?«

»Wo habe ich nur meine Manieren gelassen? Komm rein, natürlich, setz dich.« Sie stand auf, winkte mich herein und sah sich dann irgendwie befangen im Raum um. »Tja, da drüben ist die Couch, sie ist komfortabler, als sie aussieht. Oder willst du lieber einen Stuhl?«

Der Kellerraum war nur von Kunstlicht beleuchtet. An drei Wänden stand je ein Schreibtisch, neben der Tür befand sich eine weiße Tafel und in der Mitte sah ich eine abgewetzte Couch mit Baumwollbezug. Verschiedene Stühle, manche aus Plastik, andere aus Holz, verteilten sich im Raum. An einem der Schreibtische lehnte ein Fahrrad und in der hinteren Ecke summte ein elektrischer, vasenförmiger Samowar aus Edelstahl neben einem wilden Sammelsurium von Tassen und einer Spüle vor sich hin.

Ich setzte mich auf die Couch, während mein Blick kurz an einem Plakat hängen blieb, das den Betrachter drängte: Erforschen Sie die Geschichte ihres Lebens. Promotionsprojekt. Bean begann unruhig die Couch zu umrunden. »Ich bin dir eine Erklärung schuldig, Felix. Wir haben dich umkreist wie die Geier und waren so fixiert darauf, die Wahrheit herauszufinden, dass wir die Konsequenzen unseres Verhaltens nicht richtig bedacht haben.«

»Wölfe.«

»Was?« Sie blieb stehen und starrte mich an.

»Ich denke, Wölfe sind mir lieber als Geier. Ich bin noch nicht komplett tot.«

»Na gut, dann eben Wölfe«, sagte sie und tigerte weiter. »Die einzige Entschuldigung, die ich dafür anbieten kann, ein – einer dieser *Wölfe* zu sein, ist, dass wir es nicht des Geldes wegen tun. Vielleicht macht das aus deinem Blickwinkel keinen großen Unterschied. Ich meine, ob es uns ums Geld oder um Wissen geht.«

»Warum dann die Geheimniskrämerei?«

»Der Rat für Forschungssicherheit – sicher hast du schon davon gehört, es handelt sich um eine Unterabteilung des – nun, wie es sich ergibt, haben wir, also haben wir nicht oder zumindest noch nicht, die Zustimmung des Rats für unser Forschungsthema eingeholt. Ein klein wenig unethisch, ich weiß, aber Paragraf 19 macht die Dinge manchmal sehr kompliziert. Egal, offiziell spüren wir in Professor Max' Gruppe den Unterschieden in der Entwicklung unserer beiden Universen nach.« Sie umrundete die Couch ein weiteres Mal und fuhr fort: »Da gibt es viele interessante Fragen zu klären. Zum Beispiel: Wie kam es dazu, dass es in Universum B eine überraschend kleine Anzahl von Hurrikanen gibt, während das umweltbewusste

Universum A sich davor gar nicht retten kann? Oder, etwas trivialer vielleicht, aber ebenso interessant«, meldete sie aus ihrer Umlaufbahn: »Warum ist in Universum A ›Ebenholz‹ die beliebteste Farbe für Badewannen, in B dagegen ›Perlweiß‹? Und warum haben B-Bewohner häufiger romantische Beziehungen? Wir haben mit Ereignisketten experimentiert, um zu sehen, wo ein falsch adressierter Brief oder ein Tisch voller kostenloser Süßigkeiten für die Studenten uns hinführen ... Ach, egal.« Sie verstummte, lehnte sich über die Rückenlehne der Couch und senkte die Stimme. »Außerdem suchen wir nach dem Primärauslöser des Tages Y.«

»Und daher die Herumschnüffelei.«

Ihre Wangen färbten sich rosa. »Wir waren nicht sicher, ob du nicht ein Betrüger bist, weil diese Fotografie vom Tag Y plötzlich wie aus dem Nichts auftauchte. Das DIM stellt Wissenschaftlern gelegentlich Fallen, wenn es unautorisierte Forschungen vermutet, also solche, die nicht in Übereinstimmung mit Paragraf 19 stehen. Aber selbst bei ganz regulären Projekten müssen wir vorsichtig an unsere Forschungsobjekte herantreten – Menschen, deren Lebensgeschichten wir brauchen –, weil es ja auch noch Paragraf 3 und andere Datenschutzgesetze gibt. Glücklicherweise ist die Sache in letzter Zeit recht populär geworden.« Sie deutete auf das Plakat, das für wissenschaftliche Nachforschungen über den eigenen Lebenslauf warb. »Es kommen immer wieder Leute vorbei, die wissen wollen, wie es kam, dass sie an diesem bestimmten Punkt ihres Lebens gelandet sind. Wir recherchieren ihre persönliche Storyline, und im Austausch dafür erteilen sie uns die Genehmigung, ihre Lebensgeschichte in unser Forschungsprojekt mit einzubauen. Earl Grey?« Sie ging zum Samowar, drehte den Hahn auf und schenkte dunklen Tee in zwei kleine Tassen ein.

»Und James und Gabriella?«, fragte ich, während ich eine der Tassen entgegennahm.

»Sie arbeiten für *Past & Future*, eine Ideenschmiede. Eines ihrer Produkte ist der Gedanke, dass ein Asteroid in ferner Vergangenheit die Erde getroffen hat und dieser Fall sich jederzeit wiederholen könnte. Davor haben sie das Zahlensystem der Maya entschlüsselt – oder anders gesagt, sie haben einen armen Trottel dafür bezahlt, dass er in alten Quellen für sie recherchierte und zu dem Schluss kam, dass es ein Vigesimalsystem ist, also auf der Zahl zwanzig beruht, und jetzt« – sie knirschte mit den Zähnen – »jetzt bekommen sie Tantiemen, wann immer jemand ein Datum aus einer Mayainschrift übersetzt. Dein Alter hat übrigens bei ihnen unterschrieben. Zitrone, Milch, Zucker?«

»Ich wette, dass Felix B sich *nicht* mit *Past & Future* eingelassen hätte, wenn sie ihn mit dem Haustierbazillus traktiert und in Quarantäne gesteckt hätten. Sie wollen also auch beweisen, dass unsere beiden Universen von mir und Felix aufgespalten wurden?« Die Worte hallten in meinem Kopf wider wie eine Melodie, während ich zusah, wie ein Zuckerwürfel sich langsam in der Teetasse auflöste.

Sie drehte ihren Schreibtischstuhl zu mir herum, ein ungemütlich aussehendes Ding aus Holz, und setzte sich. »*Menschen, die Universen schaffen*«, meinte sie einfach. »Mann, was wäre das für eine Entdeckung. Auf einer Ebene mit Galileo und Newton und Darwin und Yen.«

Ich blies auf den heißen Tee und sagte: »Lass mich zusammenfassen, ob ich das richtig verstehe: Ihr wollt mich als unbezahltes Forschungsobjekt, aber wenn ich bei *Past & Future* unterschreibe, bekomme ich Bargeld – wie viel eigentlich, weißt du das? Egal, ich beantworte ein paar Fragen, stecke das Geld ein und fertig ...«

»Aber du würdest ihnen die Rechte an deiner Lebensgeschichte verkaufen.«

»Und genau genommen könnte ich ihnen jeden beliebigen

Bären über meine Kindheit aufbinden, was mir eben so einfällt.«

»Das kommt vor. Leuten, die uns bitten, ihre Lebensgeschichte zu recherchieren, sind gewisse Vorfälle aus ihrer Vergangenheit oft peinlich, sodass sie sie verschweigen. Dinge, die sie lieber vergessen würden. Es ist beinahe so, als wollten sie sich beweisen, dass nur die guten Taten in ihrem Leben sie dorthin gebracht haben, wo sie heute stehen, nicht die Fehler, die sie auf dem Weg dahin begangen haben. Selbst Passivisten bitten uns manchmal um den Nachweis, dass sie nicht aus Versehen irgendeine Katastrophe ausgelöst haben, die gerade durch die Schlagzeilen geht.«

Ich trank einen Schluck von dem Tee, der stark und seltsam angenehm schmeckte. Anscheinend war er nach einem britischen Aristokraten benannt. Ich konnte es den Passivisten recht gut nachfühlen. Ich wollte die Verantwortung auch nicht haben.

»Wir müssen es so aussehen lassen, als hättest du uns beauftragt, deine Lebensgeschichte zu erforschen. Es ist ein plausibles Szenario. Schließlich hast du gerade erst herausgefunden, dass du ein Alter Ego besitzt, und bist daher natürlich besonders interessiert an markanten Ereignissen in deiner Vergangenheit. Einzigartige bekommen wir hier selten zu sehen.«

»Wie wahrscheinlich ist es denn, dass das DIM eure Forschungen autorisiert?«

»Es ist nur eine Frage der Zeit«, sagte sie entschieden.

»Und was ist für dich drin?«

»Mein Doktortitel.«

»Du musst den Universenmacher entdecken, um deinen Doktor zu bekommen?«

»Nein, aber das würde dafür sorgen, dass eine Menge Leute meine Dissertation lesen, meinst du nicht?« Sie grinste. »Wenn du es genau wissen willst, der Titel lautet ›Beschreibung der

Wahrscheinlichkeitskurven von historischen Ereigniskettenlängen‹ …«

»Warum auch nicht?«

»… aber ich brauche mehr Daten, um mein Modell zu überprüfen. Es wäre hübsch, wenn wir zusätzliche Universen abzweigen lassen und die Entwicklung der Ereignisse in ihnen beobachten könnten. Professor Singhs Labor befand sich früher in genau diesem Gebäude, wusstest du das? Unglücklicherweise erlaubt der Rat für Wissenschaftssicherheit keine Experimente, um neue Verbindungen zu Universen herzustellen.«

»Ehrlich gesagt ist das eine DIM-Maßnahme, für die ich ausnahmsweise Verständnis habe. Meinem Gefühl nach haben wir schon jetzt eine Verbindung zu viel.« Ich rieb mir die Stirn. Seit dem Aufenthalt im Krankenhaus quälten mich hartnäckige Kopfschmerzen. »Glaubst du wirklich, es gibt multiple Universen, Bean? Mir kommt es irgendwie nicht wesentlich wahrscheinlicher vor, dass es nur zwei davon gibt, als eine riesige Anzahl.«

»Es ist weniger eine Frage der Wahrscheinlichkeit. Aber wenn es lediglich zwei gäbe, würden sie ein spezielleres Paar bilden, sagen wir, Spiegelbilder voneinander sein. Nein, A und B sind in keiner Weise besonders bemerkenswert, mit der Ausnahme, dass Professor Singh es geschafft hat, sie zu verknüpfen. Davor war jedermann überzeugt, dass nur ein Universum existierte und es auch immer nur das eine geben würde. Singh sagte: ›Sehen Sie sich doch um. Alles gehört zu einem Satz ähnlicher oder identischer Objekte. Menschen und Bäume und Elektronen.‹« Sie sah mich mit leuchtenden Augen an. »Nein, es gibt mehr als zwei.«

***

Sie zog einen Umschlag aus der Schreibtischschublade. »Und so haben wir dich gefunden.«

Auf der Fotografie stand mein Vater vor einem Stahlgeländer, hinter dem dicke rote Kabel senkrecht in die Tiefe führten. Rechts von ihm befand sich ein Laternenmast und im Hintergrund hingen ein paar Regenwolken. Auf die Brust geschnallt trug er eine Babytrage. Mit Ihrem werten Erzähler darin. Alles in allem ein Foto, das für jeden außer für mich (und Felix B, nehme ich an) völlig belanglos war, bis auf eine Tatsache. Ich drehte es um. Auf der Rückseite, mit der Hand vom Original kopiert, standen zwei Informationen: die Nummer des Fotos, 13, und das Datum: 6. Januar 1986. Der Tag Y.

»Meines ist verschwunden«, sagte ich. »Es wurde mir im Krankenhaus gestohlen.«

»Wir waren das nicht«, sagte sie schnell. »Wir brauchten es gar nicht. Jemand hatte es auf der Pinnwand zum Tag Y gepostet. Du weißt schon, wo die Hobbyforscher sich ein Vergnügen daraus machen, die frühesten sichtbaren Unterschiede zwischen A und B aufzuspüren.«

»Tante Henrietta muss ihren Anwalt instruiert haben, es um dieselbe Zeit zu posten, als er es an mich geschickt hat. Meine Großtante«, erklärte ich. »Ich glaube nicht, dass sie sich hätte träumen lassen, welche Folgen das nach sich zieht. Wahrscheinlich hatte sie einfach das Gefühl, dass es in die Sammlung von öffentlichen Memorabilien zu diesem Tag gehört. Und das beweist – was?« Ich ließ das Foto auf den Tisch fallen.

»Foto 13 beweist, dass du dich am Y-Tag in der Nähe von Professor Singhs Labor aufgehalten hast. Der Ort ist die Golden Gate Bridge, und die liegt innerhalb des Ereignisradius.« Unerwartet kicherte sie. »Arni war hin und weg, als ein neuer Kandidat für den Primärauslöser aus dem Nichts auftauchte.«

»Wie schön für Arni.«

»Verzeihung. Ich befasse mich mit der Theorie, Pak verbringt den größten Teil seiner Zeit am Computer, und Arni ist derjenige, der die Forschungsobjekte interviewt, Daten sammelt und so weiter. Nachdem wir das Foto verifiziert hatten, suchten wir alles zusammen, was wir an Informationen über dich und Felix B bekommen konnten. Aber als Arni Felix B kontaktierte, war es schon zu spät. Er hatte bereits bei *Past & Future* unterschrieben. In der Zwischenzeit, weil ich sowieso zu einer Konferenz nach San Francisco A reisen musste, wurde mir die Aufgabe übertragen, mit dir Kontakt aufzunehmen. Wir müssen sparsam mit unseren Forschungsgeldern umgehen.«

Ich betrachtete die schäbige Couch und das Sortiment nicht zusammenpassender Stühle. Lediglich die Computerausrüstung, die den größten Teil der Schreibtischfläche einnahm, schien hochmodern zu sein. Sie bemerkte meinen Blick und meinte: »Frag mich erst gar nicht, was ich verdiene. Also, ich habe ein paar diskrete Nachforschungen angestellt, als ich in deinem San Francisco war, kam zu dem Schluss, dass du in Ordnung bist, und versuchte dich bei der Arbeit aufzusuchen« – ich erinnerte mich, dass Wagner mir erzählt hatte, eine Kundin hätte mich am Freitag sprechen wollen – »aber du warst bereits im Urlaub. Am Terminal habe ich dich dann eingeholt – ich sollte sowieso am späten Freitagabend wieder zurückqueren, und, nun, hier sind wir jetzt.« Ihre Stimme verklang.

»Was ist mit meinem Vater?« Ich tippte auf das Foto. »Gehört er auch zu den Verdächtigen?«

»Er hat das falsche Gewicht.«

Nur das gleichmäßige Summen des Samowars und der Computer war zu vernehmen; kein Laut aus der Außenwelt drang in das Kellerbüro. Ich warf einen Blick auf die weiße Tafel und bemerkte eine einzelne Maßangabe, die eingekringelt zwischen einer Menge Gleichungen stand: 24 Libras. Meine Augen glitten zu ihrem Computer und den Palmen, die auf dem Bildschirmschoner im Wind schwankten. Dahinter lagen wahrscheinlich seitenweise persönliche Daten über mich – und Felix B.

»Also schön«, sagte ich. »Ich mache mit.« Aus irgendeinem

Grund hatte ich das Gefühl, dass an der Sache mit dem Universenmacher etwas dran war. Etwas, das auf ganz persönliche Weise wichtig für mich war, wenn man von der kosmischen Dimension und dem Geburt-neuer-Welten-Kram mal absah.

Bean sprang von ihrem Holzstuhl auf. »Bist du sicher?«

»Nein. Wo soll ich unterschreiben?«

»Tja.« Sie schien plötzlich zu zögern. »Eigentlich ist es üblich, dass Forschungsobjekte erst mit Professor Maximilian sprechen. Ich bin ja nur Doktorandin.«

»Darf ich dich etwas fragen?«, sagte ich, während der Aufzug uns zum dritten Stock hinaufbrachte.« »Was bedeutet das C in deiner Büronummer?«

»L-11-C bezeichnet das unterste Geschoss, Zimmer 11, Tisch C. Ich weiß, es ist ziemlich blödsinnig, einen *Schreibtisch* zu nummerieren, vor allem wenn es nur drei im Zimmer gibt. Die offizielle Begründung ist, dass uns die Post und die Studenten auf die Art leichter finden. Ich persönlich glaube, es ist eine DIM-Sache, eine zusätzliche Methode, uns Bürger zu kontrollieren.« Während die Aufzugtüren aufglitten, fügte sie hinzu: »Wusstest du, dass das DIM einmal vorhatte, uns allen elektronische Marken zu verpassen, als wären wir genetisch veränderte Haustiere oder so was? Es sei notwendig für die öffentliche Sicherheit, behaupteten sie. Sie wären auch beinahe damit durchgekommen, weil es so gut *klang*: keine Verbrechen mehr, kein Identitätsdiebstahl, kein heimlicher Tausch mehr mit dem Alter ... aber der gesunde Menschenverstand hat am Ende gesiegt.«

Der Professor war nicht da und neben seinem Namensschild an der Tür pappte eine Haftnotiz mit den Worten »Im Labor«. Ich blieb wie angewurzelt davor stehen. Ich muss wohl eine Art Quietschen von mir gegeben haben, denn Bean musterte mich mit merkwürdigem Gesichtsausdruck.

»Alles in Ordnung?«

»Professor *Wagner*, Maximilian.« Ich zeigte auf das Namensschild. »Dein Doktorvater ist nicht zufällig ziemlich klein, untersetzt, in den Fünfzigern, blondes Haar, hört sich gerne selbst reden? Hat überall Verbindungen – und, wenn ich raten darf, ein gewisses Interesse am Kochen?«

»Äh, ja – du wusstest es also nicht? Aber wie solltest du auch.« Sie grinste. »Wir arbeiten für den gleichen Chef.«

Plötzlich wurde mir die Absurdität der Situation bewusst, und ich lachte, bis mir die Tränen kamen. Bean verfolgte den Anfall mit leicht besorgter Miene.

Ich trocknete mir die Augen. »Richtig. Was machen wir jetzt? Warten wir auf Wagner B, damit ich den Vertrag unterzeichnen kann?«

»Wir sollten nicht noch mehr Zeit verschwenden. Wir treffen den Professor unterwegs.«

»Auf dem Weg zum Keller?«

»Nach Carmel. Es geht um die Fotos 1 bis 12, außerdem 14 und darüber. Wir müssen sie vor James und Gabriella finden.«

12
MONROES HAUS

Als es uns endlich gelungen war, Beans Bürokollegen Arni Pierpont und Mike Pak aufzuspüren, stand die Sonne schon hoch am Himmel. Wir zwängten uns alle in Beans grässlichen pinkfarbenen VW Käfer, sammelten unser Übernachtungsgepäck ein und fuhren auf der Route 1 nach Süden in Richtung der kleinen, malerischen Stadt Carmel. Obwohl sich zwischen uns und dem Gegenverkehr ein Mittelstreifen mit stabilen Leitplanken befand, hatte ich vom Beifahrersitz aus beängstigend freien Blick darauf. Der Pazifik-Highway hob und senkte sich in Wellen entlang der Küste und gab abwechselnd den Blick auf die Klippen, das Meer und die Brandung frei, die gegen den Strand donnerte. Eine kniehohe Leitplanke zwischen der Straße und dem Abbruch der Klippe war als Schutz gegen die drohende Katastrophe einfach lachhaft.

»Hattest du nicht gesagt, dass ich nicht nach Carmel soll?«, fragte ich Bean, während ich mir die schweißnassen Handflächen an meinen Shorts abwischte und der Käfer ein besonders steiles Straßenstück hinauftuckerte.

»Um genau zu sein«, antwortete sie abwesend mit einem Blick in den Rückspiegel über dem Armaturenbrett, »sagte ich, dass du nicht mit James und Gabriella nach Carmel sollst. Mit Arni und Pak und mir ist das etwas ganz anderes.«

»Eine völlig andere Sache«, stimmte Arni vom Rücksitz aus

zu. Er hatte eine ziemlich lange Nase und schulterlange, lockige Haare. »Außerdem wäre es möglich, dass dein Alter bereits in Carmel ist. Ich bin sicher, du möchtest ihn kennenlernen.«

»Nein, wirklich nicht. Paragraf 7 verbietet es.«

»Der betrifft die Privatsphäre und Informationen über Alter, ja. Aber er entfällt, wenn dein Alter dir seine schriftliche Einwilligung erteilt. Und ja, natürlich gibt es die Imbiss-Regel, die wahrscheinlich auf Alter am allermeisten zutrifft. Aber selbst dann muss man doch seine Neugier befriedigen. Ich habe kein Alter Ego, daher spreche ich nicht aus persönlicher Erfahrung, aber es liegt doch in der menschlichen Natur, einen Blick auf seinen Doppelgänger werfen zu wollen …«

»Könnten wir aufhören, so über ihn zu reden?« Ich schnitt eine Grimasse. »Nennt ihn Felix oder Bürger Sayers oder was.«

»Ist es nicht verwirrend, ihn Felix zu nennen?«, wollte Arni wissen und beugte sich vor, um mich um die Kopfstütze herum ansehen zu können.

»Für mich nicht. Es ist ja nicht so, dass ich mich im Geiste selbst mit Felix Anspreche. Ich gebe mir überhaupt keinen Namen. Ich bin einfach ich.«

»Wir verteilen eine Nummer an jedes Forschungsobjekt, falls dir das lieber ist. Du und dein Alter, ihr seid 4102 A und 4102 B. Der Kulinaria-Autor Felix und der Koch Felix, wenn du so willst.« Während er weitersprach, fuhrwerkte Arni auf dem Rücksitz herum und stieß mir mehrfach die Knie in den Rücken. Er war von den drei Studenten am elegantesten gekleidet und trug einen modischen Pullover und Hosen mit Bügelfalten, im Gegensatz zu Beans und Paks T-Shirts, kurzen Hosen und Turnschuhen. Das lag wahrscheinlich daran, dass er hauptsächlich die Interviews mit den Forschungsobjekten führte.

»Arnold, was treibst du denn da hinten?«, wollte Bean wissen und wich einem Schlagloch aus.

»Ich sammle den Müll auf. Hast du vielleicht eine Plastiktüte?«

»Irgendwo auf dem Boden. Wirf ja nichts Wichtiges weg!«

»Ich glaube, ich möchte ihn lieber nicht als Nummer betrachten«, sagte ich nach kurzem Nachdenken.

»Na, dann nenn ihn doch Felix B. Soll ich dich Felix A nennen?«, fragte Arni, während er eine alte Sprudeldose zerdrückte.

»Nein. Einfach nur Felix.«

»Und du willst ihn wirklich nicht sehen? Aber er ist einer deiner engsten Verwandten – der engste überhaupt. Denk doch, was ihr alles zu besprechen hättet.«

Ich starrte zum Fenster hinaus. Der Käfer rollte ein steiles Straßenstück hinab auf eine Art Wanderdüne zu. Einzigartige. Was hatten die schon für eine Ahnung?

»Es ist unwahrscheinlich, dass wir ihm begegnen«, meinte Bean resigniert und löste sorglos den Blick von der Straße, um in unsere Richtung zu sehen und die Achseln zu zucken. »Felix B wird wahrscheinlich im Büro von *Past & Future* unter Verschluss gehalten und erzählt denen alles über seine Kindheit.«

»Da wir von Kindheit sprechen«, meinte Arni, »Felix, ist es wahr, dass du keine Ahnung von deinem Alter hattest, bis Foto Nummer 13 auftauchte? Wie ist das möglich? Du hast keinen Naturnamen, und das ist oft ein verräterischer Hinweis ... Brauchst du diese Papiere noch, Bean? Schon gut, schon gut, ich werfe sie schon nicht weg ... Bean und ich haben natürlich Naturnamen, da wir Einzigartige sind. Und dann gibt es noch Mike Pak ...«

»Warte mal«, sagte ich. »Arni?«

»Arni ist die Kurzform von Arnold.«

»Und ...?«

»Und ein Arnold verfügt über die Kräfte des Adlers. Also – es gibt die offizielle Alter-Liste des DIM, ganz zu schweigen von deiner Identikarte, deiner Geburtsurkunde, den Krankenakten ... Wie konnte es dazu kommen, dass unseren zuverlässigen und vertrauenswürdigen DIM-Beamten entgangen ist, dass deine Eltern sechs Monate deines Alters unter den Tisch fallen ließen?«

Ich seufzte. »Meine Eltern haben jemanden dafür bezahlt, dass er meine Geburtsurkunde fälschte, und zwar zu der Zeit, als das Departement für Informationsmanagement noch im Entstehen war. Das DIM hat das veränderte Geburtsdatum einfach als gültig akzeptiert. Was mich anbetrifft – ich dachte einfach, ich wäre ein Stückchen größer als die anderen Kinder in meiner Klasse. Wie hätte ich denn wissen sollen, dass ich älter bin?« Ich fühlte mich ein wenig in die Defensive gedrängt, denn er hatte recht. Ich hätte es früher merken müssen. Im ersten Schock war ich niedergeschlagen gewesen, weil ich es um Haaresbreite verpasst hatte, ein Einzigartiger zu sein, aber genau genommen waren sechs Monate ja nicht einmal eine Haaresbreite.

»Glaubst du eigentlich«, fragte Arni, der sich nicht aufhalten ließ, »dass deine Eltern und seine Eltern sich jemals begegnet sind? Vielleicht haben die vier sich getroffen und einen Plan ausgeheckt, um ihre Sprösslinge vor dem Wissen zu bewahren, dass sie identisch sind.«

»Ich denke, es war süß von deinen Eltern, zu versuchen, dich zu beschützen«, meinte Bean mit einem weiteren Blick in den Rückspiegel. »Es gab damals sehr merkwürdige Reaktionen auf die Verbindung der Universen. Ob sie wohl geplant hatten, es dir zu erzählen, wenn du alt genug bist, nachdem du mit der Schule fertig warst, einen Beruf und deinen Platz im Leben gefunden hattest? Was meinst du?«

»Vielleicht«, antwortete ich. »Aber das Unglück kam dazwischen.« Bean hatte mir erzählt, dass Felix Bs Eltern sich ebenfalls zur Feier ihrer silbernen Hochzeit auf einer Kreuzfahrt in der Karibik befunden hatten, als ein Hurrikan den Kurs des Schiffes kreuzte. Die Wahrscheinlichkeit, dass zwei Stürme in

A und B sich nach Zeit *und* Ort überlappten, war, wie Bean sagte, so gering, dass sie gegen null ging. Aber Wetter war eben Wetter, daher passierte es trotzdem ziemlich häufig.

»Also«, durchbrach ich das Schweigen, das sich plötzlich über uns gelegt hatte. »Was wissen wir über Felix B?«

»Dies und das«, antwortete Arni. »Eine Menge der Daten sind natürlich irrelevant. Aber das ist ja gerade der Trick – herauszufinden, was wichtig ist und was nicht.«

»Allerdings«, meldete sich Pak.

Ich hatte beinahe vergessen, dass er auch im Wagen saß. Der älteste der Doktoranden hatte eine tiefe Stimme, wirkte ein wenig vergammelt und sah ständig besorgt drein, als würde die Welt bald untergehen und er wäre der Einzige, der davon wusste. Bean hatte ihn vorgestellt mit: »Mike Pak. Sag Pak zu ihm, niemand nennt ihn Mike.« Neugierig hatte ich gefragt warum, worauf Pak antwortete: »Du kennst mindestens drei verschiedene Mikes. Jeder tut das, es gibt einfach zu viele davon. Ich arbeite an einem Artikel zu dem Thema. Aber du kennst vermutlich keine anderen Paks, es sei denn, du wärst in einer Familie dieses Namens aufgewachsen oder lebtest in Seoul.« Er sprach den Anfangsbuchstaben seines Namens wie eine Kreuzung aus B und P aus. Alles, was ich sonst noch über ihn herausgefunden hatte, war, dass er ein Fahrrad besaß.

Ich starrte auf die Straße und versuchte mein Interesse nicht allzu deutlich zu zeigen. »Der Computer im Labor durchforstet die Datensätze, stellt Ereignisketten aus alten Zeitungen, Personenbefragungen, städtischen Akten aller Art und historischen Filmaufnahmen zusammen. Dein Alter – Felix B – hat aber einen Vertrag mit *Past & Future* unterschrieben und sich geweigert, mit uns zu kooperieren. Das war Pech. Alles, was wir über ihn in Erfahrung bringen konnten, stammt aus zweiter Hand und ist unvollständig.« Er fuhr fort: »Es ist auch nicht gerade hilfreich, dass Sayers ein so verbreiteter Nachname ist. Wir sind sogar auf ein paar zusätzliche *Felix* Sayers gestoßen – die aber anscheinend mit euch beiden nicht verwandt sind und nur existieren, um uns das Leben schwer zu machen.«

»Die einzige andere Sayers, von der ich je gehört habe«, warf ich ein, »ist die Dorothy L. Sayers, die die Krimis mit Lord Peter Wimsey und Harriet Vane geschrieben hat, aber sie ist keine Verwandte. Sie war Engländerin.«

Wir hielten an einem DIM-Kontrollpunkt. Die Beamten scannten unsere Identikarten und winkten uns durch.

»Ja, aber was *habt* ihr denn nun herausgefunden?«, fragte ich, während der Kontrollpunkt hinter uns zurückblieb.

»Das übliche Zeug«, erwiderte Arni, während er Kaugummipapierchen in den Müllbeutel stopfte. »Willst du ein paar Beispiele?«

»Beispiele, ja«, sagte ich und erwartete fast zu hören: *Er steckt mitten in der Arbeit an einem Kriminalroman …*

Arni wischte sich die Hände mit einem Papiertaschentuch ab und klappte den eleganten Omni auf, den er um den Hals hängen hatte. »Also gut, 4102 B, nicht nach Relevanz geordnet: In der Vorschule Buchstabenplätzchen in Regenbogenfarben, lobende Erwähnungen, Kunstausstellung in der dritten Klasse. Kindheit: Erster Platz im Vorlesewettbewerb in der sechsten Klasse. Ging im selben Jahr auf die Highschool wie du und besuchte gleichfalls die Uni in San Diego. An der Highschool war er im Komitee für das Schuljahrbuch und an der Uni in der Gassigänger-Gesellschaft.«

»Aber keine Buchstabierwettbewerbe«, warf Bean ein.

Ich hatte an der Highschool eine kurze Phase durchlaufen, in der ich an Buchstabierwettbewerben teilnahm, bis mir das unglückselige Zusammentreffen mit einem Wort namens *Ukulele* den Spaß verdorben hatte.

»Sprung zum Erwachsenenleben«, fuhr Arni fort. »Wir haben hier eine Restaurantkritik des neu renovierten *Organic Oven*, in der dem Chefkoch zu seinen *Pasta e fagioli* gratuliert wird, verbunden mit einer Beschwerde über die schleppende Bedienung, und eine weitere, die das Lokal als ›San Franciscos verborgenes Juwel‹ bezeichnet. Als Kind hatte er ein Haustier namens Talky. Das zweite hieß Chin-Chin. Derzeit Mitglied des Presidio-Hundezüchtervereins. Besitzt auch einen Hund – einen echten Hund – namens Garlic, Knoblauch.« Arni brach ab. »Ach ja, und er bewohnt ein Apartment im Erdgeschoss des Egret's-Nest-Komplexes in Palo Alto und nimmt am Montagnachmittag Japanischlektionen für Anfänger. Das ist sein freier Tag im *Organic Oven*.«

Ich verspürte eine zunehmende Irritation. Buchstabenplätzchen und Restaurantkritiken. Japanischlektionen und Hunde. Ich mochte Hunde, wer tat das nicht, aber ein Mitglied im Hundezüchterverein? War der Mann überhaupt mit mir verwandt? »Was wisst ihr sonst noch über sein Privatleben – aaah, Bean, pass auf!«

Ein anderes Auto schnitt uns, drängte uns fast von der Straße und zwang Bean, voll auf die Bremse zu steigen.

Als sie sich von dem Schrecken erholt hatte und wir wieder Fahrt aufnahmen, sagte sie: »Waren das die, für die ich sie halte?«

»Wer?«, fragte ich, aber noch während ich es aussprach, kannte ich die Antwort. Das letzte Mal, als ich ein Auto in diesem speziellen Farbton gesehen hatte, war das Cabrio offen gefahren und ein übergewichtiges Haustier hockte neben dem Fahrer. Heute jedoch, trotz des schönen, sonnigen Wetters, war das Verdeck des gurkengrünen Fahrzeugs geschlossen und verbarg die Insassen vor unseren Blicken.

»Wenn ich raten sollte«, meinte Arni, »würde ich sagen, dass es sich um James und Gabriella handelt. Ich schätze, aus dem Ausflug mit dem Flieger wurde wohl nichts.«

»Er war die ganze Zeit mehr oder weniger dicht hinter uns.

Ich dachte, es wäre nur ein Drängler«, sagte Bean, während sie den Fuß vom Gas nahm und eine Lücke zwischen uns und dem Wagen davor entstehen ließ. »Was soll ich tun? Sie wieder überholen? Die nächste Ausfahrt nehmen?«

»Was wollen die denn?«, fragte ich.

»Dich«, erwiderte Arni einfach.

Bean packte das Lenkrad fester. »Ich werde versuchen sie abzuschütteln.«

»Nein«, widersprach Pak, als hätte er es mit Idioten zu tun. »Der Vertrag. Alles, was wir tun müssen, ist, ihnen den Vertrag zu zeigen.«

»Richtig. Felix, gib mir deine Kopie.«

Ich reichte ihr den fünfseitigen Vertrag, mit dem ich Professor Maximilians Gruppe dazu angeheuert hatte, meine Lebensgeschichte zu recherchieren. Als würden nicht drei Passagiere im Auto sitzen, die die Hände frei hatten, kurbelte Bean persönlich ihr Fenster herunter, während sie das Lenkrad mit dem Ellbogen bediente. Sie steckte den Kopf und den Vertrag aus dem Fenster und wedelte damit in der Luft herum. »Er hat bereits unterschrieben«, gellte sie in voller Lautstärke, obwohl die Insassen des Wagens vor uns das über den Verkehrslärm unmöglich hören konnten. Der Fahrtwind riss ihr eine einzelne Seite aus der Hand; wir verloren sie aus den Augen, während sie weit hinten an den Straßenrand flatterte.

Der grüne Wagen vor uns beschleunigte rasant davon.

»So«, sagte Bean zufrieden, als wäre die Angelegenheit damit erledigt. Sie gab mir den etwas dünner gewordenen Vertrag zurück und kurbelte das Fenster hoch.

***

An sonnigen Tagen wie diesem bevölkern normalerweise Scharen von Touristen die Cafés, Galerien und Antiquitätenläden von Carmel – jedenfalls war das in Universum A immer so gewesen.

Carmel B unterschied sich nicht davon, wie sich herausstellte. Wir brauchten gut zwanzig Minuten, um einen Parkplatz zu finden, und Arni wies uns derweil auf ein vierstöckiges Glasgebäude in den Hügeln oberhalb der Stadt hin, in dem sich die örtlichen Büros von *Past & Future* befanden. Ich stellte mir vor, wie Felix gerade in einem luxuriösen Büro saß und Gabriella und James alles über seine Kindheit und unsere Eltern erzählte, die einen großen Teil ihres Lebens in diesem Badeort am Meer verbracht hatten. Aber das Bild blieb verschwommen. Ich selbst hatte keine einzige Erinnerung an meine frühe Kindheit, obwohl ich die ersten Jahre hier verbracht hatte, bis meine Eltern mit einem leicht *verjüngten* Kind anderswo ein neues Leben anfingen. Sie hatten ihre Jobs in der Kunstgalerie aufgegeben, das Haus vermietet und waren mit Sack und Pack nach Norden gezogen, in eine Wohnung in San Francisco, die zu meinem eigentlichen Zuhause wurde. Als ich die Uni in San Diego besuchte, zogen sie zurück in das Haus in Carmel und eröffneten ihre eigene Kunstgalerie, aber für mich war es zu spät. Ich war dort immer nur Gast gewesen.

Arni berichtete, dass das Haus in der Cypress Lane 161 noch stand, anders als sein Gegenstück in Universum A – das Haus *meiner* Eltern. Letzteres war bei einem Brand im vergangenen Jahr zerstört worden. Falls es irgendwelche Antworten gab, dann nur noch hier in Universum B.

»Fertig?«, fragte Bean.

»Tut mir leid, ich war in Gedanken.« Ich sprang aus dem Käfer, machte die Autotür zu, sie sprang wieder auf, und ich knallte sie fester zu, damit sie auch zublieb.

»Nettes Auto«, sagte ich zu Bean, während sie die Türen des Käfers eine nach der anderen versperrte.

»Er tut es, aber neu und schick ist er nicht mehr. Frag mich nicht nach dem Baujahr – okay, na gut, ich sag's schon. Es ist ein Neunundsechziger. Noch mit dem ersten Motor.«

»Der Käfer hat sein eigenes Alter Ego«, spottete Arni.

»Wenigstens *benutze* ich mein Auto. Arni lässt seinen Sportflitzer nie aus der Garage, damit er garantiert wie neu bleibt«, gab Bean zurück.

»Er ist eben mein Baby. Wie wärs mit Mittagessen? Monroe erwartet uns erst später.«

Ich wurde munter. Mein Magen knurrte schon seit geraumer Zeit.

»Gut, Mittagessen«, stimmte Bean zu und schwang sich ihre Tasche über die Schulter (es war dieselbe, die sie auch beim Übergang getragen hatte, nur dass sie jetzt kompakter wirkte, als hätte der Beutel sich irgendwie in sich selbst zusammengefaltet). »Felix, du suchst das Lokal aus. Dir ein Mittagessen zu spendieren ist das Mindeste, was wir tun können, nachdem wir dich ohne Vorwarnung hierhergeschleift haben«, sagte sie, während wir uns auf den Weg zur Main Street machten, sechs Häuserblocks entfernt. »Ein Jammer, dass Professor Maximilian im Labor zu beschäftigt war, um mitzukommen«, fügte sie hinzu.

Da war ich mir nicht so sicher. Einen Wagner, Maximilian zu kennen reichte für ein ganzes Leben – aber ich hielt mich zurück, das zu sagen.

»Stimmt, er hätte das Essen bezahlen können«, meinte Arni.

Bean knallte ihm ihre Umhängetasche gegen die Schulter. »Du weiß genau, dass ich *das* nicht gemeint habe. Jedenfalls nicht *nur*. Der Professor kann einfach besonders gut mit Menschen umgehen.«

»Da ist was dran«, antwortete ich.

Kurz nach drei, nachdem wir unsere Energiereserven mit einer Mahlzeit aus Meeresfrüchten und Limonade wieder aufgefüllt hatten, klopften wir an die Tür eines zweigeschossigen Hauses im spanischen Stil, vor dem ein ungepflegter Rasen mit einer einzelnen Monterey-Zypresse lag. Ein alter Mann öffnete uns die Tür. Die Falten in seinem Gesicht hatten sich so tief eingegraben, dass er überhaupt nicht zu dem herrlichen Nachmittag passen wollte, wie ein weiser alter Mann aus einer dunklen, vergangenen Ära, der irgendwie im falschen Jahrhundert gelandet war. Arni stellte ihn uns als Monroe vor. Ich fand nie heraus, ob das sein Vor- oder Nachname war.

»Da sind Sie ja«, stellte Monroe überflüssigerweise fest. Er trug eine senfgelbe Trainingshose mit dazu passender Jacke und über dem ganzen Ensemble einen lose zugebundenen karierten Morgenmantel. Wir folgten ihm, während er in seinen Pantoffeln durch die schlecht beleuchtete Diele schlurfte, unter einem Türbogen hindurch in ein Wohnzimmer, wo schwere Vorhänge alles Sonnenlicht abschirmten. Er deutete auf eine abgewetzte Couch. Bean, Pak und ich setzten uns gehorsam. Monroe ließ sich auf die einzige andere Sitzgelegenheit sinken, einen bequemen Lehnstuhl. Arni studierte die Lage, entschuldigte sich, ging aus dem Zimmer und kehrte einen Augenblick später mit einem Küchenhocker zurück.

Monroe schien es gar nicht zu bemerken. Er starrte nur mich an. Ich spürte, wie mir die Röte in die Wangen stieg.

»Arnold Pierpont hier hat mir erzählt, dass Sie eben erst herausgefunden haben, dass Sie ein Alter Ego besitzen.« Er stieß einen seltsamen Laut aus, den ich erst nach ein paar Sekunden als Kichern identifizierte. »Können Sie denn nicht zählen?«

»Wie bitte?«, fragte ich.

»Die Anzahl der Tage im Kalender zwischen Ihrem Geburtstag und dem sechsten Januar. Das sind die Tage, die Ihr Alter und Sie gemeinsam hatten, bevor sich – hihi – Ihre Wege trennten.«

»Das ist eine lange Geschichte«, meinte ich. Ich hatte keine Lust, meine Familiengeschichte vor einem Wildfremden auszubreiten.

»Das muss Ihnen nicht peinlich sein«, fuhr Monroe gnadenlos fort. »Ach, schaut nur, ganz aufgeregt, nur weil er ein paar Monate seines Lebens mit einem anderen geteilt hat.« Er stieß ein zweites nicht identifizierbares Geräusch aus, das einem verächtlichen Schnauben ähnelte. »Was würden Sie sagen, wenn ich Ihnen erzähle, dass ich einundsiebzig war – ja, richtig, *einundsiebzig* –, als ich herausfand, dass Leute *eures* Schlags«, er richtete einen knochigen Finger auf Bean und Pak, »einfach eine Kopie der ganzen Welt mit jedem Menschen darin hergestellt hatten. Alter, von wegen. Den meinigen habe ich aber überlebt, hihi. Ist bei einem Brand gestorben, der Gute. Hat letztes Jahr sein eigenes Haus abgefackelt.«

»Wir haben keine Kopie des Universums hergestellt«, verteidigte Bean Leute ihres Schlags. »Wir haben es lediglich entdeckt.«

»Absolut unverantwortlich«, schnappte Monroe.

»Der Fortschritt an Wissen wird immer größer«, meinte Pak. »Das lässt sich nicht aufhalten.«

»Fortschritt? Fragen Sie Ihren jungen Freund hier, ob er das für Fortschritt hält.« Er rammte den Daumen in meine Richtung. »Fragen Sie ihn, ob er heute hier wäre, wenn ihr der Natur nicht *ins Handwerk gepfuscht* hättet. Glücklicherweise hat die Regierung der Sache einen Riegel vorgeschoben.«

Arni warf Bean, die kurz vor dem Explodieren zu stehen schien, einen warnenden Blick zu. »Was geschehen ist, ist geschehen«, meinte er leichthin. »Aber das ist nicht der Grund, warum wir heute hier sind.«

»Haben Sie mein Geld dabei, Pierpont?«

Arni erhob sich von seinem Hocker, zog einen Kreditbon aus der Tasche seines Pullis, reichte ihn Monroe und setzte sich wieder. »Wir wissen es zu schätzen, dass Sie uns die Möglichkeit geben, den Gegenstand aus Felix' Vergangenheit zu untersuchen.«

Als Antwort grunzte Monroe lediglich, während er den Bon studierte.

»Alles in Ordnung?«, fragte Bean mit leiser Schärfe.

Monroe faltete den Bon zusammen und verstaut ihn in seinem Morgenmantel. »Das, wonach Sie suchen, ist oben. Es befand sich schon hier, als ich einzog, und ich habe es behalten, weil man ja nie weiß, wie ich zu sagen pflege, und ich hatte recht, denn jetzt sind Sie ja hier. Die andere Gruppe, diejenige, die zuerst kam« – Arni fluchte unterdrückt –, »sie konnten das Ding in Gang setzen. Sie wollten alles zu ihrer Firma mitnehmen, aber ich habe abgelehnt. Und darauf bestanden, dass sie alles genau in dem Zustand hinterlassen, wie sie es vorgefunden haben, ohne Fisimatenten. Dasselbe gilt auch für euch Leute.« Er stand auf, ziemlich elastisch für einen Mann, der behauptete, vor fünfunddreißig Jahren einundsiebzig gewesen zu sein. »Die Treppe hinauf und dann rechts. Sie finden mich in der Küche. Ich muss etwas zu Abend essen.«

Mein Blick fiel auf die Wanduhr. Es war erst drei Uhr siebenunddreißig.

Monroe bemerkte meinen Blick. »Das Geheimnis eines langen Lebens – und da bin ich der richtige Ansprechpartner, hihi, glauben Sie mir – sind regelmäßig Pflaumen und ein frühes Abendbrot. Lassen Sie die Finger von den Kisten auf dem Dachboden, Pierpont, wie abgemacht. Sie gehören alle mir. Und machen Sie die Tür hinter sich zu, wenn Sie gehen.«

Ich blieb zurück, während die anderen die Treppe hinaufstiegen.

Ich holte Monroe auf dem Weg in die Küche ein. »Mein Alter, war er mit der anderen Gruppe hier?«

»Ja, vermutlich. Es sei denn, Sie hätten einen Zwillingsbruder.«

Ein kleines Wesen schwenkte vorbei und streifte mein Bein mit seinem Fell. Eine winzige Katze.

»Schien er …« Ich wusste nicht recht, wie ich es formulieren sollte. »Schien er mit seinem Leben *zufrieden* zu sein?«

Monroe starrte mich verständnislos an. Ich ging nach oben.

***

Der Dachboden war eine Rumpelkammer mit Schachteln voller abgelegter Kleider, alten Haushaltsgeräten und einem Sammelsurium von Möbelstücken, alle uralt und mit einer dicken Staubschicht bedeckt, die Staubmilben und wahrscheinlich auch größerer Fauna als Biotop diente. Eine einsame, nackte Glühbirne hing von der Decke und bemühte sich vergeblich, den Raum zu erhellen. »Was ist das für ein *Geruch* hier?« Arni rümpfte die Nase, während Pak die Tür gewaltsam weiter aufdrückte; sie klemmte und hinterließ einen sauberen Halbkreis auf dem Fußboden voller Spinnweben. Pak ging direkt auf einen Haufen antik aussehenden Computerzubehörs in einer Ecke zu. »Die hat erst kürzlich jemand angefasst«, bemerkte er. Er kniete sich auf den Boden, starrte die Verbindungskabel an und murmelte leise: »Sprich mit mir, Baby.«

Wir staubten ein paar Kisten ab und schoben sie heran, um sie als Sitzplätze zu benutzen. Bean hockte sich zu Pak. Während sie versuchten den Computer hochzufahren, nahm Arni mich neben einem kopfstehenden Kühlschrank beiseite. »Ein paar Fragen noch, Felix«, drängte er, als hätte ich nicht schon die halbe Autofahrt und das ganze Mittagessen damit verbracht, über meine Kindheit Auskunft zu geben. Ich hatte den Verdacht, dass es nicht mehr lange dauern konnte, bis einer von ihnen vorschlug, mich zu hypnotisieren, um lange vergessene Details meiner ersten Tage aus dem Unterbewusstsein zutage zu fördern. Es hätte mich nicht gewundert, wenn sie genau gewusst hätten, wie man willige Forschungsobjekte in Trance versetzte. Die drei Doktoranden, die auf Monroes Dachboden und in meiner Vergangenheit herumstöberten, schienen entschlossen, die nötigen Antworten zum Erreichen ihrer Forschungsziele zu finden, ganz egal welcher Methoden es bedurfte oder wie weit sie sich dabei von der Bihistorie entfernten.

Während ich vorgab, Arni zuzuhören, der mir etwas erklärte, was er als »interkonnektives Ereignisausbreitungsdiagramm« bezeichnete, wurde mir klar, dass ich in einem Niemandsland festsaß. Weder verfügte ich über die blinde Zuversicht der Jugend, alles würde sich genau so entwickeln, wie ich es mir erträumte, noch hatte ich die Erfahrung, die man im Lauf der Jahre erwirbt, dass es darauf nämlich gar nicht ankommt. Hieß das, ich war tatsächlich bereit, meinen angenehmen Job bei *Wagner's Kitchen* hinzuschmeißen und mich an etwas anderem zu versuchen? Vielleicht war es Zeit, ein paar Brücken hinter mir abzureißen und nur noch zu *schreiben*.

Unglücklicherweise gab es da noch das kleine Problem, dass ich etwas zu essen kaufen und die Miete bezahlen musste. Und die potenziellen Tantiemen eines Kriminalromans würden erst nach und nach hereintröpfeln, während die Leser ihn entdeckten und – so hoffte man – positive Kritiken schrieben. Ich spürte einen Stich der Eifersucht auf Autoren, die in Universum B lebten, wo Verleger, wie ich gehört hatte, sogar Vorschüsse für Manuskripte bezahlten.

Andererseits, so tröstete ich mich, konnte es ja auch passieren, dass dem Verlag der Roman nicht gefiel und er ihn gar nicht veröffentlichen wollte. Unter dem Omni-System hatte jedermanns Werk, wie brillant oder mittelmäßig oder hundsmiserabel es auch sein mochte, die gleiche Chance. Es stimmte schon, dass man sich erst durch einen Sumpf aus angeberischem, schlecht geschriebenem Zeug wühlen musste, um etwas halbwegs Anständiges zu finden – aber jedenfalls gingen die Leser vom selben Ausgangspunkt ins Rennen, auch wenn es eine Menge Gedrängel und Geschubse gab.

Pak war es gelungen, den Computer zu erwecken. Langsam, mit viel Gebrumm, dem ein leises Quietschen folgte, erwachte er zum Leben. Arni ließ mich stehen und beugte sich über Paks Schulter.

»Jemand hat die Tastatur gereinigt«, bemerkte Pak, während der Monitor flackerte und sich dann dafür entschied, eingeschaltet zu bleiben. »Wir hätten das Mittagessen überspringen sollen.«

»Monroe sagte, wir sollten erst nach drei kommen.« Arni zuckte die Achseln. »Nicht mehr zu ändern. Sehen wir nach, ob wir die Fotos 1 bis 12 und 14 und darüber finden können.« Ohne sich umzudrehen, fügte er hinzu: »Natürlich nur, wenn dir das recht ist, Felix. Dieser Computer steht hier schon sehr lange herum.«

Monroes Katzentier war uns nachgeschlichen und strich lautlos auf dem Dachboden umher, während ihre Tatzen winzige Fußabdrücke im Staub hinterließen und ihre Schnurrhaare dann und wann hinter einer Schachtel hervorlugten. »Ist das eine Maus oder nur eine schrecklich kleine Katze?«, fragte ich mich laut. Arni runzelte die Stirn und sagte: »Beides, glaube ich.« Dann widmete er seine Aufmerksamkeit wieder dem Computer.

»Was ist nach dem Tod deiner Eltern aus ihren Sachen geworden?«, fragte Bean.

»Ich habe die Gemälde abgeholt – die, die meine Eltern selbst gemalt hatten, nicht die Kunstwerke aus der Galerie. Den Rest hat der Anwalt übernommen und das Haus komplett verkauft, mitsamt Möbeln und Inventar. »So was, wenn ich mich selbst darum gekümmert hätte, hätte ich wahrscheinlich das große Vergnügen gehabt, Monroe schon früher kennenzulernen.« Ich blickte mich auf dem Dachboden um. Während ich in San Diego zur Uni ging, hatte ich meine Eltern einmal im Monat zum Essen besucht und um meine Wäsche zu waschen, aber nie die selten geöffnete, schmale Tür beachtet, die zum zweitungewöhnlichsten Raum eines kalifornischen Hauses führte (der ungewöhnlichste war wohl der Keller). Einige der Möbelstücke kamen mir bekannt vor, auch wenn sich das in diesem Stadium des Verfalls nur schwer sagen ließ. Ein schäbiges rechteckiges Ding in der Ecke, auf dem sich Schachteln stapelten, hätte eine Universum-B-Kopie eines weißen Tisches sein können, auf dem meine Eltern Projekte für die Galerie geplant und skizziert hatten. Vielleicht aber auch nicht.

Pak bearbeitete die Tastatur. »Hm. Das ist der Computer deiner Eltern, nicht wahr, Felix?«

»Nein.«

»Ist er nicht?«

»Es ist der Computer von Felix' Eltern.«

»Korrekt, ja. Haben deine Eltern einen ähnlichen besessen?«

»Das ist jetzt fünfzehn Jahre her. Außerdem sehen für mich alle Computer gleich aus. Der da wirkt nur eckiger und älter.«

»Es ist ein *Bitmaster 2001*. Die waren um die Jahrhundertwende sehr beliebt«, meinte Arni, während Pak die Kiste zurückstieß, auf der er saß, und wortlos zur Tür hinaus verschwand. Monroes Katzenmaus huschte verschreckt hinter eine Kommode.

»Hatte die Cypress Lane 161 in A und B die gleiche Geschichte?«, wollte ich wissen, während wir auf Paks Rückkehr warteten. »Hier haben meine Eltern gelebt, hier wurde ich geboren, sie haben das Haus vermietet und sind nach San Francisco gezogen. Jahre später kehrten sie zurück, eröffneten die Kunstgalerie, lebten noch eine Weile glücklich und zufrieden, starben. Dann hat Monroe A das Haus gekauft und letztes Jahr angezündet.« Ich erinnerte mich an Monroes unangenehmes Gegacker, als er vom Missgeschick seines Alter Ego berichtet hatte, der bei dem Brand ums Leben gekommen war. »Ist das alles hier in Universum B genauso passiert, bis auf den letzten Teil und mögliche Risse durch unser Erdbeben?«

»So ziemlich«, antwortete Arni. »Einige Dinge passierten nicht zur selben Zeit, und Felix' Eltern nannten ihre Galerie *Höhlenkunst* statt *Kunsthöhle*, aber abgesehen davon, ja, weitgehend dasselbe.«

»*Kunsthöhle* klingt irgendwie besser«, sagte Bean. »Eingängiger.«

Die nackte Glühbirne an der Decke erlosch plötzlich. Im Licht der offenen Tür und des bläulich leuchtenden Computermonitors ertastete Bean einen alten Regenschirm und schlug mit dem Griff gegen die Fassung der Birne. Das Licht ging wieder an. »Wackelkontakt«, meinte sie. Spinnweben hatten sich in ihrem Haar verfangen.

»Achtung Spinnweben, Bean. Ich verstehe immer noch nicht, warum ihr glaubt, dass all das hier nötig ist. Es müssen sich doch jede Menge Leute am Tag Y in der Nähe von Professor Singhs Labor aufgehalten haben.

Sie steckte den Regenschirm dahin zurück, wo sie ihn entdeckt hatte, und erwiderte: »Viertausend und ein paar zerquetschte.«

»Wir konnten sie alle ausschließen.« Pak war von unten zurückgekehrt.

Dagegen war wenig einzuwenden.

»Wozu hast du so lange gebraucht?«, fragte Arni. Pak hielt den dünnen schwarzen Beutel in der Hand, den er den ganzen Nachmittag lang nicht aus den Augen gelassen hatte.

»Zu viel Limonade. Ich musste aufs Klo. Kann ich aber nicht empfehlen. Gut, sehen wir mal, was wir retten können …« Er holte ein schlankes, schwarzes Gerät aus dem Sack.

»Was ist das?«, fragte ich.

»Was?« Sie starrten mich alle an.

»*Das da.*« Ich deutete auf den Gegenstand in Paks Händen.

»Ein Laptop«, erwiderte Arni. »So ein Mittelding zwischen Omni und Desktop.«

»Desktop?«

»Computer.«

»Und ein Laptop ist …?«

»Auch ein Computer. Sie sind heute ein wenig in Vergessenheit geraten. Eine Menge Leute liefen damit herum, bevor die Omnis aufkamen.«

»Und ein Omni ist …?«

»Ebenfalls ein Computer, wenn auch ein sehr kleiner.«

»Warum dann die verschiedenen Bezeichnungen? Ach, egal.«

Während verschiedene Kabel Verbindungen herstellten und die Computer begannen miteinander zu kommunizieren, überließ ich die Studenten ihrer Arbeit, stieg über ein oder zwei im Weg liegende Kisten hinweg und trat zu einem schlanken, hölzernen Objekt an der hinteren Wand. Bei näherer Betrachtung kam ich zu dem Schluss, dass es sich um eine Art Kombination aus Garderoben- und Schirmständer handeln musste, aber ich konnte nicht einmal raten, aus welchem Jahrhundert er stammte oder wem er einmal gehört hatte. Ich konnte mich aus meiner Kindheit nicht daran erinnern.

Allerdings fiel mir dabei ein, dass meine Eltern nach unserem Umzug nach San Francisco in Antiquitätenläden und gelegentlich als Museumsführer gearbeitet hatten, damit das Geld reichte. Sie hatten es geschafft, mir eine glückliche, wenn auch nicht besonders üppige Kindheit zu ermöglichen. Ich hatte noch nie versucht, mich an ihre Stelle zu versetzen. Da ich als Kind ein Einzelgänger gewesen war, hatte ich meistens die Nase in den Omni gesteckt und gelesen.

Ich fragte mich, wie Felix' Kindheit wohl ausgesehen hatte.

Mein Blick fiel auf eine solide Form in Größe einer Mikrowelle, die neben dem Garderobenständer unter einer zerfledderten handgearbeiteten Decke lag. Ich schob das schmutzige

Ding mit dem Fuß beiseite. Eine Staubwolke stieg auf und ich musste niesen. Auf der Schachtel darunter stand ein einzelnes Wort, unordentlich in aller Eile beim Packen hingekritzelt: BÜCHER. Neugierig geworden, versuchte ich das Klebeband zu lösen, als ich Bean ausrufen hörte: »Da ist was …«

Ich ließ die Schachtel Schachtel sein und ging zu ihr. Zu schnell, um mitlesen zu können, strömten Zahlen über den Bildschirm des Laptops, der praktischerweise nicht auf einem Schoß, sondern auf einem Karton stand.

»Defektes Dateisystem.« Pak runzelte die Stirn. »Das gefällt mir gar nicht.«

»Ich frage mich, ob Gabriella und James den *Bitmaster* schon in diesem Zustand vorgefunden haben«, meinte Bean, »oder ob sie erst heruntergekopiert haben, was sie wollten.«

»Jenny, Süßilein«, hörten wir Monroe von unten nach seiner Katzenmaus rufen. »Komm Happi-Happi machen …«

»Lass uns so viel wie möglich kopieren und es später analysieren«, drängte Arni.

»Jenny, Süßilein, ich habe texanischen Käse für dich …«

»Schnell«, fügte Arni hinzu. »Ich denke, Monroe wird jeden Moment heraufkommen und uns rauswerfen, weil wir zu lange brauchen.«

»Was stimmt denn nicht mit dem Computer?«, fragte ich die Studenten.

»Gelöscht«, sagte Pak.

13
4100, 4101 UND 4102

Spät am nächsten Vormittag stieg ich die drei schmalen Treppen zum Frühstücksraum des *Be Known* (»Das *Be* steht für das Universum«) *Inn* hinunter. Das Bed and Breakfast, in dem Arni uns eine Unterkunft für die Nacht besorgt hatte – vier schrankähnliche Zimmer mit einem gemeinsamen Badezimmer –, war mir von Franny aus dem *Queen Bee Inn* empfohlen worden und wurde geleitet von Frannys Cousine. Sie sah ihrer Verwandten überhaupt nicht ähnlich und ihren Namen hatte ich auch noch nicht herausfinden können. Ehrlich gesagt hatte ich Angst, sie danach zu fragen. Sie schien ein bisschen verärgert darüber, dass ich so lange geschlafen hatte, und wirkte, als wollte sie mir eher ein Buch über den Kopf schlagen als mir eines schenken. »Ich fürchte, die Quiche haben Sie *verpasst*. Müsli und Obst sind noch da. Tee und Milch da drüben.« Frannys Cousine reckte ihr entschieden unspitzes Kinn in die Luft und ging hinaus, um zu tun, was immer sie tun musste.

Pak schlief noch, aber Arni war bereits heruntergekommen, nur Minuten später gefolgt von Bean in einem Kapuzenpullover. Sonst war niemand zu sehen. Die anderen Pensionsgäste waren vermutlich längst aufgestanden und hatten ihre Quiche zu einer akzeptablen Zeit verdrückt. Stumm mixten wir uns etwas Müsli mit Milch, bevor Frannys Cousine zurückkehrte, um auch dieses noch abzutragen.

Ich musterte die drei trübsinnigen Promotionsstudenten. Bis spät in die Nacht hatten wir in Paks Zimmer gesessen, zusammengedrängt um den antiken Schreibtisch, und zugesehen, wie er mit seinem Laptop spielte wie ein Meisterdirigent, Befehle eingab und Datenrettungsprogramme startete. Jemand hatte sich große Mühe gegeben, den Computer von Felix' Eltern zu löschen, aber, wie Pak sagte, gerade aus dem Grund, dass sie diese Tatsache besonders *sorgfältig* zu verbergen versucht hatten, war die Aufgabe paradoxerweise nicht vollständig gelungen. Das bedeutete, dass die Rettung der Daten aus den Speichern des *Bitmaster 2001* von Monroes Dachboden zwar schwierig war, aber nicht unmöglich. Als ich mich zum Schlafen zurückzog und sie ihrer Aufgabe überließ, wuchs bereits ein Stapel von Ausdrucken auf dem Bett.

Ein paar Schlucke Earl Grey, dessen Kraft und dunkler Farbton mir als Alternative zu Kaffee ans Herz zu wachsen begannen, klärten den Nebel in meinem Gehirn. Das Licht strömte durch ein hohes Fenster in den Frühstücksraum und stattete die dunkle Holztäfelung der Wände mit einer angenehmen Wärme aus. Draußen hörte man eine Grasmücke zwitschern. Auf der anderen Tischseite schüttelte Bean enttäuscht den Kopf. »Wir haben nicht so viel gefunden, wie wir hofften.«

»Ganz so würde ich es nicht ausdrücken«, gähnte Arni.

»Ich weiß, ich weiß. Ich bin keine Morgenoptimistin. Sprich nach dem Frühstück wieder mit mir.« Sie zog sich die Kapuze ihres Sweatshirts über den Kopf und vergrub ihr Gesicht in der Müslischale.

»Dann habt ihr also Fotos gefunden?«, fragte ich Arni.

»Kreditkartenquittungen.« Er griff nach einem Messer und einem ziemlich seltsam geformten Apfel und begann ihn zu schälen. »Bevor es Identikarten gab, führten die Leute zum Bezahlen etwas mit sich, das man Kreditkarten nannte, besonders als die Inflation explodierte und Münzen und Scheine unpraktisch wurden. Man konnte kein Bargeld mehr bei sich haben, man hätte einfach zu große Mengen davon gebraucht, selbst für Kleinigkeiten – die Preise waren irrsinnig hoch und stiegen ständig, manchmal mehr als einmal pro Tag. Laut den Quittungen, die wir gefunden haben, sieht es so aus, als hätten 4100, 4101 und 4102 einen Ausflug mit dem Auto gemacht ...«

»Vier-eins-null-null?«

»Tut mir leid, ich bin so an das Nummerierungssystem gewöhnt. Ich meinte dich und deine Eltern, den Bürger Sayers also und Mr und Mrs Sayers ...«

»Nenn sie Patrick und Klara.«

Als er damit fertig war, seinen seltsamen Apfel zu schälen, bot er Bean und mir eine Scheibe an. Dann wischt er sich die Hände ab und nahm den Omni vom Hals. »Ich habe eine Zeitschiene entworfen. 1986 fiel der sechste Januar auf einen Montag. Es war gleich nach den Ferien, es hielten sich also nur wenige Touristen in Carmel auf. Deine Eltern hatten wahrscheinlich die Galerie für den Tag geschlossen.«

Ich konnte mich nicht daran erinnern, dass meine Eltern sich jemals einen Tag freigenommen hätten, selbst wenn die Galerie zu war. Es gab immer Dinge abzuholen oder auszuliefern, Papierkram zu erledigen oder einfach nur ganz alltägliche Arbeiten zu erledigen: abstauben, die Galerie putzen, Bilder umhängen. Jeder Urlaub hatte sich als Vorwand entpuppt, neue Stücke für die Galerie zu erwerben.

»Die erste Quittung mit Datum vom sechsten Januar stammt aus einem Restaurant in Carmel namens *Big Fat Pancake* – es existiert nicht mehr und die Rechnung wurde kurz nach neun Uhr bezahlt. Danach seid ihr wahrscheinlich in den Wagen gestiegen und der kleine Felix wurde in seinem Kindersitz festgeschnallt ...«

»Es war ein brauner Chevrolet«, sagte ich. »Jetzt erinnere ich mich wieder.« Ich erinnerte mich allerdings nicht, dass ich das

Erlebnis, im Auto herumgefahren zu werden, als Kind ebenso nervenaufreibend gefunden hätte wie als Erwachsener.

»Dann seid ihr nach Norden gefahren. Das wissen wir durch eine Tankstellenrechnung von unterwegs und eine Quittung von einem Parkplatz in Gehweite der Golden Gate Bridge. Der Parkplatz gehört heute zum Campus des Presidio«, fügte er hinzu. »Diese Quittung wurde um elf Uhr fünfzehn ausgestellt. Der Vepuz ereignete sich, wie wir wissen, um elf Uhr sechsundvierzig und eine Sekunde, und ab diesem Zeitpunkt müssen wir von 4100 B, 4101 B und 4102 B sprechen, um diese drei Personen von ihren Gegenstücken in Universum A zu unterscheiden.«

»Richtig«, nickte ich.

»Foto Nummer 13, das sich im Besitz deiner Tante Henrietta befand, wurde bei einem Spaziergang in der Nähe des südlichen Pfeilers der Golden Gate Bridge aufgenommen – aber ob *vor* oder *nach* dem Vepuz, können wir nicht feststellen. Mit Sicherheit lässt sich nur sagen, dass ihr um elf Uhr fünfzehn in der Nähe der Brücke für ein paar Schnappschüsse angehalten habt. Wenn ihr nicht nach weniger als einer halben Stunde wieder gefahren seid, hättet ihr euch um elf Uhr sechsundvierzig und eine Sekunde *genau innerhalb des Ereignisradius befunden.*« Er machte eine Pause, damit ich das verdauen konnte.

»Die nächste und letzte Quittung an diesem Tag wurde von Klara Sayers in einem Restaurant am Pier 39 unterschrieben, ein Stück Fahrstrecke entfernt. Das *Quake-n-Shake*. Es existiert immer noch.« Er warf einen Blick auf seinen Omni Schirm. »Das Mittagessen kostete vierzehntausend Dollar – eine absurd hohe Summe, aber das waren noch alte Dollar, vor der Abwertung. Bezahlt um ein Uhr fünf.« Er kippelte seinen antiken Stuhl so weit zurück, wie es möglich war, ohne umzufallen, und biss in einen Apfelschnitz.

Ich warf einen Blick auf die Zeitschiene.

Aufenthaltsort von 4100 B, 4101 B und 4102 B am Tag Y:

8:59 Uhr – Frühstück, bezahlt im *Big Fat Pancake*
10:30 Uhr – Tankstelle auf Route 1
11:15 Uhr – Quittung vom Parkplatz an der Golden Gate Bridge
11:46:01 Uhr – Vepuz
13:05 Uhr – Mittagessen, bezahlt im *Quake-n-Shake*

»Das ist es? Das ist alles?«, fragte ich.

Arni schüttelte den Kopf und griff nach einem frischen Schnitz Apfel. »Hör nicht auf Bean, das ist schon eine ganze Menge. Foto 13 in Verbindung mit den Quittungen platziert dich zur richtigen Zeit am richtigen Ort. Wo genau du um elf Uhr sechsundvierzig und eine Sekunde warst, wissen wir allerdings nicht. Weitere Fotos oder Quittungen wären hilfreich. Pak lässt immer noch Datenrettungsprogramme für den Computer auf Monroes Dachboden laufen – das heißt, sein Laptop macht das, Pak schläft. Vielleicht finden wir ja noch mehr. Außerdem müssen wir bedenken, dass dies nur die Zeitschiene von Felix B ist.«

»Der Computer meiner Eltern aus Universum A existiert nicht mehr«, erinnerte ich ihn. »Der Brand.«

»Aber auch Tankstellen und Restaurants in Universum A bewahren Aufzeichnungen auf. Vom Tag Y selbst wurde nur sehr wenig weggeworfen, da alles, von Zeitungen bis zu Milchtüten und Briefmarken, Sammlerstücke sind. Es wird ein oder zwei Tage dauern, vom DIM die Autorisation für die Quittung des *Quake-n-Shake*-Restaurants aus Universum A zu bekommen, falls es ein solches gibt. In der Zwischenzeit sollten wir noch einmal zu Monroe gehen und uns vergewissern, ob wir nicht etwas übersehen haben. Ich würde zum Beispiel gerne die ganzen Schachteln auf dem Dachboden durchsuchen. Monroe behauptet zwar, dass sie ihm gehören, aber vielleicht sind noch ein oder zwei Kartons von deinen Eltern da – von Felix' Eltern, meine ich. Ich werde anrufen und mir von Professor Maximilian die Erlaubnis holen, noch einen Tag hier in Carmel zu verbringen. Außerdem brauchen wir mehr Geld. Ich habe so das Gefühl, dass Monroe uns für das Privileg zahlen lassen wird, seinen Dachboden noch einmal zu betreten.«

»Das erinnert mich«, sagte ich. »Ich muss einen Anruf erledigen.«

Ich ging in die Diele hinaus und wählte Wagners Nummer.

»Felix«, donnerte er, »na *endlich*. Haben Sie meine Nachrichten nicht erhalten?«

»Tut mir leid, Omniprobleme. Ich schicke Ihnen den Bericht über die Golden Gate Bridge.« Ich hatte schnell etwas zusammengeschustert.

»Der neue Brotbackautomat kommt gut voran. Ich habe beschlossen, dass er scharlachrot sein wird, genau wie die Brücke. Was halten Sie davon?«

»Keine schlechte Idee, aber die Farbe ist *Orange International*.«

»Tatsächlich? Ich habe einen Kontakt für den Sauerteig aufgetan.«

»Ich kann nichts unternehmen, Wagner. Ich bin in Carmel.«

»Wenn Sie wieder in der Stadt sind, gehen Sie zur Bäckerei *Salz & Pfeffer* im Mission District. Lassen Sie meinen Namen fallen. Der Rest ist arrangiert.«

»Sind wir uns in dieser Sache ganz sicher?«

»Es ist doch nur eine Hefekultur. Außerdem, wenn ich es anders organisieren könnte, würde ich es tun.«

»Nun ja – also gut. Wie ging übrigens der Brezelwettbewerb aus?«

»Eine mittlere Katastrophe. Die Brezeln waren zu groß für die Öfen und sind an den Seiten festgebacken.«

Ich kehrte zurück in den Frühstücksraum des *Be Known Inn*. »Bean, woher wusstest Du, dass unsere Wagners identisch sind?«

Sie blickte von ihrer Müslischüssel auf. »Ich habe ihn getroffen.«

»Wagner? Wann?«

»Als ich nach dir gesucht habe. In meinem unbeholfenen Versuch, dich als Forschungsobjekt zu gewinnen.«

»Ach, das ist dir doch ganz gut gelungen«, erwiderte ich und nahm mir noch ein Stück von dem merkwürdigen Apfel, den Arni geschält hatte. Er war ausgesprochen knackig.

»Tatsächlich? Ich hatte nicht einmal einen Plan. Als ich bei *Wagner's Kitchen* hereinmarschierte, hatte ich nur die vage Idee, mich als mögliche Klientin auszugeben, die einen Entwurf für einen Plätzchenbacker vermarkten will. Glücklicherweise warst du aber bereits im Urlaub, daher musste ich nicht wirklich, äh, lügen.«

»Du warst also in meinem Büro, Bean. Aber was ist mit James und Gabriella? Haben sie die Haustierbazillus-Panik aus dem Grund ausgelöst, um an mich heranzukommen? Was ist das eigentlich? Es schmeckt köstlich.«

»Es ist Pfapfel. Pfirsich-und-Apfel«, antwortete Arni. Er dachte eine Sekunde lang nach. »Ich glaube eigentlich nicht, dass *Past & Future* so arbeitet. Zum einen haben sie es gar nicht nötig. Geld öffnet einem viele Türen, und Geld haben sie reichlich. Andererseits«, fügte er hinzu, »die Art, wie Foto Nummer 13 aus dem Nichts auftauchte, machte uns sehr misstrauisch, und ich vermute, das Gleiche trifft auf sie auch zu. Selbst als wir uns vergewissert hatten, dass das Foto authentisch ist, wollten wir uns zurückhalten, bis wir ganz sicher waren, dass du nicht für das DIM arbeitest.«

Er warf Bean einen vielsagenden Blick zu. Sie stierte in ihre leere Müslischüssel. »Egal, jetzt sind wir jedenfalls hier, also vermute ich mal, dass du kein DIM-Agent bist und es sich hier nicht um eine Undercover-Operation gegen unautorisierte Forschung und andere Verstöße gegen Paragraf 19 handelt.«

»Bin ich nicht und ist es nicht.« Ich war nicht nur *kein* DIM-Agent, ich war ziemlich sicher, dass mein Name auf einer Liste mit der Überschrift »Verdächtige Personen« stand, die irgendein sesselpupsender DIM-Beamter angelegt hatte. Ein gefälschtes Geburtsdatum zieht so etwas nach sich.

***

Wir ließen Pak im *Be Known Inn* zurück, damit er weitere Datenrettungsoperationen durchführen konnte, während wir drei wieder zu Monroes Haus fuhren. Unterwegs kamen wir an einer Gruppe von Passivisten vorbei, die reglos im Kreis auf dem ziemlich vertrockneten Rasen eines Parks herumsaßen. Einer von ihnen rief uns zu: »Wir sind alle Götter, meine Freunde. Hat einer von euch die Macht missbraucht? Hat einer von euch den Damm gebaut, der unsere beiden Flüsse in zwei unterschiedliche Schluchten hat stürzen lassen …?«

»Meine Eltern sind nicht so«, meinte Bean leise, als sie wieder außer Hörweite waren. »Sie mögen es nur einfach nicht, die Natur zu zerstören oder Entscheidungen zu treffen.«

»Was meinten die Passivisten damit, ob einer von uns die Macht missbraucht hat?«, fragte ich.

»Sie glauben, dass der Universenmacher A und B bewusst und absichtlich auf verschiedene Wege gebracht hat.«

»Aber damit meinen sie doch nicht Professor Z. Z. Singh, oder?«

»Nein.« Sie legte einen Schritt zu.

Monroe ließ uns ein und gestattete uns widerwillig, seinen Dachboden ein weiteres Mal zu durchsuchen, unter der Bedingung, dass wir alles, was wir fanden, *absolut alles,* entsprechend bezahlten. Ich hatte das Gefühl, dass er das selbst vorgehabt hatte, uns aber gerne die Schmutzarbeit überließ.

Während Monroes Katzenmaus in die Diele geschlüpft kam und wir ihr über die mit Teppichboden belegte Treppe nach oben folgten, sagte ich: »Felix' Eltern sind also auch nach San Francisco gezogen. Wie ist ihr Leben verlaufen? Ähnlich?«

Arni verstand, was ich wissen wollte. »Grob gesagt schon. Die Unterschiede zwischen Altern – und Universen – akkumulieren sich im Lauf der Zeit. Am Ende gibt es viele kleine Unterschiede, ein paar mittlere und ein oder zwei große Sachen. Seltsamerweise verlaufen die Lebenslinien von Altern, die sich nicht kennen, oft ähnlicher als bei solchen, die Kontakt haben. Meinem Gefühl nach kannten eure Eltern sich nicht, und zwar aus dem Grund, weil sie beide nach Carmel zurückzogen und thematisch identische Kunstgalerien eröffneten. Wenn Felix Bs Eltern *deinen* von der genialen Idee erzählt hätten, eine prähistorische Kunstgalerie zu eröffnen, hätten die sicher etwas ganz anderes gemacht.«

»Eines wollte ich noch fragen«, sagte ich, während wir die Dachbodentür ein zweites Mal aufstemmten. »Wie kommt es, dass Carmel seinen Namen in beiden Universen behalten hat? Ich dachte, das würde nur für die großen Städte gelten.«

»Unseres heißt jetzt Carmel Beach und eures Carmel-by-the-Sea. Aber eigentlich nennt man beide nur Carmel.«

»Wo sollen wir anfangen?« Ich sah mich um.

Eine berechtigte Frage. Abgesehen von den wurmstichigen Möbeln, dem Garderobenständer in der Ecke, dem kopfstehenden Kühlschrank und ein paar Stapeln mit Krimskrams, die ganz offensichtlich jüngeren Ursprungs waren, blieb noch jede Menge übrig. Überall standen Pappkartons aufeinandergestapelt, ohne dass man hätte sagen können, ob sie vor oder nach Monroes Einzug dort hingestellt worden waren.

Bean zog ein Küchenmesser hervor, das sie sich von Frannys

Cousine im *Be Known Inn* ausgeliehen hatte. »Am besten arbeiten wir systematisch. Wir fangen bei der Tür an, jeder nimmt sich eine Schachtel vor, sieht sie durch und geht dann zur nächsten über.«

Arni schob sich die langen Locken hinter die Ohren und blickte betrübt auf seine gebügelten Chinos. »Ich wollte, ich hätte ein älteres Paar angezogen.«

»Besitzt du überhaupt Klamotten, die nicht brandneu sind?« Bean reichte ihm das Messer.

Die ersten paar Kartons waren voller alter Kleidungsstücke, was zu ein paar weiteren Scherzen über Arnis Modebewusstsein führte.

»Wisst ihr, was *ich* mir wünschte?«, sagte ich schaudernd, während ich den Deckel eines Kartons wieder schloss (ich habe alte, abgetragene Kleidungsstücke immer ein wenig unheimlich gefunden). »Ich wollte, wir hätten ein paar Plastikhandschuhe mitgebracht. Wer weiß, was alles da drin haust. Und wonach suchen wir überhaupt?«

»Fotoalben oder eine Schachtel voll Quittungen, wenn wir Glück haben.«

Hatten wir nicht. Ein paar Stunden und mehr als zwanzig Pappkartons später standen wir mit leeren Händen da. Wir hatten ein paar überraschende Dinge über Monroes Vergangenheit ausgegraben – wer hätte gedacht, dass er als junger Mann als Tennisprofi durch die Welt gezogen war –, aber nichts gefunden, was meinen Eltern gehört hätte, außer Kleidung und Möbeln.

»Was ist mit dem Karton da drüben?« Ich stand auf, um mir die Beine zu vertreten. Ich hoffte, meine Knie würden nicht knacken, und hatte die Frage gestellt, damit Bean es nicht bemerkte, falls doch. Sie stieß gerade das Messer in die Tür des Kühlschranks, um sie aufzuhebeln. Mit einem *Plopp* flog sie auf und Reihen von kopfstehenden Einweckgläsern, einige davon zerbrochen, wurden sichtbar. »Bäh. Eingelegtes Gemüse. Sagtest du, dass noch eine Schachtel da ist, Felix?«

»Ja, die da drüben, hinter dem Schirmdings, ungefähr so groß wie eine Mikrowelle.«

»Wie, was, *wo?*«

Ich stieg über mehrere Hindernisse hinweg und tat so, als hörte ich Arnis leise Erklärung nicht: »Eine Mikrowelle ist ein Küchengerät, um Lebensmittel zu erhitzen. Es funktioniert nach dem Prinzip, Wassermoleküle über Funkwellen anzuregen. Sehr populär in Universum A.«

»Ich glaube, ich erinnere mich aus meiner Kindheit daran«, hörte ich Bean antworten. »Warum sind sie verschwunden?«

»Die Leute hielten die Strahlung für gefährlich. Außerdem haben wir heutzutage selbsterhitzende Dosen.«

»Da steht BÜCHER drauf«, meldete ich mich.

Bean schloss den Kühlschrank (der Gestank drang sogar durch meine beeinträchtigten Nasenlöcher) und sie eilten zu mir. Arni kniete sich hin und schlitzte vorsichtig das Paketband auf, mit dem die Schachtel zugeklebt war. Zum Vorschein kamen – Überraschung – Bücher. Bean nahm ein paar davon in die Hand. »Hey, die sind über Kunst. Sie müssen deinen – ich meine Felix' Eltern gehört haben.«

Ich griff nach einem dicken Band. Er trug den Titel *Steine, Grüfte und Wasserspeier.* »Warum ist das Buch so groß?«

»Es sieht aus wie ein Museumskatalog«, erklärte Bean. »Oder ein Lehrbuch.«

Auf die erste Seite hatte der Besitzer des Buches seine Initialen geschrieben: P. S., Patrick Sayers. Mein Vater. In diesem Moment war es mir egal, dass die Buchstaben faktisch gesehen nicht von der Hand *meines* Vaters stammten, sondern der seines Alters. Ich legte *Steine, Grüfte und Wasserspeier* beiseite und wir untersuchten vorsichtig den Rest der Schachtel. Bean sagte: »Man kann ja nie wissen.« Die Bücher hatten alle Übergröße, feste Einbände und spiegelten die gesamte Bandbreite prähistorischer Kunst wider, von Höhlenmalerei bis zu megalithischen Monumenten. Die Sammlung zeigte die Expertise und das Interesse meiner Eltern, als sie sich damit beschäftigten, lebensgroße Reproduktionen uralter Kunstwerke für ihre Galerie zusammenzustellen (abgesehen von megalithischen Monumenten natürlich).

»Ich habe mich immer gefragt, wer wohl der erste Mensch war, der beschloss, ein Bild an die feuchte Wand einer dunklen Höhle zu malen«, meinte Arni, während er ein Buch mit Hochglanzfotos von der Höhle von Lascaux durchblätterte. »Man fragt sich, was hat ihn oder sie nur auf die Idee gebracht?«

Bean legte ein Buch beiseite und griff zum nächsten. »Es würde mich nicht überraschen, wenn diese erste Skizze auf einer Höhlenwand eine sehr, sehr lange Ereigniskette in Gang gesetzt hätte, eine, die, sagen wir mal, zu Professor Singhs Entdeckung der inter-universellen Vortexe führte.«

Ich schüttelte *Eine kleine Geschichte der Pigmente, Bd. 1*, doch kein verstecktes Foto, keine Quittung fiel heraus. »Und was, wenn diese Menschen etwas Konstruktiveres mit ihrer Zeit angefangen hätten, als Höhlenwände zu beschmieren, zum Beispiel jagen oder Beeren sammeln?«

»Vielleicht würden wir in diesem Universum dann immer noch Beeren pflücken.«

»Autsch«, sagte ich. »Was zum Teufel …«

Bean blickte sich nach mir um. »Du hast dich am Papier geschnitten. Sei vorsichtig.«

»Wisst ihr«, Arni schielte nachdenklich an seiner großen Nase entlang. »Es ist ein ziemlicher evolutionärer Sprung, Dinge zu schaffen, die nicht von unmittelbarem praktischem Nutzen sind. Oder überhaupt Neues auszuprobieren. Wer hätte gedacht, dass etwas so Leckeres wie ein Steak herauskommen würde, nur weil jemand ein Stück rohes Fleisch auf einen Stecken spießte und über das Feuer hielt? Nur so als Beispiel – ich esse kein Fleisch mehr, ich bin Pescetarier«, erklärte er mir.

»*Wagner's Kitchen* vermarktet ein leckeres Rezept für Sojaburger«, meinte ich abwesend, während ich meinen Finger anstarrte. Der Schmerz war viel schlimmer, als man bei einer so geringfügigen Verletzung hätte erwarten sollen. Ich fügte hinzu: »Eines verstehe ich nicht an der Geschichte mit dem Universenmacher. Ich weiß nicht genau, wie ich es ausdrücken soll, aber könnte nicht auch ...«

»Ich weiß, was du meinst«, sagte Bean, ohne von *Eine kleine Geschichte der Pigmente, Bd. 2* aufzublicken.

»Ach ja?«

»Die Leute stellen oft diese Frage. Sie wollen wissen, ob ihr Hund eine Ereigniskette in Gang setzen kann oder manchmal auch ihre Aquarienfische oder der Hamster oder was immer.«

Ich fühlte mich ein wenig ernüchtert. »Ich dachte eher an eine Ente.« Aus keinem besonderen Grund gingen mir die Enten mit den orangefarbenen Schnäbeln aus dem Teich im Krankenhaus nicht aus dem Sinn. »Wenn Menschen es können, warum nicht auch Enten?«

Bean sah eine Weile nachdenklich drein. »Enten«, sagte sie ganz ernsthaft. »Schaffen sie Universen? Wahrscheinlich schon.«

»Einfach so? Die ganze Zeit? Mit jedem Watscheln?«

»Wir glauben schon, ja. Jedenfalls mit jedem Watscheln, das eine schön lange Ereigniskette in Gang setzt.«

Ich legte das letzte der Bücher beiseite und spähte in die leere Schachtel. »Woher wissen wir also, ob nicht eine Ente ...?«

»Tun wir nicht. Genau genommen hätte eine Ente ziemlich genau die richtige Größe, nehme ich an. Aus Professor Singhs alten Daten wissen wir, dass die Delle in der Raumzeit, die zu A und B geführt hat, einen Primärauslöser von geringer Masse benötigte, ungefähr vierundzwanzig Libra schwer. Weiß jemand, was eine typische Ente wiegt?«

Arni schüttelte vergeblich *Eine kleine Geschichte der Pigmente, Bd. 3* und stand auf. Er war ganz offensichtlich froh, den schmutzigen Boden verlassen zu können. Er staubte sich Hände und Hose ab und griff nach seinem Omni. »Ich sehe mal nach.«

»Ein kleiner Universenmacher«, meinte ich. »Deshalb also interessiert ihr euch für mich.«

»Zwischen zwanzig und dreißig Libra ist das typische Gewicht eines sechs Monate alten Babys.«

»*Kann* ein Baby denn eine signifikante Ereigniskette auslösen?«

»Hast du jemals ein Baby erlebt?«, fragte Arni, die Nase in den Omni gesteckt.

Bean hatte Monroes Katzenmaus hochgenommen und kraulte sie abwesend. »Es ist *tatsächlich* eine Einschränkung, dass wir nur Menschen befragen können. Wir haben noch keine Methode gefunden, mit Walen oder Schildkröten zu kommunizieren, ob ihnen vor fünfunddreißig Jahren etwas Interessantes aufgefallen ist.«

»Also«, unterbrach Arni sie und las vor: »Eine typische Speiseente wiegt etwa zehn Libra und braucht etwa zwei Stunden zum Braten. Klingt appetitlich für alle Nicht-Vegetarier, aber ein bisschen klein für unsere Zwecke.«

»Vergiss die Enten«, sagte Bean niedergeschlagen. »Wir können ja nicht einmal herausbekommen, wo genau Felix sich im Moment des Vepuz aufhielt. Bist du ganz sicher, dass du nicht irgendwo zu Hause ein altes Fotoalbum herumliegen hast, Felix?«

»Nein, tut mir leid. Ist es okay, wenn ich insgeheim darauf hoffe, dass eine Ente verantwortlich war?«

Arni klappte seinen Omni zu. »Nun, wer auch immer, ich bestimmt nicht. Ich war noch nicht geboren. Obwohl ich natürlich nicht garantieren kann, dass ein paar meiner Moleküle nicht zum Primärauslöser des Y-Tages gehörten. Wir sind alle recycelt, weißt du, wir tauschen ständig Moleküle aus.«

Monroe ließ nicht zu, dass ich irgendwelche Bücher mitnahm, und bestand berechtigterweise darauf, dass meine »A-heit« verhinderte, rechtmäßiger Erbe etwaiger Gegenstände aus Universum B zu sein. Er gab erst nach, als ich meine Identikarte hervorzog und ihm einen Batzen von meinem Guthaben übertrug.

Pak erwartete uns im Frühstücksraum des *Be Known Inn*, wo er den langen Holztisch für seine Zwecke requiriert hatte: Der Laptop, ein Drucker, eine leere Teetasse, eine weggeworfene Bananenschale, ein Teller mit Krumen und ein halbes Dutzend Fotografien lagen darauf verstreut.

Er sah uns fragend an, als wir hereinkamen. »Etwas Interessantes bei Monroe gefunden?«

»Kunstbücher«, sagte ich, während ich meinen neu erworbenen Schatz *Steine, Grüfte und Wasserspeier* vorsichtig ans Ende des Tisches legte, in respektvollem Abstand von der Teetasse und den Krümeln.

»Das Datenrettungsprogramm ist fertig. Es hat die ganze Nacht und den größten Teil des Morgens gedauert. Es hat Fotos entdeckt.«

Ich setzte mich. Arni nahm das schmutzige Geschirr und trug es in die Küche. Als er zurückkam, sagte Pak: »Ein paar davon sind für uns von Interesse. Fünf, um genau zu sein. Die Auflösung ist nicht das Gelbe vom Ei – nein, fass sie nicht an, Bean, sie sind noch feucht. Ich habe sie gerade erst ausgedruckt.«

»Wenn du sagst, dass sie von Interesse sind«, begann ich schwach, »meinst du damit, dass sie wirklich am ...«

»Am Tag Y aufgenommen wurden? In der Tat.«

Ich gestattete mir einen Blick auf die Fotografien.

Ich weiß nicht, was ich zu sehen erwartet hatte.

14
FÜNF FOTOGRAFIEN

Es ist unmöglich, sich den *Hund von Baskerville* ohne das neblige, öde und abweisende englische Moor vorzustellen, oder *Mord im Orientexpress* ohne die klaustrophobische Enge des Zugs zwischen Istanbul und Calais, während er sich seiner Endstation nähert und die Spannung steigt. Die Atmosphäre ist ein entscheidendes Element einer Geschichte. Wie auch des richtigen Lebens. Durch Paks Worte schlug die Stimmung im Raum von akademischem Interesse zu eifrigem Forscherdrang um. »Fünf, sagst du«, meinte Arni und rieb sich die Hände voller Vorfreude.

»Ich habe sie nach Nummern geordnet«, sagte Pak zu den Bildern, die er aus dem *Bitmaster* gerettet hatte.

»Es ist wahrscheinlich zu viel verlangt, zu erwarten, dass es auch einen Zeitstempel gibt«, sagte Bean, während ihre Augen von einem Foto zum anderen huschten.

»Allerdings.«

Das erste Foto zeigte meine Mutter neben der offenen Tür eines braunen Chevrolets, während sie mich in meinen Kindersitz schnallte oder gerade daraus befreite. Im Hintergrund erkannte man einen Laden oder ein Restaurant. »Das *Big Fat Pancake*«, bemerkte Pak. »Entweder unmittelbar vor dem Frühstück oder gleich danach.«

Die Szene auf den nächsten zwei Fotos siedelte ich im Presidio an, der Gegend gleich südlich der Golden Gate Bridge. Eines war eine Nahaufnahme von der abblätternden Rinde eines der Eukalyptusbäume, die überall auf dem Presidio in kleinen Hainen wuchsen. Das andere zeigte einen Schnappschuss meiner Familie vor dem (vielleicht) gleichen Eukalyptus, offenbar aufgenommen von einem freundlichen Fremden. »Hübsche Mütze, Felix«, meinte Bean. Abgesehen davon, dass ich in meiner leuchtend blauen Mütze hübsch aussah, nuckelte ich an irgendetwas und klammerte mich an meine Eltern.

»Ein Eukalyptusbaum sieht aus wie der andere. Es wird schwer sein festzustellen, wo genau das aufgenommen wurde«, meinte Arni ein klein wenig enttäuscht.

Und das vierte Foto …

»Hey«, sagte ich. »Ist das …?«

Pak nickte. »Allerdings. Die B-Version von Foto Nummer 13.«

Das fünfte und letzte der Fotos erwies sich als ebenso wenig hilfreich wie die mit dem Eukalyptusbaum. Kalifornische Seelöwen sonnten sich dicht gedrängt wie Sardinen auf einem Dutzend quadratischer Holzflöße, die in einem Jachthafen verankert lagen, und wirkten herrlich zufrieden. Pak tippte sanft auf das Foto. »Das ist die Marina bei Pier 39. Gleich daneben liegt das Restaurant, wo Felix B mit seiner Familie zu Mittag aß, und möglicherweise auch Felix A.«

»Das ist jetzt egal«, unterbrach ihn Bean. »Sagtest du Nummer 13?«

»Genau. 13 B, um genau zu sein.«

Sie beugte sich über die Fotografie. »Das ist nicht dieselbe Aufnahme wie in 13 A.«

»Nein.«

»Also wurden 13 A und 13 B post-Vepuz aufgenommen.«

»Richtig.«

»Und daher nicht notwendigerweise zur selben Zeit. Damit meine ich, 13 A könnte etwas früher aufgenommen sein als 13 B oder umgekehrt.«

»Richtig«, wiederholte Pak, während ich mir darüber klar zu werden versuchte, worauf Bean damit hinauswollte.

In der Diele wurden Geräusche laut und Frannys Cousine steckte den Kopf durch die Tür. »Tulip muss jetzt staubsaugen.«

»Geben Sie uns noch zehn Minuten«, bat Pak.

Frannys Cousine starrte das Durcheinander auf ihrem Frühstückstisch an. »Ich sage ihr, sie soll in der Küche anfangen. Sie muss sowieso mal lernen, die Backröhre richtig sauber zu machen«, fügte sie hinzu und verschwand.

Ich unterdrückte ein plötzliches Bedürfnis, Tulip zu unterstützen, indem ich ihr von *Wagner's Kitchens* Reinigungsspray *Zweimal sprühen, einmal wischen* erzählte, und fragte stattdessen die Doktoranden: »Und – was nun?«

Arni musterte 13B so intensiv, dass seine große Nase beinahe im Papier verschwand. Ein Wunder, dass sie noch nicht voller Tinte war. »Es ist gar nicht so kompliziert«, meinte er. »Die Familie Sayers fuhr zur Golden Gate Bridge, parkte, machte einen kleinen Spaziergang, schoss ein paar Fotos unter einem Eukalyptusbaum, und dann, kurz darauf, hast du oder Felix B etwas von monumentaler Tragweite getan, worauf Foto 13 aufgenommen wurde und ihr bei Pier 39 zum Essen gingt.«

Das erinnerte mich an das Lunchpaket, das wir auf dem Rückweg von Monroes Haus mitgenommen hatten. »Gar nicht so kompliziert, sagst du«, bemerkte ich, während ich ein Sandwich auswickelte und hineinbiss. Schinken, Käse und Weißbrot hätten genauso gut aus farbigem Plastik und labbrigem Pappkarton bestehen können. Es schmeckte nach gar nichts.

»Kompliziert vielleicht nicht, aber verdammt schwierig«, sagte Pak und nahm sich auch ein Sandwich. Ich hatte den Eindruck, dass er den ganzen Vormittag vor sich hin gefuttert und so eine Riesensauerei für Tulip hinterlassen hatte. »Nicht übel«, kommentierte er das Sandwich.

»Warte mal, Arni. Meinst du, es geht um etwas, das entweder Felix B *oder* ich getan habe?« Ich zog die Augenbraue hoch. »Nur einer von uns hat etwas angestellt?«

Arni legte 13 A und 13 B nebeneinander unter den großen, spinnenartigen Kandelaber über dem Tisch, um besseres Licht zu haben. »Ich hätte es anders ausdrücken sollen. Du und er, ihr wart dieselbe Person bis zu exakt dem Moment, als die Universen sich aufspalteten. Ob Universum A sich abgelöst hat und Felix Bs Universum die Fortsetzung des Originals ist oder umgekehrt, können wir vermutlich gar nicht mit Sicherheit sagen. Es war ein einziger Augenblick in der Zeit. Spielt das eine Rolle?«

»Oh ja, das tut es.«

»Warum fängt die Kamera nie die Armbanduhren der Leute ein?«, beklagte sich Bean, während sie Arni beiseite drängelte und sich die Fotos genauer ansah. »Pak, wir brauchen mehr Kopien. Kannst du sie ein bisschen vergrößern?«

»Ich versuche es.«

»Was ist mit Patricks Matrosenhut?«, sagte Arni zu Bean, während sie die Köpfe zusammensteckten. »Auf 13 B trägt er ihn, aber nicht in 13 A. Und kannst du die Nummer des Laternenmasts auf 13 B erkennen? Ist das einundvierzig oder einundsiebzig …? Das Baby sieht auf 13 B glücklicher aus, findest du nicht?«

Als Tulip mit ihrem Staubsauger hereinkam und neugierige Blicke auf die Fotos und Vergrößerungen auf dem Frühstückstisch warf, musste sogar Arni zugeben, dass wir in einer Sackgasse angelangt waren. »Lasst uns eine Bildanalyse der neuen Fotos durchführen, vielleicht bringt uns das weiter. Der silberne Ford auf 13 B fuhr wenige Minuten nach dem Vepuz über die Brücke, denke ich. So können wir wenigstens den Zeitrahmen eingrenzen.«

Während Pak den Laptop wegpackte, fragte ich: »Was macht eigentlich eine signifikante Ereigniskette aus?«

Arni warf einen schnellen Blick in Tulips Richtung, die sehr viel Mühe damit zu haben schien, einen Aufsatz auf ihren Staubsauger zu stecken, dann antwortete er flüsternd: »Was eine signifikante Ereigniskette konstituiert? Alles, was ein Universum kreiert.«

»Und was kreiert ein Universum?«

»Alles, was eine signifikante Ereigniskette konstituiert.«

»Alles, was – Mann, um Himmels willen«, meinte ich und stampfte hinauf in mein Zimmer.

***

Ein Weilchen später klopfte Bean an die Tür, rief »Ich habs, wir treffen uns unten« und war gleich wieder verschwunden. Ich nahm mir einen Moment Zeit, meine Glieder zu strecken, nachdem ich die letzten paar Stunden mit der so ziemlich einzigen Tätigkeit verbracht hatte, die einer Person offensteht, während ein Team (zwei Teams, wenn man James und Gabriella mitzählte) ihre Kinderfotos mit einem feinen Kamm durchsiebt, um zu beweisen, dass besagte Person vor fünfunddreißig Jahren versehentlich ein Universum kreiert hat. Oder arbeiteten sie mit Pinsel und Mikroskop? Egal, ich machte jedenfalls ein Nickerchen.

Eine steile Holztreppe führte vom Turmzimmer des *Be Known Inn* ein Stockwerk tiefer zu den Zimmern der Promotionsstudenten (ich war gerührt gewesen, als sie mir das Zimmer überließen, das sie offensichtlich alle für das beste hielten, obwohl ich den runden Wänden mit extrem schmalen Fenstern wenig abgewinnen konnte). Ich bekam keine Antwort, als ich an die Türen klopfte, also ging ich hinunter in den Frühstücksraum.

Die Studenten standen mit dem Rücken zu mir über den Tisch gebeugt. Die Bilder mit Blumenmotiven an den Wänden hingen, nachdem sie die Säuberungsaktion durch Tulip über sich hatten ergehen lassen, ein wenig schief. Staubsaugerlinien verliefen kreuz und quer über den Teppich.

Ich legte Frannys Taschenbuch *Ein Schritt ins Leere*, das ich bei mir trug, damit es so aussah, als hätte ich die letzten paar Stunden gelesen, auf den Tisch, aber niemand bemerkte es. (Nur so am Rande: Ein Taschenbuch zum Lesen mit mir herumzuschleppen hatte sich als weniger mühsam erwiesen als befürchtet.)

»Schaut genau hin«, sagte Bean. »Ich muss zwar zugeben, dass meine Erfahrung mit Babys gegen null geht, aber meines Wissens bleibt man, wenn man es einmal geschafft hat, ein Kind erfolgreich ruhigzustellen, unter allen Umständen bei dieser Methode.«

Vergrößerungen von 13 A und 13 B lagen nebeneinander.

Ich trat näher. Auf dem linken Foto, Tante Henriettas Nummer 13, hing ich in einer Babytrage vor der Brust meines Vaters und ließ alle vier kleinen Gliedmaßen von mir baumeln, während ich an etwas saugte. Auch im Foto aus Universum B befand sich Felix in *seiner* Babytrage und ließ seine mickrigen Gliedmaßen hängen und nuckelte an etwas. Es war wie eines dieser nervtötenden Spiele, wo man die Unterschiede zwischen zwei Bildern finden soll. Ich war nie sehr gut bei *Original und Fälschung* gewesen und die beiden Fotos ähnelten sich ohnehin nur sehr oberflächlich: Beide zeigten Vater und Sohn, aber 13 A fing meinen Vater mit ernster Miene ein, während er in 13 B Faxen für die Kamera machte und so tat, als wollte er Felix B, der sicher in seiner Babytrage festgeschnallt war, in die Luft werfen. 13 A war eine Nahaufnahme, während in 13 B mehrere Fußgänger und ein Auto zufällig ins Bild geraten waren. Auf beiden waren graue Wolken und die senkrechten Kabel der Brücke zu sehen, wenn auch in 13 B etwas mehr davon. Man konnte unmöglich sagen, was wichtig und was rein zufällig war.

»Die Vergrößerungen sind etwas unscharf«, sagte Bean. »Und

auch der Betrachtungswinkel unterscheidet sich, und beide Objekte sind gelb, aber ...«

»Jetzt sehe ich es«, sagte Arni. »Banane. Ente.«

»Was?«, fragte ich und sah genauer hin.

Und da war es in der Tat. Eine gelbe Banane in 13 A, eine gelbe Ente ohne Füße in 13 B. Zwei ganz herzallerliebste Schnuller.

»Also, *das* ist ja interessant«, meinte Pak.

»Der Entenschnuller ist auch in 1 B und 10 B vorhanden – in dem Foto am Morgen vor dem *Big Fat Pancake* und später vor dem Eukalyptusbaum. Der Tag hat also damit angefangen, dass Felix einen Entenschnuller besaß«, teilte Bean uns mit, während ihre Stimme sich vor Erregung hob. »Aber auf Tante Henriettas Foto 13 A ist er verschwunden. Die Veränderung ist nur im Universum unseres Felix hier eingetreten.«

Ich zuckte zusammen. »Sag das nicht so.«

»Tut mir leid. In Universum A.«

»Warte«, wandte ich ein. »Es gibt tausend winzige Unterschiede zwischen den beiden Fotos. Die Matrosenmütze meines Vaters zum Beispiel. Auf 13 B trägt er sie, aber nicht auf 13 A. Wie steht es damit? Woher wollt ihr wissen, dass der Austausch der Schnuller so wichtig ist?«

»Tun wir nicht«, sagte Arni. »Aber es ist schon überzeugend. Es war windig, sodass es keine große Sache ist, ob jemand eine Mütze trägt oder nicht.« Er förderte ein dickes rundes Vergrößerungsglas zu Tage und beugte sich über das Eukalyptusfoto von meiner Familie wie ein altmodischer Detektiv. »Ja, ich kann es sehen, das Entendings verschwimmt irgendwie mit Felix' Kinn – das ist doch ein herrlicher Eukalyptus, findet ihr nicht auch ...?«

Ich nahm 13 A und 13 B in die Hand. Es gab noch einen zusätzlichen Unterschied. Das Kleinkind auf 13 A (ich) trug einen mürrischen, beinahe verdrossenen Ausdruck in seinem runden

Gesicht, während das Baby in 13 B (er) sich ganz zufrieden in seiner Babytrage zu räkeln schien, ähnlich wie die sonnenbadenden Robben bei Pier 39. Auf beiden Fotos hielt uns mein Vater im Arm, gekleidet in Jeans und eine gestreifte Windjacke. Ich fragte mich, ob er auf 13 B lächelte und Faxen machte, weil Felix B besserer Laune war – anders als Felix A, der es irgendwie geschafft hatte, seinen Schnuller zu verlieren.

Was hatte ich nur getan?

15
VON ANGESICHT ZU ANGESICHT

»Du glaubst also, der Entenschnulli hat eine Ereigniskette in Gang gesetzt«, sagte Arni zu Bean. »Und wie?«

»Keine Ahnung«, gab Bean freimütig zu und nahm sich einen Stuhl in der Mitte des Frühstückstisches. »Vielleicht wurde Felix langweilig, während seine Eltern Alcatraz und Angel Island besichtigten, und er warf den Schnuller nach einem vorbeikommenden Radfahrer, sodass dieser stürzte und sich das Bein brach – na schön, ein so einschneidendes Ereignis kann es nicht gewesen sein, denn davon hätten wir bei den anderen Interviews gehört … aber immerhin besteht die Chance, dass ein anderer Tourist den Augenblick fotografisch dokumentiert hat.«

»Nicht bei unserem Glück.« Arni tippte mit dem Vergrößerungsglas auf Foto 13 B. »Ente auf diesem, Banane auf dem anderen. Wie konnten wir das übersehen? Warum sind sie überhaupt beide gelb? Enten sind nicht gelb. Höchstens die Schnäbel oder Füße.«

»Auch Bananen sind nicht immer gelb«, meinte ich nachdenklich. »Es gibt auch rote und lila Sorten. Wollt ihr wirklich andeuten, dass die riesigen Unterschiede zwischen unseren beiden Universen auf diese … diese künstlichen *Nippel* zurückgingen, mit denen meine Eltern uns ruhiggestellt haben?«

»Ja und nein.« Arni kratzte sich am Ohr. »Es gab einen kurzen

Augenblick, als alles in A und B noch exakt gleich war, mit Ausnahme dessen, was du und Felix B um elf Uhr sechsundvierzig und eine Sekunde anders gemacht habt. Dann hat ein Pendler seinen Zug verpasst, der Blitz ist in einen Baum eingeschlagen, ein Hund hat einen Mann gebissen, Sperma hat seinen Weg zu einem Ei gefunden – einiges davon in A, anderes in B, manches in beiden. Der gegenwärtige Status von Universum A beruht zum Teil auf der Ereigniskette des originalen Y-Tages, aber genauso auf unabhängigen Ereignisketten, die sich im Laufe der Zeit entwickelt haben. Stell dir zwei Schneebälle am Gipfel eines Hügels vor. Gib ihnen einen kleinen Stups, und beide rollen abwärts. Aber wo sie am Fuß des Hügels liegen bleiben, hängt nicht nur von der Richtung ab, in die sie gestoßen wurden, sondern auch von dem, was sie unterwegs antreffen, Felsen und Bäume, Schneeverwehungen und dergleichen.«

»Einige Dinge sind also deine Schuld, aber nicht alle«, fasste Bean zusammen.

»Herrgott, vielen Dank auch«, sagte ich.

»Trotzdem«, sagte Arni. »Nur eine einzige Ereigniskette kann komplett zurück bis elf Uhr sechsundvierzig und eine Sekunde führen.«

Bean wischte ein paar Krümel vom Tisch, die Tulip wegzufegen vergessen hatte, und begann sanft mit den Fingern zu trommeln. »Die Ereigniskette ... was könnte es gewesen sein? Felix verliert seinen Entenschnuller und kann den Ersatz nicht leiden, die Banane«, trommel, trommel, »vielleicht quietschte die nicht so schön wie die Ente, und Felix A bringt seine Eltern dazu, in einen Spielzeugladen zu gehen«, trommel, trommel, »aber dadurch kommen sie einer alten Tante, die ein Geburtstagsgeschenk kaufen will, in die Quere, sodass die den Bus verpasst und stattdessen mit dem Auto zur Geburtstagsparty ihrer Nichte fährt, dabei versehentlich die Nachbarskatze überrollt«, trommel, trommel, »ein Ereignis, das in Universum B *ausbleibt,* wo die Katze weiterlebt und eine neue Rasse von Superkatzen in die Welt setzt, die dazu bestimmt ist, die Menschheit vom Planeten zu verdrängen«, endete sie und holte tief Luft.

Das Szenario, in dem ich Universum A vor einem schrecklichen Schicksal bewahrte, gefiel mir. Ich applaudierte und sagte: »Gut, aber ich bin immer noch nicht überzeugt davon, dass meine Eltern mich an einem Montag einfach so zu einem Ausflug in die Stadt mitnahmen. Da muss noch etwas anderes dahintergesteckt haben. Ein Grund dafür, die Galerie an diesem Tag zuzumachen und nach San Francisco zu fahren.«

»Abgesehen von Szenarien mit kätzischer Weltherrschaft hat Bean recht«, sagte Arni. »Wir müssen uns hinsetzen und eine Liste möglicher Ereignisketten zusammenstellen.«

»Ich lasse ein paar Simulationen laufen«, meinte Pak.

»Die Quittungen aus Universum A sollten bald da sein«, sagte Bean. »Dann haben wir eine bessere Vorstellung davon, wie der Tag verlaufen ist.«

»Wir sollten auch Verkehrsmuster miteinbeziehen. Und die Verkäufe von Läden überprüfen …«, schlug Arni vor.

»Und Unfallberichte …«

»Und die Pinnwände vom Tag Y, für den Fall, dass wir etwas übersehen haben …«

Kreisende Wölfe bei der Jagd. Ein plötzlicher Widerwille überkam mich, eine Art Ekel, nicht so sehr vor ihrem Wühlen in privaten Dingen, sondern vor mir selbst. Jeder hat ein Recht auf seine Intimsphäre. Sogar ein Alter.

»Ich muss jemanden anrufen«, sagte ich und ging hinaus in die Diele.

Es gab eine neue Nachricht von Wagner. »Nur so eine Idee, die Sie sich durch den Kopf gehen lassen sollten, Felix. Selbstreinigender Kühlschrank. Man nimmt die Lebensmittel heraus, drückte einen Knopf, Wasser kommt unter hohem Druck von allen Seiten geschossen. Automatische Trocknung. Ach, und noch etwas. Ich habe da ein paar Dinge läuten hören – passen Sie auf sich auf, ja. Und vergessen Sie nicht die *Salz-&-Pfeffer-Bäckerei.*«

Der Omni piepste, um das Ende der Nachricht zu signalisieren, und ich fragte mich, was Wagner wohl mit seiner Warnung bezwecken wollte. Er verfügte über ein riesiges Netzwerk an beruflichen Kontakten – schließlich muss jeder Mensch essen, pflegte er zu sagen – und gelegentlich befanden sich diese Kontakte an den unwahrscheinlichsten Orten.

Jeder kannte das offizielle Motto des DIM: *Informationen verarbeitet man am besten eine nach der anderen.* Es ging jedoch das Gerücht, dass es inoffiziell hieß: *Informationen verarbeitet man am besten dadurch, dass man sie eine nach der anderen ELIMINIERT.* Bei dem letzten Gedanken wurde mir plötzlich eiskalt. Die Studenten hatten angenommen, der Computer auf Monroes Dachboden wäre von James und Gabriella gelöscht worden, damit *Past & Future* dem Team um Professor Maximilian einen Schritt voraus blieb. Aber was, wenn das DIM die Verbreitung des Gedankens verhindern wollte, dass jeder Mensch Universen kreieren konnte? Die entscheidenden Indizien aus dem Weg zu räumen war sicherlich ein geeigneter Weg dazu.

Ich schüttelte den Kopf und wählte die Nummer, die ich eigentlich anrufen hatte wollen. Mrs Noor nahm sofort ab.

»Der Plan hat sich geändert, Mrs Noor«, sagte ich. »Ich benötige keine weiteren Informationen über mein – über die fragliche Partei.«

»Ich verstehe. Also gut. Eine Kleinigkeit hätte ich zwar noch für Sie, mit besten Empfehlungen von meiner Tochter Daisy, aber wenn Sie natürlich nicht mehr interessiert sind ...«

Da ich das Gespräch kurz halten wollte, sprach ich etwas brüsker als beabsichtigt. »Schicken Sie mir einfach die Rechnung. Und danke für Ihre Hilfe, Mrs Noor.«

»Rufen Sie an, wenn doch Sie noch etwas brauchen, Felix.«

»Mrs Noor, warten Sie«, sagte ich hastig, bevor sie auflegen konnte. »Was meinten Sie mit ›eine Kleinigkeit‹?«

Sie hielt mit der Hand auf halbem Weg zu ihrem Omni inne. »Das? Nun, Folgendes: Ihr Alter hält sich derzeit in Carmel auf. Und er hat Besuch. Von seiner Verlobten.«

***

»Es liegt eben daran, dass du kein Alter hast.«

Bean warf mir einen erstaunten Blick zu.

»Ach, vergiss es«, meinte ich.

Wir befanden uns auf einem Weg, der sich am Sandstrand von Carmel entlang schlängelte, lediglich beleuchtet durch den Vollmond, der in einem prachtvollen Sternenhimmel stand. Es hätte ziemlich romantisch sein können, wären Pak und Arni nicht ein paar Schritte hinter uns gegangen, wo sie sich über veraltete Computertechnologien lustig machten und gelegentlich spöttisch kicherten. Da Carmel die Art von Ort ist, wo sie kurz nach Sonnenuntergang die Gehsteige hochklappen, waren wir nach dem Abendessen zu einem Strandspaziergang aufgebrochen.

»Darf ich dich etwas fragen?«, meinte Bean, während wir den sandverwehten Weg entlanggingen (ich hielt dabei ein Auge offen nach eng umschlungenen Pärchen und vergewisserte mich jedes Mal, dass mir der Typ nicht irgendwie ähnlich sah). »Du musst mir keine Antwort geben, wenn du nicht möchtest.«

Das sagen die Leute gerne, und es wirkt richtig kleinkariert, wenn man dann tatsächlich beschließt, ihre Frage nicht zu beantworten. »Nur zu«, sagte ich resigniert.

»Woran hängt es?«

»Was?«

»Du *kannst* doch schreiben, oder?«

»Laut Wagner kriege ich ganz brauchbare kulinarische Bedienungsanleitungen hin.«

»Ich meinte den Kriminalroman.«

»Das ist nicht so einfach. Ich meine, einerseits schon. Ein Mord ziemlich am Anfang, dann noch ein oder zwei mehr, um den Plot zu verdichten, ein Detektiv, der den Fall bearbeitet, ein paar falsche Spuren als Dreingabe und am Schluss wird zur allseitigen Überraschung der Schuldige entlarvt und man klappt den Omni zu. Ich lese gerade Agatha Christies *Ein Schritt ins Leere* – guter Titel übrigens, wer würde sich nicht gleich fragen, was da passiert ist? Oder«, meinte ich, weil ich mich für das Thema zu erwärmen begann und sie es schließlich selbst angesprochen hatte, »man könnte kurz und schnell zum entscheidenden Punkt gelangen, wie im *Hund von Baskerville*. Conan Doyle hat uns übrigens über sechzig Titel hinterlassen, die Feengeschichten gar nicht einmal mitgerechnet, und Christie sogar achtzig Kriminalromane. Achtzig! Wo haben die nur die Zeit hergenommen?« Täglich wälzte ich an meinem Schreibtisch bei *Wagner's Kitchen* die verschiedensten Mordszenarien – die natürlich erst in einem Buch zum Leben erwachen würden –, aber immer fiel mir schnell genug ein, dass ich Miete bezahlen musste, sodass ich meine Aufmerksamkeit wieder den Gemüseschälern und Reiskochern zuwandte.

Bean bückte sich und las einen Kiesel vom Rand des Weges auf. Sie warf ihn in Richtung des Meeres ins Dunkel und verfehlte nur knapp einen Macar-Baum. »Wenn ich das sagen darf – denk an die *Irrationalen*.«

»Wie meinst du?«

»Irrationale Zahlen. Ich meine, versuche es einfach. Gib der Sache eine Chance. Ich bin sicher, Wagner A wird dich wieder einstellen, wenn es nicht klappt.«

»Das weiß ich nicht so recht. Wagner kann ziemlich nachtragend sein.«

»Professor Maximilian auch.«

»Es ist die Geschichte vom Huhn und dem Ei. Man kann

sich nicht als Autor bezeichnen, bevor man ein Buch hochgeladen hat und es über die kostenlose Sektion hinausgekommen ist – oder hier in Universum B müsste man es verlegen lassen. Aber wie schafft man das, ohne den größten Teil seiner Zeit dem Schreiben zu widmen? Und was, wenn den Leuten das Buch nicht gefällt und es nicht ankommt? Jedenfalls kann ich mir kein Jahr unbezahlten Urlaub leisten. Ich habe all meine Ersparnisse für das Ticket nach Universum B verprasst.«

Hinter uns hob Arni die Stimme und ich erhaschte die Worte: »Weniger als ein *Giga*byte!« Ein höhnisches Auflachen folgte.

»Manchmal denke ich, eine Arbeit, die nichts mit Schreiben zu tun hat, wäre besser für mich.« Nachdenklich fuhr ich fort: »Vielleicht wäre ich dann in meiner Freizeit inspirierter, falls du verstehst, was ich meine.«

»Genau wie Einstein.«

Ich zog eine Augenbraue hoch. Mit diesem berühmten Wissenschaftler hatte man mich noch nie verglichen.

»Wie machst du das eigentlich? Ich kann meine Augenbrauen nicht einzeln hochziehen, nur zusammen. Einstein hatte am Anfang seiner Karriere Schwierigkeiten, als Physiker unterzukommen – man stelle sich das vor! –, daher arbeitete er drei Jahre lang im Patentamt. Dabei hatte er reichlich Zeit zum Nachdenken und stellte ein paar geniale, einflussreiche Theorien auf. In der Physik, nicht was Patente betrifft. Obwohl man sich denken kann, dass er seinen Pflichten im Patentamt durchaus gewachsen war.«

Wir blieben stehen, damit Arni und Pak, die lautstark über den Grad der Fraktalisierung eines Macar-Baumes diskutierten, aufschließen konnten.

»Ihr wisst doch, wo das Problem liegt, nicht wahr? Die Leute sind es«, sagte ich. »Sollte sich herausstellen, dass ich das Universum A geschaffen habe, werden sie mich für alles verantwortlich machen, was in ihrem Leben schiefgegangen ist.

Von einer verlorenen Socke bis zum Erdbeben der Stärke acht Komma eins oder dem neuen Trend zu Sprühkäse.«

»Wir haben hier auch Sprühkäse. Außerdem stimmt das nicht.«

»Doch, sie werden es mir zur Last legen. Ich weiß es.«

»Nein, ich meine, manche Leute vermutlich schon, aber sie würden sich irren.« Wir umrundeten eine Biegung im Pfad, und sie streckte die Hand aus, um einen Macar-Baum zu berühren, dessen toter Stamm und Äste von den Elementen weiß gebleicht waren. »Ein Universum ist wie eine Blase. Millionen kleine Zufallsereignisse und alltägliche persönliche Entscheidungen bringen sie von innen heraus zum Schwingen.« Sie bückte sich noch einmal nach einem Kieselstein und schleuderte ihn über die dunklen Felsen ins Wasser, auf das das Mondlicht einen unheimlichen Schimmer legte. Er verschwand lautlos. »Höchstwahrscheinlich ist dieser Kiesel harmlos auf dem Meeresgrund gelandet. Das Universum hat sich vielleicht um eine Winzigkeit angepasst. Nichts hat sich verändert, außer der räumlichen Lage des Kiesels. Aber was, wenn ich immer weitermachen würde?« Sie bückte sich, las eine Handvoll Steine vom Wegrand auf und schleuderte sie einen nach dem anderen ins Wasser. »Irgendwann ... wenn ich das hier lange genug mache ... passiert etwas. Es könnte etwas ganz Einfaches sein ... vielleicht treffe ich eine Möwe am Kopf, sie fliegt verwirrt in unsere Richtung und ... äh ... lädt die verdauten Überreste ihrer Mahlzeit auf uns ab, sodass wir schleunigst zurück ins Bed and Breakfast müssen, um uns die Haare zu waschen, und so niemals die bedeutungsvolle, unser ganzes Leben verändernde Unterhaltung führen, die wir sonst hätten. Oder, auf einer weniger persönlichen Ebene«, sagte sie, während sie den letzten Kiesel mit aller Kraft warf und ihm nachsah, wie er in hohem Bogen im Wasser verschwand, »ein Kiesel könnte so landen, dass er einen Unterwassererdrutsch verursacht und einen Tsunami auslöst.«

Wir blickten uns unbehaglich um, aber alles schien noch in Ordnung zu sein.

»Ein Ereignis wie dieses würde die Blase des Universums beeinflussen«, meinte sie und rieb sich den Sand von den Händen. »Es bis über die Grenze aufblähen, wo es sich in zwei Universen aufteilt. Dann hätten wir das Originaluniversum ohne die Monsterwelle und das andere mit dem Tsunami. *Aber* ...«

Die von Westen kommende Brise blies ihr die kastanienbraunen Locken in die Augen. Sie strich sie ungeduldig zurück. »Aber dann würden andere Primärauslöser neue Ereignisketten in Gang setzen, die in weitere Universen münden, wie ein gigantischer Baum, der sich ständig in neue Äste verzweigt. Wie Arni gesagt hat, wer oder was immer der Primärauslöser des Tages Y war, er ist nicht verantwortlich für *alle* Unterschiede zwischen A und B.

»Können wir uns da ganz sicher sein?«

»Die Verbindung, zum Beispiel. Professor Singh hat die Universen A und B nur Sekundenbruchteile nach ihrer Entstehung miteinander verknüpft. Eine unabhängige Ereigniskette, die der deinen unmittelbar auf den Fersen folgte. Denk doch mal an alles, was in der Folge davon geschehen ist – die Konstituierung des DIM, der einzigen inter universellen Körperschaft. Carmel, das hier zu Carmel Beach wurde. Die Popularität von Naturnamen ...«

»Oh.« Ich versuchte dem Gedanken zu folgen. »Trotzdem.«

»Die Idee ist nicht neu, weißt du. Wenn du über die entsprechende DIM-Sicherheitsfreigabe verfügst, findest du sie in alten Fachzeitschriften und Büchern erwähnt, bis zurück ins antike Griechenland, mit Demokrit und seiner Idee der vielen Welten. Alle von uns, die sich mit dem Universen-Erschaffen beschäftigen wie eine Vielzahl griechischer Götter, wissen es, selbst der emeritierte Chemieprofessor, der niemanden auf seinen leeren Parkplatz an der Presidio-Universität lässt. Ein Benehmen, das einen eigentlich für den göttlichen Status disqualifizieren sollte. Was ist los, Felix?«

Ein Pärchen war aus dem Dunkel aufgetaucht. Sie kreuzten den sandigen Pfad, blieben einen Moment stehen, um sich die Schuhe auszuziehen, und gingen Hand in Hand weiter zum Strand hinunter.

»Falscher Alarm. Ich dachte, ich hätte jemanden gesehen, den ich kenne. Was befindet sich denn ganz unten am Baum des Universums? Hat er eine Wurzel?«

Sie zuckte unmerklich die Achseln. »Es muss ein Universum geben, das sich noch im Ursprungszustand befindet, ein Universum, in dem niemals etwas geschehen ist, außer dass andere Universen davon abzweigen. Eher wie ein Baumstamm als eine Wurzel, würde ich sagen.«

»Ein Jammer, dass ich nicht für ein wirklich angenehmes Universum die Verantwortung übernehmen kann, wie in einer dieser Science-Fiction-Geschichten, in denen es kein Geld mehr gibt und jeder mit seinem Leben anfangen kann, was er möchte. Stattdessen bekomme ich eines, wo die Bürger arbeiten müssen und noch nicht einmal ein Heilmittel gegen Warzen existiert.«

»Ich weiß nicht. A und B kommen mir beide ganz hübsch vor. Ich denke, dass wir in einer Art Durchschnittsuniversum leben. Ich bin sicher, woanders passieren viel schlimmere Dinge.«

Ich unterdrückte ein Gähnen. »Tut mir leid, ich weiß auch nicht, was mit mir los ist. Ich habe den halben Tag verschlafen.«

Sie warf mir einen mitfühlenden Blick zu. »Ich kann mir gar nicht vorstellen, wie es sein muss, wenn man plötzlich herausfindet, dass man ein Alter Ego hat. Ich bin sicher, ich wäre von dem Gedanken besessen, wer von uns seinen Doktor als Erste macht.« Sie zögerte. »Eines noch – um ehrlich zu sein, ich bin nicht sicher, dass es überhaupt möglich ist, einer bestimmten Person oder einem Objekt das Etikett Universenmacher anzuheften. Jede Ereigniskette sollte theoretisch in der Zeit nach rückwärts verfolgbar sein, aber es gibt auch Stimmen, dass es sich dabei um reine Spekulationen handelt und man ebenso gut versuchen könnte herauszufinden, das Flattern welches Flügels eines bestimmten Schmetterlings hundert Jahre später einen Hurrikan auslöst. Jedenfalls dürfte es noch Jahrzehnte dauern, die nötigen Techniken zu perfektionieren und alle Daten zusammenzutragen, und bis dahin könnten wir – nun ja, alle tot sein.«

Auf eine seltsame Art hoben ihre Worte meine Stimmung.

»Damit sagst du im Grunde nur, dass es das Vernünftigste gewesen wäre, den Vorschuss von *Past & Future* anzunehmen.«

»Kann schon sein«, lachte sie, während sie einen weiteren Kiesel auflas und auf den Ozean zielte. »Von allem anderen einmal abgesehen, ja, ich denke schon.«

»Hey, Bean«, ertönte eine Stimme hinter uns. »Versucht ihr gerade, den ganzen Strand in den Ozean zu verlagern?«

***

Der Donnerstagmorgen dämmerte neblig und kalt herauf. Das Gezwitscher der Grasmücke vor dem Fenster weckte mich auf. Ich schlüpfte schnell in warme Kleider, ging hinaus und zog die Zimmertür vorsichtig hinter mir zu, um die anderen Gäste des Bed and Breakfast nicht aufzuwecken. Auf dem Treppenabsatz war es finster, und ich trat unversehens auf etwas, das auf dem Boden lag – der Fuß schoss unter mir weg, und erst in allerletzter Sekunde schaffte ich es, das Treppengeländer zu packen und einen Sturz in die Tiefe zu vermeiden. Das Objekt, das mich aus dem Gleichgewicht gebracht hatte, polterte Stufe für

Stufe hinunter. Ein ohrenbetäubender Krach in der Morgenstille, bis das Ding endlich am Fuß der Treppe zum Stillstand kam. Ich humpelte die quietschenden, schmalen Stufen hinab und hob es auf. Es war ein Nudelholz aus Plastik, in Spielzeuggröße und zu leicht, um in der Küche etwas zu taugen. Die Griffe quietschten, wenn ich darauf drückte.

Ich massierte mir den Knöchel, den ich mir am Geländerpfosten angeschlagen hatte, und redete mir ein, dass ich auf dieser Reise einfach eine ungewöhnliche Pechsträhne hatte.

Es sei denn …?

Plötzlich nahm das schwarze Auto, das mich vor dem *Bücherwurm* kurz nach meiner Ankunft in Universum B beinahe niedergemäht hatte, eine ominösere Bedeutung an. Ich hatte es einfach für einen ungeduldigen Pendler gehalten. Und die Kirschpralinen, die mir jemand ins Krankenhaus in Palo Alto geschickt hatte – war das ein Versuch gewesen, meinen Aufenthalt mit einem allergischen Schock zu verlängern, vielleicht auf immer?

Ich sah mir die Treppenhauslampe an, die auf einem antiken Miniaturtisch auf dem mittleren Absatz stand. Die Glühbirne fehlte, die Fassung war leer.

Es gab nur eine Person, die von meinem vorzeitigen Dahinscheiden profitieren konnte.

Noch während sich der Gedanke in meinem Kopf festsetzte, kam ich mir wie ein Möchtegern-Krimischriftsteller mit überreizter Fantasie vor. In meiner Paranoia sah ich Gespenster. Bestimmt hatte ein Kind oder ein Haustier das Nudelholz aus Gummi herumliegen lassen und Tulip hatte die kaputte Birne vermutlich beim Putzen herausgeschraubt und nur vergessen eine neue einzusetzen. Die anderen Vorfälle, das Auto und die Kirschpralinen, waren einfach unglückselige Zufälle gewesen, genau wie das Haustierbazillus, das mich ins Krankenhaus gebracht hatte.

Ich legte das Spielzeug neben der Lampe auf das Tischchen und stieg vorsichtig (da es mich nicht direkt ins Krankenhaus zurückzog) die restlichen beiden Treppen hinunter. Zu dieser frühen Tageszeit befand sich niemand am Empfang und die Haustür war unversperrt, aber so ist Carmel eben. Auch die Straße war verlassen. Da es keinen Gehweg gab, hielt ich mich dicht am Straßenrand und nahm Kurs auf die Main Street. Es lag eine Frische in der Meeresluft, die in der Nase kitzelte und mich flotter dahinhumpeln ließ.

Ich musste nachdenken.

Zu sagen, dass mein Ausflug nach Universum B sich nicht wie erwartet entwickelt hatte, wäre die Untertreibung des Jahres gewesen. Natürlich neigt das Leben dazu, selbst den bescheidensten Plänen Sand (etwa in Form von Quarantänen) ins Getriebe zu streuen – aber so erging es im Moment all meinen Plänen, als wäre ein gigantischer himmlischer Suchscheinwerfer auf mich gerichtet, damit das Schicksal mich auch ja nicht verpasste, mich, Felix A (auch wenn sich vermutlich jeder so fühlte). Und im Augenblick schien dieser Suchscheinwerfer besonders grell zu leuchten. Trotz aller aufmunternden Worte von Bean hatte ich das untrügliche Gefühl, dass die Doktoranden – und wenn nicht sie, dann James und Gabriella – mir das Etikett des Universenmachers ankleben und die Idee irgendwie am DIM vorbeischleusen würden. Und das wollte ich nicht. Ich wollte weder die Schuld noch die Ehre, die unvermeidlichen Übertreibungen, die meine Rolle in der Angelegenheit nach sich ziehen würde. Von diesem Zeitpunkt an würde man mich immer nach der klitzekleinen Baby-Entscheidung beurteilen, die ich um elf Uhr sechsundvierzig und eine Sekunde am Tag Y getroffen hatte.

Vielleicht war es am besten, die Doktoranden abzuschütteln und mich auf praktische Dinge zu konzentrieren, etwa, ein bisschen Sauerteigansatz für Wagner in die Finger zu bekommen.

Ich musste so schnell wie möglich zurück nach San Francisco und mich zur Bäckerei *Salz & Pfeffer* schleichen.

Mit schmerzendem Knöchel humpelte ich weiter bis zur Main Street und nahm Kurs auf den Strand. Der tief hängende Nebel verlieh der sanft abfallenden Straße, die gesäumt war von Ferienhäusern und Andenkenläden, einen traumartigen, unwirklichen Anschein. Ein paar Grüppchen von Walkern waren schon zum Frühsport draußen, aber die Läden hatten noch geschlossen, bis auf eine Teestube, deren Besitzer Tische und Stühle hinausstellte. Wäre das Frühstück nicht in meinem Mietpreis bereits enthalten gewesen, hätte ich mich versucht gefühlt, hier einen frühen Imbiss zu mir zu nehmen. Vielleicht konnte ich auf dem Rückweg eine heiße Tasse Tee bekommen, und sei es nur, um mir die Hände aufzuwärmen.

Ein Stück weiter an der Main Street blieb ich vor einem Buchladen stehen, der offensichtlich für Kinder gedacht war, denn farbenfrohe Bücher lagen wie Geschenke ohne Einwickelpapier zwischen Plüschtieren und Muschelschalen im Schaufenster herum. Auf dem Schild an der Tür stand: *Leider geschlossen. Kommen Sie nach einem herzhaften Frühstück mit Grünen Eiern und Speck wieder.* Ich lachte in mich hinein und ging weiter. Während ich an der nächsten Kreuzung einen Wagen vorbeiließ, überkam mich der Drang, zum Bed and Breakfast zurückzustürmen und alles über mich und Felix B aus Paks Laptop herauszuholen – und dann dasselbe mit den Computern von *Past & Future* zu tun. Das gläserne Gebäude, dessen Angestellte mein Leben auf den Kopf zu stellen drohten, kam kurz in Sicht, als ich die Kreuzung überquerte.

Fing ich etwa an, Mitleid mit dem Mann zu haben? Meinem Alter? War das der Grund, warum ich *Noor & Brood* abgezogen hatte? Die Sache hatte zwei Seiten. Einerseits hoffte ich, dass Felix B mit seinem Leben zufrieden genug war, dass er nicht fleißig an einem Roman schrieb, der ihn aus seiner misslichen

Lage herausbringen sollte. Wenn sich aber herausstellte, dass er als Küchenchef, Verlobter, Mitglied des Hundezüchtervereins und so weiter *tatsächlich* glücklich war, dann machte mich das eifersüchtig. Ich war nicht stolz darauf, aber ich konnte es nicht ändern.

Ich stellte mir vor, dass er in einem geräumigen Hotelzimmer übernachtete, bezahlt von *Past & Future*, vor sich hin schnarchend, warm und gemütlich an seine Verlobte gekuschelt, statt zu so früher Stunde Carmels Straßen zu durchstreifen. Dachte ich, weil ich es so gemacht hätte. Aber dann sah ich ihn.

Nur wenige Meter entfernt kam er vom Strand herauf direkt auf mich zu.

Einen Moment lang erkannte er mich nicht. Dann malte sich ein Schock auf seine Züge, der wahrscheinlich ein Spiegelbild meines eigenen war. Die Zeit blieb stehen, dann öffnete er den Mund, um etwas zu sagen, aber bevor er ein Wort herausbrachte, trat ich zwei Schritte auf ihn zu, rammte ihm den Finger in die Brust und verlangte zu wissen:

»Vermisst du vielleicht ein Nudelholz?«

16
FELIX B

Er taumelte verwirrt ein Stück zurück. »Ein Nudelholz? Was denn, aus dem *Organic Oven*?«

»Nein, eines aus Gummi.«

»Ich glaube nicht, dass ich so eines besitze. Äh – wie wärs mit einem Tee oder Kaffee? Mir frieren die Hände ab. Die Teestube ein Stück weiter schien schon offen zu sein.«

Ich riss mich zusammen und begleitete ihn zur Las-Palmas-Teestube. Keiner der Frühaufsteher, die drinnen saßen und gedruckte Zeitungen lasen, würdigte uns eines Blicks. Der Besitzer wischte sich die Hände an seiner Schürze ab und nickte uns grüßend zu. »Was darf ich Ihnen bringen, Bürger?«

Ich warf einen raschen Blick auf die Karte an der Wand, und ganz unten erblickte ich, was ich in Universum B so schmerzlich vermisst hatte.

»Kaffee, schwarz«, sagte ich.

»Kaffee, schwarz«, sagte Felix B.

»Zweimal schwarz, kommt sofort«, meinte der Besitzer.

Wir kamen wortlos überein, dass es zu kalt war, um draußen zu sitzen, wo die Tische unter einer schattigen, mit wildem Wein bewachsenen Pergola standen. Stattdessen suchten wir uns einen freien Platz am Fenster. Während der Besitzer den Kaffee an einer einsamen Maschine zwischen vielen Teekannen und Teedosen zubereitete, fiel mein Blick auf die Aquarelle an den Wänden. Die Lokale in Carmel stellten gerne die Arbeiten von jungen ortsansässigen Künstlern aus. Die hier waren gar nicht schlecht.

Ich blies auf meinen Kaffee, um ihn ein wenig abzukühlen, und betrachtete Felix über die Tasse hinweg. Es war, als würde man in den Spiegel sehen, nur dass das Gesicht, das einem entgegenblickte, nicht seitenverkehrt war. Unrasiert. Hellbraune Sommersprossen. Dünne und kraftlose braune Haare, genau wie ich, wenn auch ein gutes Stück länger. Seine von der kalten Morgenluft geröteten Wangen schienen ein wenig dicklich, und unwillkürlich fuhr meine Hand an mein eigenes Gesicht, ob sich meine Backen auch so rundeten. Unsere Blicke trafen sich und beide sahen wir sofort wieder weg.

»Du trinkst also auch Kaffee, was?« Felix sprach als Erster und wischte mit dem Finger einen Tropfen von seiner Untertasse.

»Warum ist er hier denn so schwer aufzutreiben?«

»Wir haben es übertrieben – mit Vanille-, Schokoladen-, Orangen-, Karamell- und Minzgeschmack, mit der ganzen Schlagsahne, der aufgeschlagenen Milch, der aufgeschäumten Milch, ohne Milch, mit extra Milch oder mit Magermilch, mit Sauermilch, koffeinfrei, halb-koffeinfrei, *drittel*-entkoff... egal, es war einfach zu viel des Guten. Dann kapierte jemand plötzlich, dass es Tee in hundert verschiedenen natürlichen Varianten gibt – und er viel einfacher zu bestellen ist. Petersilie, heiß. Oolong, kalt. Aber hin und wieder mag ich doch noch einen Kaffee, besonders am Morgen. Sonst komme ich irgendwie nicht richtig in die Gänge.«

Der Kaffee war stark. Ich beäugte die vier kleinen Dosen auf dem Tisch und fragte mich, ob eine davon wohl Zucker enthielt. Felix hob den Deckel ab. »Würfelzucker?«

»Was ist in den anderen drei?«

»Zitronentütchen, Honig, Milch.« Er reichte mir ein paar der einzeln eingewickelten Zuckerwürfel und nahm sich selbst auch einen.

Der Bursche *wirkte* einfach nicht wie ein kaltblütiger Killer – aber es wäre natürlich ein Kinderspiel für ihn gewesen, den Unwissenden zu mimen, wenn er wirklich einer war und das Spielzeugnudelholz als Falle in ein schlecht beleuchtetes Treppenhaus gelegt hatte, damit ich darauf ausrutschte und mir das Genick brach. Er wäre nicht der Erste gewesen, der so etwas probierte. Nachdem der Übergang vor etwa dreißig Jahren zum ersten Mal für die Öffentlichkeit freigegeben worden war, hatten skrupellose Bürger die Möglichkeit dazu genutzt, mit ihrem Alter den Platz zu tauschen (»nur mal sehen, wie es ist«) oder, schlimmer noch, ihre Alter umzulegen und deren Leben zu übernehmen. Solche Geschichten waren jedenfalls reihenweise im Umlauf. Ich hatte immer den Verdacht gehabt, dass sie ein wenig übertrieben waren. Allerdings war das vor meiner Pechsträhne gewesen.

Falls Felix B, der mir gegenüber verschlafen einen Würfelzucker in seinen Kaffee rührte, tatsächlich an einem Buch schrieb, wäre Mord jedenfalls eine todsichere Methode, sich der Konkurrenz zu entledigen (ich hatte nie in Betracht gezogen, *ihn* abzuservieren, aber vielleicht besaß er ja einen besseren Kontakt zur dunklen Seite unserer Persönlichkeit). Ich räusperte mich. »Also. Felix – darf ich dich so nennen?«

»Wenn du nichts dagegen hast, dass ich dich Felix nenne.«

»Was für ein Auto fährst du – so glatt und tiefschwarz wie das Innere einer antihaftbeschichteten Pfanne?«

»Wie? Nein, ich fahre einen Zweisitzer in der Farbe von überreifen Aprikosen. Er ist nicht hier. Granola James und Gabriella Short haben mich mitgenommen.«

Er zog sein Jackett aus und hängte es über die Stuhllehne. Darunter trug er ein erikaviolettes T-Shirt.

Zufällig trug ich genauso eines. Ich beschloss meine Jacke

anzubehalten und sagte: »Mich haben die Doktoranden mitgenommen.«

»Richtig, du hast ja beim anderen Lager unterschrieben. Irgendwie passend. Wie behandeln sie dich?«

»Sie sind eine nette Truppe. Ich wollte ihnen helfen. Verstoßen wir eigentlich gerade gegen Paragraf 7?« Mir fiel plötzlich ein, dass der DIM-Beamte am Übergangsterminal die Identikarte, mit der ich gerade den Kaffee bezahlt hatte, mit einer »Alter in der Umgebung« Markierung gekennzeichnet hatte.

»Nur, weil wir uns vor einer Teestube zufällig getroffen haben? Gewiss nicht.«

»Du hast nicht zufällig ein Formular unterzeichnet, das mir erlaubt, dich zu kontaktieren?«

»Äh, ich hatte darüber nachgedacht.«

»Dann wusstest du also, dass ich mich in Universum B aufhalte?«

»Das DIM verständigt jeden, dessen Alter herüberquert.«

»Und so hast du von meiner Existenz erfahren?«

»Nein, davon wusste ich schon seit etwa einem Monat. Tante Henrietta von deinem Universum A hat mir ein Foto vom Tag Y hinterlassen, obwohl ich es inzwischen anscheinend verlegt habe. Hast du auch eines bekommen?«

»Allerdings«, antwortete ich.

»Und die Delfine?«

»Zweiundvierzig. Ein paar davon sind verdammt groß. Um ehrlich zu sein, ich hatte gehofft, dass sie mir ein wenig Geld hinterlässt«, platzte ich in einem plötzlichen Anfall von Ehrlichkeit heraus.

»Das hätte ich auch brauchen können. Meine Japanischlektionen sind nicht billig. Die Eltern meiner Verlobten kommen bald zu Besuch und ich möchte einen guten Eindruck bei ihnen hinterlassen. Melody – meine Verlobte – und ich, wir haben uns im Hundezüchterverein kennengelernt. Soll ich dir ein Bild von ihr zeigen? Sie ist im Hotel geblieben. Ich konnte aus irgendeinem Grund nicht schlafen.« Er fuhr fort: »Melody sagt, für Flitterwochen in Universum A reicht unser Budget nicht. Aber du hast ja inzwischen beide gesehen. Was hältst du von meinem?«, fragte er. Plötzlich kam er mir ganz menschlich vor.

Einen Augenblick lang war mein Verstand völlig leer. Verkehr, Laptops, Koffer mit Rädern, das alles erschien mir zu banal, um es zu erwähnen.

»Ich habe ein Mädchen kennengelernt«, meinte ich.

»Hört, hört. Wie schön für dich. Wie heißt sie?«

»Bean.«

»Dann ist sie einzigartig?«

Ich nickte. Felix saß näher bei der Tür, und als die Glocke ertönte und wir uns nach dem frühmorgendlichen Besucher umsahen, der auf der Suche nach einem warmen Getränk hereinkam, sah ich die Rückseite von Felix' Kopf. Es war eine Erfahrung, wie vor einem dieser Dreihundertsechzig-Grad-Spiegel in einem Bekleidungsgeschäft zu stehen, nur seltsamer.

Felix drehte sich wieder um und wiederholte: »Hört, hört. Eine inter-universelle Romanze. Das könnte knifflig werden. Obwohl, da sie eine Einzigartige ist, kann sie wenigstens wohnen, wo sie möchte. Ich wollte, sie würden uns in Ruhe lassen.«

»Das DIM?«

»Ja, auch, obwohl ich eigentlich James und Gabriella und deine jungen Forscher und ihren Professor Maximilian gemeint habe, der mir ständig Anfragen für Interviews schickt, obwohl ich ihm schon längst gesagt habe, dass ich bei *Past & Future* unter Vertrag stehe.« Er kratzte sich die Nase. »Mal abgesehen von Paragraf 7, ist es überhaupt legal, dass wir uns darüber unterhalten? Wie gesagt, ich habe einen Vertrag unterzeichnet.«

»Das habe ich auch, mit den Promotionsstudenten, aber das möchte ich mal sehen, dass mir jemand verbietet, über unsere

Universen zu sprechen. Ich meine, das – das umfasst ja einfach alles.«

»James behauptet, die Welt sei im Grunde wie ein Kuchen.«
»Wie meinst du das?«
»Ich hatte ihn um eine Küchen-Analogie gebeten.«
»Ich wünschte, darauf wäre ich auch gekommen. Mir hat man gesagt, dass Universen wie Blasen sind. Oder auch wie die Äste eines Baums.«

»James sagte, die Kruste des Kuchens sei fest und zuverlässig wie die Schwerkraft. Der Apfel fällt immer zu Boden, er fliegt nie hoch in die Wolken. Darunter kommt, so meinte er, die Kuchenfüllung – weich, formbar und in vielen Geschmacksnoten. Das ist unser lebendiger Beitrag zur Realität. Wir bauen Parkplätze und tragen Krawatten, kämpfen ums Überleben. Und dann gibt es noch die ganzen Zufälligkeiten, die Blitzeinschläge und Erdbeben. Das sind die Rosinen, die überall im Kuchen verteilt sind.«

»Ich habe noch nie einen Kuchen mit Rosinen gegessen«, meinte ich.

»Und ich habe nie einen *gebacken*. Aber letzten Endes ist es nur ein Kuchen, meinte James – verschiedene Universen, verschiedene Geschmacksnoten. Und unsere Entscheidungen und Handlungen führen zu den unterschiedlichen Noten.«

»Bean – das Mädchen – sagte, dass sie nach einem kleinen Universenmacher suchen. Ich hoffe, sie finden heraus, dass es eine Ente war.«

»Ich weiß, was du meinst. Ehrlich, welche weltbewegende Entscheidung könnte ein sechs Monate alter Säugling denn getroffen haben? Und ich könnte gerne auf das Rampenlicht verzichten, sollte sich herausstellen, dass es stimmt.«

»Dann willst du also genauso wenig der Universenmacher sein wie ich? Ich dachte nur, weil du so schnell bei *Past & Future* unterschrieben hast ...«

»Ich bin lediglich auf den fahrenden Zug aufgesprungen. So habe ich einen kostenlosen Ausflug nach Carmel ergattert und ein bisschen Geld für den Japanischunterricht. Sie haben mir von diesem Universenmacherzeugs erst erzählt, als wir hier ankamen. Außerdem hast du ja auch unterschrieben«, bemerkte er mit hochgezogener Augenbraue.

»Tja, habe ich.«

»Vor fünfunddreißig Jahren hielten wir uns zufällig in der Nähe von Professor Singhs Labor auf und ein an der Golden Gate Bridge geschossenes Foto beweist es. Na und?« Er schlürfte ärgerlich seinen Kaffee. »Woher wollen sie wissen, dass es nicht eine Robbe war oder ein Fisch, der vorbeigeschwommen kam, oder, wie du gesagt hast, eine Ente in einem Tümpel? *Können* Wildtiere Universen erschaffen?«, fragte er stirnrunzelnd (wobei ich mich fragte, ob *meine* Stirn auch so gefurcht war).

Ein Omni summte und wir griffen uns beide an den Hals.

»Meiner«, sagte Felix.

»Guten Morgen, Koch Felix«, sagte eine vertraute Stimme, begleitet von einem schwachen Bellen im Hintergrund. »Bereit für einen neuen Forschungstag?«

»Morgen, Granola James.«

»Wunderschönes Wetter, nicht wahr? Gabriella und ich sind gerade vom Joggen zurück. Ganz schön windig. Sie trinken einsam eine Tasse Tee?«

»Etwas in der Art. Hören Sie, wann brauchen Sie mich?«

Kläff, *kläff*.

»Warte, du kriegst gleich eine zweite Portion. Sobald Sie können, Felix. Gabriella hat einen neuen Fragenkatalog für Sie zusammengestellt.«

»Also gut, ich bin gleich da. Übrigens, kann eigentlich auch Murphina Universen erschaffen?«

»Darauf können Sie wetten.«

Felix klappte seinen Omni zu, ein Spitzengerät, vielleicht ein

Geburtstagsgeschenk. »Tut mir leid, ich muss gehen. Wenigstens werde ich von Gabriella Loves Alter interviewt. Bist du ihr schon begegnet?«

Ich nickte. Wie schrecklich, nur als der Alter gesehen zu werden, nicht als die Person, die man war. Ich trank den Rest meines Kaffees in einem einzigen Schluck aus und fragte: »Felix, ist dein Geruchssinn eigentlich intakt?«

»Ja, warum fragst du? Ohne Geruchssinn kann man nicht kochen.«

»Wahrscheinlich stellst du in deiner Küche eine Menge Gerichte mit Käse, Schokolade und Nüssen her. Kirschallergie?«

»Ah, ja, das schon. Kirschen kommen mir nicht in die Küche.«

Er legte sich das Jackett über die Schultern und ich folgte ihm ins Freie, wobei ich die Gelegenheit nutzte, seine Figur zu begutachten. Er war genauso gebaut wie ich. Konvexe Mitte. Berufsrisiko vermutlich, wenn man in der Küche arbeitet.

»Was ist denn *das*?«, fragte ich, als wir wieder auf der Main Street angelangt waren. Der Nebel hatte begonnen sich zu verziehen und nur dünne Schwaden trieben noch am Strandende der verlassenen Straße. Gleich gegenüber erhob sich ein abscheuliches Bauwerk, drei Stockwerke fleckigen, erdrückenden Betons. Es war mir bisher noch gar nicht aufgefallen.

»Das? Nur ein Parkhaus für die Strandbesucher.«

Ich dachte an den Orangenhain von Carmel in Universum A, dessen weiße Blüten im Frühjahr erschienen, wenn die Blutorangen vom letzten Jahr noch reif an den Bäumen hingen. Der Duft der Blüten (so hatte man mir gesagt) gehört zum Schönsten, was der pazifische Ozean je hervorgebracht hat. Es war ein Ort, an dem tagsüber die Kinder spielten und sich nach Einbruch der Dunkelheit die Liebenden trafen. Die Imbiss-Regel besagte, dass die Dinge in Universum B entweder besser, schlechter oder genauso waren. Es hatte mir wehgetan, die alte

Golden Gate Bridge an ihrem angestammten Ort zu sehen, und sie war zweifellos besser als das, was wir jetzt in Universum A besaßen. Das *Coconut Café* war identisch gewesen. »Schlechter« war am schwersten zu ertragen.

»Ich sollte Gabriella anrufen und ihr sagen, dass ich unterwegs bin«, meinte Felix, wandte sich ab und griff nach seinem Omni.

»Warte«, sagte ich. »Wie geht es mit dem Buch voran?«

Er fuhr mit offenem Mund zu mir herum und seine Hand erstarrte auf halbem Weg zu seinem Hals. »Was sagst du da?«

»Egal, unwichtig.«

»Woher weißt du von dem Buch? Ich habe es noch nicht einmal bei der Arbeit erwähnt. Melody ist die einzige, die es je gesehen hat – es sei denn, jemand hätte meine Computerlogs gehackt oder meinen Mülleimer nach weggeworfenen Entwürfen durchstöbert. Junge, Junge, die wühlen ganz schön in unserem Leben herum, was?«

»Und, wie geht es voran?«

»Ganz gut, würde ich sagen.«

»Oh. Geht es zufällig ums Kochen?«

»Natürlich. Mit einem Krimielement. Warte mal …« Er verstummte und sah mir eindringlich in die Augen. »Du schreibst doch nicht etwa selbst eins, oder?«

»Schreiben? Nein.«

»Gut. Das wäre wirklich peinlich gewesen. *Echt* peinlich.«

17
PROFESSOR MAXIMILIAN

Ein paar Stunden und eine Mahlzeit später hatten die Studenten und ich Carmel hinter uns gelassen und waren zurück im bihistorischen Institut. Der Gedanke ging mir nicht aus dem Kopf, dass Felix also bereits an einem Kriminalroman schrieb. Ich sehnte mich nach den guten alten Tagen zurück, als ich noch geglaubt hatte, er würde nur versuchen mich zu ermorden. Schließlich ließ ich mich auf die abgewetzte Couch in der Mitte des Büros der Studenten sinken. »Wird man mir gestatten, das Lehrbuch meines Vaters mitzunehmen, wenn ich nach Universum A zurückkehre?« Ich wedelte schlapp mit *Steine, Grüfte und Wasserspeier*. Es war ein schweres Buch.

Arni wischte einen Fussel von seinem Schreibtischstuhl, ein Ding aus Plastik mit Sitzpolster, setzte sich zur Couch gewandt hin und streckte die Beine aus. In Beans Käfer saß man ziemlich verkrampft. »Es wird nicht erwartet, dass dein Informationsgehalt auf dem Rückweg exakt identisch ist. Weder bei dir noch bei deinem Gepäck. Das ist theoretisch unmöglich. Und ein zusätzliches Buch liegt weit unterhalb der erlaubten Grenzen.«

»Obwohl es ein Lehrbuch voller Wissen und Forschungsergebnisse ist?«

Bean, die gerade Vergrößerungen von 13 A und 13 B mit Tesafilm an die weiße Tafel klebte, antwortete: »Das ist gar nichts gegen die Komplexität und den Informationsgehalt deines Gehirns.«

Das fasste ich mal als Kompliment auf.

Erst als Pak wieder hereinkam, merkte ich, dass er das Zimmer verlassen hatte. Er trug einen Elastan-Anzug, der so hauteng anlag, dass er damit in einer Bar als exotischer Tänzer gutes Geld hätte verdienen können. »Ich fahre ein bisschen Rad«, verkündete er. »Haltet mich auf dem Laufenden.« Er griff nach dem Fahrrad, das an seinem Schreibtisch lehnte, und steuerte es aus dem Raum, während Arnie sagte: »Professor Maximilian müsste gleich hier sein.«

Angesichts meiner schlechten Laune wäre es mir auch egal gewesen, hundert Kopien von Wagner zu begegnen. Vergeblich nach einer bequemen Haltung auf der durchgesessenen Couch suchend, schlug ich *Steine, Grüfte und Wasserspeier* an einer beliebigen Stelle auf und balancierte das Buch auf den Knien. Meine Finger stießen auf einen Fremdkörper. Es war eine Postkarte, leer und lange vergessen. Ich schob sie ganz hinten wieder ins Buch und widmete mich dem Inhalt. Es ist kein Geheimnis, dass ich das Kunstgen nicht von meinen Eltern geerbt habe, aber viele der Hochglanzfotos erkannte ich von Reproduktionen aus der Galerie wieder. Da waren die viel diskutierte Venus von Tan-Tan aus Marokko oder die Fischskulpturen von der Donau, deren hervorquellende Augen im Original ebenso beunruhigend wirkten, wie ich sie von den Tonreproduktionen in der Galerie in Erinnerung hatte – und die Auerochsen und Großkatzen von den Wänden der Höhle von Lascaux, die sich hervorragend für Poster eigneten. Ich vertiefte mich ein paar Minuten lang in das Lehrbuch, bis ich meine Umgebung völlig vergaß: das höchste Kompliment, das man einem Buch machen kann, schätze ich.

Meine Versunkenheit wurde von Professor Maximilians Ankunft unterbrochen. Als er hereingeschossen kam, erfüllte seine

Persönlichkeit augenblicklich den ganzen Raum, genau wie bei meinem Wagner. Er erblickte mich auf der Couch und schüttelte mir heftig die Hand. »Stellen Sie sich eine Kugel vor, in deren Mittelpunkt sich Professor Singhs altes Labor befindet, genau in diesem Gebäude. Die Sphäre umfasst alle Seminarräume und Gebäude auf dem Campus und erstreckt sich nach Norden bis etwa halbwegs über die Golden Gate Bridge«, er macht eine Geste, die vermutlich in die richtige Richtung deutete, obwohl ich mich in dem fensterlosen Büro nicht orientieren konnte, »nach Westen hinaus bis in den Ozean und nach Osten in die Bucht. Im Süden schließt sie den Golfplatz mit ein. Und natürlich erstreckt sie sich ebenso weit in die Luft und in den Boden. Können Sie mir folgen?«

Ich starrte ihn mit großen Augen an. Wagners Doppelgänger bei dem zuzusehen, was Wagner am besten konnte – reden –, und zwar über ein Thema, das mir ebenso fremd war wie Wagner A, war ein surreales Erlebnis, um es zurückhaltend auszudrücken. Ich schloss den Mund und das Buch und musterte den Professor mit unverhohlenem Interesse. Er hatte denselben leicht gebräunten Teint und die wirren blonden Haare wie mein Chef; doch statt Wagners sorgfältig gebügelten peruanischen Hemden und Hosen trug er eine zimtfarbene Strickjacke und beige Chinos. Vermutlich ein der Umgebung entsprechend elegantes Outfit. Professor Maximilian war nicht größer als Wagner.

Der Professor hockte sich mir zugewandt auf die Lehne der Couch und fuhr fort: »An jenem speziellen Montagmorgen hatten wir innerhalb dieser Sphäre zahllose potenzielle Primärauslöser: Studenten und Professoren, Forschungs- und Verwaltungspersonal, Bibliothekare, Besucher, Militärs, Lebensmittelverkäufer. Es waren jedoch gerade Winterferien, sodass viele Studenten und Angestellte nicht hier waren. Außerhalb des Campus gab es innerhalb der Sphäre die Anwohner, die zu

Hause waren, außerdem Touristen und Reiseleiter an der Golden Gate Bridge, Radfahrer, Surfer, Nudisten am Baker Beach, Golfspieler auf dem Presidio ...«

»Nudisten am Baker Beach?« Ich zog eine Augenbraue hoch.

»Das war, bevor sie das Riesenrad bauten«, erläuterte Arni.

»... außerdem Autos, Busse, Lastwagen, Segelboote und Ausflugsschiffe mit Besatzung und Passagieren. Wen und was können wir noch zu der Liste hinzufügen?«

Eine Sekunde lang dachte ich, die Frage des Professors wäre an mich gerichtet, aber Bean antwortete. »Haustiere und Wildtiere – Hunde und Katzen, Quasi-Hunde und Quasi-Katzen, Vögel, normale und Rieseneichhörnchen, Fische und Robben und, auch wenn uns keine Sichtungen bekannt sind, vielleicht ein Weißer Hai oder ein Wal. Außerdem Redwoods, Zypressen, Eukalyptus- und Macar-Bäume. Insekten. Ein oder zwei lose Felsbrocken. Und sonstige Primärauslöser der biologischen und geologischen Art. Man könnte sogar spekulieren, dass ein Meteorit in die Sphäre gefallen sei«, fügte Bean hinzu. Sie hatte den Holzstuhl von ihrem Schreibtisch zurückgezogen und saß rücklings mit gespreizten Beinen darauf, die Arme auf die Lehne gelegt. »Und ich habe mich immer gefragt, was eigentlich alles unter dem Presidio begraben liegt. Hier gab es einmal ein Dorf der Ohlone, anschließend eine spanische Garnison und später eine Militärbasis, bevor der Hügel Teil der Universität wurde. Es hätte vergessene Munition explodieren und eine verteufelt lange Ereigniskette auslösen können. Ansonsten sind aus der Vergangenheit des Presidio nur noch die alten Kanonenbastionen und der Friedhof übrig.«

»Die Friedhofsbewohner können wir getrost vergessen«, meinte Arni trocken. »Aber sie bekommen natürlich gelegentlich Besuch.«

»Außerdem Regen«, fügte Bean hinzu, »Monsterwellen, extrem dichter Nebel, Hagelstürme und andere meteorologische

Ereignisse, die möglicherweise bis in die Sphäre hineinreichten. Es gibt keine Berichte darüber. Nur ein paar Wolken, die am späten Nachmittag in leichten Regen übergingen.«

»Wolken? Eine Monsterwelle? Meteoriten? Das ist doch Wahnsinn«, sagte ich. »Was könnte ein Eukalyptusbaum denn angestellt haben? Seine Rinde abwerfen? Einen Zehntelmillimeter wachsen?«

Arni stand auf und ging zur Spüle, wo er den vasenförmigen Samowar zu säubern begann. »Gelegentlich hilft ein bisschen Wahnsinn. Was die Eukalyptusbäume betrifft – sie stammen nicht aus Kalifornien. Sie wurden während des Goldrausches aus Australien eingeführt, um eine schnell wachsende Holzreserve zu bilden, aber das Holz war spröde, riss und erwies sich als ungeeignet für den Haus- oder Eisenbahnbau. Heute verursachen ihre Wurzeln immer wieder Probleme, weil sie in Gebäude und Abwasserrohre eindringen und so viel Wasser verbrauchen, dass sie andere Pflanzen verdrängen. Außerdem schält sich ständig ihre Rinde. Ich bin sicher, uns würden eine Menge Ereignisketten einfallen, die von vorwitzigen Eukalyptusrindenschnipseln verursacht wurden.«

»Also gut«, stellte ich in den Raum. »Alles – ob es einen Pelz trägt, kahl ist, lebendig, tot, flüssig, Mineral – hätte A und B aufspalten können? Das hat mir noch keiner gesagt.«

»Tut mir leid, ich dachte, das wäre dir klar.« Bean entschied sich mit einem Blick auf den Professor, als Erste zu antworten. »Was das Schaffen von Universen betrifft, ist die entscheidende Frage: *was,* nicht wer. Du oder ich, ein Blitzeinschlag, ein Apfel, der vom Baum fällt, ganz egal. Die meisten Dinge sind Teil einer existierenden Ereigniskette oder unwichtig – ein Regentropfen fällt, ein Vogel zwitschert, du hast einen Schluckauf oder wimmelst am Telefon einen Werbeanruf ab. Aber immer wieder geschieht es, dass ein neuer Strang dem Gewebe der Geschichte hinzugefügt wird, *eine neue Ereigniskette sich entwickelt.* Sie könnte nur eine Sekunde lang dauern. Ein paar Minuten. Oder Jahrtausende. Diese Idee, die *Past & Future* vermarktet, über einen Asteroideneinschlag, der die Erde vor fünfundsechzig Millionen Jahren getroffen hat, okay, wenn es so war – *zack!* –, dann spaltet sich ein Universum ab, in dem die Dinosaurier nicht mehr existieren und die Säugetiere regieren, während im alten, soweit wir sagen können, die Dinomenschen soeben genau unser Gespräch hier führen. Was für einen Tee kochst du da eigentlich, Arnie?«

»Darjeeling.«

»Wenn Hurrikan Swilda nicht auf Washington getroffen wäre, wären dann Bermudashorts wieder in Mode gekommen?«, fuhr sie fort. »Wären die Erbsen in Gregor Mendels Klostergarten nicht so gut gewachsen, besäßen wir dann heute die Wissenschaft von der Genetik oder Quasi-Hunde und Rieseneichhörnchen? Hätte es nicht in den 90er-Jahren den Kartoffelchipwahn gegeben ...«

Ich rutschte auf die Kante der Couch vor und richtete mich steif auf. Das klang ja nach tollen Neuigkeiten. Wenn absolut alles in der Lage war, ein neues Universum zu schaffen, war es sehr unwahrscheinlich, dass mich allein die Verantwortung traf. »Was passiert, nachdem eine Ereigniskette im Sande verläuft?«, fragte ich.

»Das Universum verschmilzt nahtlos mit einem ähnlichen«, antwortete Bean.

»Und wie sollen wir wissen, dass die Ereigniskette von Tag Y nicht längst versickert ist und wir nahtlos verschmolzen sind? Was Felix B oder ich getan haben – falls es denn einer von uns *war* –, könnte eine Winzigkeit von Ereigniskette mit völlig uninteressanten Konsequenzen ausgelöst haben, die man vergessen kann.«

Sie zögerte. »Die Länge einer Ereigniskette zu bestimmen ist ziemlich schwierig. Die Interaktion zwischen unseren Universen hat die Sache noch komplizierter gemacht. Aber die Computermodelle für die Y-Tag-Ereigniskette zeigen eine erwartete Länge von – natürlich handelt es sich dabei nur um eine grobe Schätzung, musst du wissen …«

Professor Maximilian hatte soeben die Fotos 13 A und 13 B an der weißen Tafel entdeckt, sprang von der Armlehne der Couch und war mit zwei schnellen Schritten dort.

»… neunhundert Jahren.«

18
PRIMÄRAUSLÖSER

»Neunhundert?« Meine Hand tastete nach *Steine, Grüfte und Wasserspeier*, und ich versuchte eine Seite zu glätten, die einen Knick hatte. Der Ur auf dem Titelblatt, dessen Hörner harfenförmig nach vorne ragten und dessen mineralische Pigmente auf Stein die Langlebigkeit selbst der zartesten Schöpfungen des Menschen bewiesen, fiel mir ins Auge. »Der Auerochse ist schon viel länger ausgestorben«, sagte ich. »Neunhundert Jahre, nur wenige Dinge überleben einen solchen Zeitraum – nicht einmal Gebäude – höchstens eine Handvoll Bücher – das *Gilgamesch-Epos*, das *Ägyptische Totenbuch*, die *Ilias*, die *Odyssee* ...«

»Euklids *Elemente*«, warf Arni ein.

»Ich weiß, neunhundert Jahre klingt überwältigend«, meinte Bean gelassen. »Aber um ehrlich zu sein, es ist eher mittelmäßig. Auf halbem Weg zwischen dem, was die Erbauer der Pyramiden in Ägypten geschafft haben – viertausend Jahre ohne große Schäden – und den sechsundvierzig Sekunden einer durchschnittlichen Ereigniskette, die dem Niesen eines Menschen folgt.«

»Die letzte Zahl ist mir immer ein bisschen niedrig erschienen.« Arnie hatte den Samowar zum Summen gebracht und saß wieder an seinem Schreibtisch. »So lange dauert es doch schon, nach einem Taschentuch zu suchen und sich zu schnäuzen, und anschließend muss man das Taschentuch immer noch wegwerfen und sich die Hände waschen, während man sich die ganze Zeit

Sorgen macht, ob man sich eine Grippe eingefangen hat. Dann sind da noch die Tröpfchen, die das Niesen auf allen Oberflächen hinterlässt und die die nächste Person infizieren könnten, die den Raum betritt. Diese Person steckt in einer Kettenreaktion weitere an. Nach meiner Ansicht kann ein Schnäuzen eine ziemlich lange Ereigniskette generieren.«

»Du wäschst dir die Hände, wenn du sich geschnäuzt hast, Arni?«, fragte Bean.

»Tut das nicht jeder?«

Professor Maximilian studierte die beiden Fotos, die Bean nebeneinander an die weiße Tafel geklebt hatte. Ohne sich umzudrehen, sagte er: »Am Tag, als Professor Singh sein Experiment durchführte, befanden sich einschließlich Ihnen und Ihren Eltern viertausendeinhundertzwei Personen innerhalb des Ereignisradius – in unserer Sphäre des Interesses also. Hier stand damals das Institut für Physik. Tja«, fügte er wehmütig hinzu, »es gibt wohl nichts Besseres, als die vorlesungsfreien Ferien damit zu verbringen, ein bisschen mit Universen herumzuexperimentieren.« Sein Kopf ruckte zwischen den beiden Fotos hin und her wie ein Specht, der nach Würmern pickt. »Schnuller … Banane … Ente … ich verstehe.«

Arni hatte ein Passwort in seinen Computer eingegeben, um auf eine Datenbank zuzugreifen. Er tippte mit dem Fingernagel auf den Bildschirm, während Text und Bilder darüber zu fließen begannen. »Die Datenbank des Tages Y. Scans von den Besucherunterlagen des Instituts für Physik. Daten über den Stand des Meeresspiegels und die Temperatur. Die Nummernschilder der Autos, die die Zahlstellen der Brücke passierten, außerdem die Anzahl der Fußgänger. Interviews mit viertausendeinhundertzwei Personen mal zwei, abzüglich aller Verstorbenen. Das Foto eines Druckers im englischen Institut, der verrückt spielte und an diesem Morgen endlos Kopien eines Gedichts von Rabindranath Tagore ausspuckte …«

»Ein Primärauslöser stört das Gleichgewicht des Universums«, erklärte der Professor. »Als würde Mutter Natur gebären. Ein neues Universum erblickt die Welt …«

»Bitte«, sagte ich. »Nicht noch mehr Analogien. Mir schwirrt schon der Kopf davon.«

Professor Maximilian drehte sich zu mir um. »Vielleicht wäre eine kleine Demonstration angebracht.« In einer einzigen fließenden Bewegung sprang er vor und stieß mich gegen die Schulter, sodass ich instinktiv in die Couch zurückzuckte. »Ich glaube tatsächlich, dass ich gerade ein neues Universum erschaffen habe, indem ich Ihnen einen kleinen Stups gegen die Schulter versetzte. In den Universen, in denen ich Ihnen ein anderes Beispiel gegeben habe, würden Sie nicht lange darüber nachdenken. Hier jedoch wollen Sie nichts mehr mit mir zu tun zu haben, bis ich mich dafür entschuldige, Sie körperlich attackiert zu haben.« Er lachte leise. »Ich glaube, wir müssen davon ausgehen, selbst dann wird es noch subtile und langfristige Konsequenzen für unsere zukünftigen Interaktionen geben, wie?«

Es war vermutlich eine zulässige Schlussfolgerung. Und es gab definitiv Unterschiede zwischen dem Wagner, der vor der Couch stand, und meinem Chef, der mich nie mit Schlägen traktierte, selbst wenn ich einmal einen wichtigen Termin nicht einhalten konnte. »Und in welche Richtung ist das Ohnestoß-Universum abgezweigt?«, fragte ich.

»Wohin? Stoß und Ohnestoß sind beide hier. Sie teilen sich diesen Raum. Sie teilen sich den Samowar in der Ecke da. Diese weiße Tafel. Die Couch, auf der Sie sitzen.«

***

»Das ergibt alles keinen Sinn«, beschwerte ich mich.

»Einen Sinn?«, fragte Professor Maximilian scharf. »Natürlich ergibt es keinen Sinn. Aber das heißt nicht, dass es nicht wahr wäre. Es ist jedenfalls weniger merkwürdig als die traditionelle Ansicht, dass die Entscheidungen einer Person unveränderlich ein für alle Mal den Ablauf der menschlichen Geschichte verändern, wie zum Beispiel die Kugel eines Attentäters.« Er funkelte mich voll wissenschaftlicher Inbrunst an. »Sagen wir mal, Sie laufen herum und knallen alle Kängurus ab, die Ihnen vor die Flinte kommen. Ist es wahrscheinlicher, dass Sie einfach die Entscheidung treffen, dass Kängurus aussterben sollen, überall und für alle Zeiten, oder dass sie lediglich Ihr Ziel in diesem Universum erreichen, während in anderen, in denen Sie nie geboren wurden oder in denen Sie ein vorbildlicher Bürger waren, noch jede Menge Kängurus herumhüpfen?«

Arni war aufgestanden, um Tee in vier nicht zusammenpassende Becher zu gießen, und bot einen davon dem Professor an.

»Wenn Sie alle Kängurus in Sichtweite abknallen würden«, meinte der Professor nachdenklich, während er die Tasse entgegennahm, »wer wäre dann wohl der Primärauslöser gewesen? Ich, der Ihnen diese Idee eingepflanzt hat? Sie und ich gemeinsam, weil wir dieses Gespräch führen? Oder die Person, die die Laserpistole erfunden hat, mit der sie die Kängurus abschießen? Oder sind wir ein untrennbares, komplexes System, das als Ganzes einen Primärauslöser konstituiert? Aber egal. Mein Vorgänger, Professor Singh, hat angenommen, er hätte mit seinem Experiment eine Kopie des Universums hergestellt. Aber er irrte.«

Der Professor stellte den Becher auf Beans Schreibtisch ab und war mit zwei Schritten wieder zurück an der weißen Tafel. Mit einem roten Marker malte er einen dünnen Zweig, wie ein auf der Seite liegendes Y. »Singh hat zwei Universen miteinander verknüpft, während sie sich teilten. A und B begannen auf der Stelle, neue Abzweigungen aufgrund anderer, unabhängiger Ereignisketten zu bilden.« Rasch zeichnete er zusätzliche

Verzweigungen ein, bis das Y sich vervielfältigt hatte wie ein Riss, der sich in einem zerbrochenen Fenster ausbreitet. »Das ist ein wichtiger Punkt. Was wir Universum A nennen, ist lediglich eine Unterverästelungen des A-Originals. Denn ein Universum trägt seine gesamte Vergangenheit in sich, einschließlich der Verbindung, sodass jede Unterverästelung von A mit jeder Unterverästelung von B ...«

»Warum ist das so wichtig?«, fragte ich.

»Es ist eine wichtige wissenschaftliche Erkenntnis.«

Der Professor verstummte und rieb sich nachdenklich das Kinn, genau wie Wagner es tat, wenn er über vertrackte Probleme nachgrübelte, etwa die richtige Anzahl der Geschwindigkeitsstufen bei einem Mixer oder das optimale Fassungsvermögen eines Salzstreuers.

Eine Sekunde später durchbrach Bean das Schweigen. »Professor Maximilians Forschungen haben gezeigt, dass der Primärauslöser des Y-Tages klein gewesen sein muss, ungefähr vierundzwanzig Libra schwer.«

»Meine These ist durchgefallen«, sagte Arni fröhlich. »Ich war überzeugt davon, dass eine gewisse Olivia May Novak Irving der Primärauslöser war. Wegen der vierundzwanzig Libra musste ich wieder ganz von vorne anfangen. Die Frau ist zart gebaut, aber so zart auch wieder nicht.«

»Warum ausgerechnet sie?«, wollte ich wissen.

»Es war eine hübsche, starke Ereigniskette, die mit einem Bootsausflug begann und in einem verpassten Vorstellungsgespräch für einen lukrativen Job endete. Das erinnert mich.« Er überprüfte seinen eleganten Omni. »Drei neue Nachrichten. Olivia Mays Sekretärin möchte wissen, ob ich unterwegs bin. Sie erwartet mich nach ihrer Yogastunde. Sie interessiert sich für die Dreh- und Angelpunkte ihres Lebens, und ich sah keinen Grund, meine Hilfe einzustellen, nur weil sie nicht mehr zu unseren Forschungen passte.«

»Wie schön für dich«, konnte ich mir nicht verkneifen zu sagen.

»Außerdem bessert sie jedes Jahr unser Budget mit einer großzügigen Spende auf.« Er trank den Tee aus und griff nach seinem Jackett. »Wir sehen uns später. Bean, sag mir Bescheid, wie es mit den Gretchens gelaufen ist.«

Arnis Abgang schien Professor Maximilian aus einer Art Trance zu wecken. Er wandte sich zur Tür. »Lasst euch nicht in die Karten schauen, Kinder. Es ist heutzutage schwer genug, Forschungsergebnisse zu publizieren, von etwas so Bahnbrechendem wie dem hier ganz zu schweigen. Lasst uns erst die Ereigniskette des Y-Tages vollständig rekonstruieren, sodass wir zeigen können, wie A und B zustande kamen. Sie sind unsere Trumpfkarte, Felix …«

»Ah, okay.«

»Mit den nötigen Genehmigungen befassen wir uns später. Es gibt über A und B hinaus noch andere Universen. Und ich habe die Absicht, das zu beweisen.«

Die Tür schloss sich hinter ihm. Ich rieb mir die schmerzende Schulter und stellte fest, dass der Professor sich genau genommen nicht einmal entschuldigt hatte.

***

Als Bean und ich das Gebäude verließen, kam uns ein verschwitzter Pak entgegen, der sein Fahrrad zum Aufzug rollte. Ich fragte: »Was hast du jetzt vor, Bean?«

»Eine Zeugin der Ereignisse von vor fünfunddreißig Jahren zu interviewen.«

»Ich würde gerne mitkommen, wenn du nichts dagegen hast«, sagte ich. Meine Schulter tat immer noch weh. Aber schließlich war ich im Urlaub, und wenn ich ihn damit verbringen wollte herauszufinden, was meine Eltern an einem bestimmten Montag vor fünfunddreißig Jahren in San Francisco getan hatten, war das meine Angelegenheit. Wagner A konnte warten. Außerdem gehörte es nicht zu meiner Jobbeschreibung, Schwarzhandel mit Brot zu betreiben.

Während sie den Käfer anließ, aus der Parklücke schoss und mit beängstigender Geschwindigkeit vom bihistorischen Institut wegbrauste, sagte ich: »Bean, meinst du es gibt einen idealen Beruf für jeden Menschen?«

»Siebenundzwanzig.«

»Wie bitte?«

»Es konnte bewiesen werden, dass es durchschnittlich siebenundzwanzig berufliche Nischen gibt, in denen ein Mensch zufrieden arbeiten kann. Natürlich Hunderte mehr, die einen *un*glücklich machen. Ich glaube, die sind noch nicht so genau erforscht«, antwortete sie und trat kräftig aufs Gas, um noch bei Gelb über eine Ampel zu kommen.

»Ich dachte an Wagner und den Professor.«

»Ach so. Eine Firma für Küchenzubehör und bihistorische Forschung scheinen als Berufsnischen so weit auseinander zu liegen wie überhaupt möglich. Ich weiß nicht, welche Qualitäten und Interessen man besitzen muss, um *Wagner's Kitchen* zu führen, aber so sehr können sie sich nicht von denen unterscheiden, die man benötigt, um ein Forschungsprojekt zu leiten. Sowohl Professor Maximilian und dein Bürger Maximilian scheinen in ihren Jobs erstklassig zu sein.«

»Seltsam, welche Wahl manche Leute treffen. Agatha Christie hat ihre Karriere als Krankenschwester begonnen. Dorothy Sayers arbeitete in einer Werbeagentur. Conan Doyle war Arzt, und Edgar Allen Poe gab eine militärische Karriere auf, um zu schreiben.«

»Wir können den Professor ja fragen, was ihn zur Bihistorie geführt hat. Er war ein Teenager, als die Universen sich auseinanderentwickelten.«

»Ich weiß es.«

»Du meinst, wir sollen ihn fragen?«

»Nein, ich meine, ich *weiß* es«, sagte ich, während ich meinen Gurt straffte und sie auf eine zweite Ampel zuraste. »Mir ist klar geworden, warum Felix B Koch geworden ist und ich nicht. Es geschah im Dezember vor vielen Jahren.«

»Was denn?«

»Ich hatte eine Nebenhöhlenentzündung, die mich meinen Geruchssinn kostete. Und damit zum Teil auch den Geschmacksinn. Davor – nun ja, eine Freundin aus der Nachbarschaft, Julia, und ich hatten eine Spielzeugküche. Es hat Spaß gemacht. Sie ist später Finanzberaterin geworden. Aber weißt du, was das Seltsame ist? Auch wenn ich meinen Geruchssinn zurückgewinnen würde, ich glaube nicht, dass ich Koch sein könnte. Es wäre mir viel zu stressig. All die hungrigen Leute, die mit Messern und Gabeln bewaffnet auf ihr Essen warten. Nicht zu vergessen, dass man den ganzen Tag auf den Beinen ist. Und trotzdem hätte ich das sein können – *bin* ich das – im *Organic Oven*.« Ich schüttelte den Kopf.

Bean gab sich endlich vor einer dunkelroten Ampel geschlagen und wir hielten vor der Kreuzung an. Sie lag an einem kleinen Park mit Springbrunnen, um den eine Handvoll Enten herumwatschelten. Ich fing Beans Blick auf.

Sie zuckte die Achseln. »Der Springbrunnen liegt innerhalb des Ereignisradius, aber die Enten sind zu klein. Es sei denn, ihre Vorfahren wären größer gewesen – wie lange leben Enten eigentlich? Wie auch immer, ich glaube nicht, dass es den Springbrunnen vor fünfunddreißig Jahren schon gegeben hat. Wir halten uns besser an die Spielzeugente an deinem Schnuller.«

Die Ampel schaltete wieder auf Grün und wir ließen den Springbrunnen hinter uns. Sie sagte: »Was schmeckst du denn?«

»Bitte? Ach so, schmecken. Das hat irgendwie kein System. Käse, Schokolade, Nüsse ja. Suppe auch. Beeren grundsätzlich nicht. Hühnchen manchmal. Kaffee immer, aber Brot – ich habe immer den Duft von frisch gebackenem Brot geliebt. Jetzt schmeckt es einfach wie ein sauberer Schwamm. Mit Pizza fange ich gar nicht erst an. Oder mit Keksen.«

»Ich verstehe langsam, wie du dabei gelandet bist, über Essen und Küchensachen zu schreiben. Du hast dich in die Theorie verbissen.«

»Schon möglich. Wenn ich die Erfahrung selbst nicht machen kann, kann ich wenigstens meine Zeit damit verbringen, darüber zu schreiben und nachzudenken.«

»Aber gleichzeitig willst du Krimis schreiben«, meinte sie, den Blick auf die Straße gerichtet. Sie klang verwundert.

»Warum denn nicht?«

»Bei allem Respekt, aber das klingt irgendwie nach einer völlig anderen Sache.«

»Du hast gesagt«, ich zog eine Augenbraue hoch, »dass es siebenundzwanzig berufliche Nischen gibt, in denen ein Mensch glücklich werden kann. Vielleicht war *Wagner's Kitchen* die erste und die Krimischriftstellerei wäre dann die zweite.«

»Touché.«

»Außerdem werden sich die Themen Essen und Kochen so oder so einschleichen. Nicht in Form von Rezepten, ich mag es überhaupt nicht, wenn Romane auf jeder zweiten Seite Firlefanz wie Musik oder Videos enthalten. Vielleicht ein Kochwettbewerb als Ausgangspunkt und eine Bratpfanne oder ein Nussknacker als Mordwaffe.«

Plötzlich gab es einen lauten Knall. Ich zuckte zusammen.

»Entspann dich, Felix. Das ist nur der Käfer. Er hat manchmal Fehlzündungen.«

Ich ließ das Armaturenbrett wieder los. Für kurze Zeit hatte ich Felix B vergessen – und *sein* Buch. Ich beschattete die Augen vor der grellen Sonne und suchte nach meiner Sonnenbrille. »Ehrlich, dieses Wetter in San Francisco. Entweder ist es zu nass und zu kalt oder zu trocken und zu heiß. Einen angenehmen Mittelweg scheint es nicht zu geben.«

»Du wirkst irgendwie verändert«, bemerkte Bean mit einem Seitenblick auf mich. Sie wechselte die Spur und lenkte uns vom Presidio weg in Richtung Pier 39.

***

Das *Quake-n-Shake*-Restaurant befand sich in bester Lage nahe dem äußeren Ende von Pier 39 und wurde von zwei Touristenläden flankiert. Der eine verkaufte hauptsächlich Süßigkeiten und der andere T-Shirts mit der Aufschrift »Ich war auf der ORIGINAL Golden Gate Bridge«. Eine vertraute Kreatur hockte vor dem Fenster des Süßigkeitenladens, hechelnd und aus dem Maul sabbernd. Am anderen Ende einer straff gespannten Leine stand Gabriella Short. Murphina erblickte uns zuerst, vergaß kurzzeitig alle verbotenen Delikatessen, zerrte an der Leine und brachte Gabriella aus dem Gleichgewicht.

»Wo ist denn James, meine Süße?« Bean beugte sich zu Murphina und tätschelte ihr den bleichen Kopf, während ich zurückwich, nur für den Fall, dass sie immer noch Reste des Haustierbazillus in sich trug.

Gabriella hatte das Gleichgewicht wiedergefunden und zog mit mäßigem Erfolg an der Leine. Das mollige Quasi-Geschöpf spielte in einer anderen Gewichtsklasse. Sie antwortete kalt: »James ist drinnen und holt ihr Leckerli.«

Bei dem Wort wackelte Murphina mit dem flauschigen Stummelschwanz.

»Doch keine Schokolade, hoffe ich«, meinte ich freundlich. Gabriellas eisweiße Haare, die sie in einem der Schwerkraft trotzenden Knoten an der Seite zusammenfasste, hatten genau dieselbe Farbe wie Murphinas Fell. Es war unheimlich.

»Ich denke, sie verkaufen auch hundesichere Leckerbissen.«

»Waren Sie schon drin?« Bean wies auf das *Quake-n-Shake*.

»Warum James und ich hier sind und wen wir interviewen wollen oder nicht, das sind vertrauliche Informationen. Übrigens« – dies war an mich gerichtet – »sollte ich vielleicht erwähnen, dass wir unsere Klienten nicht dazu zwingen, die Laufarbeit für uns zu erledigen.«

»Niemals?«, meinte Bean zuckersüß, während sie immer noch Murphinas Kopf streichelte.

»Ich bin gerne hier«, sagte ich rasch. »Ich mache Urlaub. So bekomme ich die Stadt zu sehen …«

»Gelegentlich«, fuhr Gabriella fort und zerrte weiter an Murphinas Leine, ohne dass der Quasi-Hund auch nur einen Zentimeter nachgab, »ganz gelegentlich wird die Hilfe eines Klienten benötigt – zum Beispiel um in Monroes Haus zu gelangen, Monroe bestand darauf …«

Ein begeistertes Kreischen ließ uns alle herumfahren.

»Ich bin nicht sie«, schnappte Gabriella. »Hau ab!«

Murphina knurrte und ein enttäuschter Filmfan verzog sich.

James kam mit einem kleinen Beutel aus dem Süßigkeitenladen. Er begrüßte uns mit einem freundlichen Nicken. »So ein Zufall, Sie hier zu treffen«, meinte er, während Murphina mit wackelndem Schwanz ein knochenförmiges Leckerli entgegennahm.

»Große Geister denken in den gleichen Bahnen oder folgen zumindest denselben Spuren«, meinte Bean. Fast ohne Luft zu holen, fuhr sie fort: »Was geschieht, wenn *Past & Future* den Universenmacher zuerst findet?«

James gab Murphina ein weiteres Leckerli, das sie mit einem einzigen Happs hinunterschlang. »Kauen, Murph, vergiss das Kauen nicht. Das ist die Frage, nicht wahr? Wir werden die Idee patentieren lassen, wenn wir dazu vom DIM die Genehmigung bekommen. Das wird die beiden Felixe berühmt machen. Alles andere liegt an der Marketingabteilung. Ich bin sicher, wir werden einen Weg finden, haufenweise Geld zu scheffeln.«

Bean quittierte die freimütige Feststellung mit einem Kichern.

»Wir sind sehr gut im Geldscheffeln«, gestand James.

»Und wir nicht«, meinte Bean. »Wir wollen nur herausfinden, wie die Dinge funktionieren, und die Ergebnisse festhalten, bevor wir uns dem nächsten Problem zuwenden.«

»Aber warum denn?«, fragte James. »Es ist doch nichts Schlechtes am Geldverdienen. Es ist sehr nützlich.«

»Das kann ich mir denken. Und wir lieben natürlich den Ruhm. Das Forschungsteam, das den Universenmacher gefunden hat. Klänge hübsch – nobelpreiswürdig –, meinen Sie nicht? Aber leider gab es nicht einmal in den alten Tagen, bevor der Rat für Forschungssicherheit des DIM sie abschaffte, Nobelpreise für Studenten. Denken Sie an die Astronomin Jocelyn Bell und ihre Entdeckung der Pulsare oder den Genetiker Fabrizio Minelli und seine Erfindung der Rieseneichhörnchen noch auf der Schule ...«

»Gehen wir jetzt in das Restaurant, Bean?«, fragte ich. Ich fühlte mich aus der Unterhaltung ausgeschlossen.

»Natürlich.« Bean riss sich zusammen. »Es gibt wichtige Befragungen durchzuführen.«

»Wir warten hier draußen, bis Sie fertig sind«, verkündete James gnädig. Er taumelte ein Stück zurück, als Murphina ihn ansprang und nach weiteren Leckerlis schnüffelte.

»Bürger Sayers«, feuerte Gabriella eine letzte Bemerkung in meine Richtung ab, während sie James die Leine überließ. »Vergessen Sie nicht, dass *Past & Future* sich darüber freuen würde, Sie als Klienten begrüßen zu dürfen, sollten Sie beschließen, Ihren Vertrag mit diesen Studenten zu annullieren. Bitte tun Sie sich keinen Zwang an, James oder mich zu jeder Zeit ...«

Bean zerrte mich ins Restaurant.

19
DIE GRETCHENS

»Wenn Sie mich das nur vor fünfunddreißig Jahren gefragt hätten! Jetzt ist es ein bisschen spät dafür«, meinte Gretchen A, eine stämmige, breitschultrige, offenherzige Frau, die mir freundlich zunickte und meine A-heit zur Kenntnis nahm. »Warum seid ihr denn nicht früher gekommen?«

»Da wussten wir es noch nicht«, erwiderte Bean. Sie musste die Stimme erheben, um den Lärm des Speisesaals zu übertönen.

Gretchen A wies mit einer Kopfbewegung Richtung Küche. »Gretchen ist hinten, wenn Sie mit ihr sprechen wollen, aber um ehrlich zu sein, ich glaube nicht, dass sie sich besser an ihre Gäste am Tag Y erinnert als ich – selbst wenn wir Informationen über unsere Kunden herausgeben dürften. Wer seid ihr Leute eigentlich?«

»Ich bin Bean Bartholomew, Doktorandin am bihistorischen Institut.« Bean zog ihre Identikarte heraus und zeigte sie Gretchen A. »Bürger Felix Sayers hier hat uns gebeten, seine Lebensgeschichte zu recherchieren. Er möchte wissen, warum sein Alter Koch wurde und er nicht.« Sie verstummte, dann beugte sie sich verschwörerisch vor und senkte die Stimme. »Gretchen – darf ich Sie so nennen? –, wenn es Ihnen nichts ausmacht, bitte versuchen Sie an den Tag Y zurückzudenken. Es war ein Montag im frühen Januar, ein frostiger Tag unter einem teilweise bedeckten Himmel. Das *Quake-n-Shake* war damals wie heute bei Touristen sehr beliebt und den größten Teil des Tages voll besetzt. An diesem speziellen Montag gab es mittags einen kurzen Stromausfall. Wenig später kam Felix' Familie zum Mittagessen herein. Das Paar mit dem Baby.«

Gretchen A schüttelte den Kopf über dem Foto, das Bean ihr hinhielt. »Ich wollte, ich könnte euch helfen, ihr Lieben. Aber schaut euch doch nur mal um.«

Es war kurz nach zwei, und das *Quake-n-Shake* war, wie Bean gesagt hatte, voll besetzt. Offensichtlich war das Restaurant vor allem bei Familien sehr beliebt. An vielen der Tische saßen kleine menschliche Wesen mit großer Lungenkapazität und Wurfkraft. Gehetzte Kellnerinnen balancierten mit großen Tabletts zwischen den dicht an dicht stehenden Tischen hindurch. Ich fragte mich, welche Art von Verhalten mich wohl zu einem erinnerungswürdigen Gast gemacht hätte.

»Dann sind Sie das also auf dem Foto«, sagte Gretchen A zu mir und schüttelte nochmals energisch den Kopf. »Ich kann Ihnen sagen, woran ich mich am Y-Tag am besten erinnere – an überhaupt nichts! Es war ein ganz gewöhnlicher Tag. Wir wussten ja nicht, dass Professor Singh eine Kopie des Universums angefertigt hatte, erst Monate später erfuhren wir davon. Dann sagten sie uns, es sei der Tag mit dem Stromausfall gewesen, aber das hatten wir oft. Es dauerte nie lange, höchstens ein paar Minuten – aber immer im ungünstigsten Moment, zum Beispiel genau im Mittagsgeschäft! Und die Inflation, lassen Sie sich das gesagt sein, die war fürchterlich. Wir druckten überhaupt keine Speisekarten mehr, sondern stellten nur eine Tafel auf, auf die wir die Preise mit Kreide schrieben. Jeden Tag löschte ich die vom Vortag und trug die neuen ein. Merkwürdige Zeiten waren das.« Sie seufzte und gab Bean das Foto von mir und meinen Eltern vor dem Eukalyptus zurück.

Bean steckte es ein und schien einen Moment ratlos.

»Was ist mit dem Zeitunterschied?«, gab ich ihr das Stichwort. Die ersten Quittungen aus Universum A waren eingetroffen, und wir wussten jetzt, dass die Rechnung des *Quake-n-Shake* – unterzeichnet von meiner Mutter, ein Mittagsbüffet für zwei Erwachsene und Apfelkompott für ein Kind – einen früheren Zeitstempel trug als die, die Felix Bs Mutter unterschrieben hatte. Zwanzig Minuten.

»Der Zeitunterschied, richtig.« Bean riss sich zusammen. »Gretchen, was könnte eine Zeitdiskrepanz zwischen einer Rechnung aus Universum A und einer in Universum B erklären? Denken Sie daran, es muss kurz nach dem Vepuz gewesen sein ...«

»Dem was, meine Liebe?«

»Kurz nachdem Professor Singh eine Kopie des Universums herstellte«, sagte Bean. Sie wand sich angesichts der ungenauen Beschreibung. »Ein zwanzigminütiger Zeitunterschied in den Rechnungen fürs Mittagessen, bezahlt von Klara Sayers A und B.«

»Damals zahlten die Gäste im Voraus. Heute ist das irgendwie peinlich, aber damals waren schwere Zeiten. Der zwanzigminütige Zeitunterschied bei der Rechnung bedeutet also, dass die eine Partei früher als die andere eingetroffen ist.« Gretchen A griff nach mehreren Speisekarten und Malstiften und verließ ihren Posten kurz, um eine Familie, die gerade hereingekommen war, zu einem Tisch zu führen. Während wir auf ihre Rückkehr warteten, beugte Bean sich zu mir und flüsterte: »Ich wollte, Arni wäre hier, er kann so etwas besser als ich. Er hat mir gesagt, ich soll anfangen mit ›Bitte denken Sie zurück an den Tag Y ...‹ und immer daran denken, höflich zu bleiben.«

Gretchen kehrte zurück und sagte: »Noch etwas, was ihr wissen wollt, meine Lieben?«

»Die Leute zahlten also bei der Ankunft«, sagte Bean. Plötzlich klang sie ein bisschen lebhafter. »Das ist ja interessant. Eine letzte Frage, Gretchen. Eine junge Frau mit einem Flecken auf der Bluse kam ebenfalls um die Mittagszeit herein ...«

»Ach, das war am Y-Tag? Oh ja, ich habe mich immer gefragt, was wohl aus ihr geworden ist.« Gretchen A legte sich die Hand vor die Brust. »Das arme Ding war den Tränen nahe. Sie wollte zu einem Vorstellungsgespräch und bat darum, unsere Toilette benutzen zu dürfen, um sich den Flecken von der Bluse zu waschen. Es funktionierte aber nicht, das hätte ich ihr gleich sagen können, denn Granatapfelsaft kriegt man einfach nicht raus. Ich habe mich immer gefragt, ob sie den Job bekommen hat.«

»Hat sie nicht. Nicht in Universum A«, meinte Bean.

Es war ein gutes Beispiel dafür, wie unterschiedlich Lebensgeschichten verlaufen konnten. Olivia May Novak Irving aus Universum B, die großzügige Spenderin, zu deren Haus Arni vorhin aufgebrochen war, hatte ein erfolgreiches Leben hinter sich. Nach einer großen Karriere in einer Ideenschmiede hatte sie sich frühzeitig zur Ruhe gesetzt. Olivia May aus Universum A dagegen war nicht nur *nicht* reich geworden, man hatte in keiner Ideenschmiede je von ihr gehört. Niemand wusste, was aus ihr geworden war. Bean meinte, man habe Olivia May A zuletzt gesehen, als sie am Tag Y mit einem großen Saftflecken auf der Bluse das *Quake-n-Shake* betrat.

»Sie erinnern sich also an *sie*«, sagte Bean. »Wäre es Ihnen recht, das niemand anderem gegenüber zu erwähnen, außer Sie würden direkt danach gefragt? Es werden nämlich noch andere kommen, um Fragen über den Y-Tag zu stellen. Tatsächlich wüssten wir es zu schätzen, wenn sie glatt leugnen würden, sich überhaupt zu erinnern, dass Felix hier war.«

»Aber ich *erinnere* mich doch gar nicht an ihn. Die Dame mit dem Granatapfelsaft hat also den Job nicht bekommen, aber ihr Alter Ego schon?« Gretchen seufzte mitfühlend. »So etwas höre ich ungern. Und das war am Tag Y, sagen Sie? Es war nicht recht von Professor Singh, wissen Sie, einfach so eine Kopie des Universums herzustellen, ohne vorher jemanden zu fragen. Glücklicherweise hat die Regierung alldem jetzt einen Riegel vorgeschoben, aber sehen Sie sich nur das Durcheinander an, das er angerichtet hat! Glücklicherweise kommen Gretchen und ich so gut miteinander aus wie zwei Brathähnchen am Grill.« (Anstatt sich zur Ruhe zu setzen, hatten Gretchen A und Gretchen B eine Münze geworfen, eines der *Quake-n-Shake*s verkauft und sich zusammengetan, um das Restaurant in Universum B weiterzuführen. Klang fair.)

Ein plötzliches tiefes Rumpeln brachte alle Gespräche im Speisesaal zum Verstummen. Es hielt eine Weile lang an, dann verhallte es im Klirren von Gläsern und Geschirr.

Gretchen A ließ gelassen den Blick durch ihren Speisesaal schweifen. »Stärke 4, höchstens 5.« Sie bückte sich, um ein paar Schachteln mit Buntstiften aufzuheben, die vom Empfangstisch gerutscht waren, und ich kroch wieder unter dem Barhocker vor, unter den ich mich geflüchtet hatte. Bean half Gretchen mit den Buntstiften und fragte: »Die junge Frau mit dem Granatapfelfleck, ist sie zum Essen geblieben?«

»Ich glaube nicht, meine Lieben, sie ging bloß zur Toilette und blieb ein paar Minuten drin. Als ich sie zuletzt sah, eilte sie mit einer nassen und lila verfärbten Bluse hinaus.«

Auch Gretchen B erinnerte sich an nichts von Bedeutung. Sie erwähnte den Stromausfall, leugnete, mich je im Leben gesehen zu haben, und dachte mit Wehmut an die gute alte Zeit zurück. In ihren identischen Kostümen sahen sie aus wie kichernde Zwillingsmädchen, die eine fantasielose Mutter in die gleichen Kleider gesteckt hatte.

»Viel Glück, ihr Lieben«, riefen sie uns nach, als wir ihr Restaurant verließen.

***

Wir blieben vor dem *Quake-n-Shake* stehen, während die Türen sich hinter Gabriella, James und Murphina schlossen, die nun ihrerseits bei den Gretchens ihr Glück versuchten. »Vielleicht hat Arni ja mehr Erfolg«, sagte ich zu Bean. »Es besteht immerhin die Chance, dass Olivia – wie hieß sie gleich wieder? – sich erinnert, mich gesehen zu haben, als sie das Restaurant betrat.«

»Olivia May Novak Irving«, soufflierte Bean. »Falsches Universum. Arni besucht gerade Olivia May B, die ihren Granatapfelsaft *nicht* verschüttet hat, nie das *Quake-n-Shake* betrat, das Vorstellungsgespräch mit fliegenden Fahnen überstand und reich wurde.«

»Ich verstehe nicht, wie du das ganze Zeug im Kopf auf die Reihe kriegt, A dies, B das.«

»Wir könnten ja von A und B zu Verlorene-Ente-Universum und Glückliches-Baby-Universum übergehen. Glaubst du, das macht sich besser?«

Ich deutete auf den Süßigkeitenladen neben dem *Quake-n-Shake*. »Nach so einem habe ich die ganze Zeit gesucht.«

Wir fanden schließlich eine Bank ohne Touristen und Vogeldreck. »Weißt du«, gestand ich Bean, während ich ihr ein Stück Schokolade in Form einer Robbe reichte, »Pier 39 sieht in Universum A genauso aus wie hier. Die Touristen, die Straßenkünstler, die Eisdielen, die dickbäuchigen Seelöwen, die sich in der Marina anblaffen, die weiß-blauen Boote, die Läden mit künstlich hergestellten Muschelschalen … ich habe Schwierigkeiten, das alles zu sortieren. Hier zu sein und nicht *dort*, wo alles so ähnlich ist, falls du verstehst, was ich meine. Ich vergesse ständig, wo ich bin.« Ich brach meiner Schokorobbe den Kopf ab. Sie war hohl.

»Ich habe das Gefühl, wir machen Fortschritte«, meinte Bean mit vollem Mund. »Deine Familie ist früher im *Quake-n-Shake* eingetroffen. Ganze zwanzig Minuten – das war Zeit genug, um mit Olivia May A zu interagieren.«

»Vielleicht gab es einen Grund, warum meine Eltern die Brücke frühzeitig verließen, und wir haben ihn nur noch nicht gefunden.« Die Schokolade war Touristenzeugs, mehr Zucker als Kakao. Ich konnte kaum etwas schmecken.

»Vielleicht haben sie einfach den Spaziergang abgekürzt, weil du knatschig warst.«

»Oder vielleicht wurde Felix B im Auto auf dem Weg von der Brücke zu Pier 39 schlecht und *seine* Eltern mussten anhalten, um ihn sauberzumachen, wobei sie zwanzig Minuten verloren.«

»Das würde sich in einer Forschungsarbeit gut machen.« Sie griff nach meinem Schokoladenpapier und knüllte es mit ihrem zusammen, dann beugte sie sich über mich und warf es in einen Mülleimer. »Rufen wir Arni an. Mal hören, was er Neues hat.«

Arni hatte die Residenz der großzügigen Spenderin und Amateur-Bihistorikerin Olivia May B am Nob Hill gerade verlassen. Er hörte sich an, was wir zu sagen hatten, dann meinte er, dass er auf dem Rückweg ins bihistorische Institut sei, um zusammen mit Pak die hereintröpfelnden Quittungen aus Universum A zu analysieren. Er sah zu, wie ich Bean ein weiteres Stück Schokolade in Robbenform reichte, und kommentierte: »Euch beiden ist doch wohl klar, dass es auch Universen *ohne* Schokolade geben muss?«

***

Bean und ich verbrachten den Nachmittag damit, die Zeit auf verschiedenen Routen zwischen dem Parkplatz an der Golden Gate Bridge und dem *Quake-n-Shake* Restaurant zu stoppen. Es kam wenig dabei heraus, außer dass Beans alter VW Käfer ein paar Kilometer mehr auf den Buckel bekam und ich ein ungewöhnliches Erlebnis hatte, das sich Tanken nannte. Ein paar der Routen führten uns in Sichtweite des bihistorischen Instituts durch den Presidio-Campus, andere die kurvenreichen Straßen am Meer entlang, wo wir einen herrlichen Blick hatten. Die Fahrzeit war bei allen ungefähr gleich, hauptsächlich weil die direkten Routen verstopft waren. Egal wie dicht der Verkehr war, Bean fuhr so schnell, wie sie konnte, während sie die ganze Zeit kaum einmal den Mund zumachte. Sie war nicht die Einzige. Überall um uns herum zischten die Autos durch die Gegend wie ungewöhnlich schnelle und sture Schafe, die entschlossen sind, eine Mikrosekunde früher als die anderen auf ihrer Wiese anzukommen. »Bean«, flüsterte ich irgendwann drängend.

»Was ist denn?«

»Ich glaube, wir werden verfolgt. Sieh doch, wie dicht der Wagen hinter uns auffährt.« Ich hatte ihn über den kleinen Außenspiegel auf meiner Seite im Auge behalten.

Sie sah in den Innenspiegel. »Das ist nur ein Drängler. Warum bist du denn so nervös?«

»Aus keinem bestimmten Grund.«

»Ich will dich ja nicht noch nervöser machen oder so, aber Objekte, die man im rechten Außenspiegel betrachtet, sind tatsächlich noch viel näher, als sie zu sein scheinen. Der Spiegel ist leicht gewölbt, wie die Rückseite eines Löffels, damit man einen größeren Blickwinkel hat, aber die Autos sehen kleiner und weiter zurück aus, als es tatsächlich der Fall ist. Doch keine Sorge. Der Wagen hinter uns wird anhalten, wenn wir eine rote Ampel erreichen.«

Ich verdrehte den Kopf nach hinten, während der Käfer tapfer über die holprige Straße rumpelte. Die Fahrerin war eine kleine alte Dame, die kaum über das Lenkrad schauen konnte. Sie hupte, dass wir schneller fahren sollten.

Bean stieg aufs Gas, sah mich nach dem Armaturenbrett greifen und meinte: »Autos sind doch praktisch. Wie sollten wir sonst unser Experiment durchführen und die Zeiten stoppen? Mit einem Beförderer etwa?«

»Das wäre nicht ganz einfach«, gab ich zu, während Bean auf den Parkplatz der Golden Gate Bridge abbog und ruckartig bremste. »Diesmal müssen wir laufen.« Sie stieg aus, holte einen Parkschein aus dem Automaten und einen Strohhut aus dem Kofferraum. Den Parkschein legte sie hinter die Windschutzscheibe, den Hut setzte sie auf. »Laut dem Parkschein aus dem *Bitmaster* haben deine Eltern hier um elf Uhr fünfzehn am Tag Y geparkt.«

»Wohin jetzt?«, wollte ich wissen. Von dem beinahe vollen Parkplatz gingen Fußwege in zwei verschiedene Richtungen ab.

»Gute Frage. Die Wege gab es schon vor fünfunddreißig Jahren, obwohl sie kürzlich verbreitert wurden. Einer von ihnen, der da drüben, führt direkt über den Aufzug zur Brücke. Der andere schlängelt sich den Hügel hinauf über den Presidio, an der alten Kanonenbatterie vorbei, und am Ende kommt man ebenfalls an der Brücke heraus.«

»Ich glaube, ich war schon einmal dort«, sagte ich stirnrunzelnd. »Aber es ist schwer zu sagen.« Anstelle der gewohnten Befördererstation stand hier ein hübscher Eukalyptushain – war es derselbe, wo ein freundlicher Passant das Foto Nummer 10 aufgenommen hatte, das mit meiner Familie?

»Um elf Uhr fünfzehn warst du mit deinen Eltern auf dem Weg zur Brücke, entweder mit dem Aufzug oder über den Presidio. Eine binäre Entscheidung. Eine echte Weggabelung.«

»Ich verstehe. Wenn wir den kürzeren Weg genommen haben, befanden wir uns auf der Brücke, als Professor Singh die Kopie des Universums anfertigte – als es zum Vepuz kam, meine ich –, und sollten wir den längeren genommen haben, waren wir irgendwo auf dem Presidio.«

»Richtig.«

»Und du und ich?«

»Wir trennen uns und stoppen die Zeit auf beiden Wegen.«

»Na großartig«, sagte ich und zog den Bauch ein wenig ein. »Ein bisschen Bewegung kann wohl nicht schaden. Ein Spaziergang ist genau das Richtige. Ich nehme den längeren«, fügte ich großzügig hinzu.

»Nun – also gut. Achte darauf, ob du nach einunddreißig Minuten Gehzeit irgendetwas Interessantes bemerkst.«

»Einunddreißig Minuten …?«

»Elf Uhr fünfzehn plus einunddreißig ergibt die Zeit des Vepuz.«

Sie rückte ihren breitkrempigen Hut zurecht und wir trennten uns.

Ich schlug ein gemäßigtes Tempo an. Anfangs war der Pfad schmal und führte im Zickzack einen Hügel hinauf, dann zog er sich über ein Felsband hinweg und wurde breit und eben. Hier gab es Studenten, die joggten oder auf Rollerblades und Scootern herumflitzten, anstatt die Seminare zu besuchen, für die sie eigentlich hier waren. Mehr als nur ein paar wenige lümmelten auf dem gepflegten Rasen des Campus herum und arbeiteten an ihrer Sonnenbräune statt an Algebra. Während ich weiterging, schwankte ich zwischen der Gewissheit, dass der Pfad in Universum A noch existierte und ich ihn irgendwann auch schon gegangen war, und dem genauen Gegenteil. Nicht, dass das irgendeine Rolle gespielt hätte. Aber es war ein hübscher Weg. In meiner eigenen Welt war der Presidio kein Universitätscampus, sondern eine Ansammlung von Museen – da war das beliebte Modemuseum, ein Naturkundemuseum mit Teich und Arboretum, ein Fußballmuseum und eines mit besonderen Errungenschaften aus Universum A. Ganz in der Mitte stand das winzige, aber berühmte Surfmuseum. Die Beförderer-Linie 66 umkreiste die ganze Anlage.

Gelegentlich konnte ich einen Blick auf die Brücke erhaschen, während der Pfad mich an Studentenwohnheimen, Seminargebäuden, einem Auditorium und einer langen Reihe von

Tennisplätzen vorbeiführte. Hinter den Tennisplätzen keuchte ich ein Steilstück empor und erreichte einen Eukalyptushain. Das Gras wuchs hier kümmerlich und war gelblich verfärbt. Ich ging durch den Hain und gelangte zu einer verlassenen Kanonenbatterie mit herrlicher Aussicht auf Baker Beach und das Riesenrad. Die Bastion war ein Relikt des neunzehnten Jahrhunderts und der Notwendigkeit, die Stadt gegen einen Angriff vom Meer aus zu verteidigen. Das Riesenrad, das sich langsam mit Gondeln voller Touristen drehte, war eine rekordverdächtige Hässlichkeit und sicherlich an windigen Tagen ziemlich instabil. Es gab eine Menge Stellen (etwa die Kanonenbastion), die sich sehr gut dafür zu eignen schienen, einen Entenschnulli wegzuwerfen.

Dabei fiel mir wieder ein, dass ich auf die Uhr sehen sollte, und stellte fest, dass die Einunddreißig-Minuten-Marke bereits verstrichen war.

»Na großartig«, murmelte ich. Ich überlegte, wie lange ich schon unterwegs war, und versuchte zurückzurechnen, brachte aber die Zahlen durcheinander und beschloss lieber nicht noch einmal umzukehren.

Es war alles sehr kompliziert, dachte ich, während ich die lange hölzerne Treppe zur Brücke hinunterzugehen begann, aber kompliziert war ja nicht unbedingt schlecht. Ich drückte die Daumen, dass die Berechnung des Professors sich als falsch erweisen und die Schuld an Olivia May, einem lebhaften Reiher oder einem Seelöwen hängen bleiben würde. Andernfalls konnte ich nur hoffen, dass von uns beiden sich Felix B als der Verantwortliche herausstellen würde und sein Universum dasjenige war, das vom Hauptast abzweigte.

Was mein anderes Anliegen betraf – wie der große Detektiv Sherlock Holmes es so schön ausdrückte: Es ist ein kapitaler Fehler, Theorien aufzustellen, ohne über ausreichend Daten zu verfügen. Ich musste mehr wissen, musste heimlich einen Blick auf Felix' Roman werfen. Musste wissen, ob das Buch sich *irgendwie* zum Publikumsrenner eignete, einem Bestseller, der die Szene im Sturm eroberte – oder eher ein Klassiker war, ein Longseller, der sich jahrelang auf den Leselisten hielt. Mir schoss der Gedanke durch den Kopf, ob Mrs Noor nicht eine clevere Methode ersinnen könnte, ein Exemplar von Felix' Buch in die Hand zu bekommen. »Überlassen Sie das ganz mir«, würde sie sagen.

Plötzlich kam es mir blöde vor, sie von dem Fall abgezogen zu haben, aber es war zu peinlich, sie anzurufen, dass ich meine Meinung geändert hätte. Ich musste die Sache endlich selbst in die Hand nehmen.

Während ich einem jungen Pärchen auf Rollerblades auswich, das die Treppe hinunterwackelte, dachte ich, dass es vielleicht ganz nett wäre, Bean zum Essen einzuladen. Zum Beispiel ins *Organic Oven*. Sie konnte mir alles über die Gerichte erzählen, die ich nicht schmeckte.

Ich fand sie am Aussichtspunkt der Brücke gedankenverloren und tief unter ihrem Hut verborgen vor.

»Da bist du ja.« Sie sah auf den Omni. »Genau siebenundvierzig Minuten.«

»Und wie lange hast du gebraucht?«

»Zehn. Und das einschließlich fünf Minuten Wartezeit am Aufzug.«

Sie bot mir eine von zwei Wasserflaschen an, die sie anscheinend während der Wartezeit am Kiosk erstanden hatte.

»Ich habe mich nicht besonders beeilt«, verteidigte ich mich. Ich schraubte den Verschluss ab und trank dankbar einen Schluck. »Ich ging in dem Tempo, das ich mir für ein Elternpaar mit Kleinkind vorstelle. Übrigens, die Einunddreißig-Minuten-Marke habe ich total verpasst, tut mir leid. Soll ich noch einmal zurückgehen?«

»Wir können Arni und Pak herschicken, um das Experiment zu wiederholen. Wäre das nicht eine tolle Sache, wenn wir den

Schnuller, den du verloren hast, noch irgendwo auf dem Presidio am Wegrand finden?«

»Eigentlich nicht, nein.«

»Na schön, hier wäre er sowieso nicht. Wir müssten in Universum A danach suchen. Bloß, dass es dort die Brücke nicht mehr gibt und der Presidio zu einem Museumskomplex planiert worden ist. Aber wir *können* wenigstens zwei potenzielle Vepuz-Punkte eingrenzen.«

»Ich muss zugeben, wenn ich es gewesen wäre – nun, ich *war* ja dort, aber du weißt schon, was ich meine – dann hätte ich den schnelleren Weg genommen.«

»Wahrscheinlich«, stimmte sie zu. »Und deine Familie hätte sicher hier kurz innegehalten, bevor sie zur Brücke weiterging.«

Mit *hier* meinte sie den Aussichtspunkt, eine kreisförmige, über den Abgrund ragende Betonplattform mit Holzgeländer. Touristen wimmelten herum, lasen Informationstafeln und schossen Fotos. Wer konnte es ihnen verübeln? Der Himmel war blau, das Wasser voller Segelboote, Alcatraz und das größere Angel Island ruhten als malerische Kulisse in der Mitte der Bucht. Die Brücke mit ihren Backsteinpfeilern ähnelte eher einem skurrilen Kunstwerk als einer großen Verbindungsstraße.

»Keine schlechte Aussicht«, stellte Bean fest. »Wenn man ein neues Universum schaffen wollte, wäre man hier sicher am richtigen Fleck.« Ich bemerkte, dass sie wieder auf die Uhr sah. Sie nahm den Hut ab, ließ ihn um den Finger kreisen und sagte verlegen: »Äh – ich fürchte, die Entdeckung der beiden Vepuz-Punkte sollten wir auf morgen verschieben. Ich muss gehen.«

»Habe ich etwas Falsches gesagt?«

»Ich muss zum Unterricht. Ich kann besser denken, wenn ich gelegentlich Kurse belege, die nichts mit Bihistorie zu tun haben. Seifenherstellung. Maltesische Dichtkunst. Haustier-DNA-Formung. Etwas in der Art.« Ihre Wangen färbten sich rosa. »Diesen Sommer ist es, äh – Bauchtanz für Anfänger.«

Als wir den Parkplatz erreichten, sagte sie: »Lass dich von mir nicht von deinem Spaziergang abhalten. Wenn du da langgehst«, sie deutete auf einen dritten Pfad, der mir bisher gar nicht aufgefallen war und der zu einem schönen Eukalyptushain führte, »kommst du wieder am bihistorischen Institut heraus. Arni kann dich dann zurückfahren.«

»Ich glaube, ich werde Pak fragen, wo man ein Fahrrad mieten kann.«

Ich trank noch einen Schluck Wasser und sah ihr nach, während sie aus dem Parkplatz hinausbrauste. Soso, sie machte also Bauchtanz. Wer hätte das gedacht?

20
EIN BLICK DURCHS FENSTER

Pak sah mich nur verständnislos an, als ich fragte, wo ich ein Fahrrad mieten könne, also kaufte ich mir von einem Straßenverkäufer eine Baseballkappe, winkte ein Taxi heran und nannte dem Fahrer eine Adresse in Palo Alto. Nach einer langen, holprigen Fahrt setzte er mich in der Nähe einiger Mietshäuser an der Bucht ab, dem Egret's-Nest-Apartmentkomplex.

Ich bezahlte, zupfte das Preisschild von der Baseballkappe und betrachtete missbilligend das Logo auf dem Schirm – *Die Besten und Begabtesten Beginnen in B* – und zog sie mir dann tief in die Stirn. Ich wollte nicht von Nachbarn mit Felix B verwechselt werden. Den gepflasterten Weg entlang, der mitten durch den Komplex führte, vorbei an einem Gemeinschaftspool, wo Kinder in der immer noch kräftigen Sonne des Spätnachmittags planschten, ging ich weiter. Im Vorübergehen bemerkte ich, dass die Kombination aus Spielplatz und Fitnesspark, die es in meiner Realität gab, hier aus einem großen Gelände mit nummerierten Stellplätzen für Autos bestand.

Unmittelbar bevor ich den Innenhof von Gebäude J erreichte, von dem aus Treppen zu den Wohnungen in den Obergeschossen führten, kam mir der Gedanke, dass ein klein wenig mehr Heimlichtuerei vielleicht angebracht sein könnte. Was, wenn Felix B bereits aus Carmel zurück war, zufällig aus dem Fenster sah und meine Verkleidung mit der Baseballkappe auf der Stelle durchschaute? Ich hätte natürlich behaupten können, dass ich ihm einen Besuch abstatten wollte, aber so war es nicht.

Ich zog mir die Kappe so tief ins Gesicht wie möglich, hielt mich im Schatten und ging vorsichtig weiter. Aus der Richtung des Parkplatzes näherte sich ein Paketbote. Er tippte sich grüßend an die Mütze und sprang, zwei Stufen auf einmal nehmend, zum obersten Stock von Gebäude J hinauf. Die drei ältlichen Bewohner, die auf dem Rasen Boccia spielten, bemerkten mich nicht.

Der Egret's-Nest-Apartmentkomplex. Direkt an den Feuchtgebieten von San Francisco gelegen, wo die Bucht in einem sumpfigen Mischmasch aus Wasser, Gras und Wildflora in festes Land überging. Die Wohnungen waren preiswert, boten annehmbaren Komfort und hatten einen tollen Blick, vor allem die begehrten Apartments ganz oben. Im Schatten des Gebäudes bleibend, schlich ich auf die der Bucht zugewandte Seite, eilte noch ein Stück weiter, bis ich die Veranda erreichte, die zu meiner eigenen Wohnung im Erdgeschoss gehörte. Ich hielt mich dicht an der Mauer, damit mich von drinnen niemand sehen konnte. Eine Frau, die gerade ihr Haustier in den Sumpfgebieten ausführte, warf einen erstaunten Blick in meine Richtung. Ich lächelte ihr fröhlich zu, um zu zeigen, dass ich nicht gekommen war, um jemanden auszurauben. Dann wartete ich, bis sie mit ihrem langsam dahinschlurfenden, langhalsigen Strauß, der ihr brav wie ein Lämmchen folgte, außer Sichtweite war. Ich warf einen schnellen Blick über das Geländer. Die gläsernen Schiebetüren waren geschlossen, die Jalousien heruntergelassen. Es gab keinerlei Lebenszeichen.

Ich hatte die Studenten darüber sprechen hören, dass es für Alter ungewöhnlich war, identische Wohnungen zu wählen, vor allem in einem großen, dicht besiedelten Gebiet wie San Francisco. Unsere gemeinsame Vorliebe für einen Blick aufs Wasser, selbst wenn es sumpfig war, hatte sowohl mich als auch Felix B zu Apartment 003 geführt. Was, wenn mein zukünftiger Kriminalroman und sein bereits in Arbeit befindlicher (vollständiger?) sich so sehr ähnelten, dass es an ein Plagiat grenzte? Wenn sein Buch als erstes herauskam, würde mein eigenes als billige Kopie gelten. Vielleicht, wenn ich mich ganz schnell hinsetzte und *endlich* etwas schriebe, konnte ich den Spieß noch umdrehen.

Ich schlich über die Veranda zum Fenster des Arbeitszimmers, da ich mir selbst selten die Mühe machte, dort die Jalousie herunterzulassen – die Sonne erreichte sowieso nur ein winziges Stück Teppich. Die Jalousie war tatsächlich hochgezogen. Ich blickte mich ein letztes Mal nach Spaziergängern um, dann legte ich die Stirn ans Glas und schirmte das Sonnenlicht mit beiden Händen ab.

Das Erste, was ich sah, war eine Pendeluhr an der Wand, die, wie es Pendeluhren so an sich haben (und wohl auch Gruben, obwohl sie einem viel seltener über den Weg laufen), Erinnerungen an Edgar Allans berühmte Geschichte weckte. Daneben hing ein Aquarell des Hauses in Carmel, das unsere Mutter vor langer Zeit gemalt hatte. Fast außer Sicht befand sich ein Ölgemälde, von dem man nur einen wohlgeformten, alabasterweißen Fuß erkennen konnte. Unterhalb des Fensters luden ein Lehnstuhl und eine Ottomane zum Lesen ein. Daneben stand ein Bücherregal und auf der Ottomane erblickte ich ein großes, geöffnetes Postpaket. Es enthielt die andere Hälfte von Tante Henriettas Sammlung von Delfinfigürchen. Der Versand nach Universum B musste den Nachlassverwalter ein Vermögen gekostet haben.

Auf einem Schreibtisch im Hintergrund stand ein Computer. Der Bildschirm war dunkel, neben der Tastatur lag ein dicker Haufen Blätter. Der Text auf der obersten Seite war mit Rotstift korrigiert. Meine Augen wanderten zum Abfallkorb, der vor zerknülltem Papier überquoll. Anscheinend arbeiteten sich die Schriftsteller in Universum B stapelweise durch die ausgedruckten Seiten, wenn sie einen Text Korrektur lasen. Ich versuchte einen Winkel zu finden, aus dem ich besser sehen konnte – wenigstens irgendeine Seitenzahl –, als ich aus dem Augenwinkel ein kurz vor dem Fenster zu Boden geflattertes Blatt entdeckte. Ich bemühte mich, den kopfstehenden Inhalt zu entziffern. Es handelte sich um etwa ein Dutzend kurzer Sätze, manche davon ausgestrichen, andere unterstrichen oder eingekreist, wie eine alte Einkaufsliste. Bei dem Versuch, sie zu lesen, kroch ich fast ins Fenster hinein. Stand da etwa *Killer-Cocktail* oder täuschte ich mich? Und unterstrichen: *Metzgers Mordwurst*. Und durchgestrichen: *Blutige Bete*. *Teufels Tafel* umkringelt. Und noch einmal durchgestrichen: *Maligne Mandelplätzchen* … Plötzlich wusste ich, was es war – die Titelliste für eine Krimireihe, ja, genau, und zwar um einen Amateurdetektiv, der entweder Koch war oder einen Partyservice leitete. Wie viele hatte Felix schon geschrieben? Ich begann die umringelten Sätze zu zählen …

Ein leises Tippen auf meiner Schulter ließ mich beinahe laut aufkreischen.

»Bürger, würden Sie mir freundlicherweise erklären, was Sie hier tun?« Der heftig schwitzende DIM-Beamte zupfte am Rollkragen seiner avocadogrünen Uniform, offensichtlich unglücklich darüber, in der schwülen Hitze des Spätnachmittags zu einem Einsatz gerufen worden zu sein (von der Vogel-Gassigängerin, kein Zweifel).

»Ich wollte nur nachsehen, ob – ob mein Freund zu Hause ist«, sagte ich, während mir das Herz bis zum Hals schlug.

»Ein Freund? Ihre Identikarte bitte, Bürger!«

Ich überantwortete meine Identikarte seinen schweißnassen Händen und plapperte weiter. »Ich dachte, mein Freund wäre vielleicht schon aus Carmel zurück, aber als er nicht an die Tür kam, dachte ich, ich gehe einfach mal hintenrum und schaue durchs Fenster, falls er schläft. Aber alles, was ich sehen konnte, waren sein Arbeitszimmer mit ein paar Delfinfiguren und ein Computer und eine Liste von Büchertiteln und ...« meine Stimme verklang.

»Besucher aus Universum A, was? Ihre Handlungen sind ein Verstoß gegen Paragraf 3 zur persönlichen Privatsphäre, Bürger. Ich weiß ja nicht, wie Sie *da drüben* solche Dinge handhaben, aber *hier* erwarten wir, dass *alle* Bürger die Paragrafen buchstabengetreu befolgen.« Er entfaltete die bekannte Liste und hielt sie mir vor die Nase.

»Natürlich, tut mir leid. Ich weiß auch nicht, was ich mir dabei gedacht habe. Wie gesagt, ich wollte nur sehen, ob mein Freund zu Hause ist, ich bin sicher, er hätte nichts dagegen ...«

»Sie könnten versuchen, ihren Freund anzurufen und ihm eine Nachricht zu hinterlassen«, bemerkte der DIM-Beamte und gab mir meine mittlerweile etwas feuchte Identikarte zurück.

»Ja«, sagte ich. »Ja, genau das werde ich tun. Gute Idee.«

»Diesmal lasse ich Sie noch einmal mit einer Verwarnung davonkommen.«

Sich mit der Paragrafenliste Luft zufächelnd, eilte er in den Schatten. Ich schlich davon.

21
OLIVIA MAY NOVAK IRVING AUS UNIVERSUM A

Am Morgen rief ich bei Wagner via inter-universelle Verbindung an und hinterließ ihm eine Nachricht, in der ich um einen Gefallen bat. Dann lief ich, zwei Stufen auf einmal nehmend, in den Aufenthaltsraum des *Queen Bee Inn* hinunter. Trevor, den ich seit dem Morgen meiner Ankunft in Universum B nicht mehr gesehen hatte, saß am Empfang und las eine gedruckte Zeitung. Er blickte auf, als ich sagte: »Wahrscheinlich erinnern Sie sich nicht an mich, ich war in der ganzen Woche nur einmal kurz im Haus. Gerade bin ich aus Carmel zurück und vorher war ich im Krankenhaus von Palo Alto …«

»Sie sehen gar nicht krank aus, Bürger Sayers.«

»Nein, der Aufenthalt im Krankenhaus war falscher Alarm. Lebensmittelvergiftung.«

»Doch nicht von unserem Frühstück, hoffe ich.«

»Nein, nein, bestimmt nicht. Es war nicht einmal eine richtige Lebensmittelvergiftung. Eher leichte Bauchschmerzen. Oder weniger. Nichts, worüber man sich Sorgen machen müsste.« Ich fügte hinzu: »Hier ist das Buch, das Ihre Frau mir freundlicherweise ins Krankenhaus geschickt hat.« Ich hatte den *Schritt ins Leere* in der vergangenen Nacht nach der Rückkehr aus einem nahegelegenen Kino zu Ende gelesen. Dort hatte ich mich zwei faszinierende Stunden lang der mit Popcorn intensivierten Erfahrung hingegeben, Gabriella Love in der Hauptrolle von *Dschungelnächte* zu bewundern, den Filmstar und das Alter Ego der Frau, die entschlossen schien, mich als Klienten von *Past & Future* zu gewinnen und zu beweisen, dass ich der Universenmacher war. Was das Taschenbuch betraf, hatte ich beschlossen, dass Franny es mir zweifellos nur leihen und nicht schenken hatte wollen. Es war zu wertvoll, und sie erwartete bestimmt, dass ich es zurückgab.

»Behalten Sie es ruhig, Sayers«, meinte Trevor und schob mir das Buch wieder hin. Er blätterte die Zeitung um und eine Schlagzeile sprang mir ins Auge – der Rat für Forschungssicherheit hatte eine Verhaftung durchgeführt.

»Wer ist das?«, fragte ich.

»Wer ist was?«

»Wer ist verhaftet worden?«

Er drehte die Zeitung um, sodass ich den Artikel lesen konnte. Ein Archäologe war anscheinend ohne die nötige Genehmigung am Grunde des Mittelmeeres über die Ruinen von Atlantis gestolpert und versuchte jetzt, sich mit dem Argument eines Zufallsfundes herauszureden. Es sah nicht gut für ihn aus.

Wortlos verzog ich mich ins *Kapitänseck* und nahm *Schritt ins Leere* mit.

***

Doppelgänger. Lange bevor Alter Egos auf der Bildfläche erschienen, hatten sie schon als brauchbare (wenn auch irgendwie fragwürdige) Krimiverdächtige gedient: Man sah das Double einer anderen Person auf einer nebelverhangenen Straße oder beim Einsteigen in den Zug, wie in Agatha Christies *Bertram Hotel*. Das stellte sich dann aber unvermeidlich als jemand heraus, der eine Perücke trug. Während ich unter dem ausgestopften Haischädel an der Wand, umgeben von nautischen Requisiten Platz nahm, richteten sich meine Gedanken auf den eigenen

Doppelgänger. Wenn Bean recht hatte, dann gab es nicht nur uns beide, sondern eine ganze Menagerie: Felix 1, Felix 2, Felix 3, Felix 4 …, die wir alle unser Leben mit kleinen oder großen Unterschieden lebten, wie verzerrte Reflexionen in einem Spiegelkabinett. Ich strich Kamelkäse auf mein Brötchen und versuchte mir ein Universum vorzustellen, in dem es keine Regenbögen oder sommerliche Regenschauer gab, wo das Buch niemals erfunden worden war oder wo Menschen Käse aus Ziegen- oder sogar Kuhmilch aßen. Irgendwie hatte der Gedanke etwas seltsam Tröstliches. Er vereinfachte die Sache – am besten, man hielt sich irgendwo in der Mitte des Rudels auf und lebte zufrieden vor sich hin.

Mir kam der Gedanke, dass einer dieser anderen Felixe es sich in den Kopf gesetzt haben könnte, Leute auf Kreuzungen über den Haufen zu fahren oder Nudelhölzer aus Gummi vor steilen Treppen zu platzieren. Aber jetzt, wo ich Felix B kennengelernt hatte, schien er sich gar nicht *sehr* von mir zu unterscheiden. Das war wohl das größte Problem.

Andererseits, was wusste ich schon wirklich von ihm? Ich hatte eine einzige Unterhaltung mit dem Typen geführt und einen flüchtigen Blick in sein Arbeitszimmer werfen können.

Ich spülte den Rest des Brötchens mit Pfapfelsaft hinunter und ging hinaus, wo ich feststellte, dass Bean ihren Käfer gerade unter einem Schild abgestellt hatte, das besagte: *Feuerwehrzufahrt. Absolutes Halteverbot.* Ich stieg zu ihr ins Auto und sie flitzte zurück in den Verkehr.

»Bean«, fragte ich atemlos, nachdem ich meinen Gurt geschlossen hatte, »mit welchen Methoden setzt das DIM Paragraf 19 durch?«

»Methoden? Was wohl? Unangekündigte Laborinspektionen, sie laden Wissenschaftler zur Vernehmung über ihre eigenen Forschungen oder die von Kollegen vor, bringen Abhörgeräte an, konfiszieren Berichte und Geräte … so in der Art. Hin und wieder verhaften sie auch Leute – hast du das von dem Atlantis-Archäologen gehört? – und stecken sie eine Zeit lang in Arbeitslager. Ich wollte mich übrigens bei dir bedanken, Felix«, fügte sie hinzu. Ihre Augen blieben auf die Straße geheftet, und sie schien nicht besonders besorgt zu sein, dass sie in einem Arbeitslager landen könnte. »Eigentlich hast du Urlaub, und jetzt verbringst du die ganze Zeit damit, uns zu helfen.« Sie stieg vor einer roten Ampel auf die Bremse und wandte sich mir lächelnd zu. »Obwohl ich weiß, du hoffst inständig, dass wir eine Universen schaffende Ente entdecken.«

Es war ein hübsches Lächeln. Glücklicherweise summte mein Omni und bewahrte mich vor längerer Sprachlosigkeit.

»Felix«, sagte Wagner hinter einem Stapel elektrischer Salatschleudern hervor. »Ich habe die Nummer, die Sie wollten.«

»So schnell? Es ist doch noch keine halbe Stunde her ...«

»Hat mich nur ein paar Anrufe gekostet. Egg und Rocky haben mir geholfen – sie besteigen heute den Folger Peak – eine hübsche Wanderung angeblich.« Wagner leerte einen Beutel Salatblätter in eine der Schleudern, goss Wasser hinterher, legte den Deckel auf und schaltete das Gerät ein. »Ich habe mit der Dame gesprochen und mich ihr vorgestellt. Sie schien nicht – wo sind Sie eigentlich?«

Bean hatte abrupt gebremst, um den Wagen nicht direkt durch ein Cablecar hindurchzufahren.

»In einem VW Käfer. Sprechen Sie weiter.«

»Sie schien nicht gerade erpicht darauf, sich interviewen zu lassen, gab aber nach, als ich erzählte, dass Sie das mit Ihrem Alter gerade erst herausgefunden haben. Sie ist bereit, mit Ihnen zu sprechen. Aber nur mit Ihnen«, wiederholte er. Er nahm den Korb aus der Salatschleuder und kontrollierte die Wassermenge im Bottich darunter. »Ich gebe Ihnen die Nummer.«

»Wagner, ich weiß nicht, wie Sie das immer wieder schaffen. Übrigens, Sie haben doch hoffentlich den Artikel über die Golden

Gate Bridge noch nicht verwendet, oder? Ich glaube, ich bin nicht ganz zufrieden damit.« Das konnte man wohl sagen. Ich krümmte mich innerlich wegen meiner klischeehaften Redewendungen. Ich glaubte mich an etwas zu erinnern wie: *Um goldene Laibe Brot zu backen, greifen Sie zur Golden-Gate-Brotbackmaschine.* Wo war ich nur mit meinen Gedanken gewesen?

»Wir warten noch, bis Sie den bewussten Gegenstand aus der Bäckerei *Salz & Pfeffer* beschafft haben«, sagte er. Das sollte mich wohl aufmuntern. Er griff nach der nächsten Salatschleuder und unterbrach die Verbindung.

»Du sollst also für Wagner etwas aus einer Bäckerei abholen?«, fragte Bean, die nur so getan hatte, als würde sie nicht zuhören, während wir über die Gleise der Cablecars rumpelten.

»Einen Ansatz für Sauerteigbrot.«

»Dann bin ich also nicht die Einzige, die links und rechts gegen Paragrafen verstößt.«

»Wagner hat die Olivia May aus Universum A gefunden.«

»Was hat er? Wo? Wie?«

»Er hat überall Kontakte. Wo oder wie hat er nicht gesagt.«

»Das wird Arnold aber glücklich machen. Nach all der Zeit, die er mit Olivia May B verbracht hat, war er schon richtig heiß darauf, Olivia May A zu interviewen. Und ich muss zugeben, ich bin auch gespannt darauf, wo sie sich all die Zeit versteckt hat. Paragraf 3 macht es ziemlich schwer, Leute aufzuspüren, aber wir haben nie auch nur eine Spur von ihr entdecken können. Wir waren zu dem Schluss gekommen, dass sie ins Ausland gegangen oder gestorben war. Am besten, wir nehmen so bald wie möglich Kontakt auf, bevor sie es sich anders überlegt«, fügte sie hinzu. Sie fuhr eine Hundertachtzig-Grad-Kehre, die mich wieder nach dem Armaturenbrett greifen ließ und ein wütendes Hupkonzert zur Folge hatte. »Ich rufe an und sage Arni Bescheid. Um die zwei potenziellen Vepuz-Punkte können wir uns später kümmern.«

»Und auch ums Mittagessen. Es gibt da ein Restaurant, das ich ausprobieren möchte.« Ich packte wieder das Armaturenbrett, während sie mit einer Hand wählte und mit der anderen lenkte. »Jedenfalls wenn ich hier jemals wieder lebend rauskomme.«

***

Die viertausendeinhundertzwei Bürger, die sich am Tag Y innerhalb des Ereignisradius aufgehalten hatten, summierten sich zu achttausendzweihundertvier einzelnen Geschichten – eine Hälfte in A, die andere in B –, alle aufs Sorgfältigste dokumentiert von den Doktoranden.

Eine der Geschichten (Nummer 221 B) gehörte zu Olivia May B, die als Ideenentwicklerin reich geworden war; eine andere (221 A) zu Olivia May A, die dabei versagt hatte. Wir wollten die Erzählungen der A-Bewohnerin via inter-universelle Kommunikation hören.

Sie saß im Yogasitz auf einer Matte in der Mitte eines unmöblierten Raums mit Holzboden. Sie war schlank und zart und trug einen mangofarbenen Bodysuit, genau wie Arni ihr Alter beschrieben hatte.

»Ich unterrichte Yoga«, teilte sie mir mit. »Dies ist meine Schule. Mango-Yoga.«

»Die Mango ist eine herrliche Frucht«, stimmte ich von meinem Platz an Arnis Schreibtisch aus zu. »Aber schwer zu verarbeiten. *Wagner's Kitchen* stellt einen praktischen automatischen Früchteschäler ...«

»Ich habe auch einen neuen Namen.«

Ich hörte, wie Arni sich regte – er lehnte an der Wand, knapp außerhalb der visuellen Reichweite des Omni, ebenso wie Bean und Pak. Vielleicht ein wenig unethisch, aber, wie Pak es ausgedrückt hatte, Olivia May A hatte lediglich betont, sie wolle ausschließlich mit mir sprechen, nicht, dass sich sonst niemand im Raum aufhalten dürfe. Professor Maximilian steckte bis über beide Ohren in irgendeinem Experiment und hatte gesagt, wir sollten ohne ihn anfangen.

»Und wie lautet Ihr neuer Name?«, fragte ich.

»Meriwether Mango.«

»Sehr natürlich«, machte ich ihr zum Kompliment.

»Ich rate sehr zur Naturnähe. Es ist gut für Körper und Seele.« Sie atmete tief ein und stieß die Luft langsam durch die geschürzten Lippen aus. »Haben Sie jemals Yoga gemacht?«

»Ich will schon lange mehr Bewegung bekommen«, gab ich zu. »Es gibt zu viele kostenlose Proben bei *Wagner's Kitchen*, wo ich arbeite, vor allem Desserts, und selbst meine beschädigten Geschmacksknospen erwachen zum Leben, wenn es um Schokolade ...« Ich glaubte, ein leises Hüsteln vernommen zu haben, und schaltete mitten im Satz zu der Frage um, die Arni mir eingetrichtert hatte. Dadurch kam sie brüsker heraus, als ich beabsichtigt hatte. »Wo haben Sie sich seit dem Y-Tag aufgehalten?«

»Warum wollen Sie das wissen?«

»Ich glaube, dass Ihre Lebensgeschichte in gewisser Weise mit meiner eigenen verschränkt ist.«

»Und warum sind Sie daran interessiert, die Geschichte Ihres Lebens zurückzuverfolgen? Sie wissen doch, was passiert ist.«

»Aber ich weiß nicht, warum.«

Plötzlich wurde mir klar, dass ich es wirklich wissen wollte. Es widerstrebte mir zwar, der Universenmacher sein, aber neugierig war ich schon. Außerdem besaß die Möglichkeit durchaus eine gewisse Sucht bildende Anziehungskraft, als hätte man mir gesagt, dass königliches Blut in meinen Adern floss oder ich über verborgene Superkräfte verfügte.

Sie seufzte. »Ich weiß zwar nicht, warum meine Geschichte von Belang sein soll, aber da Sie dieser Ansicht zu sein scheinen, werde ich Ihnen erzählen, was passiert ist. Ich machte damals eine einstündige Bootsrundfahrt durch die Bucht«, begann sie. »Um vor einem Vorstellungsgespräch meine Nerven zu beruhigen. Es ging um eine Stellung in der Forschungs- und Entwicklungsabteilung von *Many New Ideas, Inc.* Haben Sie von ihnen gehört?«

Ich nickte. Es war eine bekannte chinesische Firma. Da hatte also Olivia May B angefangen zu arbeiten.

»Ich war jung, ich brauchte den Job«, sie veränderte ihre Stellung auf der Matte und begann den Hals von einer Seite auf die andere zu dehnen. »Man sagte, ich wäre ziemlich begabt für … aber daraus wurde das Leben meines Alter Egos, nicht meines. Der Morgen hatte angenehm begonnen. Das Ausflugsboot verließ Pier 39 und fuhr in weitem Bogen um Alcatraz herum – es war ein herrlicher, aber kalter Tag. Ich holte mir einen Becher warmen Granatapfelsaft vom Kiosk, ging auf Deck und suchte mir einen Sitzplatz. Das Meer war ein bisschen kabbelig, aber ich genoss es, diese Vitalität des Ozeans, die Möwen, die frische Luft … ich bin heute noch begeisterte Seglerin.« Sie merkte, dass sie abzuschweifen begann. »Aber Sie wollten ja wissen, was geschehen ist. Es war nichts Besonderes, lediglich ein Moment der Unaufmerksamkeit. Überall Granatapfelsaft auf meinem Kostüm und meiner Seidenbluse, können Sie sich das vorstellen?

Jemand brachte mir Papierservietten und ich tupfte so viel von dem Zeug wie möglich ab, aber auf dem Boot ließ sich nicht mehr tun. Ich musste warten, bis wir wieder am Pier andockten. Ich war als Erste von Bord und hastete in das nächste Restaurant, um mich zu säubern. Die Wirtin half mir, aber es war vergebliche Liebesmühe. Zu dem Zeitpunkt war es zu spät, um noch einmal nach Hause zu fahren und mich umzuziehen oder mich neu auszustaffieren – wenn eine Frau sich neue Kleider kauft, braucht das seine Zeit, wissen Sie – und es trotzdem noch rechtzeitig zu *Many New Ideas* zu schaffen. Also kam ich zu dem Schluss, dass es keinen Sinn mehr hätte, zu dem Gespräch zu gehen, nicht so, wie ich aussah.«

»Das tut mir leid«, meinte ich.

»Ich war jung. Ich dachte, es wäre wichtig, wie ich angezogen bin. Aber tatsächlich war es das Beste, was mir passieren konnte. Zwei Tage später war ich an Bord eines Ozeandampfers, reiste ein Jahr lang auf allen Weltmeeren herum, dann ging ich von Bord und wanderte zu Fuß nach Jodhpur. Dort habe ich mein Handwerk gelernt, Yoga und Massagetechniken, bis ich sie später selbst lehren konnte. Als ich nach Hause zurückkehrte, hatte ich einen neuen Namen und genügend Geld, um ein kleines Yogastudio zu eröffnen. Jetzt bin ich halb im Ruhestand. Ich bleibe am Ball und unterrichte gelegentlich noch eine Klasse. Ich bin vielleicht nicht reich, aber ganz zufrieden damit, wie mein Leben verlaufen ist.«

Die Art, wie sie das sagte, rasch und ohne nachzudenken, erweckte den Eindruck, dass es eine lang geübte Floskel war, eine, mit der sie sich selbst ebenso zu überzeugen versuchte wie andere. Wie bei Gabriella Short musste es schwer sein, ein reiches und berühmtes Alter Ego zu haben. Andererseits, manchmal sind die Leute glücklich und merken es gar nicht.

»Was ich eigentlich wissen möchte«, sagte ich, »ist, ob Sie sich an irgendwelche Details aus dem Restaurant erinnern können. Dem *Quake-n-Shake*.«

Meriwether Mango musste kurz nach zwölf Uhr dreißig von ihrem Ausflugsboot gestiegen sein und das *Quake-n-Shake* betreten haben, wodurch ihre Geschichte sich möglicherweise mit der meiner Familie überschnitt. Ihr Alter, Olivia May B, war zur selben Zeit ausgestiegen, aber am *Quake-n-Shake* vorbei zu ihrem Vorstellungsgespräch weitergegangen.

»Ich war mit meinen Eltern dort«, fügte ich hinzu.

Meriwether sah mich verständnislos an.

»Das *Quake* ist das Restaurant, wo Sie Ihre Bluse zu säubern versuchten«, erklärte ich.

»Was genau wollen Sie denn von mir wissen?«

»Ist Ihnen irgendetwas Ungewöhnliches aufgefallen? Haben Sie eine Familie im Speisesaal bemerkt, ein Paar mit einem schreienden Baby ...«

Sie schüttelte den Kopf. »Nicht dass ich wüsste. Aber Sie müssen bedenken, dass ich ziemlich außer mir war. Ich glaube, ich habe sogar geweint«, setzte sie gefasst hinzu. »Ich kann mich an keinen der Gäste aus dem Restaurant erinnern. Ist das alles, was Sie wissen wollten?«

Mir fiel noch etwas ein. »Ihr Alter – Olivia May – sie nimmt jetzt Yogaunterricht.«

»Ach ja?«, erwiderte Meriwether scheinbar desinteressiert. Aber ich wusste es besser.

***

»Das wärs dann«, sagte Arni, während die Studenten zu ihren Schreibtischen zurückkehrten und ich meine übliche Position auf der Couch einnahm. »Sie war in Jodhpur«, sagte er zu Professor Maximilian, der gerade zur Tür hereingestürmt kam. »Kehrte als Meriwether Mango zurück, darum konnten wir sie nicht finden. Es sieht nach einer unabhängigen Kette aus, die von dem verschütteten Granatapfelsaft ausgelöst wurde. Ich hatte mich gefragt, Felix, ob deine Mutter zufällig gerade die Toilette des Restaurants betrat, während Meriwether ihre Bluse reinigte, und ihr ein mitleidiges Ohr schenkte oder ihr half, den Granatapfelsaft auszuwaschen, und so unbeabsichtigt zu Meriwethers Entschluss beitrug, das Vorstellungsgespräch bei *Many New Ideas* abzublasen. Aber nichts dergleichen scheint geschehen zu sein ...«

Bean erklärte: »Wobei die Ereigniskette wäre: Du verlierst

deinen Entenschnulli – die Familie Sayers verlässt die Brücke frühzeitig – euer Pfad kreuzt sich mit Olivia May – sie bewirbt sich nicht um die Stellung bei *Many New Ideas* – der Omni wird in Universum A nicht erfunden. Das sind leicht neunhundert Jahre Konsequenzen.«

»Wie bitte?«, fragte ich. »Omni nicht erfunden?«

Pak erklärte: »Olivia May Novak Irving.«

»Wusstest du das denn nicht?«, fragte Bean. »Olivia May B hat den Omni erfunden, während sie für *Many New Ideas* arbeitete. Er ist nach ihr benannt.«

»He«, sagte ich. »Ich dachte, Omni stünde für, du weißt schon, alles und überall. Schließlich hat jeder einen um den Hals hängen.«

»Anfangs nicht«, sagte Arni, allzeit auskunftsbereit, wenn es um Technik ging. Er schrieb in den Computer, während er gleichzeitig redete. Anscheinend brachte er eine Datei auf den neuesten Stand. Ich sah ihn die Worte Meriwether Mango eintippen. *Warmer Granatapfelsaft. Yoga.* »*Beschloss, dass es keinen Sinn hatte, so, wie ich aussah, zum Vorstellungsgespräch zu gehen.*« Er fuhr fort: »Omnis wurden zunächst für Briefträger gebaut. Wegen der galoppierenden Inflation änderten sich die Preise für Briefmarken ständig, manchmal sogar mehrmals am Tag. Gleichzeitig gab es immer neue DIM-Vorschriften darüber, welche Informationen überhaupt per Post verschickt werden durften und welche nicht. Man brauchte ständig Updates. Das ist der Punkt, wo die Omnis ins Spiel kamen. Leicht, billig, tragbar. Geeignet für Kommunikation, Updates, alles Mögliche. Jeder Briefträger hatte einen um den Hals hängen.«

»Irgendwann«, fügte er hinzu, »kam jemand auf die Idee, die frühen Modelle als Ersatz für Papierbücher zu vermarkten, aber die Bildschirme waren schlecht für die Augen und das Umblättern der Seiten dauerte zu lange. Hier in Universum B haben sie sich als E-Reader nie durchgesetzt. Als der Omni endlich nach

Universum A gelangte, war die Technologie schon weiter fortgeschritten.«

»Und so verschwanden Papierbücher aus deiner Welt«, meinte Bean.

»Aber Olivia May Novak Irving mit ihrem verschütteten Saft ist nicht die Universenmacherin, weil ...?«, fragte ich.

»Sie ist zu groß. Einfach zu schwer.« Arni tat das Scheitern seiner Lieblingstheorie mit einem Achselzucken ab. »Ein Jammer. Es ist eine so schöne, starke Ereigniskette.«

»Suchen wir dann nach der stärksten Ereigniskette, die sich überhaupt finden lässt?«, wollte ich wissen.

Arni hob die Hände in der universellen Geste für »schwer zu sagen«. »Nun ja ...«

Professor Maximilian, der an Beans Schreibtisch stand und beiläufig in ihren Büchern blätterte (*Geschichte der Bihistorie, Mathematik durch die Zeitalter, Seifenblasen: Auf die richtige Mischung kommt es, Poesie in Malta*), blickte auf. »Sagen wir, Bean hier taucht eines Morgens mit laufender Nase auf, niest und steckt Pak mit ihrer Erkältung an.« Er deutete auf Pak, der in seinem Plastik-Rollenstuhl ohne Polster, die Füße auf den Tisch gelegt, der Diskussion lauschte. »Am nächsten Tag hat Pak das Gefühl, dass er sich etwas eingefangen hat, und bestellt beim Mittagessen Suppe, nicht seinen üblichen Salat. Das rettet ihm das Leben – der grüne Salat war nicht richtig gewaschen, und er hätte sich eine Lebensmittelvergiftung zugezogen, an der er eine Woche später gestorben wäre.«

»Nicht, wenn er Wagners neuen und verbesserten Salatpurifikator verwendet hätte«, wandte ich ein. Das Beispiel, das der Professor gewählt hatte, irritierte mich irgendwie.

»Wenn wir unser Gedankenexperiment von außen betrachten, wissen wir, dass Beans Niesen die verhängnisvolle Ereigniskette ausgelöst hat – sie niest, Pak wird gerettet.« Der Professor griff nach einem anderen von Beans Büchern (*Wackeln,*

Wippen, Wogen – Übungen im Bauchtanz) und warf einen kurzen Blick hinein. »Aber innerhalb der Suppen- und Salat-Universen wäre das nicht so offenkundig. Konsequenzen äußern sich oft unerwartet und verborgen, und Entscheidungen, die aktuell erscheinen können, sind möglicherweise Teil einer bereits in Gang befindlichen Kette. Können Sie mir folgen?«

»Ja«, log ich.

Pak verschränkte die Arme hinter dem Kopf und sagte: »Historiker in den Suppen- und Salat-Universen, die nichts von Beans Niesen wissen, würden wahrscheinlich darüber debattieren, ob die beiden Universen sich in dem Moment aufgespalten haben, als ich meine Bestellung aufgab – oder später, als ich die erste Gabel Salat oder den ersten Löffel Suppe aß. Oder vielleicht«, fügte er hinzu, »würden sie zu dem Schluss kommen, dass der Punkt sogar noch später liegt, als ich nämlich entweder sterbe oder nicht.«

»Um Ihre Frage zu beantworten, Felix«, schloss Professor Maximilian, »wir können uns nicht auf das verlassen, was wichtig zu sein scheint – die Dinge, die es auf die Titelseiten schaffen oder die großen Entscheidungen in unserem Leben. Möglicherweise kommt es gerade auf die unbedeutendsten Momente an.«

»Alexander Fleming entdeckte das Penicillin«, sagte Arni, während er an die Spüle trat, um die gebrauchten Teebecher zu säubern, »als Schimmelsporen in eine Petrischale gerieten, die er zu reinigen vergessen hatte. Man könnte argumentieren, dass eine Schimmelspore die Ereigniskette auslöste, als sie in der Petrischale landete, oder dass es Alexander Fleming war, indem er benutzte Petrischalen im Labor herumstehen ließ. Wahrscheinlich gebührt das Verdienst sogar seinen Eltern, weil sie es versäumten, ihn besser zur Ordnung zu erziehen. Um die wahre Antwort herauszufinden, bräuchten wir den Zugang zu einem Universum, in dem Fleming das Penicillin *nicht* entdeckte, sodass wir es mit unserem vergleichen können und sehen, wo die beiden Geschichten sich zu unterscheiden beginnen.« Arni warf die Papierserviette, mit der er die Becher getrocknet hatte, in einen Mülleimer und ich zuckte bei der gedankenlosen Verschwendung zusammen. Er kehrte an seinen Schreibtisch zurück. »In der ersten Woche nach dem Tag Y gab es einen neuen Weltrekord im Speedtanzen in Hongkong, einen Brand auf einem Luxusdampfer in der Karibik, eine ungewöhnlich hohe Anzahl von großen Tümmlern auf ihrer Wanderung entlang der kalifornischen Küste und einen Gewittersturm in Caracas – einiges davon ereignete sich in A, anderes in B. Und auf der ganzen Welt wurden verschiedene Babys empfangen. Einzigartige.«

»Bis auf Pak«, sagte Bean.

»Warte mal, Pak, ich dachte, du wärst Mitte zwanzig«, meinte ich.

»Bin ich.«

»Pak ist eine echte Rarität, ein zufälliges Alter Ego«, erklärte Arni. »Ein nach dem Tag Y entstandenes. Dieselben zwei Menschen kamen am selben Tag zusammen, ein Paar in A und das andere in B, und ein spezielles Spermium fand den Weg zu einem bestimmten Ei, wodurch genetisch identische Personen entstanden – das ist allerdings ein Vorfall, dessen Wahrscheinlichkeit gegen Null geht.«

»Was macht denn dein Alter?«, fragte ich Pak.

»Er fischt.«

»Wenn es nicht die von Olivia May war, welche Ereigniskette hast du dann in Gang gesetzt, Felix?« Arni klopfte sachte auf die Schreibtischplatte.

»Könnte Felix B nicht mit der *anderen* Olivia May zusammengetroffen sein?«, schlug ich vor.

»Und was dann? Die andere hat nichts getan, was aus dem Rahmen fiel. Sie stieg aus dem Ausflugsboot und ging wie geplant zu ihrem Vorstellungsgespräch. Außerdem war Olivia

May B zu dem Zeitpunkt, als Klara, Patrick und Felix B zum Mittagessen im *Quake-n-Shake* auftauchten, also um ein Uhr fünf, schon längst unterwegs in die Innenstadt.«

»Ein Teil des Problems bei der Identifizierung von Ereignisketten«, meinte Bean stirnrunzelnd, »ist, dass die Leute nie auf die Uhr sehen. Menschen sind schlechte Beobachter. Sie erinnern sich vielleicht daran, was in dem Moment passierte, als der Strom durch den übermäßigen Stromverbrauch von Professor Singhs Apparat ausfiel, aber sie können nicht sagen, was zehn Minuten davor oder zehn Minuten danach geschah. Wir konnten Olivia May gar nicht mehr fragen, zu welchem Zeitpunkt sie ihren Granatapfelsaft verschüttet hat, aber ich wette, sie hätte es sowieso nicht gewusst.«

Professor Maximilian betrachtete stirnrunzelnd etwas auf Beans Tisch.

»Was«, fragte er langsam und bedächtig, »ist das?«

22
ZEITSTEMPEL

Während meines Aufenthalts in Universum B waren bisher zwei Papierbücher in meinen Besitz gelangt. Eines war der Agatha-Christie-Roman, der sich im Moment in meiner Jacke in Beans Auto befand. Das andere war *Steine, Grüfte und Wasserspeier*. Professor Maximilian hatte den Kunstband entdeckt, den ich gestern neben *Wackeln, Wippen, Wogen* vergessen hatte, und abwesend darin geblättert. Im Kapitel über japanische Keramik war er auf etwas gestoßen, das er jetzt ehrfürchtig an den Kanten in die Höhe hielt.

»Ja, was *ist* das?«, wiederholte ich die Frage des Professors. »Ich habe es in der Mitte des Buches entdeckt. Es sieht ein wenig aus wie eine zu schmale Postkarte.«

»Es ist ein Lesezeichen«, bemerkte Arni, während er aufstand und das fragliche Objekt anstarrte.

»Sie haben es behalten«, rief Bean aus. »Das Souvenir-Lesezeichen – es wurde genau an dem Tag verteilt. Ich glaube es einfach nicht …«

Pak stieß sich mit seinem Stuhl ab und rollte hinüber zu Beans Schreibtisch.

»Verstehst du, Felix«, sagte Arni mit ruhiger Beherrschung. »Früher mussten Fußgänger, die die Golden Gate Bridge überqueren wollten, ebenso Maut bezahlen wie die Autos. Die Stadt brauchte wegen der galoppierenden Inflation die zusätzlichen

Einnahmen. Um die unpopuläre Maßnahme etwas auszugleichen, verteilten sie billige Souvenirs – in einem Monat Ballons, im nächsten Schlüsselanhänger und so weiter. Im Januar 1986 waren es Lesezeichen. Die meisten Leute warfen sie aus Protest gegen die unpopuläre Steuer weg. Aber Patrick und Klara Sayers anscheinend nicht. Auf der Rückseite«, fügte Arni immer noch sehr ruhig hinzu, »sollte sich ein Stempel befinden.«

Ich stand auf und trat zu den anderen an Beans Schreibtisch. Das Lesezeichen hatte ungefähr die Größe und Farbe einer ungekochten Lasagnenudel. Auf eine Seite war die Skizze eines Cablecars gedruckt. Der Professor drehte es um. Am unteren Rand der ansonsten leeren Rückseite befand sich eine leicht schräge Textzeile. Offenbar hatte eine menschliche Hand den Streifen schief in die Entwertungsmaschine eingeführt. In verblasster Tinte stand dort: *SE 6-1-1986 11:39 20 $*

»Huch«, sagte ich. »Das ist mir gar nicht aufgefallen.«

Der Samowar in der Ecke piepste und verkündete, dass frischer Tee fertig war. Pak düste mit seinem Stuhl hinüber, stellte den Samowar ab und rollte wieder zurück.

»Damit ist es klar«, sagte Arni. »Um elf Uhr neununddreißig befand sich die Familie Sayers an der Zahlstelle am südlichen Ende und betrat die Brücke. Sieben Minuten später ereignete sich der Vepuz …«

»Wir hatten recht, Felix!« Das kam von Bean. »Deine Eltern haben den kürzeren Weg zur Brücke gewählt.«

»Woher wissen wir, dass die Zeitmarke nicht für elf Uhr neununddreißig abends steht?«, fragte ich, nur um zu widersprechen. »Vielleicht haben meine Eltern das Lesezeichen von einem Freund, der einen Mitternachtsspaziergang unternahm und es als Andenken an den Y-Tag behielt. Oder vielleicht waren meine Eltern aus irgendeinem Grund um diese Zeit auf der Brücke. Wir wissen schließlich immer noch nicht, was sie an jenem Tag in San Francisco zu suchen hatten.«

Arni schüttelte kurz den Kopf. »Der Stempelmechanismus zählte vierundzwanzig Stunden durch. In dem Fall würde dreiundzwanzig Uhr neununddreißig darauf stehen.«
»Na schön.« Ich kehrte zurück zu meiner Couch.
»In einem aber hast du recht«, fügte Arni hinzu und griff vorsichtig nach dem Lesezeichen. »Es ist ein Andenken. Ein Sammler würde eine Menge Geld dafür bezahlen.«
»Ich wünschte, ich hätte ein Gegenstück aus Universum A«, meinte der Professor etwas unzusammenhängend, während Arni das Lesezeichen an Pak weiterreichte, der es behutsam an den Kanten fasste. »Als Bihistoriker, meine ich. In Universum A existiert nicht einmal das Institut, jedenfalls nicht mehr, seit … der Mob – nun, Sie kennen ja die Geschichte. Mein Alter vergeudet seine Zeit mit Küchenutensilien.«
Ich spürte den unvernünftigen Wunsch, meinen Chef und seine Mission zu verteidigen: die Kreation und Vermarktung von Küchenutensilien, Besteck und sonstigem Schnickschnack in höchster Qualität. »Kennen Sie Wagner?«, fragte ich den Professor.
»Wir haben uns einmal getroffen. Um herauszufinden, welche Ereigniskette dazu führte, dass er *Wagner's Kitchen* gründete – die Frage war, ob er auch als Bihistoriker hätte enden können, wäre das Institut in A *nicht* zerstört worden. Ich persönlich führe mein Interesse an dem Thema auf einen Ausflug mit der Highschool ans damalige Institut für Physik zurück.« Die Hände hinter dem Rücken verschränkt, begann der Professor in langsamen Kreisen um die Couch herumzulaufen, genau wie Bean bei meinem ersten Besuch. »Der Zeitstempel auf diesem Lesezeichen platziert Felix lediglich sieben Minuten vor dem Vepuz mitten im Ereignisradius. Wir können vermutlich über eine Fingerabdruckanalyse beweisen, dass das Lesezeichen Felix' Eltern gehörte – nur an den Kanten anfassen, Bean …!«
»Tut mir leid.«

»Es handelt sich um unersetzliches historisches und wissenschaftliches Beweismaterial. Daher ist von vorrangiger Bedeutung, dass wir das Lesezeichen für die Nachwelt erhalten und verhindern, dass es in die falschen Hände gerät.«

»In die Hände von *Past & Future*, meinen Sie? Von James und Gabriella?«, fragte ich.

Der Professor wischte *Past & Future* beiseite. »Die interessieren mich nicht. Es gibt nur eine Partei, die einen Vorteil davon hat, das Lesezeichen in der Versenkung verschwinden zu lassen. Nur eine Partei begegnet der Forschung über die Existenz multipler Universen und dem Gedanken, dass jeder Durchschnittsbürger sie erschaffen könnte, mit Misstrauen. Sie ist es auch, glaube ich, die versucht hat, den Computer Ihrer Eltern in Carmel zu löschen.«

»Das DIM, meinen Sie? Sie wollen verhindern, dass das Lesezeichen in die Hände des Rats für Forschungssicherheit fällt?«, fragte ich nach. »Wie stellen wir das an?«

»Das schaffen wir nicht ohne fremde Hilfe, fürchte ich. Lassen Sie mich nachdenken.«

Er dachte weiter nach. Im Kreis.

***

»Niemand spricht gern darüber«, verkündete Professor Maximilian in die erwartungsvolle Stille hinein und blieb stehen. »Aber Professor Singh erzählte mehrere Monate lang niemandem etwas von der Verbindung zwischen A und B, während er – oder besser *sie*, die beiden Singhs nämlich – daran arbeiteten, das Informationsaustauschsystem ausreichend zuverlässig zu machen. Sie schickten Notizen hin und her. Als die Welt endlich die Wahrheit erfuhr, war ich fünfzehn Jahre alt – und lassen Sie es sich gesagt sein, es waren aufregende Zeiten. Die ersten Versuche, ein Ei hinüberzuschicken: Fehlschlag, Fehlschlag, Fehlschlag und dann endlich Erfolg – und schon bald querten auch Menschen hinüber. Es dauerte nicht lange, bevor es zu Exzessen kam. Alter machten sich gegenseitig das Leben zur Hölle und jeder prügelte auf Singh und seine Ideen ein. Das Endergebnis war, wie Sie wissen, dass Querungen, wissenschaftliche Forschung, Datenschutz und alle Entitäten, die mit Informationsaustausch zu tun hatten, unter strikte Kontrolle gestellt wurden. Darin liegt auch der Grund, warum jedes Jahr mehrmals DIM-Agenten zu überraschenden Inspektionen hier auftauchen.« Er rieb sich die Hände. »Zu unserem Glück kommen sie morgen.«

Ich starrte ihn mit offenem Mund an. »Sagten Sie, zu unserem Glück?«

»Woher wissen wir, dass sie kommen?«, wollte Arni wissen.

»Ich habe so meine Verbindungen.« Professor Maximilian klang wie ein Echo von *meinem* Wagner. »Morgen ist Samstag – das DIM geht davon aus, dass alle unautorisierten Forschungsarbeiten am Wochenende stattfinden, was der Grund dafür ist, warum ich meine nicht genehmigten Forschungen bei offener Bürotür, mitten am Tag und unter der Woche durchführe. Der Besuch kommt uns gerade recht. Ich werde das Lesezeichen den DIM-Agenten aushändigen.«

»Was?«, riefen Arni und Bean im Chor. Pak wirkte ein wenig schweigsamer als üblich, wenn das irgend möglich war.

»Kinder ...« Es war das erste Mal, dass ich Professor Maximilian (oder auch nur *einen* der Wagner-Maximilians) nach Worten ringen sah. Er betrachtete den Linoleumboden, mit dem das Büro der Promotionsstudenten verunstaltet war, und rieb sich das Kinn. Endlich hob er den Kopf. »Was ich jetzt sage, darf nicht über die Wände dieses Raums hinausgelangen.«

Wir nickten alle zustimmend. Hat jemals jemand etwas anderes getan, wenn er diese Worte hörte?

»Ich wünschte, ich hätte Gelegenheit gehabt, ihm zu begegnen. Professor Singh, meine ich. Als ich hier mit dem Studium anfing, gab es das Institut für Physik bereits nicht mehr, es war durch die Abteilung für Bihistorie ersetzt worden, und Singh befand sich in einem Arbeitslager, wo er bis zum Tag seines Todes bleiben sollte. Aber Singhs Labor ist immer noch hier, und zwar im Originalzustand, verbarrikadiert seit dem Tag seiner Verhaftung. Es ist da unten«, fügte er hinzu und deutete auf den Boden, was mich etwas verwirrte, denn wir befanden uns ja schon im Keller.

»Und was noch wichtiger ist«, fügte er hinzu. »Es funktioniert.«

»Was funktioniert?«, fragte ich.

»Singhs Apparatur.«

»Dann haben Sie eine neue, inoffizielle Verbindung zwischen A und B geöffnet?«

Er schüttelte den Kopf. »Nein, Sie verstehen nicht.«

»Was verstehe ich nicht?«, sagte ich.

»Nach Universum C. Nicht A oder B. Folgen Sie mir, bitte.«

23
DER REICHENBACH-IGEL

»Das Universum ist dem unsrigen sehr ähnlich«, flüsterte der Professor, der plötzlich ziemlich selbstzufrieden wirkte, jetzt, da die Katze aus dem Sack war. »Sehr, sehr ähnlich«, wiederholte er und rieb sich die Hände wie der verrückte Wissenschaftler in einem Zeichentrickfilm, nur mit dem Unterschied, dass er dabei recht vernünftig wirkte. Wir hatten das Ende des zentralen Korridors im Keller erreicht. Dort befand sich eine Stahltür. »Also gut, ich sollte Ihnen sagen, dass Sie Professor Singhs Labor auf eigenes Risiko betreten«, sagte der Professor verschwörerisch. »Nicht wegen der Apparate natürlich, aber es besteht ein gewisses Risiko, dass die DIM-Agenten einen Tag früher auftauchen. Unwahrscheinlich, und außerdem führe ich euch ja nur im Gebäude herum, was man wohl kaum als unautorisierte Forschung bezeichnen kann. Aber dennoch ...«

Bevor ich dazu kam, darüber nachzudenken, ob es eine so gute Idee war, schloss er die Stahltür mit einem überraschend normalen Schlüssel auf und ließ uns ein.

Eine Betontreppe führte hinab in das Labor im zweiten Kellergeschoss. Das Öffnen der Tür hatte einen verborgenen Schalter betätigt und eine Reihe von Deckenlampen flammte auf. Mehrere modern aussehende Computer-Workstations dominierten den großen Raum. An einer Wand lag ein Haufen scheinbar wahllos aussortierter Elektronikbauteile und auf der anderen Seite befanden sich Regale mit Laborzubehör. Am hinteren Ende des Raums erblickte ich ein Stahlgeländer. Ich konnte nicht erkennen, was dahinter lag. Genau in der Mitte des Labors stand ein kleiner Zylinder auf einer kreisförmigen Plattform, ähnlich einem Wasserkocher, den jemand auf einem hohen Hocker platziert und vergessen hatte. Mehrere Kabel in verschiedenen Farben und Stärken führten von dem Zylinder zu den Computern und sonst wohin.

Pak sprang, zwei Stufen auf einmal nehmend, hinab, als würde er sich hier auskennen. Er fing an, die Computer einen nach dem anderen einzuschalten. Wir folgten ihm nach unten. Professor Maximilian ging als Letzter und sperrte die Tür hinter sich ab.

Er schob den Schlüssel in die Hemdtasche. »Ich habe den ganz hinten in einer Schreibtischschublade gefunden, als ich mein Büro übernahm – es hatte früher Professor Z. Z. Singh gehört. Ich konnte erst nicht herausfinden, zu welchem Schloss er passte. Dann spazierte ich eines Morgens planlos durchs Gebäude und dachte über ein besonders kniffliges Forschungsproblem nach, als ich mich im Keller wiederfand und an den Schlüssel erinnerte.« Er ging direkt auf den Zylinder zu, nahm den Deckel ab und sah hinein. »Keine Nachricht von Max C. Das Problem, mit dem ich mich damals beschäftigte, war, wie man die Masse eines Primärauslösers berechnen konnte, dessen Handlungen das Raum-Zeit-Gefüge ausreichend verzerren, um zu einer Aufspaltung von Universen zu führen. Erst als ich mit Singhs Ausrüstung experimentieren konnte, gelang mir der Durchbruch und wir konnten die Zahl von vierundzwanzig Libra ermitteln.«

»Wir?«, fragte Bean ausdruckslos.

»Pak und ich«, gestand der Professor und legte den Deckel wieder auf. »Ich wollte nicht – nun ja – ich wollte nicht zu viele Studenten mit hineinziehen.«

»Es funktioniert nicht wie eine moderne Querung«, sagte Pak vom Computer aus, vielleicht, um Bean zu besänftigen. »Man kann nur kleine Objekte nach Universum C und zurück transferieren.«

»Pak und ich haben eines Tages während der Mittagspause ein paar neue, schnellere Computer eingeschmuggelt, außerdem eine Energiequelle, die vom Stromnetz unabhängig ist. Zachary Zafar Singh brauchte drei Stunden, um eine Nachricht von einem Universum zum anderen zu transferieren – ein schlichtes Stückchen Papier. Wir brauchen weniger als eine Minute. Die Ausrüstung verliert beim Transfer hier und da noch ein paar Bits wegen Verbindungsausfällen und Interferenzen. Ich würde es nicht mit einem lebenden Organismus versuchen wollen.« Als er meinen Gesichtsausdruck sah, präzisierte er: »Rührei. Die Singhs entdeckten, dass es sehr schwierig ist, ein Ei wieder zusammenzusetzen, nachdem man es zerlegt hat.«

»Zwischen den Physikerteams in A und B entstand ein Wettlauf um die erste erfolgreiche Übertragung von belebter Materie«, erklärte Arni. »Die Probleme waren vielfältig – es galt, die Verbindung zu stabilisieren, die Verarbeitungszeit zu beschleunigen und Interferenzen mit sichtbarem Licht und anderen elektromagnetischen Wellen zu vermeiden, die das Feld durchdrangen.«

»Welche Seite hat gewonnen?«, fragte ich.

»Keine. Sie fanden heraus, dass sie zusammenarbeiten mussten.«

»Jedenfalls haben wir jetzt alles, was wir brauchen: eine stabile Verbindung, die durch den kontinuierlichen Austausch von Luftmolekülen offen gehalten wird. Um ein Objekt nach Universum C zu schicken, legt man es einfach in den Zylinder. Nachrichten von Universum C treffen auf dieselbe Art ein. Der Zylinder ist gleichzeitig Ein- und Ausgangsbox.« Der Professor strahlte ihn an wie ein stolzer Vater.

Ich spazierte zu dem Geländer und blickte dahinter. Tief drunten verschwand eine dünne, korkenzieherartige Röhre auf beiden Seiten in einem Tunnel wie die gigantische, endlose Schale eines Apfels (oder Pfapfels). Ich drehte mich wieder um und stellte die naheliegende Frage. »Und was ist Universum C?«

»Es ist ein knospendes Universum«, antwortete der Professor. »Es hat sich gestern erst abgespalten.«

»Vor siebzehn Stunden, elf Minuten und dreiundfünfzig Sekunden, um genau zu sein«, sagte Pak am Computer. »Vierundfünfzig … fünfundfünfzig …«

»Und was ist das da?« Ich deutete auf die verdrillte Apfelschale.

Der Professor räusperte sich. »Das ist ein alter Vortexgenerator von Singh. Glücklicherweise haben er und seine Studenten ihn nie zum Funktionieren gebracht.«

»Warum?«

»Sie besaßen nicht genügend Energie, um einen so mächtigen Vortex zu erzeugen.«

»Nein, ich meine: Warum glücklicherweise?«

»Ein ungeregelter Vortex dieser Größe hätte alle Materie in der Umgebung, einschließlich dieses Labors und vermutlich der Hälfte des Gebäudes, in Information verwandelt und gegen das ausgetauscht, was immer sich in einem benachbarten Universum an gleicher Stelle befindet.«

Ich wich einen Schritt von der Brüstung zurück. »Es wird uns doch nicht aus Versehen irgendwo hinbeamen, oder?«

»Diese Gefahr besteht nicht.«

Ich stieg über ein paar Kabel hinweg zu der Ein-/Ausgangsbox und nahm den Deckel ab, wie der Professor es vorgemacht hatte. Sie war leer bis auf ein paar Zeitungsschnipsel, die auf dem Boden lagen, vermutlich als Austausch gegen was immer aus Universum C eintreffen würde. Verblüfft wurde mir klar, dass ich vor einer Art Miniaturversion der Übergangskammer stand, in der ich in eine Zahl und wieder zurückverwandelt worden war. »Die Verbindung nach Universum C liegt *hier drinnen?*«

»Eine Verbindung ist ein beidseitiger Mini-Vortex zum Informationsaustausch, der bei Bedarf vergrößert werden kann«, sagte der Professor, offenbar in der Ansicht, sich verständlich auszudrücken. Er stand auf einem Hocker vor den Wandregalen und versuchte einen Behälter mit Bürobedarf zu erreichen. Er hievte ihn vom Regal und begann darin herumzukramen. »Ich glaube, hier muss noch Notizpapier sein ... stellen Sie es sich einfach als eine Art Windstoß vor, eine vibrierende Luftsäule, die ständig in Information verwandelt und ausgetauscht wird. Tatsächlich entstehen Verbindungen zwischen Universen auch auf natürliche Art, wenn auch meistens in mikroskopischer Form, was der Grund ist, warum wir sie nicht wahrnehmen. Ich habe mich immer gefragt, ob das die Ursache dafür ist, dass immer wieder einzelne Socken in der Waschmaschine verschwinden«, kicherte er, ohne von seiner Tätigkeit aufzublicken.

»Ich sehe hier nichts anderes als Papierschnipsel.«

»Sie bewegen sich ständig hin und her«, sagte Pak, der immer noch auf die Uhr starrte, die die Sekunden zählte, die vergangen waren, seit unser Universum und Nummer C sich geteilt hatten.

Einen kurzen Moment lang glaubte ich, ein Schimmern im Zylinder zu erkennen, wie warme Sommerluft, die über heißem Asphalt waberte, aber dann war es wieder verschwunden. Ich machte den Deckel zu und wandte mich zu Pak. Auf dem Arbeitstisch neben seinem Computer stand eine Pflanze, ein stark verzweigter Kaktus, bedeckt von filigranen, miteinander verflochtenen weißen Stacheln wie eine gefährliche Kuchenlasur. An der Spitze jedes Zweigs ließen lilafarbene Knospen die Köpfe hängen. Direkt über dem Kaktus stand eine Gießkanne auf einer Konsole. Daran befestigt waren ein kleines schwarzes Kästchen, ein Zähler, ein Schalter und ein Flaschenzug, der so aussah, als könnte er die Neigung der Konsole verändern.

Pak bemerkte mein Interesse.

»Der Reichenbach-Igel? Ein Geburtstagsgeschenk für meine Mutter«, erklärte er. »Ich habe vor, ihr den Kaktus nächste Woche zu überreichen. Man kann nur eine Verbindung zu einem *frischen* Universum herstellen. Der Professor und ich haben einen radioaktiven Zerfalls-Zufallsgenerator montiert und ihn vor etwa siebzehn Stunden eingeschaltet, um sicherzustellen, dass der Ereignisradius auf diesen Raum beschränkt bleibt. Es bestand eine Chance von eins zu eins, dass der Igel gegossen würde.«

»Du hast also ein Gegossener-Kaktus/Glückliche-Mutter-Universum mit einem Toter-Kaktus/Enttäuschte-Mutter-Universum verknüpft. Interessant«, meinte Arni.

»Haben wir das trockene oder das gegossene erwischt?«, fragte Bean. Sie streckte die Hand aus und prüfte die Erde des Reichenbach-Igels mit dem Finger. Eine der verwelkten Blüten fiel ab. »Trocken.«

»Wartet«, sagte ich. »Ihr haltet ein Universum aufgrund der Annahme offen, dass deine Mutter wütend sein wird, wenn sie eine verwelkte Pflanze zum Geburtstag bekommt? Vielleicht ist sie glücklich, überhaupt ein Geschenk zu bekommen, egal ob vertrocknet oder gewässert.«

»Ganz bestimmt nicht.«

Professor Maximilian, der immer noch in den Regalen herumstöberte, tat die Überlegungen zu den Familienverhältnissen seines Studenten mit einer Handbewegung ab. »Wenn Max C und Pak C ihr Lesezeichen noch nicht gefunden haben, können wir ihnen davon erzählen. Morgen übergeben wir dann eines der Lesezeichen den DIM-Beamten, damit sie zufrieden wieder abziehen und uns eine Weile in Ruhe lassen. Wir brauchen wirklich mehr Notizblöcke. Natürlich führen wir aus naheliegenden Gründen keine Forschungstagebücher mehr, aber das hat auch seine Nachteile.«

»Jetzt mal langsam«, meinte ich. »Einer der Professoren Maximilian wird ein Lesezeichen haben und der andere gar nichts?«

»Korrekt.«

»Und wie entscheiden Sie, wer es bekommt?«

»Das ist ganz egal. Vielleicht werfen wir eine Münze.«

»Und die Universen werden sich wieder vereinen, sobald der Kaktus gegossen wird?«

Sie warfen mir seltsame Blicke zu.

»Vielleicht habe ich das nicht richtig erklärt.« Der Professor stieg von seinem Hocker herunter. »Unser radioaktiver Zerfall-Vepuz hat zwei Universen hervorgebracht, gegossen und trocken. Wir – wie alle anderen auch – existieren in beiden. Und in welchem Universum wir uns auch befinden, gegossen oder trocken, uns würde es erscheinen wie eine Fortführung von Universum B. Das andere wäre C.« Er lachte in sich hinein. »Mein Gegenstück erklärt *seinen* Doktoranden wahrscheinlich genau in diesem Augenblick dasselbe. Entweder er oder ich, einer wird das Lesezeichen behalten, die Arbeit fortsetzen und dem anderen Bericht erstatten. So einfach ist das.«

Ich sah auf den Professor hinunter. »Würde es Ihnen denn nichts ausmachen, wenn Sie derjenige wären, der nicht weiterforschen kann?«

Er verschränkte die Arme vor der Brust. »Ausmachen? Natürlich würde mir das etwas ausmachen. Ich bin offen für Vorschläge, wenn jemand eine bessere Idee hat.«

»Vielleicht kann die Gruppe, die ohne Lesezeichen endet, zwei neue Universen schaffen«, sagte Bean nach einer Weile. »Dann könnten sie von jedem ein Lesezeichen bekommen – eines zum Behalten und eines, um es den DIM-Beamten zu geben, dann könnte jedes dieser Universen zwei neue kreieren und immer so weiter, in einer Art kosmischen geometrischen Reihe.«

»Ich verstehe. Es ist dasselbe wie mit der Verdoppelung der Anzahl der Vorfahren mit jeder Generation, die man in der Zeit zurückgeht«, sagte ich, während der Professor sich einen höheren Stuhl suchte, ihn zu den Regalen schleppte und mit seiner Hilfe das oberste Brett inspizierte. Ich hörte ihn murmeln: »Irgendwo muss doch noch Papier sein. Max C und ich müssen ein paar Gedanken über diese Geschichte austauschen …«

Ich wollte eigentlich sagen: »Vergessen wir doch lieber die ganze Sache, bevor es zu spät ist.« Stattdessen äußerte ich, während ich mich in dem chaotischen Raum voller überall hinführender Kabel, Computer, überbordender Regale und ausgemusterter Apparaturen umsah: »Es ist interessant zu sehen, wo alles angefangen hat. Singhs Laboratorium ist so – unordentlich. Ich hatte mir etwas Unheimlicheres vorgestellt, ein steriles Labor mit Männern in weißen Kitteln.«

Es musste ziemlich viel Mumm erfordert haben, täglich in diesen tiefen Keller hinabzusteigen und mit Universen herumzuspielen.

»Professor Singh hatte auch Doktoranden, die ihm dabei halfen«, sagte Bean, als würde sie meine Gedanken lesen.

»Schön, dass es Ihnen gefällt, Felix.« Professor Maximilian kicherte knapp unterhalb der Decke, ohne sich umzudrehen. »Es ist nichts dagegen einzuwenden, gelegentlich einen Besucher im Gebäude herumzuführen. Sie« – seine Bemerkung richtete sich an mich – »könnte man wohl kaum beschuldigen, nicht autorisierte Forschungen durchzuführen. Ich dagegen habe lange Zeit darauf gewartet, eine Ausrüstung zum Experimentieren in die Hände zu bekommen … sehr lange Zeit … aber Sie haben recht«, fügte er forsch hinzu und sprang von seinem Stuhl. »Ihr geht jetzt am besten raus. Wir müssen eine Münze werfen. Tut mir leid, Kinder.«

»Was denn?«, rief Bean aus.

»Bis auf Pak. Ich brauche einen Assistenten. Wir machen es heute Nachmittag. Das sollte uns reichlich Zeit geben, ein zusätzliches Lesezeichen zu beschaffen und uns auf den morgendlichen Überraschungsbesuch der DIM-Agenten vorzubereiten. Im schlimmsten Fall ...«, er scheuchte uns die Treppe hinauf, »wenn es schief geht und das DIM von Universum C erfährt und meine Forschungsgenehmigung widerruft, nun ja, vielleicht versuche ich mich dann an etwas anderem, wenn ich wieder aus dem Arbeitslager heraus bin.« Er schloss die Tür auf und öffnete sie für uns.

»Kulinarische Produkte?«, fragte ich auf der Schwelle.

»Ich dachte da an eine selbstreinigende Küche. Modular aufgebaut, mit sieben Komponenten für den typischen Haushalt und achtzehn für ein Restaurant. Das Buch, Felix?«

Ich händigte ihm *Steine, Grüfte und Wasserspeier* aus, an das ich mich die ganze Zeit geklammert hatte. Das Lesezeichen ragte heraus. Bean zog einen kleinen Notizblock aus der Gesäßtasche ihrer Jeans, ähnlich dem, den Mrs Noor benutzte, riss die obersten paar Seiten ab und reichte den Rest dem Professor. »Das werden Sie brauchen. Ich habe mir beim Bauchtanzkursus darin Notizen gemacht. Fragen Sie Bean C, ob sie herausgefunden hat, welche Ereigniskette der Entenschnulli in Gang gesetzt hat.«

»Und fragen Sie Professor Maximilian C, ob er herausgefunden hat, warum meine Eltern an jenem Tag in San Francisco waren«, fügte ich hinzu. »Warten Sie, da sollte es doch auch einen Felix C geben, nicht wahr? Fragen Sie lieber ihn.«

Arni fiel ein: »Fragen Sie Arnold C, ob er die Arbeit mit Olivia May abgeschlossen hat und ich seine Notizen haben kann ...«

Professor Maximilian schloss die Tür hinter uns.

24
DAS ORGANIC OVEN

Mein Alltag sah so aus, dass ich vom Fahrrad auf einen Beförderer und dann wieder auf ein Fahrrad sprang und dann wieder dasselbe in umgekehrter Richtung am Nachmittag vom Büro nach Hause. Diese tägliche Bewegung fehlte mir jetzt, und ich hatte das Gefühl, dass mein Bauch sich sichtlich mehr aufblähte. Daher ging ich etwas schneller und erreichte als Erster die einzige Kreuzung, die wir auf dem Weg vom bihistorischen Institut zum Parkplatz überqueren mussten.

Ein Moment der Unaufmerksamkeit hätte mich beinahe das Leben gekostet, oder zumindest ein paar gebrochene Knochen. Plötzlich tauchte ein Wagen wie aus dem Nichts auf und hätte mich plattgewalzt, wenn Arni mich nicht mit sekundenschnellem Reflex gerade noch zurückgerissen hätte.

»Universum B«, keuchte ich, während ich dem davonrasenden Wagen nachsah und bemerkte, dass er so tiefschwarz war wie nichts, was man in einer Küche fand, außer möglicherweise das Innere einer antihaftbeschichteten Pfanne. »Es scheint mich nicht besonders zu mögen. Das ist jetzt schon das zweite Mal, dass das passiert. Fußgänger haben doch Vorfahrt, oder?«

»Man kann nicht vorsichtig genug sein«, meinte Arni und ließ meinen Arm los.

Danach blieb mir nichts anderes übrig, als ihn auch zum Essen einzuladen.

***

Das *Organic Oven* war genauso, wie Mrs Noor es beschrieben hatte – im frisch renovierten Speisesaal standen quadratische Tische aus rustikalem rotem Zedernholz mit grobem Finish, denen silbernes Besteck, Weingläser und Körbe mit Knabberstangen eine gewisse Eleganz verliehen. Die Wände waren mit Natursteinplatten getäfelt. Ungefähr ein Drittel der Tische war besetzt.

Ob der Chefkoch sich a) immer noch in Carmel aufhielt oder b) vor den Augen der Gäste durch eine Schwingtür verborgen bereits wieder in der Küche bei der Arbeit war oder c) in seinem Arbeitszimmer im Egret's-Nest-Apartmentkomplex fieberhaft an der nächsten Geschichte seiner Krimireihe arbeitete oder *d) in einem schwarzen Auto mit getönten Scheiben in der Stadt herumdüste* – unmöglich zu sagen.

Weder Bean noch Arni hatten einen Kommentar dazu abgegeben, dass ich im *Organic Oven* zum Mittagessen gehen wollte, obwohl ich glaubte, Arni murmeln zu hören »Ist das nicht ein *schwerer* Verstoß gegen die Imbiss-Regel?«, während wir uns setzten.

Ich erwartete einen Empfang ähnlich dem, der mir im *Coconut Café* zuteil geworden war – eine Verwechslung –, und krümmte mich, als der Kellner auftauchte, aber er drückte uns einfach die Speisekarten in die Hand und ging wieder.

Bean räusperte sich und schlug ihre Karte auf. »Mal sehen, was klingt denn gut?«

Ich nahm mir Zeit, die Speisekarte zu studieren. Sie war auf rauem – organischem? – Papier gedruckt und bestand aus einer einzelnen Seite mit etwa einem Dutzend Mittagsgerichten auf der Vorder- und Desserts und Getränken auf der Rückseite. Als Faustregel kann gelten, dass das billigste, nicht das teuerste Gericht auf einer Speisekarte die Qualität eines Restaurants definiert. Ungefähr in der Mitte der Liste blieb mein Blick hängen. Da war es. Ein bescheidenes Hühnchensandwich. Das war normalerweise das Erste, was ich in einem neuen Restaurant bestellte, um der Kombination aus knusprigem Brot mit zartem Hühnerfleisch und würzigem, eingelegtem Gemüse nachzuspüren, an die ich mich aus meinen frühen Teenagerjahren erinnerte, bevor ich den Geruchssinn verlor.

Diese Strategie hatte mir bisher nichts weiter als eine Liste von Methoden eingebracht, wie man ein Hühnersandwich ruiniert: totgebratenes, zu einer kompakten Masse verbrutzeltes Fleisch – zu dicke oder zu dünne Scheiben, ersoffen in klumpiger Soße – tofuartige Fadheit, eingeklemmt zwischen Brotscheiben, die entweder schwammig oder steinhart waren, oder kombiniert mit einem Stapel langweiliger Pommes … lass mal sehen, was *dein* Personal zustande bringt, Felix, dachte ich.

»Ich glaube, ich nehme die Ente à l'Orange«, meinte Arni. »Nein, bloß Spaß. Ich habe genug von Enten und Entenschnullis. Einen Caesar's Salad mit Wildlachs und Bio-Kamelkäse«, sagte er zum Kellner.

»Die hausgemachten Fettuccini mit Spinatpesto«, bestellte Bean.

»Das Hühnerbrustsandwich von freilaufenden Hühnern«, sagte ich und fügte hinzu, nachdem der Kellner gegangen war: »Nein, tut es nicht.«

»Was?«, fragte Arnie.

»Die Imbiss-Regel verletzen. Dass ich hier bin. Ich habe noch nie im *Organic Oven* gegessen. Ich weiß nicht einmal, ob es das Lokal in Universum A gibt.«

»Und was, wenn Felix B in der Küche steht?«, wandte Arni ein.

Er hatte einmal gesagt, dass man früher oder später zwangsläufig seinen Alter sehen wollte, um seine Neugier zu befriedigen. Aber er wusste natürlich nicht, dass ich Felix bereits getroffen hatte. Es widerstrebte mir, es zu erwähnen.

»Ich habe nicht vor, in die Küche zu gehen.«

Der Kellner kehrte mit einem großen Krug zurück. Schwungvoll goss er Wasser in unsere Gläser und sagte: »Wöchentlich frisch aus geheimen Quellen in den Sierras importiert.«

Eine seltsame Stimmung überkam mich. Unter völliger Missachtung des Guthabens auf meiner Identikarte beschloss ich, Wein zu bestellen. »Wir hätten gerne ein wenig Wein zum Essen. Haben Sie einen Zinfandel aus dem Napa Valley ...?«

»Selbstverständlich.« Er notierte sich die Bestellung. »Unsere Weine werden hergestellt aus pestizidfreien Trauben, mit Quellwasser besprüht und mit der Hand bei Sonnenuntergang geerntet. Danach werden sie auf althergebrachte Weise gepresst und in Eichenfässern gereift. Der Wein unterliegt der inter-universellen Einfuhrsteuer«, fügte er hinzu.

»Inter-universelle Einfuhrsteuer?«, fragte ich. »Was ist denn mit den hiesigen Weinen?«

»Löschen Sie das«, unterbrach Bean, bevor der Kellner antworten konnte. »Wasser reicht völlig.«

Während der Kellner griesgrämig davonschlich, erklärte Bean: »Unser Napa Valley produziert nicht mehr. Zu viele Niederschläge. Die Trauben verfaulen an den Rebstöcken. Kalifornien B importiert seinen Wein aus Kalifornien A. So ist Wein zu einer Art Luxusgegenstand geworden.«

»Eine Konsequenz der globalen Erwärmung«, murmelte Arnie. »Andererseits bedeutet viel Regen, dass wir seit Jahren keine Dürre mehr hatten.«

»Warum habt ihr die globale Erwärmung denn so außer Kontrolle geraten lassen?«, fragte ich scharf.

Sie starrten mich an.

»Vergesst es. Ich weiß auch nicht, warum ich davon angefangen habe.«

»Welten sind wie Menschen«, meinte Bean. »Es ist leichter, die Lösung für die Probleme anderer Leute zu erkennen, als für die eigenen. Das ist die Schleife.«

»Wieso Schleife?«

Sie beugte sich vor und wählte eine Knabberstange aus dem Korb in der Tischmitte. »Nimm einfach mal an, du triffst nie eine Wahl, wie die Passivisten. Lass es einfach bleiben. Egal was. Sitz einfach den ganzen Tag unter einem Baum im Park und halte dich aus allem raus. Irgendwann geschieht doch etwas. Vielleicht nicht am ersten Tag oder am nächsten – aber wenn du lange genug wartest, *geschieht etwas*. Was, kann niemand sagen. Vielleicht wirst du von einer Biene gestochen oder ein herabfallender Ast erwischt dich am Kopf oder du bekommst Lungenentzündung von den feuchten Nächten im Park.« Sie richtete die unberührte Knabberstange auf mich. »Gleich werde ich diese Stange fallen lassen. Alles, was ich dazu prophezeien kann, ist, dass sie ein bisschen auf dem Tisch herumrollen und dann still liegen bleiben wird. Ich habe keine Ahnung, in welche Richtung sie kullern wird, und auch nicht, wo sie liegen bleibt.« Sie ließ das Ding fallen. Es kam wackelnd auf ihrem Besteck zu liegen und wollte überhaupt nicht rollen. »Siehst du? Arni und ich, wir *glauben*, wenn wir beweisen können, dass du und Felix B die Universen erschaffen habt, dann verschafft uns das vielleicht unseren Doktortitel, einen gut bezahlten Job und macht euch beide berühmt – aber wer weiß schon, wie es wirklich kommt? Vielleicht landen wir in einem Arbeitslager, weil wir gegen Paragraf 19 verstoßen haben.« Sie zuckte die Achseln, griff nach der Knabberstange und biss krachend hinein.

Ich nahm mir auch so ein Ding.

»Meiner Ansicht nach ist die Unvorhersehbarkeit des Lebens eine gute Sache«, fuhr sie nach kurzer Pause fort. »Der erste abenteuerlustige Meeresbewohner, der beschloss, es wäre vielleicht eine gute Idee, an Land zu kriechen, auf dieses interessante, warme, trockene Zeug, das wir Sand nennen, hatte keine Ahnung, worauf er sich da einließ, da bin ich sicher … aber ich schweife ab. Was wollte ich sagen?«

»Warum es so schwer ist, die Lösungen für die eigenen Probleme zu erkennen. Was ist eigentlich da drin?«, fragte ich plötzlich abgelenkt.

»Das sind bloß Sauerteigknabberstangen«, sagte Bean.

»Ich kann sie schmecken.«

»Ich persönlich konnte Sauerteig nie leiden«, meinte Arni. »Zu sauer. Ich finde, Brot sollte geschmacksneutral sein.«

»Also zurück zum Thema«, fuhr Bean fort. »Die Schleife. Im Grunde unseres Herzens wissen wir alle, dass wir die Macht besitzen, unser Leben zu verändern. Aber ganz im Hinterkopf bewahren wir eine Liste von all den Dingen auf, die sich nicht wie erhofft entwickelt haben: weil irgendetwas zufällig schiefging, Menschen sich unerwartet verhalten haben, Voraussetzungen nicht stimmten – oder auch nur wegen der Diskrepanz zwischen der Art, wie wir uns selbst sehen, und wie wir wirklich sind. Wir wissen also, dass die Dinge sich höchstwahrscheinlich nicht nach unseren Vorstellungen entwickeln werden, und daher versuchen wir das schon von Anfang an mit einzubeziehen, was damit endet, dass wir uns im Kreis bewegen und gar nichts tun. Es ist wie diese alte Trickfrage: Wie zieht man sich gut an?«

»Wie denn?«, fragte ich und griff nach einer zweiten Knabberstange. Plötzlich, zum Teufel mit Paragraf 10, stand ich voll und ganz hinter Wagners Plan, den Sauerteigansatz aus Universum B hinauszuschmuggeln.

»Indem man voller Zuversicht handelt. Und wie gewinnt man das nötige Selbstvertrauen?«

»Ich verstehe. Indem man sich gut anzieht«, antwortete ich mampfend.

»Die Schleife ist einer der Lehrsätze der passivistischen Philosophie«, warf Arni ein.

»Ja«, erwiderte Bean ein wenig schnippisch. »Aber das heißt ja nicht, dass es falsch wäre.«

Arni zuckte die Achseln. »Versuch nicht, die Dinge zu verändern. Es ist eine sichere Lebensphilosophie.«

»Wie viele gibt es denn?«, fragte ich. Ich hatte meine zweite Knabberstange aufgegessen und blickte erwartungsvoll dem Hühnchensandwich entgegen, das der Kellner gerade auftrug.

»Wie viele was?«

»Grundsätze der passivistischen Philosophie.«

»Sieben.« Sie zählte sie an den Fingern ab. »Störe nichts. Sei still. Steh beiseite. Tue nur, was du tun musst. Nimm die Schleife an. Gib alles. Behalte nichts.«

»Warst du als Kind auf vielen Passivistentreffen?«, fragte ich. Das Hühnchensandwich wurde von einem einladenden Rote-Bete-Salat begleitet. Ich spießte eine Gabel voll auf.

»Alle sieben Tage.«

»Und was hast du dort gemacht?«, wollte ich wissen. Die Süße der Roten Bete weckte meine Geschmacksknospen.

»So wenig wie möglich.«

Ein Hilfskellner räumte das schmutzige Geschirr am Nachbartisch ab. Er wischte die Krümel zusammen und schob dann seinen Wagen durch die Schwingtüren, sodass ich einen kurzen Blick auf die an der Wand hängenden Töpfe und Pfannen erhaschen konnte.

»Wenn Tante Henrietta in ihrem Testament nicht verfügt hätte, dass mir zusammen mit der Hälfte ihrer Sammlung von Porzellandelfinen auch dieses Foto geschickt wurde, säße ich heute nicht hier und würde nicht dieses delikat… dieses Sandwich essen«, meinte ich. »Ich frage mich immer noch, ob die Quarantäne wegen des Haustierbazillus eine unverhoffte Begleiterscheinung war, wie man so schön sagt, oder ob James und Gabriella es mit Absicht getan haben.«

»Spielt das denn eine Rolle?«, erwiderte Arni. »Vielleicht hat Granola James sein Tierchen auf einen Spaziergang in den Wald mitgenommen, Murphina hat sich ein paar infizierte Kotbrocken einverleibt, dann brachte James sie, ohne davon zu wissen, nach Universum B, wo du ihr den Kopf getätschelt hast ...«

»Sie hat mich abgeschleckt«, verbesserte ich.

»Oder ihm war klar, dass sie sich angesteckt hatte, und er nutzte diese Tatsache, um in deine Nähe zu gelangen. Falls sie es geplant hatten, erwartete er wahrscheinlich nicht, auch Bean im Krankenhaus zu treffen.«

»Oder dass ich durch die Medikamente gegen das Haustierbazillus für den größten Teil meines Aufenthalts ans Bett gefesselt sein würde.«

»Wie auch immer, es ist irrelevant«, meinte Arni. »Das Gesetz unterscheidet zwischen vorsätzlichem Mord und zufälligem Totschlag, zwischen dem bewussten Durchführen nicht autorisierter Forschungen und glücklichen Entdeckungen. Den Ereignisketten ist das egal.«

Mir war es nicht egal. Unannehmlichkeiten überließ man meiner Meinung nach besser dem Schicksal.

»Erzähl mir mehr von deiner passivistischen Kindheit, Bean«, forderte ich sie auf, während ich nach der zweiten Hälfte des Hühnchensandwichs griff. »Hast du auf einer Farm gelebt?«

»Ich hatte einen Gemüsegarten und nähte meine eigenen Kleider. Die Kleider waren nicht so besonders.«

»Und was ist mit deinen Eltern? Macht es ihnen etwas aus, dass du keine Passivistin mehr bist?«

»Sie billigen es weder, noch missbilligen Sie es. Wenn du Lust hast, können wir morgen – Samstag – einmal zur Farm hinausfahren, dann kannst du selbst sehen. Nachdem das Tagewerk getan ist, sitzen alle herum und reden und tun gar nichts. Eigentlich ist es ganz gemütlich, wenn ich so darüber nachdenke.«

»Ich muss morgen zurück nach Universum A. Meine Aufenthaltsgenehmigung läuft am späten Nachmittag ab. Einmal habe ich es ja überlebt, in Zahlen zerlegt zu werden, aber ich kann nicht behaupten, dass ich mich auf die Aussicht freue, es noch einmal durchzustehen.«

»Morgen schon? Da bleibt uns nicht viel Zeit«, sagte Arni. »Kennt sich jemand mit Hypnose aus? Vielleicht gibt es die Möglichkeit, dass dein Unterbewusstsein sich daran erinnert, was du mit dem Entenschnulli angestellt hast. Was meinst du, Felix?« Er ließ sich das Glas mit frischem Quellwasser nachfüllen, dann fügte er leise hinzu, als der Kellner wieder gegangen war: »Ich habe immer mal wieder einen Blick in die Küche geworfen, wenn die Kellner rein- und rausgehen. Aber man kann aus diesem Blickwinkel nicht viel erkennen.«

»Ich frage mich, was für ein Auto er wohl fährt?«, sagte ich.

»Felix B? Wieso? Brauchst du eine Mitfahrgelegenheit?«, wollte Bean wissen.

Ich schüttelte den Kopf. Das *Organic Oven* teilte sich den Parkplatz mit einem angrenzenden Lebensmittelgeschäft, dessen Aufseher uns für eine Stunde sechzig Dollar abgeknöpft hatte. Ich hatte mich beim Bezahlen gründlich umgesehen, konnte aber nirgendwo ein schwarzes Auto mit getönten Scheiben entdecken. Allerdings glaubte ich, *vielleicht* einen Zweisitzer in der Farbe einer überreifen Aprikose vor dem Hintereingang des Restaurants gesehen zu haben.

»Das Sandwich scheint ja gut gewesen zu sein, Felix«, bemerkte Arni.

Ich knüllte meine Serviette auf dem leeren Teller zusammen. »Da war ich wohl ziemlich hungrig.«

»Warum fragen wir den Kellner nicht, ob der Chefkoch da ist? Ich könnte behaupten, dass ich ihm zu seinem Caesar's Salad mit Wildlachs und Bio-Kamelkäse gratulieren möchte. Er schmeckt wirklich sehr gut. Mit einem Hauch von Anchovis und Zitrone, echt lecker.« Arni schaufelte die letzte Gabel Salat von seinem Teller und schlang sie hinunter.

Bean warf mir einen Blick zu und schob den Rest ihrer Pasta

mit der Gabel auf dem Teller herum. »Meine Fettuccini waren ein wenig überkocht.«

»Oder einer von uns könnte so tun, als suche er nach der Toilette, und sich dabei versehentlich in die Küche verirren …«

»Lass es bleiben, Arni«, warnte Bean.

»Wirklich? Warum? Ich bin neugierig. Ihr etwa nicht?«

»Mit den besten Wünschen des Kochs.«

Der Kellner war zurückgekehrt. Er stellte einen Dessertteller mit Käsebällchen, Schokoladenstückchen und eine Mischung aus Nüssen vor uns auf den Tisch.

Wir teilten ihn uns gerecht.

25
DIE ALTE GOLDEN GATE BRIDGE

Der Fußweg über die Brücke wurde auf einer Seite von einem schulterhohen Geländer begrenzt, damit niemand in das kalte und feindliche Wasser weit unten fallen konnte. Auf der anderen Seite führte eine einzelne Stufe hinunter in den lauten, schnellen (und gleichermaßen gefährlichen) Verkehr. Die Touristen hielten sich nicht allzu lange an einzelnen Stellen auf. Der aufkommende Wind brachte einen tief hängenden Nebel mit sich, der die unerschrockenen Fußgänger auskühlte und die Sonne und die beiden Brückenpfeiler zu verhüllen begann.

Wenn man Arni und Bean glauben durfte, war die alte Golden Gate Bridge der Schauplatz meiner Untat gewesen.

Und sie waren nicht die Einzigen, die dieser Ansicht waren. Wir hatten Gabriella und James vor dem Aufzug getroffen, der vom Parkplatz auf Brückenhöhe führte. Die Repräsentanten von *Past & Future* versuchten gerade, die Quasi-Hündin Murphina, die ihren beachtlich feisten Hintern fest auf den Boden gepflanzt hatte, dazu zu bringen, einer Fahrt mit dem Aufzug zuzustimmen. Im Vorbeigehen hörten wir James sagen: »Murph, komm schon, ich weiß, es ist nicht wie im Wald, aber es wird Spaß machen … wir können die Treppe bis zur Spitze eines der Pfeiler hinaufsteigen, wenn du möchtest – und unterwegs nach den Laternenmasten Nummer 30 und 41 Ausschau halten …«

Ich zog unschlüssig den Reißverschluss meiner Jacke hoch.

Die Signale aus meinem Magen – *ausgezeichnete Mahlzeit* – widersprachen denen meines Gehirns – *verdammt soll er sein, er ist ein guter Koch, was, wenn er genauso gut Kriminalromane schreibt?* Ich konnte mich nicht dazu aufraffen, meinen Stolz hinunterzuschlucken und Felix anzurufen, um herauszufinden, mit welcher Soße er das Hühnchensandwich gewürzt hatte, oder ihn um das Rezept für den Rote-Bete-Salat zu bitten. Ich unterdrückte ein Rülpsen und eilte Arni und Bean hinterher, die die Laternenpfosten abzählten, weil die Nummern großenteils nicht mehr lesbar waren. »Elf ... zwölf.« Bean hob die Stimme, um den Verkehrslärm zu übertönen. »Ich frage mich, was der Professor und Pak erreicht haben.« Sie schlürfte durch einen Strohhalm ein Getränk, das sie sich im *Organic Oven* besorgt hatte, während ich mich um die Rechnung kümmerte.

»Was ist das überhaupt?«, fragte ich ebenso laut und deutete auf den übergroßen Pappbecher in ihrer Hand.

»Ein Smoothie.«

Ich zuckte verständnislos die Achseln.

»Du weißt schon, Früchte gemixt mit Saft, Joghurt und Eis?«

Ich zuckte wieder die Achseln.

»Du meinst, du hast noch nie einen getrunken? Das hier ist Orange-Banane-Himbeere. Willst du probieren?«

Der Smoothie ähnelte einem geschmolzenen Fruchtsorbet, nur etwas weniger süß. Ziemlich erfrischend, besonders an einem heißen Tag, stellte ich mir vor. »Ich frage mich, ob es auf diese Idee in Universum B ein Copyright gibt«, meinte ich nachdenklich und gab ihr den Becher über Arni zurück, der zwischen uns ging. »Wagner sollte sich der Sache mal annehmen.«

»Fünfzehn ...«, zählte Arni weiter.

Mir schoss ein seltsamer Gedanke durch den Kopf – was, wenn die Schnulli-Episode, wie ich sie inzwischen nannte, eine

Ereigniskette in Gang gesetzt hatte, deren Konsequenzen noch in der Zukunft lagen, ebenso wie der vermutete Ärger von Paks Mutter über ihren welken Geburtstagskaktus? Bean hatte gemeint, dass die Kette des Y-Tages neunhundert Jahre andauern würde. Neun Jahrhunderte. Beinahe ein Jahrtausend. Der Zeitrahmen war so gewaltig, dass er meine Vorstellungskraft sprengte. Hatte ich eine Ereigniskette mit langer Lunte in Gang gesetzt, die noch jahrelang vor sich hin glimmen und rauchen würde, bevor sie explodierte und den Kessel in die Luft jagte? Im Unterschied zu dem massiven Betonbau unter unseren Füßen existierte die Brücke in Universum A nicht mehr. Aber war es möglich, dass der Entenschnulli sich nach fünfunddreißig Jahren immer noch in einer Spalte in einem der Backsteine befand, die wiederverwendet worden waren, um die *neue* Brücke in Universum A zu bauen, und nur darauf wartete – ja, was zu tun? Die Aufmerksamkeit einer neugierigen Möwe zu erregen, die ihn kostete, ihn aber dann, unzufrieden mit der gummiartigen Konsistenz, in den Flugpfad eines der Verkehrsüberwachungsflieger fallen ließ, die gelegentlich die Brücken kontrollierten, sodass der Flieger abstürzte und unzählige Opfer mit in den Tod riss? Alles meine Schuld?

»Man bekommt keinen Eindruck davon, wie lang die Golden Gate Bridge ist, bis man mal zu Fuß hinübergeht«, sagte Bean. Sie humpelte leicht (»Bauchtanzverletzung«, hatte sie gesagt). »Aus der Entfernung sehen die Pfeiler mit ihrer Terrakottafarbe irgendwie kleiner aus, als sie wirklich sind.«

»Terrakotta? Ich dachte immer, es wäre ein verblichenes Mahagonirot«, meinte Arni mit einem Blick nach oben auf die dicken Tragkabel, wo ein kürzlich renovierter Abschnitt die Originalfarbe unbeeinträchtigt von Auspuffgasen und Salzwasserkorrosion zeigte. Am anderen Ende, fünfzehn Stadien entfernt von unserem Ausgangspunkt, stieß die Brücke auf die gelblich braunen Klippen der Marin Headlands.

»Die Farbe heißt *Orange International*«, sagte ich und schritt schneller aus.

»Wirklich? Das wusste ich nicht«, meinte Arni interessiert. »Sechsundzwanzig ... aber weißt du auch, woher die Meerenge ihren Namen hat?«

»Wegen der gelb-braunen Klippen, zwischen denen sie verläuft?«

»Nein.«

»Wegen des Goldrausches von 1855?«

»Nein.«

»Woher dann?«

»Mast Nummer 28 ... ich bin froh, dass wir nicht ganz auf die andere Seite hinüber müssen, dafür ist es heute einfach zu kalt. Die Meerenge erhielt ihren Namen von einem gewissen John Raymond, Forschungsreisender, Politiker, Offizier. Anscheinend erinnerte sie ihn an einen historischen Hafen in Istanbul, der Goldenes Horn heißt. Neunundzwanzig ... dreißig. Hier ist es.« Arni blieb stehen. Er zog Tante Henriettas Foto Nummer 13 A heraus. »Warum stellst du dich nicht neben den Laternenmast, Felix, und übernimmst die Rolle deines Vaters, der dich im Arm hält? Das wird uns dabei helfen, diesen Moment der Vergangenheit zu visualisieren.«

Wir waren bereits an der sieben Minuten von der Mautstelle entfernten Stelle stehen geblieben und hatten dort nichts von Bedeutung entdeckt.

Ich tat ihm den Gefallen, während mir bewusst wurde, dass ich damals, als ich mich das letzte Mal auf dieser Brücke – genau auf dieser Brücke? Einer Brücke, die Backstein für Backstein, Betonplatte für Betonplatte identisch mit dieser hier war? – befunden hatte, noch nicht einmal hatte laufen können.

Arni rief mir etwas zu, während ich meine Position zwischen den Laternenmasten Nummer 30 und dem Brückengeländer bezog, aber ich konnte ihn bei dem Verkehrslärm und dem Wind, der mir die Haare zerzauste, nicht hören. »Was? Ich kann dich nicht verstehen.« Ich legte mir die hohle Hand hinters Ohr.

»Geh einen Schritt zurück«, brüllte er und deutete auf das Brückengeländer.

Ich trat einen Schritt zurück.

»Noch einen halben«, wiederholte er.

Ich trat einen weiteren halben Schritt zurück, bis ich das kalte Metall des Geländers durch die Jacke im Rücken spürte. Tief unter mir befand sich das aufgewühlte Meer, dessen Farbton sich zu Graublau verdunkelte, während die Sonne sich hinter niedrigen Wolken versteckte. Es schien ein sehr weiter Weg nach unten zu sein.

Arni gab Bean das Foto und bildete mit den Händen einen Rahmen um das Tableau. »Was meinst du?«, sagte er in eine kurze Verkehrsstille hinein.

»Das ist die richtige Stelle«, stimmte sie zu. »Laternenmast 30 links, die vertikalen Brückenkabel im Hintergrund. Ein winziges Stück auf uns zu, Felix, vielleicht dreißig Zentimeter, und stell dir vor, dass du dein sechs Monate altes Ich im Arm hältst.« Sie fügte hinzu: »Ich frage mich, ob deine Mutter das Foto auf dem Weg zum ersten Brückenpfeiler aufgenommen hat – jeder Tourist besteigt mindestens einen von ihnen, um die tolle Aussicht zu genießen – oder auf dem Rückweg.«

Ich ruckelte ein Stück nach vorne, die Augen stumm auf das Wasser gerichtet. »Was, wenn eine Schule von Robben – vielleicht junge – Meriwethers Ausflugsboot zum Ausweichen gezwungen und so die besagte Ereigniskette des Y-Tages ausgelöst hat?«

»Meriwether hat keine Robben erwähnt. Warum, siehst du da unten welche?«, fragte Arni. Ich schüttelte den Kopf. Es war unmöglich, in dem aufgewühlten Wasser mit den weißen Schaumkronen irgendetwas zu erkennen. Ein oder zwei Minuten später traten sie zu mir ans Geländer und Arni erklärte:

»Eine Gruppe von Robben heißt Herde, nicht Schule. Manchmal auch – eigenartig, wenn man sich ihr Herumgeplatsche an Land ansieht – Harem.«

»Ich glaube, was das Bauchtanzen anbetrifft, bin ich eine Robbe«, meinte Bean. »Anscheinend bekomme ich da auch nur ein Herumgeplatsche hin.« Sie hinkte zur Seite, um einen Radfahrer vorbeizulassen.

»Keine Robben heute, aber vereinzelte Fahrräder.« Arni nickte zu dem kleiner werdenden, in leuchtende Farben gekleideten Radfahrer hin. »Außerdem Fußgänger, Busse, Autos. Dazu Möwen und andere Vögel«, fügte er wie als Echo meiner Gedanken hinzu. »Nur Augenblicke bevor dieses Foto aufgenommen wurde, hat Felix von seiner Babytrage aus *mit irgendjemandem oder mit irgendetwas* interagiert und dadurch eine neunhundert Jahre dauernde Ereigniskette in Gang gesetzt. Es sei denn, wir liegen völlig falsch. Hätte der Schnuller auf einem Auto landen und damit davongefahren sein können? Wie weit kann eigentlich ein sechs Monate altes Kind werfen?«

Wir starrten uns achselzuckend an.

»Ich werde das auf meine Rechercheliste setzen«, meinte Arni. »Kommt, Leute, denkt nach. Professor Maximilian erwartet, dass wir das Problem lösen. Dass Felix durch das Lesezeichen auf der Brücke lokalisiert wird, reicht nicht aus – nicht einmal multipliziert mit zwei, wenn oder falls der Professor das andere Lesezeichen beschaffen kann. Wir brauchen eine solide Ereigniskette.«

»Vielleicht kam ein Paar vorbei, sah Felix B fröhlich an seinem Entenschnuller nuckeln und dachte, was für ein hübsches Baby, fuhr nach Hause und bekam ein Dutzend Kinder«, meinte Bean.

»Und was, wenn ich das verdammte Ding genommen habe ...«, begann ich.

»Und diese Kinder bekamen wieder eigene Kinder, diese wiederum Kinder und so geht das neunhundert Jahre lang weiter.«

» … und über das Geländer geschmissen habe …«

»Oder das Paar sah unseren Felix A, der einen Riesenradau veranstaltete, weil er seinen Entenschnulli verloren hatte, und sie dachten, was für ein knatschiges Kind, und bekamen *kein* Dutzend eigene Kinder.«

»… wo ihn sich eine Möwe aus der Luft schnappte, hinunterschluckte, Magenschmerzen bekam, zum Fort Point hinüberflog, wo sie einen Surfer irritierte, der von seinem Brett fiel, das Surfen aufgab und stattdessen in die Politik ging?«

»Niemand hat etwas Derartiges berichtet«, antwortete Arni.

Wir arrangierten das Tableau von Foto 13 B noch einmal ein Stück weiter bei Laternenmast 41, dann betraten wir den ersten der Pfeiler, die wie Burgtürme über uns aufragten. Von einer Wendeltreppe in der Mitte konnte man abwechselnd an allen Seiten durch schießschartenartige Fenstern sehen, erst die Bucht, dann auf die Marin Headlands, den Ozean, die Stadt und schließlich wieder auf die Bucht, bevor man die mit Maschendraht gesicherte Spitze des Turms erreichte und sich ein atemberaubender Rundumblick unter einem ausbreitete. Der Nebel kam schnell heran und hüllte bereits das südliche Ende der Brücke ein. Die Luftfeuchtigkeit stieg und Arnis lange Locken begannen sich zu kräuseln. Ich betrachtete die Ecken und Winkel in den alten Ziegelsteinen, in denen es, wie auf dem mit Müll übersäten Boden der Wendeltreppe, eine Menge Stellen gab, wo sich ein Schnuller verstecken konnte (bis er entsorgt wurde oder infolge des Erdbebens am Grunde der Bucht gelandet war).

Vom ersten Pfeiler aus gingen wir weiter auf das Zugbrückensegment zu – Klappbrücke wurde es genannt. In der Mitte erwartete ich einen Spalt zu sehen, wo die beiden Hälften aufeinandertrafen. Aber es gab keinen. Ein überlappendes Bauteil legte sich von einer Sektion der Brücke auf die andere.

Plötzlich kam alles in Bewegung. Ein Frachtschiff fuhr durch die Lücke im Wellenbrecher und wurde mit jeder Sekunde größer. Das ultimative Erlebnis eines Brückenbesuchs stand uns bevor – das Hochklappen. Der Verkehr kam zum Stillstand und die Klappsektion leerte sich. Städtische Angestellte begleiteten die Bürger hinter ein Sicherheitsgitter. Uns drängte man auf die Marin-Seite ab, wodurch wir die Stadt als Kulisse für die Durchfahrt des Schiffs hatten. Mit einem unheimlichen Knirschen und Kettenrasseln begannen die zwei Hälften der Klappbrücke sich zu heben. Der Teil, auf dem wir standen, erzitterte und mehrere Möwen flogen auf. Das Schiff betätigte sein Nebelhorn. Überall klickten Fotoapparate.

»Franny und Trevor, die Besitzer der Pension, in der ich wohne, sind auf einem großen Schiff aufgewachsen«, sagte ich, während der Frachter, beladen mit immensen Containern, säuberlich aufgestapelt wie Spielzeugbausteine, unter uns hindurchglitt. »Muss eine tolle Erfahrung gewesen sein. Ob eher insular oder weltoffen hängt wohl davon ab, wie oft sie angelegt haben.«

Ich konnte ihnen keinen Vorwurf machen, dass sie mir gar nicht zuhörten. Es hat immer etwas Faszinierendes an sich, einer schweren Maschinerie bei der Arbeit zuzusehen. Zum Teil liegt das wohl an der Erwartung, dass etwas schiefgehen könnte, aber auch an einer gewissen Ehrfurcht vor dem gewaltigen Erfindungsgeist der Menschheit (wobei einen die Erkenntnis beschleicht, dass man selbst, ein einzelnes Mitglied derselben menschlichen Rasse, nicht einmal ansatzweise eine Ahnung hätte, wie man eine Brücke baut – selbst wenn man einen riesigen Haufen Backsteine und die paar Millionen Jahre Zeit zur Verfügung hätte, die die Affen benötigten, um so weit zu kommen).

»Weißt du, was ich mich frage?«, meinte Bean, während die Klappbrücke wieder in horizontale Position zurücksank und wir ans Geländer traten, um dem Frachter nachzusehen, wie er auf den Hafen von Auckland zuschäumte. Sie trat dichter zu mir, damit ich sie noch verstehen konnte, als die Autos sich auf der vierspurigen Brücke wieder in Bewegung setzten. »Woher wussten die DIM-Beamten, dass sie Monroes Computer löschen mussten? Ging es nur um die routinemäßige Zerstörung alter Informationen, oder war mehr daran, wie Professor Maximilian meint? Und in diesem Fall: Woher wussten die eigentlich, dass wir auf der Suche nach dem Universenmacher sind? Wir gehen sehr vorsichtig vor.«

»Du glaubst, das DIM spioniert euch aus?«, fragte ich.

»Aber natürlich«, erwiderte Bean.

»Ohne Zweifel«, meinte Arni.

»Wir haben uns sogar gefragt, ob du ein Maulwurf bist.«

»Ein was?«, wollte ich wissen.

»Ein Maulwurf – du weißt schon, ein Spion, ein DIM-Agent, der versucht, Wissenschaftler dabei zu erwischen, wie sie Paragraf 19 verletzen.«

»Ach so, eine Spinne. Nein, ich bin keine DIM-Spinne, und auch kein Maulwurf. Aber wenn ich so recht darüber nachdenke, mein Chef hat unglaublich schnell mit der Telefonnummer von Olivia May Novak Irving A zurückgerufen, als ich ihn um Hilfe bat. Vielleicht wusste das DIM ja, dass es eine Sackgasse ist und wir nichts von Bedeutung erfahren würden. *Und* Wagner *wusste,* dass ich in Quarantäne war, obwohl unsere Namen niemals veröffentlicht wurden.« So gesehen kamen mir mein Chef und sein Netzwerk von Bekannten plötzlich definitiv unheimlich vor.

Bean runzelte die Stirn. »Hat dir jemand irgendetwas gegeben, seit du dich in Universum B aufhältst?«

»Eigentlich nicht«, sagte ich. »Na ja, nur ein Buch.«

26
DAS ENDE EINES BUCHES

»Wer hat dir ein Buch gegeben?«, wollte Bean flüsternd wissen, obwohl ich sie über dem Radau der Busse und Autos, die den Fußweg erzittern ließen, kaum verstehen konnte.

»Welches Buch?«, zischte Arni in ebenso gedämpftem Ton von der anderen Seite.

Verwirrt senkte ich meine Stimme entsprechend. »*Ein Schritt ins Leere*. Agatha Christie.«

»Agatha wer?«, fragte Arni. »Eine Christie ist nicht in meiner Datenbank.«

»Nein, Agatha Christie ist die Autorin«, erklärte ich. »Von *Schritt ins Leere*. Du hast mich darin lesen gesehen, Bean. Die Besitzer des *Queen Bee Inn* haben es mir ins Krankenhaus geschickt. Franny und Trevor. Heute Morgen wollte ich das Buch zurückgeben, aber Trevor sagte, ich darf es behalten. Ich habe noch nie ein Papierbuch geschenkt bekommen. Ich glaube – ja, ich habe es hier ...« Ich zog den Reißverschluss meiner Jacke auf und zog das Buch aus einer Innentasche.

»Wirf es weg«, zischte Bean.

»Was? Ins Wasser? Aber das ist ein Buch!«, protestierte ich und klammerte mich daran fest. »Außerdem, würde das nicht auffallen?«

»Schon möglich«, stimmte Arni zu. »Haben die Besitzer der Pension dir noch etwas anderes gegeben?«

Ich schüttelte den Kopf. »Nein. Aber sie haben uns das Bed and Breakfast in Carmel empfohlen – du meinst doch nicht etwa? Franny sagte, das Bed and Breakfast würde von ihrer Cousine geführt!«

»Cousine, soso«, sagte Bean. »Wohl eher Mitarbeiterin. Na gut, wir wussten ja, dass sie uns im Auge behalten würden.«

»Wartet mal«, protestierte ich. »Das ergibt doch keinen Sinn. Selbst wenn das Departement für Informationsmanagement mich wegen meines gefälschten Geburtsdatums besonders im Auge behalten würde, wie hätten sie dafür sorgen sollen, dass ich zufällig in einer Pension lande, die von DIM-Agenten geführt wird? Franny und Trevor wirken absolut harmlos ...«

»Hmmm«, sagte Bean und nuckelte ungläubig an ihrem Smoothie.

Arni zuckte die Achseln. »Sie schicken vermutlich routinemäßig Berichte über ihre Gäste an das Departement, besonders über A-ler auf Besuch. Vielleicht hat man sie diesmal um besondere Aufmerksamkeit gebeten.«

Bean warf einen bissigen Blick in Richtung des Agatha-Christie-Romans, den ich in meine Jacke gewickelt hatte, um das vermutlich darin enthaltene Mikrofon zum Verstummen zu bringen. »Wir könnten es in die Bucht werfen, wenn keiner hinsieht«, meinte sie mit einem abschätzenden Blick auf das Geländer.

»Lieber nicht«, sagte ich. »Bei meinem Glück landet es auf einem nichts ahnenden Surfer oder einem Segelboot ...«

Ich verstummte abrupt.

Bean holte tief Luft. »Auf einem nichts ahnenden – *natürlich*.«

»Damals haben die Ausflugsboote unter der Brücke gewendet, normalerweise in großem Bogen um den ersten Pfeiler, bevor sie Kurs zurück auf die Bucht nahmen«, meinte Arni langsam. »Die Touristen waren verrückt danach. Der Meeresspiegel war damals so niedrig, dass sie die Klappbrücke nicht hochziehen mussten. Das Ding hätte direkt übers Geländer fliegen können oder sogar zwischen den Stäben hindurch – sie stehen weiß Gott weit genug auseinander.«

Bean vollendete seinen Gedanken. »Wir sind davon ausgegangen, dass eure Pfade sich im *Quake-n-Shake*-Restaurant gekreuzt haben, aber du musstest gar nicht direkten Kontakt zu Olivia May haben ...«

»Um ihr Leben zu ruinieren?«

»... um ihren Teil der Ereigniskette zu starten. Der Entenschnulli landet auf einem Ausflugsboot, eine Passagierin verschüttet ihren Granatapfelsaft, verpasst ihr Vorstellungsgespräch und der Omni wird niemals erfunden – bis das fortschrittliche Modell aus Universum B mit einem Paukenschlag auftaucht.« Sie keuchte. »Felix, du bist verantwortlich dafür, dass es in Universum A keine Bücher aus Papier mehr gibt. Du warst es *tatsächlich*«, fügte sie mit großen Augen hinzu. »Irgendwie habe ich bis jetzt nicht richtig daran geglaubt.«

»Ich wusste ja, dass es mit einer Ente zu tun hat«, meinte ich in einem plötzlichen Bedürfnis, Nägel mit Köpfen zu machen, und wickelte meine Jacke fester um den Agatha-Christie-Band.

»Wir müssen uns beeilen«, nahm Arni die Situation in die Hand. »Wenn im Buch ein Mikrofon versteckt ist, dann haben DIM-Agenten alle unsere Gespräche mit angehört. Was«, er senkte abermals die Stimme, »wenn sie auch von Professor Maximilians Experiment mit Universum C wissen?«

»Ich glaube nicht, dass ich das Buch dabei hatte«, erwiderte ich. »Nein, nicht in Professor Singhs altem Labor ...«

Da wir weder Professor Maximilian noch Pak auf ihren Omnis erreichen konnten, hasteten wir zurück zum Parkplatz. Bean versuchte humpelnd Schritt zu halten, während die Brücke nach und nach völlig im Nebel verschwand. Wir kamen an James und Gabriella vorbei, die Murphina entsprechend dem Tableau von Foto 13 A an Laternenmast 30 arrangierten, und schafften es gerade noch rechtzeitig zurück zum bihistorischen Institut, um zu sehen, wie zwei uniformierte DIM-Agenten Professor Maximilian abführten und zu einem Streifenwagen schleiften.

Es war so ziemlich das Übelste, was man einem Buch antun kann, aber ich tränkte *Schritt ins Leere* mit geschmolzenem Erdbeer-Bananen-Smoothie und schmiss den Krimi in die nächste Mülltonne.

27
DER ANFANG EINES BUCHES

Allein und wieder zurück im Fliederzimmer des *Queen Bee Inn*, saß ich an dem winzigen Hoteltisch und starrte die Blumentapete an, während die Sonne hinter dem Horizont versank. Der Stuhl war unbequem, meine Hand war es nicht mehr gewohnt, etwas Längeres zu schreiben als eine Einkaufsliste, und das Briefpapier des Hotels hatte die ungeeignete Form einer Biene.

Ich ließ jede Zurückhaltung fallen, verfluchte alle Alter und begann zu schreiben.

***

Der Eisregen hatte alles mit einem dünnen, glatten Film überzogen. R. Smith trat aus der Tür seines kleinen Berghotels und griff hastig nach dem hölzernen Geländer, um einen Sturz zu vermeiden. Vorsichtig bewegte er sich die Treppe hinunter und machte sich im Geiste eine Notiz, das verrottende Herbstlaub zusammenzukehren. Am Fuß der Treppe hielt er inne. Die Luft war klar und der Himmel sah aus wie frisch gewaschen, geschmückt mit ein oder zwei Federwölkchen. Noch blauer leuchtete der See, den man durch die Douglasien vor dem Berghotel erkennen konnte. Die Eiszapfen an ihren Ästen wirkten wie eine vorzeitige Neujahrsdekoration.

Es war noch zu früh, um an die Skifahrer in den Winterferien zu denken. Erst einmal musste er das Hotel für den jährlichen Kochwettbewerb vorbereiten. Er vermied den glitschigen Pfad und hielt sich auf dem Rasen, während er zum Parkplatz hinunterging. Das Gras knirschte mit jedem Schritt unter seinen Füßen, um ihn herum ächzten und knarrten die vereisten Äste. Es gab viel zu tun: Die Blätter mussten in die Kompostbehälter, die Gullis von angespültem Schutt gereinigt, die Gästezimmer nach dem langen Sommer geputzt und die Küchenausrüstung für den Wettbewerb vorbereitet und desinfiziert werden. Er hoffte, dass der Eisregen die Seilbahn im benachbarten Gold-Peak-Skigebiet nicht lahmgelegt hatte. Die Gäste und Wettbewerbsteilnehmer freuten sich immer auf die zwanzigminütige Fahrt auf den Berg, um den Blick auf den Lake Tahoe zu genießen.

Auf dem Parkplatz stand sein einsamer Wagen an der Stelle, wo er ihn gestern Nacht nach einer albtraumhaften Fahrt durch Sturm und Berge zurückgelassen hatte. Er hatte sich nicht mehr die Mühe gemacht, das ganze Gepäck hineinzutragen, nur einen kleinen Beutel mit Toilettenutensilien. Aber jetzt brauchte er Kleidung zum Wechseln.

Während er mit dem Schlüssel in der Eisschicht über dem Kofferraumschloss herumstocherte, dachte er über mögliche Themen für den diesjährigen Wettbewerb nach. Wie immer sollte es für die Teilnehmer eine Überraschung sein und erst in der Eröffnungsnacht enthüllt werden. Das letztjährige Thema Mehl-Kompositionen aus aller Welt *(die Teilnehmer hatten das verbreitete Weizenmehl gegen die unbekannteren Sorten aus Reis, Soja und dem südamerikanischen Quinoa eingetauscht) war ein großer Erfolg gewesen. Ein Schokoladenkuchen aus Quinoa hatte den ersten Preis gewonnen.*

Endlich schaffte er es, den Schlüssel ins Kofferraumschloss zu stecken, doch dann stutzte er. Irgendetwas war ungewöhnlich. An den meisten Tagen donnerten so früh am Morgen Lieferfahrzeuge und Autos die Uferstraße entlang zu den anderen Motels und den Häusern der Ortsansässigen, bis zu der Stelle, wo die Straße direkt am Fuß des Bergs in einer großen Schleife vor dem Skiverleih endete. Wahrscheinlich verspäteten sich alle wegen des Eissturms, dachte er.

Aus dem Augenwinkel sah R. Smith, wie das Sonnenlicht sich am Ufer metallisch spiegelte. Ohne genau zu wissen warum, ließ er den Kofferraum

Kofferraum sein und überquerte die Straße. Zweimal glitt er auf der spiegelglatten Oberfläche aus und konnte sich gerade noch auf den Beinen halten, bis er das erreichte, was da am Strand lag.

R. Smith hatte noch nie eine Leiche gesehen. Der erste Gedanke, der ihm durch den Kopf schoss, war, dass sie unmittelbar vor Beginn des Eisregens getötet worden sein musste.

Es gab keine andere Erklärung für die schimmernde Eisschicht, die den Körper überzog und ihn wie einen natürlichen Teil der Landschaft erscheinen ließ. Sie bedeckte das Gesicht der Frau und konservierte ihren schockierten Ausdruck, als hätte sie gerade eine unerwartete Nachricht erhalten – und sie glitzerte auf ihren langen Haaren, die so aussahen wie das Eis selbst.

Sie überzog auch das Messer.

***

Ich legte den Stift weg und hob den Blick von dem Notizblock in Bienenform – und starrte genau in Augenhöhe in einen kleinen Riss in den blasslila Fliederblüten der Tapete. Einen Moment lang schoss mir der wilde Gedanke durch den Kopf, dass Franny und Trevor Kameras in den Wänden installiert hatten, um ihren Gästen nachzuspionieren und illegale Aktivitäten dem DIM zu melden. Kopfschüttelnd angesichts meiner wachsenden Paranoia lehnte ich mich im Stuhl zurück und las noch einmal durch, was ich geschrieben hatte, berichtigte hier und da ein Wort. Es war kein schlechter Anfang. Ich schrieb den ersten Satz des nächsten Kapitels:

R. Smith erkannte sie nicht.

Strich ihn durch und schrieb stattdessen:

Die Frau kam R. Smith bekannt vor, als hätte er sie schon einmal gesehen.

Ich legte die Seiten zusammen, stopfte sie in den Rucksack und ging zu Bett.

28
ICH VERLASSE DAS QUEEN BEE INN MIT EINEM GLAS

Aus tiefem Schlaf schreckte ich hoch, schlug die Augen auf und sah mich von lila Blüten umgeben. Es war Morgen, ich wohnte immer noch in Frannys und Trevors Pension und es war Samstag, mein letzter Tag in Universum B. Ich stand auf, duschte, zog mein letztes sauberes Hemd und frische Shorts an, dann machte ich mich ans Packen.

Während ich einen Plastikbeutel mit Schmutzwäsche in den Rucksack steckte, fiel mir wieder der Anruf ein, der mich bei derselben Tätigkeit vor der Reise nach Universum B erreicht hatte. Das örtliche DIM-Büro hatte mich vorgeladen. Das gefälschte Geburtsdatum, das meine Eltern arrangiert hatten, war weder mein Fehler noch mein Wunsch gewesen, aber eine humorlose Person, die sich als Agent Dune vorstellte, führte mich in ein fensterloses Büro und fragte mir eine Stunde lang Löcher in den Bauch. Ich war besorgt, dass man mich der Fälschung persönlicher Daten anklagen würde, aber am Ende stellte der Agent mir einfach eine neue Identikarte aus und sagte, dass ich gehen könne, sobald ich die Gebühr für die Datenkorrektur bezahlt hätte. Ich bin noch nie von einem Ort so schnell verschwunden.

Eine Socke fehlte und ich sah mich im Zimmer danach um (in der Hoffnung, dass sie nicht durch ein mikroskopisches Wurmloch in ein anderes Universum getunnelt war). Franny und Trevor, Pensionsbesitzer und freundliche Gastgeber, hatten mir also nachspioniert, und zwar mithilfe von nichts weniger als einem Buch. Im Rückblick ziemlich offensichtlich. Es musste Franny gewesen sein, die Tante Henriettas Foto an sich genommen hatte, während sie meine Sachen packte, um sie mir in die Quarantäne nachzuschicken. Bean hatte berichtet, dass das Bild auch von den Pinnwänden zum Tag Y verschwunden war, als hätte es niemals existiert.

Gestern, nachdem der Streifenwagen den Professor weggeschafft hatte, hatten wir das Labor im Tiefgeschoss versperrt vorgefunden. Pak und sein Fahrrad waren nirgends zu finden. Da es nicht viel anderes zu tun gab, hatten wir drei uns getrennt und waren unserer Wege gegangen. Bean sah so niedergeschlagen aus, dass ich es nicht wagte, sie zu einem romantischen Abendessen einzuladen. Stattdessen kehrte ich ins *Queen Bee Inn* zurück – mit einem zugeschraubten Glasgefäß in der Tasche.

Ich bückte mich unter den Tisch, um zu sehen, ob die vermisste Socke dort lag. Professor Maximilian war verhaftet worden, vermutlich wegen Verstoßes gegen Paragraf 19 und vielleicht auch wegen anderer Verbrechen. Paragraf 4 beispielsweise regelte den Austausch von Menschen und Objekten zwischen den Universen A und B, ließ sich aber sicherlich auch auf unvorhergesehene Fälle anwenden, wenn nötig – wie etwa die Erschaffung eines neuen Universums C durch das Gießen (oder Nicht-Gießen) eines Kaktus und den anschließenden Austausch von Lesezeichen.

Endlich fand ich die Socke unter dem Bett und rollte sie mit ihrem Gegenstück zusammen, entdeckte noch ein Plätzchen dafür in meinem Rucksack und sah mich um, ob ich auch wirklich nichts vergessen hatte.

Gestern Nacht, im Rausch des Schreibens, war ich sicher gewesen, dass mein erstes Kapitel der beste Romanbeginn seit Erfindung der Schrift durch die Sumerer war und jeder Krimireihe den

Rang ablaufen würde, die Felix B zusammengeschustert hatte. Am Morgen hatte ich fünf bekritzelte Blätter dünnen, bienenförmigen Hotelbriefpapiers in meinen Rucksack gestopft. Viel war es nicht.

Ich hatte zum Beispiel nicht die geringste Ahnung, wer der Mörder der geheimnisvollen Frau war, die der Besitzer des Berghotels leblos am Strand gefunden hatte.

Dann war da der sehr durchschnittliche Name, den ich dem Helden gegeben hatte (das R sollte sich mir und dem Leser an einem zukünftigen Punkt des Romans enthüllen). Ich hatte Smith gewählt, weil ich irgendwo gelesen hatte, dass Agatha Christie, obwohl sie mit ihrem belgischen Detektiv Hercule Poirot eine sehr interessante Figur geschaffen hatte, nach ein oder zwei Büchern die ganzen »ausländischen« Eigenheiten und die französischen Sätze satthatte, die sie in den Dialog einstreuen musste. Aber was, wenn auch Felix B den Namen Smith für *seinen* Detektiv gewählt hatte? Jones, Wang, Garcia, Brown, überall das gleiche Problem. Vielleicht sollte ich es mit Wojciechowski oder Lindroos-Rangarajan versuchen.

Aber damit konnte ich mich später befassen, beschloss ich, während ich den Reißverschluss meines Rucksacks zuzog. Fürs Erste besaß R. Smith ein Berghotel und veranstaltete einen jährlichen Kochwettbewerb, bei dem seltsame Dinge geschahen, beispielsweise Morde. Wenn er jedes Jahr einen neuen Fall zu lösen bekam, war das der Grundstein für eine eigene Reihe. Da er ein Auto fuhr, lebte R. Smith offenbar in Universum B und war, das sagte mir ein deutliches Gefühl, frisch geschieden. Seine Frau – Maria? Jane? Sally? – dasselbe Problem wie mit Smith. Sie hatte ihm früher geholfen das Berghotel im Herbst vorzubereiten und sogar das Thema des letztjährigen Wettbewerbs, *Mehl-Kompositionen aus aller Welt*, vorgeschlagen. Doch ihre Abscheu gegen Winterstiefel und matschige Straßen hatte ihren Lebensweg in eine andere Richtung gelenkt. Nachdem sie die

Scheidung eingereicht hatte, war sie aus den Bergen nach Las Vegas gezogen, um sich dort Arbeit zu suchen – als was? Na, mir würde schon etwas einfallen. Vielleicht war sie Zahnärztin. Egal. Mir gefiel es. Es lieferte einen naheliegenden Grund, warum R. Smith allein in einem Berghotel lebte. Außerdem öffnete es die Tür für eine potenzielle Liebesgeschichte im weiteren Verlauf des Buchs.

Vielleicht konnte R. Smiths Alter Ego irgendwann auftauchen. Ein guter Sidekick, wie Watson für Holmes oder Hastings für Poirot. Smith und Smith.

Ich war seltsam befriedigt, dass es mir gelungen war, das gesamte erste Kapitel ausschließlich in Worten zu erzählen. Da nur Papier und Stift zur Hand waren, hatte ich natürlich keine Wahl gehabt, aber ich war nie stecken geblieben und hatte nicht das Foto eines Berghotels am See oder eines funkelnden, blutigen Messers einfügen müssen.

Bevor ich das Zimmer verließ, holte ich vorsichtig das Glasgefäß aus der Seitentasche des Rucksacks und überprüfte es. Die gelbliche, schaumige Mixtur sah noch genauso aus wie letzte Nacht, als ich sie an der Hintertür der Bäckerei *Salz & Pfeffer* in Empfang genommen hatte. Ich schraubte den Deckel ab und schnupperte daran. Ich glaubte eine Spur des Dufts von Brot und Bier zu entdecken, aber vielleicht spielte meine geruchsbehinderte Nase mir auch einen Streich (Phantomgerüche waren nichts Ungewöhnliches für mich; oft mussten mich andere Leute aufklären, dass es da eigentlich gar nichts zu riechen gab).

Ich kippte das Gefäß sanft nach links und rechts und sah zu, wie der pfannkuchenartige Teig hin und her rutschte und am Glas klebte. Hundertsiebzig Jahre lang war diese kleine Zivilisation von Hefen und Bakterien von einer Generation zur nächsten weiter gezüchtet worden – die Hälfte für das Brot vom Tag, die andere Hälfte für den Teig von morgen. Niemand wusste so recht, wie es geschehen hatte können, dass der Sauerteigansatz in

Universum A verloren ging – das Verschwinden der Bäckereien, veränderte Klimamuster, Umwelteinflüsse, die Zerstörungen durch das Erdbeben. Ich schraubte den Deckel wieder fest zu. Bis ich das Glas sicher in einem Kühlschrank in *Wagner's Kitchen* verstaut hatte, verlangte die jahrhundertealte Methode, dass der Teig täglich umgerührt und mit Mehl und Wasser gefüttert wurde. Darum musste ich mich kümmern, sobald ich zu Hause war.

Am Frühstücksbuffet im *Kapitänseck* stieß ich auf Franny. Mit hoch erhobenem Kopf sagte sie: »Wir müssen alle das Unsrige dazu beitragen, die Gesellschaft zu schützen. Also ehrlich, den Beweis führen zu wollen, dass die Passivisten recht haben! Das ist nicht gerade nett.«

Ich checkte aus, dankte Franny und Trevor für ihre (etwas merkwürdige) Gastfreundschaft und nahm das Cablecar durch den Morgennebel zur Presidio-Universität. Bis auf ein paar energiegeladene und spärlich bekleidete Beachvolleyball-Spieler war der Campus weitgehend verlassen. Die meisten Studenten schliefen am Samstagmorgen um neun Uhr noch. Das Gebäude der Bihistorie war geöffnet, aber fast alle Türen zu den Büros und Labors waren versperrt und ich begegnete niemandem. Mit dem wartenden Aufzug fuhr ich eine Etage tiefer in den Keller.

Der Korridor vor dem Büro der Studenten war finster, aber drinnen brannte Licht. Man sah einen dünnen Streifen unter der Tür durchscheinen. Während ich näher trat, um die Morgenstille mit einem Klopfen zu durchdringen, ließ mich etwas zögern. Ein Schatten schob sich vor den Lichtspalt. Aus einem Grund, den ich mir nicht erklären konnte, legte ich das Ohr an die Tür und lauschte. Erst konnte ich gar nichts hören. Dann gab es ein zischendes Geräusch und ein scharfes Aufstöhnen, ein Krachen folgte. Jemand fluchte. Der Schatten hinter der Tür entfernte sich – und ein dunkler Fleck, der selbst im schlechten

Licht sichtbar war, breitete sich unter der Tür hindurch auf dem Linoleum des Korridors aus.

29
WIR WARTEN, ABER NICHT LANGE

Ich stürmte durch die Tür. Arni stand da und lutschte an einem Finger. Der rote Fleck zu seinen Füßen breitete sich von einer umgefallenen Dose in alle Richtungen aus. Ich entdeckte grüne Punkte in der Flüssigkeit.

»Scheiße«, sagte Arni. »Ich habe mich verbrannt. Hi Felix.«

»Was«, fragte ich, »ist denn das?«

»Tomatensuppe. Mist, ich habe den Deckel abgezogen und die Dose hat sich zu schnell aufgeheizt. Ich konnte sie nicht mehr rechtzeitig hinstellen.«

»Aber warum – Tomatensuppe, sagst du? Mit Basilikum, wie es aussieht. Gegrillte Tomaten? Zum Frühstück?«

»Wir sind hier nur auf schnelle nächtliche Imbisse vorbereitet.« Eine Schublade seines Schreibtischs stand offen. Ich erkannte reihenweise Dosen und etwas, das wie Popcorntüten aussah.

»Wie kannst du zu so einem Zeitpunkt nur ans Essen denken, Arni? Wir wissen immer noch nicht, was aus Professor Maximilian geworden ist!« Bean hockte auf der Couch, die Knie bis zum Kinn hochgezogen.

»Hey, ich bin direkt hergekommen, ohne Frühstück. Ich habe Hunger.«

Die Tür hinter mir ging auf und krachte mir gegen den Rücken. Ich sprang zur Seite und ließ Pak herein. Er hatte sein Rad über die Schulter gehängt und umging den dampfenden roten Fleck auf dem Linoleum. Der Vorderreifen war platt.

»Pak, was ist passiert?«, fragten Bean und Arni unisono.

Pak lehnte das Fahrrad an seinen Schreibtisch. »Ein Glassplitter auf der Straße.« Er bückte sich und sicherte das Fahrrad mit einem Kabelschloss am Schreibtischbein, als ob es jemand in diesem Zustand stehlen würde.

»Nein, gestern Nacht, mit dem Professor«, sagte Arni, während er sich an der Spüle ein angefeuchtetes Tuch um den Finger wickelte.

»Ging es um das Lesezeichen? Oder wurde der Professor« – Beans Stimme versagte – »wurde er verhaftet und in ein Arbeitslager gesteckt?«

Pak schüttelte den Kopf.

Die Bürotür knallte mir wieder in den Rücken, aber diesmal ging ich gleich hinüber zur Couch und setzte mich neben Bean, die zur Seite rutschte.

Professor Maximilian wartete, bis die Tür hinter ihm zugefallen war, dann verkündete er mit großer Geste: »Hallo Kinder.«

Seine blonden Haare und Augenbrauen wirkten ein wenig struppig, als hätte er die ganze Nacht kein Auge zugetan.

30
DAS NIESEN DES PROFESSORS

»Habt ihr ein bisschen Tee, Kinder? Ich brauche etwas zum Munterwerden.«

Der Professor trat über den dampfenden Fleck Tomatensuppe hinweg und hockte sich auf eine Ecke von Arnis Schreibtisch. Seine Beine reichten nicht ganz bis zum Boden. Arni warf einen zögernden Blick auf die Sauerei mit der Tomatensuppe, dann ging er zum Samowar, um Professor Maximilian einen Becher einzuschenken. Er reichte ihn ihm. »Er ist kalt, tut mir leid. Noch von gestern. Wir sind noch nicht dazu gekommen, frischen aufzubrühen.«

»Ah, vielen Dank, Arnold. Er ist wunderbar so.« Trotz seines munteren Auftretens hatte der Professor dunkle Augenringe und saß ein wenig zusammengesunken da, mit runden Schultern.

»Was ist passiert?«, fragte ich, während Arni eine Handvoll Papierservietten auf die verschüttete Suppe warf. Ich sah zu, wie sie sich rosa färbten.

»Wie ihr wisst – der Tee ist wirklich stark, Arni – wie ihr wisst, lautete der Plan, dass entweder Max C oder ich das Lesezeichen von Tag Y aufgebe. Unglücklicherweise tauchten die DIM-Agenten auf, bevor wir uns entscheiden konnten. Ich bin nicht sicher, warum Sie einen Tag früher kamen …«

»Sie haben wahrscheinlich unsere Gespräche belauscht«, warf Arni ein. »Mittels eines Buchs aus Felix' Besitz.«

Ich warf ihm einen missbilligenden Blick zu. Es war doch nicht meine Schuld, dass ich ein unschuldiges literarisches Geschenk angenommen hatte.

»Ein Buch, sagst du, interessant – jedenfalls klopften die DIM-Agenten heftig an die Tür meines – von Professor Singhs Labor. Ich wusste sofort, wer es war, noch bevor ich ihre grünen Uniformen sah. Die Art von Klopfen kann einen zu jeder Tageszeit zu Tode erschrecken, selbst mitten am Nachmittag. Ich stellte die Geräte ab und ließ die Agenten ein. Sie stellten sich als Agentin Sky und Agent Filbert vor. Max C und ich hatten gerade eine Münze werfen wollen, sozusagen. Wir hatten uns geeinigt, ›Kopf‹ oder ›Zahl‹ aufzuschreiben und die Zettel auszutauschen. Wenn das Ergebnis übereinstimmte – auf beiden Zetteln K oder Z stand – dann sollte er die beiden Lesezeichen bekommen. Bei nicht übereinstimmendem Ergebnis gehörten sie mir. Das Abschalten der Geräte hat die Verbindung nach Universum C schlagartig und unwiderruflich unterbrochen.«

»Alle eins Komma zwei Picosekunden«, erklärte Pak, »muss mindestens ein Bit ausgetauscht werden, damit die Verbindung offen bleibt. Normalerweise sorgt schon die Kommunikation zwischen A und B dafür.«

»Sekunde mal«, unterbrach ich die Geschichte des Professors, als mir klar wurde, was Pak da gesagt hatte. »Die Verbindung zwischen A und B kann verloren gehen, ohne sie wieder herstellen zu können? Das wusste ich nicht.« Plötzlich merkte ich, dass ich mich mit dem Rucksack auf dem Rücken hingesetzt hatte, und nahm ihn ab. Vorsichtig stellte ich ihn aufrecht hin, damit das Glas mit dem Sauerteigansatz nicht umfiel. Ich wusste nicht genau, wie viel Herumgeschwappe erlaubt war.

»Dazu müssten alle dreiunddreißig Übergangsterminals auf einmal ausfallen. Höchst unwahrscheinlich«, winkte Pak ab.

»Da waren wir also«, der Professor hob leicht die Stimme.

»Zwei unfreundliche DIM-Agenten, ein Lesezeichen, ein einsamer Kaktus neben Paks Computer und ein Notizzettel, auf dem noch nichts stand.«

»Ich war zu der Zeit zufällig auf der Toilette«, entschuldigte Pak das Versagen seines biologischen Ichs.

»Agent Sky wollte wissen, ob irgendwelche unautorisierten Forschungen vor sich gingen. Paragraf 19 wurde erwähnt. Ich beschloss, dreist zu leugnen.« Der Professor drückte den Rücken durch. »Nein, sagte ich zu ihr, keine nicht autorisierten Forschungen. Ob ich mich damit unethisch verhalten habe, können wir später diskutieren.«

Ich versuchte mir vorzustellen, wie es denn wohl wäre, wenn Küchengebrauchsanleitungen, deren Herstellung bereits durch Paragraf 10 (Arbeitsplatzinformationen) geregelt war, plötzlich illegal würden oder ich jedes Mal eine Erlaubnis bräuchte, wenn ich eine neue schrieb. Ich spürte wachsende Empörung (und dabei machte es mir nicht einmal besonderen Spaß, Betriebsanleitungen für Küchengeräte zu verfassen).

»Das war richtig«, sagte ich. Die Studenten nickten zustimmend.

»Ich rechtfertige meine Anwesenheit mit notwendigen Wartungsarbeiten an den Geräten«, fuhr der Professor fort. »Weil Singhs Vortexgenerator spontan anspringen könnte, wenn man ihn nicht alle dreißig Jahre neu einregelt, und dann Singh-Vortexe im Miniaturformat ausspucken würde, die durch den Raum schweben, zum Fenster hinaus, über den Campus und durch San Francisco. Dabei würden sie alles in ihrem Weg in Information umwandeln und gegen seltsame und unbekannte Objekte aus entlegenen Universen austauschen.«

»Aber das ist nicht wahr, oder?«, fragte ich ein klein wenig besorgt.

»Die Sache mit dem spontanen Anspringen nicht. Außerdem versicherte ich den Agenten, dass die Wartungsarbeiten einfach durchzuführen seien und in ein oder zwei Stunden beendet wären, und fragte sie, ob sie dann vielleicht wiederkommen wollten. Unglücklicherweise beschlossen sie zu bleiben und die Arbeiten zu verfolgen. Sie sagten, dass sie das Labor, mein Büro und das meiner Promotionsstudenten danach inventarisieren würden. Nach dem Lesezeichen fragten sie nicht.«

»Dann haben Sie uns vielleicht nicht darüber sprechen hören«, meinte Arni.

»Ich habe es euch doch gesagt«, sagte ich, »dass ich *dieses* Buch, das Abhörbuch, nicht bei mir hatte, als wir das Lesezeichen in dem *anderen*, dem Kunstbuch entdeckten ...«

»Wann *haben* sie uns denn belauscht?« Bean runzelte die Stirn.

»Nun«, gab ich zu, »ich hatte Frannys Buch am Montag bei mir, als du mir im Krankenhaus gesagt hast, dass ich der Hauptkandidat für den Universenmacher bin. Tut mir leid. Ich hatte es auch bei mir«, fügte ich hinzu, weil Bean den Mund aufmachte, um etwas zu sagen, »als wir nach Carmel fuhren – Mittwoch, nicht wahr? – und als du die Schnuller mit der Banane und Ente auf den Fotos 13 A und 13 B entdeckt hast.«

Sie sah ein wenig besorgt drein. »Das wird dich doch nicht in Schwierigkeiten bringen, oder?«

»Sie wissen jetzt also, dass wir nach dem Primärauslöser suchen.« Der Professor zuckte die Achseln. »Das ist keine neue Idee – die Passivisten sagen seit Jahren, dass jeder Mensch Universen kreieren kann. Das Ziel des DIM ist, dass diese Idee das bleibt, was sie jetzt ist, nämlich die unbewiesene Spekulation einer Randgruppe. Uns zu verhaften würde der Sache zu viel Gewicht verleihen. Besser, einfach alle Beweise aus dem Weg zu räumen – Foto Nummer 13 von den Pinnwänden zu entfernen, Monroes Computerfestplatte zu löschen et cetera. Die DIM-Agenten, die mich im Labor aufsuchten, schienen davon jedoch keine Ahnung zu haben. Ich hatte das Gefühl, dass sie mir lediglich ein wenig Angst einjagen sollten, als eine Art Warnung. Die Blockade des Informationsflusses erstreckt sich auch auf ihre eigene Organisation. Das ist einer der Gründe, warum sie so lang zu allem brauchen.«

Der Professor trank seinen Tee in einem einzigen großen Schluck aus, schüttelte sich und fuhr dann fort. »Also, wo war ich stehen geblieben? Die Agenten Sky und Filbert lungerten im Labor herum und beobachteten mich stumm, während ich mit einem unbeschriebenen Notizzettel in der Hand dastand. Ich beschloss mich an den ursprünglichen Plan zu halten – auch wenn ich vor dem unbedeutenden Problem stand, dass ich ein neues Universum schaffen musste, um ihn in die Tat umzusetzen. Ich machte Folgendes: Ich schrieb mit der rechten Hand ›K‹ und schaltete mit der linken gleichzeitig den Vortexgenerator an. Der Ereignisradius war klein, kaum größer als der Generator, aber bei diesen Dingen weiß man ja nie. Alle möglichen seltsamen Dinge hätten geschehen können, etwa, dass Agentin Sky oder Agent Filbert etwas Bedeutsames äußerte – ich weiß, ich weiß, äußerst unwahrscheinlich bei DIM-Agenten – und so zu dem Ereignis werden, welches der Zufallsgenerator auswählte. Wie auch immer, ich hatte Glück – die Gabelung entstand und mein ›K‹-Universum und das andere, in dem ich ›Z‹ geschrieben hatte, verbanden sich. Und schon hatte ich mein neues Universum C, oder besser gesagt Universum D. Ich war zuversichtlich, dass die Person auf der anderen Seite der Verbindung jetzt genau wusste, was zu tun war.« Der Professor legte um der Dramatik willen eine wagnereske Pause ein. »Ich platzierte mein Lesezeichen also in der Ein-/Ausbox, um es an Max D zu schicken. Nach zwei Minuten sah ich wieder in den Zylinder und erwartete, es wäre verschwunden. Aber das war es nicht. Einen Augenblick lang glaubte ich an eine Fehlfunktion, aber dann wurde mir klar, was geschehen sein musste.« Der Professor schürzte die Lippen. »Es war sein Lesezeichen im Zylinder. Wir hatten sie ausgetauscht. Anscheinend dachte er ebenfalls, er müsse sein Lesezeichen aufgeben. Ich schickte seines zurück, er schickte meines zurück. Daraufhin legte ich ein paar Zeitungsschnipsel in den Zylinder und wartete, dass er mir das Lesezeichen schickte. Aber nichts passierte. Er wartete ebenfalls. Zu diesem Zeitpunkt versuchte Pak ins Labor zurückzukommen, aber die DIM-Agenten haben ihn daran gehindert.«

»Es war ein wenig überraschend, um es vorsichtig auszudrücken«, meinte Pak. »Sie fragten mich nach meinem Namen, teilten mir mit, dass gerade eine Kalibrierung vor sich ginge und aufgrund der sensiblen Natur des Vorgangs keine Studenten zugelassen seien. Ich dachte, das Klügste wäre, wenn ich mich auf mein Fahrrad schwang und davonfuhr.«

»So war es«, bestätigte Professor Maximilian. »Was mich anbetrifft – es wurde deutlich, dass Max D und ich ausführliche Notizen austauschen mussten, um die Angelegenheit zu klären. Es ist jedoch eine Sache, K oder Z aufzuschreiben und zu behaupten, dass man das Gerät testet, aber eine völlig andere, längere Sätze auszutauschen. Während ich noch unschlüssig herumstand, löste sich eine der lila Knospen vom Kaktus von Paks Mutter. Sie landete in der dicken Staubschicht auf dem Tisch. Ich las die Blüte auf und der hochwirbelnde Staub – in mehr als dreißig Jahren sammelt sich eine Menge an – brachte mich zum Niesen. Und das gab mir eine Idee ein.«

Der Professor sprang von Arnis Schreibtisch und trat an die weiße Tafel. Er griff nach einem Markerstift und skizzierte eine übergroße menschliche Nase und eine Art Regen, der daraus herausplatzte. »Seht ihr, wenn man niest, breiten sich die Tröpfchen in einer kurzlebigen Explosion aus. Das Niesen reinigt die Luftwege und hilft gleichzeitig den Viren dabei, über die ansteckenden Tröpfchen einen neuen Wirt zu finden.« Er wandte sich zu uns um. »Ich kam zu dem Schluss: Das Problem ist, ich denke in zu kleinen Maßstäben. Was ich brauchte, waren mehr Tröpfchen, eine kritische Masse.«

»Ich nehme etwas Tee«, flüsterte ich Arni zu. Nur ein Wahnsinniger oder ein Forscher im Exzess eines vielversprechenden Experiments konnte bei der Schaffung eines kompletten neuen Universums D davon sprechen, in kleinen Maßstäben zu denken.

Arni reichte mir über Bean als Zwischenstation eine Tasse.

»Außerdem wurde mir klar«, fuhr Professor Maximilian fort, »dass Max D möglicherweise selbst gerade geniest hatte. Ich verfasste schnell eine kleine Nachricht und legte sie in die Ein-/Ausbox. Dann wartete ich, während ich den DIM-Agenten immer neue Details über die desaströsen Folgen auftischte, die es haben würde, sollte der Fluxgenerator nicht sorgfältig kalibriert werden. Schließlich erhielt ich eine Nachricht von Max D zurück, las sie heimlich und vernichtete sie. Wir waren uns einig. Denkt nach, Kinder. Wie würdet ihr beweisen, dass es mehr als zwei Universen gibt?«

»Zeugen hinzuziehen, die den Vorgang der Verbindung mit einem neuen Universum beobachten?«, schlug Bean vor.

»Denkt in größeren Maßstäben.«

Ich krächzte: »Zucker, bitte.« Ich hatte einen Schluck von dem Tee probiert oder, besser gesagt, von den Resten von gestern.

Arni reichte eine Handvoll Zuckerwürfel zu mir durch. »Drei Alter im selben Raum zusammenbringen«, meinte er.

»Nicht schlecht, Arnold«, sagte Professor Maximilian von der Tafel aus. »Niemand würde ein zweites Mal hinsehen, wenn er eine Person und sein Alter Ego nebeneinander die Straße entlanggehen sieht, aber drei identische Menschen – das würde doch den einen oder anderen überraschen. Abgesehen von Drillingen würde die Existenz von drei Alter Egos beweisen, dass drei Universen existieren. Zehn Alter beweisen die Existenz von zehn Universen. Hundert Alter – okay, ihr könnt mir folgen. Ich möchte mal sehen, was das DIM machen würde, wenn hundert Kopien *meiner selbst*« – er legte sich bescheiden die Hand auf die Brust – »die Market Street entlanggingen. Ein Jammer, dass wir in Professor Singhs Labor keine menschliche Querung versuchen können. Denn die Idee funktioniert natürlich nur mit Menschen, nicht mit Dingen. Denn was würdet ihr sagen, Kinder, wenn ich plötzlich mit einem Dutzend Rosetta-Steinen oder hundert Mona Lisas auftauche?«

»Dass Sie mit einem guten Fälscher zusammenarbeiten«, antwortete Bean.

»Genau. Mit ein bisschen Aufwand und Einfallsreichtum kann man ein Dokument kopieren, ein Gemälde fälschen, einen anderen VW Käfer genauso pink lackieren wie Beans Auto. Um zu überzeugen, müssen es entweder Menschen sein oder *Informationen.*«

Pak setzte sich bolzengerade auf.

Professor Maximilian zwinkerte ihm zu. »Jeder von uns hat seine Geheimnisse, kleine und große. Niemand außer Pak hier beispielsweise kennt die Kombination seines Fahrradschlosses. Wenn ich zu deinem Schreibtisch ginge, Pak, und die Zahlenfolge 31-4-15 in dein Schloss eingäbe, dann wärst du …«

»Ziemlich überrascht«, vollendete Pak den Satz.

»Pak D, der heute Morgen *nicht* zu spät zur Arbeit kam, hat mir freundlicherweise die Kombination gegeben, sodass ich diesen Beweis führen konnte.«

»Ich hatte einen Platten«, verteidigte sich unser Pak.

Der Professor ließ sich von Arni'Tee nachschenken. »Danke. Ich beschloss meine Idee an den DIM-Agenten auszuprobieren. Ich fragte sie: ›Agentin Sky, Agent Filbert, würden Sie mir behilflich sein, indem Sie sich eine Frage bezüglich eines Ereignisses aus der jüngsten Vergangenheit ausdenken, vielleicht unmittelbar bevor Sie hereingekommen sind? Ich brauche das, um die Logikschaltung des Geräts zu überprüfen.‹ So etwas wie eine Logikschaltung gibt es nicht bei Professor Singhs Laborausrüstung«, fügte der Professor um meinetwillen hinzu.

»Nach kurzem Nachdenken kam Agent Filbert misstrauisch zu mir und reichte mir einen Zettel. Er hatte darauf geschrieben: *Was habe ich mit meinem Kaugummi gemacht, unmittelbar bevor ich dieses Labor betrat? Und welche Idee hatte ich, als ich ihn dabei beobachtete?*, hatte seine Partnerin Sky hinzugefügt.«

Der Professor genehmigte sich noch einen Schluck Tee. »Ich schickte den Zettel mit den Fragen der Agenten hinüber und bekam gleich darauf eine Antwort von Max D und seinen Agenten:

A) Ich habe ihn verschluckt.

B) Ein Mikrofon in Lebensmitteln verstecken – das verschafft einem sechzehn Stunden Lauschzeit, bevor es wieder ausgeschieden wird.

›Ah, das Logikmodul scheint einwandfrei zu funktionieren‹, sagte ich zu den beiden Agenten. Jetzt wusste ich, dass die Idee funktionierte«, setzte der Professor seine Geschichte fort. »Die Agenten Filbert und Sky waren leicht verwirrt und begannen Anzeichen von Ungeduld zu zeigen, daher teilte ich ihnen freiwillig mit, dass ich ein neu entdecktes historisches Dokument einreichen wollte. Sie diskutierten kurz, ob ein Lesezeichen, selbst wenn es vom Tag Y stammte, ein Dokument darstellte, kamen dann aber zu dem Schluss, dass dem tatsächlich so war und es damit Vorrang vor der Inventarisierung genoss. Das Endergebnis war, dass sie mich zu ihrem Büro mitnahmen, wo ich die nötigen Papiere ausfüllte und das Lesezeichen hinterlegte, zusammen mit dem Lehrbuch, das Felix' Eltern gehört hatte.«

»Sie haben meinen Kunstband dort gelassen? Aber ich wollte ihn mitnehmen«, beschwerte ich mich. Ich versuchte mich auf der durchgesessenen Couch aufzurichten, versank aber nur im nächsten Loch. Erst hatte ich einen Smoothie über *Schritt ins*

Leere geschüttet und jetzt auch noch *Steine, Grüfte und Wasserspeier* verloren. Bis auf das Glas in meinem Rucksack würde ich das Universum B mit leeren Händen verlassen.

»Tut mir leid. Während ich im DIM-Büro war, ergriff ich die Gelegenheit, darauf hinzuweisen, dass ähnlich verstaubte und vergessene Bücher weitere Lesezeichen oder Gegenstände vom Tag Y enthalten könnten, die ein skrupelloser Forscher zu seinen eigenen Zwecken missbrauchen könnte, sagen wir, zu dem Versuch, die Ideen der Passivisten zu legitimieren. Es ist sehr unwahrscheinlich, dass die DIM-Offiziellen etwas Derartiges finden werden, aber es war ein gutes Ablenkungsmanöver. Als ich ging, waren sie gerade dabei, einen Bericht darüber zu schreiben. Wenn es etwas gibt, worauf man sich verlassen kann«, fügte der Professor hinzu, »dann glücklicherweise die Trägheit des Departements für Informationsmanagement. Sie werden wiederkommen, aber bis dahin ...«

»Wird es schon begonnen haben«, sagte Arni.

31

NETZWERKE

»*Was* wird begonnen haben?«, wollte ich wissen.

»Max D und ich waren die ganze Nacht wach und haben eine Omni-Kampagne gestartet«, erklärte Professor Maximilian. An der weißen Tafel hinter ihm schwebte die körperlose, niesende Nase wie das katzenlose Grinsen der Cheshire-Katze. »Während wir hier miteinander sprechen, verbreitet sich die Nachricht bereits. Meine Mailbox ist schon mit Antworten überschwemmt.« Als er meinen verständnislosen Ausdruck sah, sprach er weiter: »Es ist ganz einfach. Ich schicke jedem, den ich kenne – und das sind eine Menge Leute – eine Epistel, einen ›Frag-mich-was‹-Vorschlag. Sie leiten ihn weiter an alle ihre Bekannten, sodass die Anzahl der Empfänger exponentiell wächst. Wenn der Tag zu Ende geht, werden wir fast jeden in dieser Stadt erreicht haben, nehme ich an, und in weniger als zwei Tagen den größten Teil Kaliforniens, und am vierten Tag …«

»Aber was *steht* denn in dem Vorschlag?«, unterbrach ich ihn.

»Stellen Sie mir eine Frage, auf die nur Sie die Antwort kennen.«

»Und?«

»Ich erhalte die Antwort von Ihrem Alter in Universum D.«

»Jetzt verstehe ich«, sagte ich langsam.

»Ihr Alter in Universum D weiß alles über Ihr Leben, jedes kleine, unbedeutende Detail bis zum gestrigen Nachmittag, als ich B und D aufspaltete. Ich lege die Fragen in die Eingangs-/Ausgangsbox und schicke sie Max D. Er nimmt Kontakt zu den entsprechenden Altern auf, besorgt sich die Antworten und schickt sie zurück. Mittlerweile tue ich dasselbe hier. Wenn die Leute nicht glauben wollen, dass wir Gedankenleser sind, müssen sie die Idee akzeptieren, dass sie da draußen irgendwo Alter Egos haben, und zwar welche, von denen sie keine Ahnung hatten. Stellen Sie sich vor, sie klopfen an die Tür eines Fremden und wissen bereits, dass er gestern Morgen eine Scheibe Toast mit der gebutterten Seite hat auf den Boden fallen lassen und sie trotzdem noch gegessen hat.«

»Um ehrlich zu sein, mein erster Gedanke wäre, dass mir ein DIM-Agent nachspioniert«, sagte ich. »Und nicht, dass die Information von einer anderen Version meiner selbst in einem anderen Universum stammt.«

»Und wenn ich auch den Grund kennen würde, warum Sie sich nicht die Mühe gemacht haben, eine frische Scheibe zu toasten – nicht etwa, weil Sie es eilig hatten, zur Arbeit zu kommen, sondern weil Sie beim Hinausgehen einen Blick auf die hübsche Nachbarin werfen wollten, selbst wenn sie ein paar Jährchen älter und glücklich verheiratet ist?«

»Ich habe keine solche Nachbarin«, sagte ich in Beans Richtung. »Das ist also alles? Omninachrichten?«

»Alles, was wir tun müssen, ist, genügend Menschen zu überzeugen. Solange ich kann, werde ich alle paar Stunden ein neues Universum kreieren, damit ich stets aktuelle Antworten geben kann. Universum E, Universum F, Universum G ... so viele sie mich machen lassen.«

»Und wo kommt die Materie für diese Extra-Universen her?«, fragte ich. »Die Moleküle und Elektronen oder was immer.«

»Aber«, erwiderte der Professor, »wo kommen denn die Moleküle und Elektronen und was auch immer in unserem eigenen Universum her?«

Die Promotionsstudenten traten zu ihm an die Tafel. Die Nase wurde weggewischt. Gleichungen und Diagramme entstanden. »Mal sehen«, meinte Bean. »Wenn wir die erwartete Ausbreitungsrate von Professor Maximilians Frageaktion mit der üblichen DIM-Reaktion auf solche Dinge vergleichen, bleiben uns höchstens zwei bis drei Tage – wie viele Menschen können wir in dieser Zeit erreichen?«

»Ein geheimer Weg, Informationen zwischen Universen auszutauschen. Damit ließe sich eine Menge anfangen«, kommentierte ich, während sie etwas an die Tafel schrieben, es wieder wegwischten und hin und her diskutierten.

»*Nein*«, erwiderten vier Stimmen unisono.

»Ich spekuliere doch nur über die Möglichkeit«, wehrte ich ab.

»Nein«, erwiderte Professor Maximilian. »Professor Singhs Apparat darf nie wieder verwendet werden, nicht, nachdem wir hier fertig sind. Dies ist – ein Notfall. Es wäre zu verlockend, zu einfach, diesen Weg zu beschreiten. Die Regulierung der Querungen war richtig. Aber an irgendeinem Punkt in der Zukunft, wenn die menschliche Rasse dafür bereit ist, dann, glaube ich, werden wir ein ganzes Alphabet von Universen haben, die wir bereisen können, so wie heute die unterschiedlichen Länder.«

»Sind Sie sicher, dass die Menschen das alles wissen wollen?«, fragte ich den Professor.

»Sie haben ein Recht darauf, es zu erfahren. Und ja, sie wollen es wissen. Und wissen Sie, woher *ich* weiß, dass sie es wissen wollen? Weil bei all dem Chaos und der Hysterie, die nach Singhs Verbindung der Universen ausbrach, niemals jemand vorgeschlagen hat, sie einfach zu kappen und A und B wieder zu trennen. Was haben wir stattdessen getan? Die Verbindung stabilisiert und multiple Übergangspunkte eröffnet. Dreiunddreißig insgesamt. Denken Sie nur«, fügte er hinzu, »wie überrascht die jungen Leute sein werden, wenn sie herausfinden, dass sie doch nicht einzigartig sind.«

»Ich kann es mir vorstellen.« Ich stand von der Couch auf, trat an die Tafel und starrte die Gleichungen an. »Bin ich damit vom Haken? Ihr braucht mich doch jetzt nicht mehr, oder?«

Der Professor steckte die Kappe auf seinen Stift. »So einfach ist das nicht. Die Fragenaktion beweist lediglich, dass es Universen über A und B hinaus gibt, nicht, wie sie zustande kommen. Wir brauchen Sie und Ihre Geschichte, Felix, um zu zeigen, wie A und B entstanden sind. Dass es ein natürlicher Vorgang war.«

»Ihr braucht euren Universenmacher«, sagte ich trübe.

Professor Maximilian warf den Stift auf Beans Tisch. »Wenn wir nur eine klar definierte Ereigniskette hätten ...«

»Haben wir«, sagte Bean einen Sekundenbruchteil schneller als Arni.

32
WARUM HAT OLIVIA MAY IHREN GRANATAPFELSAFT VERSCHÜTTET?

»Dann haben wir also nur nie die richtige Frage gestellt«, sagte ich, während ich die Nummer von Meriwether Mango wählte, ehemals Olivia May Novak Irving A. »Wie bei der Aktion des Professors ist die Frage ebenso wichtig wie die Antwort. In *Schritt ins Leere* lautet die Schlüsselfrage, warum niemand Evans *gefragt* hat ...«

»Evans?«, fragte Pak.

»Ein Roman von Agatha Christie – ich habe ihn mit Erdbeer-Bananen-Smoothie getränkt.«

»*Meinem* Erdbeer-Bananen-Smoothie «, berichtigte Bean. Sie stand knapp außerhalb des Blickwinkels des Omni und beschäftigte sich angelegentlich damit, die Stapel von Lehrbüchern auf ihrem Schreibtisch geradezurücken.

»In *Schritt ins Leere* geht es um die Abenteuer eines gewissen Bobby Jones, dem vierten Sohn des Dorfvikars, und Lady Frankie«, erklärte ich Pak. »Ein Mann stürzt von einer Klippe, alle möglichen Dinge ereignen sich, aber erst als Bobby und Lady Frankie die Schlüsselfrage stellen ...«

»Ja?«, sagte Arni. »Warum hat denn niemand diesen Evans gefragt? Und was war die Schlüsselfrage, die man ihm nie gestellt hat?«

»Ich will dir den Spaß daran nicht verderben. Ich gebe zu, ich wünschte, Papierbücher wären aus Universum A nicht verschwunden«, fügte ich hinzu, als der Omni zu klingeln begann. »Es scheinen sich einfach interessante Dinge in ihrem Umkreis zu ereignen – die Spionageaktion von Franny und Trevor, das Lesezeichen, das mich am Tag Y auf der Golden Gate Bridge lokalisiert … eine Menge spannende Sachen rund um Papierbücher.«

»Sieht so aus«, meinte Arni trocken. »Man könnte auch sagen, trotz all deiner Anstrengungen, die Erfindung des Omni zu verhindern, indem du dafür gesorgt hast, dass Meriwether Mango ihr Vorstellungsgespräch bei *Many New Ideas* verpasste, sind trotzdem die Papierbücher in Universum A ausgestorben.«

»Man tut, was man kann.«

»Ja?«, meldete sich Meriwether Mango endlich aus ihrem Yogastudio, deutlich verärgert über die Störung. »Ich gebe in ein paar Minuten Unterricht. Ich bin gerade bei den Vorbereitungen.«

Ein Stapel von Beans Lehrbüchern kippte um.

»Sind da noch andere im Raum?«, wollte Meriwether wissen und beugte sich im Bildschirm des Omni vor. »Ich habe doch ausdrücklich verlangt …«

»Ein Potpourri von Universen, wie?« Professor Maximilian, der auf der Couch kurz eingenickt war, wurde von Meriwethers Stimme aufgeweckt.

»Darf ich?«, bat Arni den Professor und kauerte sich neben mich hin. »Nur eine einzige Frage bitte, Bürgerin Mango.« Bevor sie ablehnen konnte, fuhr er fort: »Aus welchem Grund haben Sie an jenem Tag auf dem Ausflugsboot Ihren Granatapfelsaft verschüttet?«

Meriwether seufzte. »Ist das denn wirklich so wichtig?«

»Ja.«

»Sie werden mir nicht glauben«, warnte sie.

»Versuchen Sie es«, erwiderte Arni.

»Also gut. Ich war oben auf Deck, Sie wissen ja, dass die Ausflugsboote da oben mehrere Sitzreihen haben – das Meer war, wie gesagt, unruhig, aber das war nicht der Grund … Wir wendeten gerade unter der Brücke, und da kam dieses Ding – dieses Objekt – auf mich heruntergeflogen. Landete vor meinen Füßen, erschreckte mich, sodass ich zusammenzuckte und den Granatapfelsaft auf der Bluse verkleckerte.«

Ich öffnete den Mund, um etwas zu sagen, aber Arni stieß mich warnend mit dem Ellbogen in die Seite.

Meriwether veränderte ihre Position und die des Omnis auf der Matte, sodass sich uns das Yogastudio aus einem anderen Blickwinkel präsentierte. Sie schloss die Augen und machte eine Dehnübung, die die Grenzen menschlicher Flexibilität zu sprengen schien. »Wenn Sie es unbedingt wissen wollen, es war eine dumme, kleine gelbe Ente. Unten dran war so ein Nippel, als hätte sie zu einem Kinderspielzeug gehört. Kam einfach aus dem Nichts angeflogen. Ich war überzeugt, dass mir jemand auf dem Boot einen Streich gespielt hatte. Ich war so wütend. Aber man konnte unmöglich sagen, wer der Schuldige war. Es waren keine Kinder in der Nähe.«

»Haben Sie zufällig in dem Moment auf die Uhr gesehen, als die Ente auf dem Boot landete?«, fragte Arni.

Sie schlug die Augen auf. »Nein, warum sollte ich? Wissen Sie, ich habe nie jemandem davon erzählt, weil es so demütigend war. Aber so und nicht anders war es.« Sie kam auf die Füße, ergriff den Omni und trat ans Fenster. Das Bild wurde heller, und nun konnte man die feinen Linien in ihrem Gesicht sehen.

»Ich war es«, sagte ich zu der Frau, deren Lebenslinie sich vor dreieinhalb Jahrzehnten mit meiner überschnitten hatte.

»Was meinen Sie?«

»Ich war es,« wiederholte ich lauter. »Es tut mir leid. Sehr leid.«

Sie runzelte die Stirn. »Sie waren auf dem Boot?«
»Auf der Brücke darüber.«
»Sie – da müssen Sie noch sehr jung gewesen sein.«
»Sechs Monate. Die Ente fiel von meinem Schnuller ab.«
»Ich verstehe.«
Lange Zeit starrte sie nur aus dem Fenster.
»Danke«, sagte Meriwether schließlich. »Es bedeutet mir viel, dass es nicht aus Absicht geschehen ist.«
»Sie waren uns eine große Hilfe«, sagte Arni und rieb sich die Hände.
»War ich das? Sechs Monate – dann haben Sie ein Alter Ego, Felix?« Es war das erste Mal, dass sie mich beim Namen nannte.
»Er ist Chefkoch im frisch renovierten *Organic Oven*, hat eine Verlobte und zwei Hunde. Außerdem« – ich zuckte zusammen – »schreibt er an einer Krimireihe.«
»Haben Sie sie zufällig behalten?«, wollte Professor Maximilian wissen und beugte sich ins Blickfenster des Omni. »Die Ente. Haben Sie sie noch?«
Sie seufzte. »Es ist mir ein wenig peinlich, aber ja, ich habe sie behalten. Es war ein so einschneidender Moment, der mein ganzes Leben veränderte.«
»Mango Meriwether«, verkündete der Professor feierlich, »wie würde es Ihnen gefallen, berühmter zu sein, als Olivia May, die Erfinderin des Omni, es je sein wird?«

***

Arni blieb zurück, um die inzwischen abgekühlte Tomatensuppe aufzuwischen, während Pak Professor Maximilian bei seiner Fragenkampagne half. Bean begleitete mich aus dem bihistorischen Gebäude nach draußen. Sie wirkte abwesend, als wäre ihr noch gar nicht richtig klar, wie viele Leute nun bald ihre Dissertation lesen würden.

»Bean, äh, du hast viel zu tun, ich weiß, aber würdest du gerne mit mir zu Mittag essen, bevor ich abreise?«

»Wie viel Zeit bleibt uns denn noch?«

»Ich muss um zwei Uhr dreißig am Übergangsterminal sein.«

»Warum zwei Uhr dreißig?«

»Mein Touristenvisum läuft exakt acht Tage nach meiner Querung von A nach B ab.

»Der Käfer steht da drüben.«

Der Nebel hatte sich gelichtet, und die grelle Sonne zwang Bean, die Krempe ihres Strohhuts beim Fahren herunterzuklappen. Ich putzte meine Sonnenbrille und setzte sie auf. Warum hatte ich eigentlich beschlossen, meinen Krimi in einer kalten, schneereichen Gegend anzusiedeln? Vielleicht ging es ja gerade darum. Man schreibt über Orte, die von der eigenen Realität so weit wie möglich entfernt sind, und der Akt des Schreibens entführt Autor und Leser gleichermaßen dorthin. Und was war mit der schönen alten Empfehlung, nur über Dinge zu schreiben, die man kannte? Ich war ein paar Mal zum Skifahren am Lake Tahoe gewesen und wusste ganz gut Bescheid über Kochwettbewerbe, aber was wusste ich von Morden? Nichts. Null. Absolut *nada,* bis auf die Tatsache, dass während der letzten Woche mehrmals jemand versucht hatte, mich umzubringen.

Während wir den Presidio hinter uns ließen, dachte ich an Professor Maximilian und die Fragen, die sich auf seinem Tisch zu stapeln begannen. Er hatte versprochen, meinen Namen soweit möglich aus dem Rampenlicht herauszuhalten, aber ich spürte, dass er seine wissenschaftliche Integrität nicht dadurch kompromittieren würde, dass er meine Rolle vollständig unterschlug. Ich hoffte, dass Meriwether Mangos Lebensgeschichte gemeinsam mit der der Omni-Erfinderin Olivia May Novak Irving die Schlagzeilen beherrschen würde und ich nicht in ein hinterwäldlerisches Universum Z flüchten musste, um der medialen Aufmerksamkeit zu entgehen.

Bevor ich ein Picknick am Baker Beach oder einen Imbiss an Pier 39 vorschlagen konnte, bog Bean an einem Stoppschild rechts ab auf eine breite Straße mit einer Palmenreihe in der Mitte. Der Käfer rollte nur noch langsam dahin, während sie nach Hausnummern Ausschau hielt.

»Wer wohnt denn hier?«, fragte ich mit staunendem Blick auf die eleganten Villen.

»Vierzehn-zehn, vierzehn-zwölf ... Deine Tante Henrietta möchte dich kennenlernen.«

»Sei nicht albern, Bean«, sagte ich scharf. »Tante Hen ist tot.«

33
EINE GEALTERTE VERWANDTE

Ein von hübschen Kakteen und in verschiedene Formen geschnittenen Büschen gesäumter Gartenweg führte zu einer großen, gepflegten Villa. An der Klingel standen die abgekürzten Namen (gemäß Paragraf 3) der Bewohner von sechs Apartments, zwei in jedem Stockwerk. *H. S.*, *Erdgeschoss links*. Die blitzsaubere Tür mit Buntglaseinsatz war unverschlossen.

»Sie hat heute Morgen bei uns angerufen und wollte mit dir Kontakt aufnehmen«, erklärte Bean, während wir an die Wohnungstür klopften.

»Felix B hätte ja vielleicht ein Wort sagen können, dass Tante Henrietta hier noch lebt.«

»Du hast ihn getroffen?«

»Wir sind uns in Carmel über den Weg gelaufen.«

»Vielleicht dachte er, du weißt Bescheid. Schließlich sagt man normalerweise nicht: ›He, übrigens, dieser und jener weilt noch unter uns.‹ Eher umgekehrt.«

Die Apartmenttür öffnete sich automatisch und führte in eine kleine Diele. Ich folgte Bean an einer Garderobe mit reich verziertem Spiegel und einer Vitrine mit Meeresschnickschnack vorbei in ein dicht möbliertes Wohnzimmer.

»Setzt euch«, befahl eine alte Dame auf dem Sofa und legte die Türfernbedienung weg. Henrietta Sayers.

Ich nahm den ersten Sitzplatz, der mir über den Weg lief.

»Nein, HIER drüben, mein Lieber.« Tante Henrietta klopfte auf das Kissen neben sich. Ich verlagerte mich aufs Sofa und fädelte meine Beine unter einen Korbtisch, auf dem eine große Lederschatulle und ein Tablett mit drei kleinen Tassen standen.

»Und nehmt bitte die Dinger ab, die ihr da um den Hals tragt«, fügte Tante Henrietta hinzu. »Ich werde nicht gerne unterbrochen.«

Bean brachte unsere beiden Omnis in die Diele und hängte sie an die Garderobe, während ich die Gelegenheit nutzte, mich umzusehen. Zahllose Figürchen mit Meeresmotiven nahmen Regalplatz weg und traumhafte Fotos von Quallen hingen an den Wänden. Das erinnerte mich daran, dass Tante Henrietta eine lange Karriere als Meeresbiologin hinter sich hatte.

Meine Tante Hen war eigentlich eine angeheiratete *Groß*tante von der Seite meines Vaters, die zweite Frau meines Großonkels Otto. Er hatte mir einmal ein ferngesteuertes Flugzeug mit drei Geschwindigkeiten und einziehbarem Fahrwerk zum Geburtstag geschenkt und sich damit die ewige Dankbarkeit eines Zehnjährigen gesichert. Tante Hen hatte er erst spät im Leben kennengelernt, und als sie heirateten, waren sie schon über achtzig. Ein Porträtfoto von Onkel Otto stand zwischen den Seepferdchenfiguren.

Diese Henrietta war genau genommen überhaupt nicht mit mir verwandt, aber ich konnte nicht anders, als meine Tante in ihr zu sehen. Sie war genau so, wie ich sie in Erinnerung hatte, ein kleiner, zarter, verwitterter Wirbelwind mit mehr als neun Jahrzehnten Lebenserfahrung.

Während Bean in dem steifen Sessel Platz nahm, den ich freigemacht hatte, tätschelte Tante Henrietta mir den Kopf, als wäre ich immer noch zehn Jahre alt und würde sie nicht sogar im Sitzen um Haupteslänge überragen. Genau wie meine Tante Hen schien sie mit den Jahren etwas schwerhörig geworden zu sein und kreischte in jedem Satz ein, zwei Worte in voller Lautstärke.

»Du bist also mein anderer GROSSNEFFE, nicht?«

»MEHR oder WENIGER«, antwortete ich.

»Du musst nicht so schreien, Felix, mein Lieber. Und ich weiß, dass wir auf dem PAPIER nicht verwandt sind«, winkte sie mit knochiger Hand ab. Was zählten schon die praktischen Probleme verknüpfter Universen? »Aber ich hatte immer das Gefühl, dass wir eine Familie sind. Und das ist deine FREUNDIN?«

»Das ist Bean«, meinte ich etwas gedämpfter. »Ich bin ihr bei ihren bihistorischen Forschungen behilflich.«

»Was du nichts sagst, mein Lieber.«

»Freut mich, Sie kennenzulernen«, meinte Bean.

Tante Henrietta musterte mich. »Du bist dünner als ER.«

»Danke«, sagte ich.

»Du solltest versuchen, MEHR ZU ESSEN.«

Ein schrilles Pfeifen ließ mich hochschrecken.

»Genau RECHTZEITIG. Kindchen, könntest du das heiße Wasser vom Herd holen?«

Bean stand auf und kam mit einem silbernen Kessel aus der Küche zurück. Sie goss dampfendes Wasser in die drei auf dem Korbtisch bereitstehenden Tassen.

»Für mich nichts, danke«, sagte ich. »Ich habe in dieser Woche schon zu viel Tee getrunken.«

»Unsinn, Felix, mein Lieber. Das ist Kamille. Gut für die Verdauung.«

Bean sah mir in die Augen und reichte mir eine Tasse. Zarte weißlich-gelbe Blüten schwammen in dem dampfenden Wasser.

»Dann bist du also dahintergekommen, NICHT WAHR?«, kreischte Tante Hen plötzlich. »Ich habe Patrick und Klara immer gesagt, dass es keine gute Idee war, Felix' Geburtsdatum zu fälschen, aber sie wollten einfach NICHT HÖREN. Patrick und Klara«, meinte sie kopfschüttelnd. »Sie hatten immer SEHR progressive Ideen. KÜNSTLER.«

»Du hast mir – ich meine, Tante Hen hat mir ein Foto hinterlassen. So habe ich es herausgefunden.«

»In ihrem Testament, was?«

»Wenn Sie zufällig noch alte Fotografien besitzen ...«, meinte Bean.

Tante Henrietta rümpfte die Nase, was ihre natürlichen Furchen vertiefte. »WENN ich irgendwelche Fotos hätte – und ich sage nicht, dass es so ist – nun, ich habe zu meinem Felix nie etwas über sein WAHRES Alter gesagt, erst als er zu mir kam und sagte, dass er DICH getroffen hat, Felix, mein Lieber. Er ist da in irgendwelche Machenschaften geraten, bei denen bewiesen werden soll, dass er der UniversenMACHER ist, mein Felix. Der Gedanke scheint mir in WISSENSCHAFTLICHER Hinsicht interessant, will ich meinen. Woran ist SIE GESTORBEN?«

Ich zögerte. Soweit ich wusste, war Tante Hen an Altersschwäche gestorben, aber es kam mir taktlos vor, das zu sagen.

»Äh – sie ist gestolpert und vor einen Beförderer gefallen.

»Sprich lauter, mein Lieber.«

»Beförderer«, wiederholte ich lauter und bereute die Lüge bereits.

»Eine gute Art, zu gehen. So möchte ich auch gerne sterben – mitten aus dem Leben heraus, nicht im BETT.«

»Dann haben Ihnen Felix' Eltern nie irgendwelche Babyfotos von ihm geschenkt?«, versuchte Bean es noch einmal. »Ein Bild, das am Tag Y aufgenommen wurde?«

»Am Tag Y, sagen Sie? Nun, da gab es diese POSTKARTE.«

»Warum hast du das nicht gleich gesagt, Tante Hen?«, fragte ich. »Eine Postkarte ...«

»Du hast nicht nach einer Postkarte GEFRAGT«, wies sie mich zurecht. »Da, gib mir die Schatulle.«

Ich stellte die runde Lederschatulle, die schwerer war, als sie aussah, zwischen uns auf die Couch. Tante Hen nahm den Deckel ab und durchstöberte den Wirrwarr alter Fotos, Briefe und Dokumente. Schon nach ein paar Minuten verkündete sie: »Da.« Ein jugendliches Lächeln glitt über ihre Züge. »Da war ich an Bord, im Mittelmeer, mein letztes Projekt, bevor ich mich nur noch auf die Lehrtätigkeit konzentrierte. Damals brauchten Briefe oft mehr als ZWEI Monate, um uns zu ERREICHEN.«

Auf der Postkarte sah die Golden Gate Bridge ziemlich genauso aus, wie ich sie gestern erlebt hatte, nur dass die Autos antik wirkten und in Silber, Beige oder anderen gedämpften Farben lackiert waren. Auf der Rückseite erkannte ich die Schrift meiner Mutter (oder vielmehr von Felix' Mutter, da das Datum des Poststempels eine Woche nach dem Y-Tag lag). Ich überflog die Karte, bevor ich sie an Bean weiterreichte, die laut vorlas und gelegentlich innehielt, um ein Wort zu entziffern.

Liebe Henrietta,
ich hoffe, deine Expedition verläuft gut. Wir hatten heute einen herrlichen Tag. Am Nachmittag fuhren wir nach San Francisco, um eine Neuerwerbung abzuholen, und hatten noch Zeit für einen Spaziergang auf der Golden Gate Bridge. Der kleine Felix hätte beinahe seinen Entenschnuller verloren – du weißt ja, wie er an dem Ding hängt –, er prallte vom Brückengeländer ab, landete dann aber glücklicherweise auf dem Gehweg. Das hätte ein Theater gegeben, wenn er über Bord gegangen wäre!

Liebe Grüße an dich und Otto
Klara

»Moment mal«, sagte ich, als mir die Bedeutung der Worte aufging. »Du kanntest meine Eltern schon, *bevor* die Universen auseinanderdrifteten?«

»Ja, natürlich. Ich kannte deinen Vater schon als Kind.«

»Aber das ist unmöglich. Tante Hen und Onkel Otto haben sich kennengelernt und geheiratet, als ich im ersten Jahr auf der Uni war. Da bin ich ganz sicher. Meine Eltern haben mich zur Hochzeit mitgeschleift und ich musste einen Smoking tragen.«

»Warum hatte *sie* dann ein Babyfoto von dir, die Tante Henrietta aus deinem Universum A, Felix?«, fragte Bean.

»Keine Ahnung.«

Henrietta B kicherte damenhaft. »Sie war immer ein bisschen WILD, unsere Henrietta. Otto und ich haben mit achtzehn geheiratet, mein lieber Felix. Wir arbeiteten zusammen im Mittelmeer, als uns diese Postkarte erreichte.« Sie tippte mit einem langen gebogenen, gelblichen Nagel darauf. »Nicht lange, nachdem wir herausfanden, dass wir jetzt zwei Universen hatten und es KOPIEN von jedem gab! Was für eine wissenschaftliche Entdeckung! Du wirst das nicht oft zu hören bekommen, aber mir GEFÄLLT es, dass wir zwei Welten haben. Je mehr, desto BESSER, sage ich immer. Aber eine Weile lang gab es ein ziemliches Kuddelmuddel. Klara und Patrick wollten dich davor schützen.«

Ich trank einen Schluck Tee, spürte etwas Körniges im Mund und spuckte eine Kamillenblüte zurück in die Tasse.

»Die beiden Zweige der Familie beschlossen, nicht in Kontakt zu bleiben. EIN JAMMER. Für mich waren du und Felix immer gleichermaßen meine Großneffen. Was Henrietta A angeht«, schniefte Tante Hen. »Sie und ihr Otto ließen sich ein paar Jahre nach dem Y-Tag SCHEIDEN – irgendein blöder Streit um Geld. Mein Otto und ich, wir haben nie zugelassen, dass GELD zwischen uns steht. Aber sie haben später wieder geheiratet, sagst du?« Sie schüttelte den Kopf und kramte etwas anderes aus ihrer Lederschatulle hervor. »Ich denke, es kann nicht mehr schaden, dir das Foto jetzt zu zeigen. Es kam mit der Postkarte. Klara und Patrick baten mich später, es niemals jemandem zu zeigen, und das habe ich auch nicht getan, bis heute nicht.«

Es war eine verblichene und vergilbte Version des Fotos, das Bean und ich als 13 B kannten.

»Meine Eltern sind also wegen eines neuen Stücks für die Galerie in die Stadt gefahren«, sagte ich und griff wieder nach der Postkarte. »Ich hatte vermutet, dass noch mehr dahinter gesteckt hätte. Ich frage mich, um was für eine Erwerbung es sich handelte. Es spielt natürlich keine große Rolle, aber irgendwie würde ich es gerne wissen.«

»Die Antwort darauf kann ich dir geben, Felix, mein Lieber. Es war ein Ölgemälde – eine Venus, ein AKT«, schrie Tante Henrietta.

Ich erinnerte mich daran. Nicht aus der Galerie. Die wohlgeformte, alabasterweiße Gestalt hatte im Wohnzimmer meiner Eltern gehangen und mein Interesse als Teenager gefangen genommen. Später, als ich die Bilder meiner Mutter und andere Andenken aus dem Haus in Carmel abholte, hatte ich die Venus zusammen mit den Aquarellen in Kisten verpackt. Ich hatte sie schon längst einmal aufhängen wollen.

Tante Henrietta trank einen Schluck von ihrem Tee. »Ich freue mich auf das Krimi-DINNER, muss ich sagen.«

»Ich verstehe nicht, Tante Hen.« Ich dachte, sie wüsste plötzlich nicht mehr, wer wir waren und was wir hier wollten.

»Mein Felix veranstaltet heute ein Krimi-Dinner in seinem *Organic Oven*. Letzten Monat war das Thema das kaiserliche Russland und ich spielte eine Herzogin. Dieses Mal sind wir eine Truppe Forscher in der Eiswüste von Alaska. Irgendwann während des Abends wird jemand UMGEBRACHT – ich hoffe, dass nicht ich es bin, es ist wirklich LANGWEILIG, das

Opfer zu sein –, und der Rest von uns wird nach Indizien suchen und herausfinden, wer der Täter war und warum er es getan hat. Der gute Felix kommt später noch vorbei, um mir das Paket mit meinen Anweisungen vorbeizubringen.«

»Eine Krimi-Party? Aha.« Ich stand auf. »Wir sollten jetzt aufbrechen, Bean. Ich will nicht, dass mein Touristenvisum abläuft. Außerdem muss ich – habe ich noch etwas zu erledigen.«

Ohne sich vom Sofa wegzubewegen, fragte Tante Henrietta: »Was planst du mit deinem LEBEN anzufangen, junger Mann?«

»Ich arbeite in einer Firma für Küchengeräte.«

Sie schien mich gar nicht gehört zu haben.

»Ich schreibe an einem Buch«, sagte ich etwas lauter.

»Ach, ein Buch?«, sagte Tante Henrietta. »WORÜBER?«

»Es ist ein Krimi.«

»Was du nicht SAGST. Das muss irgendwie in der Familie liegen, dieser Sinn für Krimis. Nicht so sinnvoll wie ein KOCHBUCH vielleicht, aber auch eine gute Lektüre. Komm, HILF MIR HOCH.«

Bean und ich ergriffen je einen Arm und halfen Tante Henrietta sanft auf die Füße. Auf einen Stock gestützt ging sie zu einer Tür, die mir zuvor nicht aufgefallen war.

»Hier drinnen.« Sie stieß die Tür mit dem Stock auf. Es war ein enger Raum, eher ein begehbarer Schrank, dessen Wände vom Boden bis zur Decke mit Büchervitrinen gesäumt waren.

»Das meiste davon sind akademische Schriften. Meeresbiologie und wissenschaftliche Magazine. Für dich natürlich uninteressant. Aber da unten – ja, da muss es sein.« Sie schlurfte zum hintersten Regal, öffnete die Glastür und tippte mit dem Stock gegen die unterste Bücherreihe. »DAS DA, mein lieber Felix. Ganz am Ende der Reihe.«

Ich kniete mich hin und zog das Buch heraus, auf das sie deutete.

»Es ist eine Ausgabe der *Neun Schneider* von 1934. Die Erstausgabe«, sagte Tante Hen. »Von den Dorothy-Sayers-Büchern gefällt es mir am besten. Das ist der ORIGINALSCHUTZUMSCHLAG. Die *Neun Schneider* sind GLOCKEN, sie nähen nicht etwa Kleider, und Dorothy Sayers ist natürlich NICHT mit uns verwandt. Das Buch ist vergriffen, obwohl DU zweifellos Zugriff darauf hast, mit diesem endlosen Bücherregal, das du um den Hals hängen hast. Trotzdem möchte ich, dass du es bekommst, Felix, mein Lieber. Ich verstehe nicht, wie jemand auf diesen kleinen Bildschirmen lesen kann.«

»Die Schriftgröße ist einstellbar. Oder man kann sich vorlesen lassen«, sagte ich. »Erstausgabe? Originalschutzumschlag?«

»Der allererste, der ursprüngliche Druck eines Buches. Schutzumschlag – nun, selbsterklärend«, sagte Bean von der Tür aus.

»Die Dinger können einem Bücher vorlesen? Dann sollte ich es vielleicht doch einmal versuchen«, meinte Tante Hen. »Schließlich weiß jeder, als Sokrates vor der brandneuen Technologie des geschriebenen Wortes stand, GEFIEL ihm das ÜBERHAUPT nicht. Es braucht seine Zeit, sich an Dinge zu gewöhnen. Trotzdem, wenn man eine Maschine zum Lesen benutzt, sollte sie wenigstens aussehen wie ein Buch. Warum ist der Bildschirm KREISFÖRMIG?«

»Ich schätze, das müsste man Olivia May Novak Irving fragen«, erwiderte ich. Der Dorothy-Sayers-Band war offensichtlich durch viele Hände gegangen. Das Braun des Schutzumschlags wirkte verblichen, ob durch den Zahn der Zeit oder schlechte Druckqualität, schwer zu sagen. Jedenfalls nicht zu vergleichen mit den leuchtenden Farben, die ich auf den Umschlägen der Bücher im *Bücherwurm* gesehen hatte. Die Kanten waren abgegriffen und auf dem Rücken befand sich ein Fettfleck. Das Papier wirkte ein klein wenig modrig.

»Und was ist mit LIEBESROMANEN?«, fragte Tante Henrietta. »Schau nicht so erstaunt, mein Lieber. Habe ich gesagt, dass ich AUSSCHLIESSLICH wissenschaftliche Magazine und Krimis lese? Ein Liebesroman ist wunderbare POOLLEKTÜRE. Sind Omnis WASSERDICHT?«

»Normalerweise nicht«, antwortete Bean.

»Vielen Dank für das Papierbuch, Tante Hen«, sagte ich. »Sammelst du eigentlich Porzellanfigürchen von Delfinen? Ich habe die Hälfte von – ich meine, möchtest du vielleicht ...«

»DIESE Dinger!« Sie lachte laut heraus. »Die sind Zeit- UND Geldverschwendung. Ich sammle SEEPFERDCHEN, das ist vernünftiger. Viel höherer Wiederverkaufswert.«

Als wir uns an der Türschwelle des Apartments verabschiedeten, stieß mich Tante Henrietta mit ihrem Stock gegen das Bein und fragte: »Ist IHR Otto noch am Leben?«

»Ich – ja, ist er. Soweit ich gehört habe, bereist er derzeit Meeresschutzgebiete in aller Welt – zu Ehren von Tante Hen.«

»Mein Otto ist jetzt schon seit zwanzig Jahren in den ewigen Jagdgründen. Ich frage mich ...«

Unerklärlicherweise bückte sich Bean, umarmte Tante Henrietta und drückte ihr einen raschen Kuss auf die Wange. Frauen sind manchmal wirklich seltsam.

»Danke für alles, Tante Henrietta«, sagte sie.

Henrietta winkte uns nach. Ich hörte sie gellen »SCHICK MIR DEIN BUCH!«, während sich die Tür der Villa hinter mir und Bean schloss und wir den Gartenpfad entlanggingen.

Mein Blick fiel auf einen blühenden Kaktus.

»He, der sieht genauso aus wie der für Paks Mutter, nur größer. Wie nannte er ihn? Reichenbach-Igel oder so. Ich frage mich, wie spitz die Stacheln sind.« Ich kniete mich hin und begutachtete die aus zahllosen Segmenten bestehende Pflanze. Ohne Vorwarnung sah ich einen Blitz auf mich zuschießen und einschlagen. Verblüfft richtete ich mich auf und senkte den Blick auf den Dorothy-Sayers-Band, den ich an die Brust gepresst gehalten hatte, geschützt vor Stacheln und Erde. Ein kleines, rundes Loch befand sich darin. Vor einer Sekunde war es noch nicht da gewesen.

»Was ist denn das?«, fragte Bean. »Das sieht ja fast aus wie …«

Sie kam nicht dazu, den Satz zu beenden.

In den formgeschnittenen Büschen hinter dem Kaktus wurden die Geräusche eines Kampfes laut. Dann sagte eine Stimme: »Ich hab sie.«

34
MEINE ERZ-NEMESIS

Mrs Noor trat, begleitet von einer jüngeren, männlichen Version ihrer selbst, hinter einem Busch in Kamelgestalt hervor. »Sie ist da drüben«, keuchte die Detektivin und deutete hinter sich. Sie hielt ein schweres, gebundenes Buch in der Hand, viel größer als mein qualmendes *Die Neun Schneider*.

»Bean«, sagte ich, »das ist Mrs Marp… Mrs Noor von der Detektei *Noor & Brood*.«

»Und mein Sohn Ham«, ergänzte Mrs Noor.

»Und – tja, das da drüben ist Felix B.« Er stand im Hintergrund.

Bean sagte Hallo.

Wir folgten Mrs Noor durch eine Lücke zwischen dem Kamelbusch und einem in Pfauenform tiefer in den Garten hinein. Rosafarbene und weiße Rosen umgaben zwei Holzbänke. Eine war leer und auf der anderen saß Gabriella Short. Ihr schickes Sommerkleid passte so gar nicht zu der Laserpistole, die knapp außer Reichweite vor ihr auf dem Boden lag. Ich bemerkte, dass sie die Hände ziemlich steif hinter dem Rücken hielt.

»Ohne meinen Anwalt sage ich kein Wort«, verkündete sie und wandte den Blick ab.

Mrs Noor ließ sich schwer auf die Bank gegenüber fallen. »Gabriella.« Sie rang immer noch nach Luft. »Gabriella plante, Sie abzuservieren, Felix.«

»Was lesen Sie denn da?«, fragte ich und zeigte auf das Buch in ihrer Hand.

»Das? Das ist das *Chicago-Handbuch für Detektive*. Ich habe es zum Nachschlagen immer im Auto.«

Bean starrte mich an. »Felix, hast du nicht gehört, was sie gesagt hat?«

»Doch. Ich wusste ja, dass mich jemand umbringen will.«

»Warum hast du nichts gesagt?«

»Es klang so verrückt. Außerdem, na ja, ich hatte da so eine andere Vermutung«, sagte ich und vermied es, Felix anzusehen.

»Ham soll die Geschichte erzählen«, sagte Mrs Noor. »Ich hatte den Verdacht, aber er hat die Laufarbeit erledigt. Leg los, Ham, mein Guter.«

Ham zog ein Notizbuch hervor, das genauso aussah wie das seiner Mutter, nur in Blau, und klappte es auf. »Punkt eins. Dienstag. Zielperson folgt Klient auf Route 1 von San Francisco nach Carmel Beach mit Wagen, gefahren von männlichem Begleiter der Zielperson. Ebenfalls im Auto: Quasi-Hund und Alter Ego des Klienten.«

Ich erinnerte mich, dass Mrs Noor gesagt hatte, eines ihrer Kinder sei nicht so talentiert für die Detektivarbeit. Ham konnte sie damit wohl nicht gemeint haben.

»Granola James und Gabriella Short, zwei Angestellte von *Past & Future*, fuhren Felix B nach Carmel«, führte Mrs Noor aus. »Eine Zeit lang waren sie direkt hinter Ihnen. Ein hellgrünes Cabrio mit geschlossenem Verdeck. Ham folgte *denen* und versuchte sich darüber klar zu werden, was eigentlich los war.«

»Wir zeigten ihnen den Vertrag, den ich unterschrieben hatte. Aus dem Fenster von Beans VW Käfer«, erklärte ich.

»Sie haben ihr den Vertrag gezeigt? Das wird sie nicht gerade glücklich gemacht haben«, meinte Mrs Noor. »Sie muss das Gefühl gehabt haben, dass Sie ihr entglitten, aus ihrem Blickfeld verschwanden. Ein bisschen detaillierter, bitte, Ham«, fügte sie hinzu.

»Punkt zwei. Mittwoch. Beobachte Zielperson beim Betreten von Bed and Breakfast in Carmel, wo Klient abgestiegen ist. Zeit: gegen Mitternacht. Grund: unbekannt. Weitere Nachforschung: nicht möglich.«

Ich erinnerte mich an den Gegenstand, über den ich fast die Treppe des *Be Known Inn* hinuntergefallen wäre. Hatte sich Gabriella ins Haus geschlichen, nachdem alle im Bett waren, eine Glühbirne herausgeschraubt und das Nudelholz so hingelegt, dass ich, als der einzige Bewohner des Turmzimmers, im Dunkeln darauf ausgleiten und höchstwahrscheinlich die Treppe hinabstürzen musste? Es war ein derart klassisches Krimiszenario, dass ich kaum glauben konnte, jemand hätte es in die Tat umgesetzt.

»Punkt drei. Freitag. Zielperson wieder in eigenem Wagen unterwegs. Schwarzer Speedster. Im Berufsverkehr in der Stadt aus den Augen verloren ...«

»Moment«, unterbrach ich ihn. »Das ist Gabriellas Auto? Das Ding, das so tiefschwarz ist wie die Innenseite einer Antihaftpfanne? Der Wagen, der die ganze Zeit versucht hat, mich zu überfahren?«

»Ich fürchte ja«, sagte Mrs Noor. »Er ist angemietet«, fügte sie hinzu, als würde das einen Unterschied machen.

»Später wieder die Spur von Zielperson aufgenommen«, berichtete Ham weiter. »Punkt vier. Vor sechs Minuten. Zielperson versucht Klienten zu lasern. Von Mutter und mir selbst überwältigt.« Er klappte das Notizbuch zu.

Mrs Noor lächelte Felix B an. »*Dieser* Felix hier hat nicht lange nach Ihnen Kontakt zu mir gesucht. Hatte dasselbe Problem. Wollte mehr über sein Alter in Universum A erfahren, war vom DIM über dessen Anwesenheit in der Stadt informiert worden. Die Schweigepflicht verbot mir, Ihnen mitzuteilen, dass ich den jeweils anderen getroffen hatte, aber ich lieferte Ihnen so viele Informationen, wie ich durfte. Und als Felix B mich anrief, weil er besorgt war über Gabriellas Verhalten – er fand einige ihrer Fragen nach Ihnen, Felix, ziemlich *eigenartig* – setzte ich Ham auf die Angelegenheit an.«

»Sie wollte wissen, ob du meiner Ansicht nach gerne alleine zum Schwimmen gehst oder zu einsamen Spaziergängen mitten in der Nacht neigst«, warf mein Alter Ego ein.

»Das war sehr aufmerksam von Ihnen, Felix«, fuhr Mrs Noor fort. »Ich ließ Gabriella also von Ham beschatten. Er folgte ihr hierher und sah, dass sie im Wagen wartete, bis Sie im Haus verschwunden waren, und sich dann im Gebüsch versteckte. Aufs Höchste besorgt rief er mich zu Hilfe. Ich kam, so schnell ich konnte. Mit Felix B bin ich am Gartentor zusammengetroffen.«

»Ich bringe Tante Henrietta ihr Rollenpaket für das Krimi-Dinner heute Abend«, erklärte Felix. Er zeigte auf eine beachtlich große Schachtel, die er bei sich trug.

»Unglücklicherweise«, meinte Mrs Noor, »war Gabriella noch in der Lage, einen Schuss aus der Laserpistole abzugeben, bevor ich sie ihr hiermit aus der Hand schlagen konnte.« Sie hielt das *Chicago-Handbuch für Detektive* in die Höhe. »Wie gesagt, ich habe es im Notfall gerne zur Hand.«

Das Handbuch war doppelt so groß und breit wie *Die neun Schneider* und sah so aus, als hätte der kleine Band fünfmal hineingepasst, selbst bevor er gelöchert worden war und mir dabei das Leben rettete. Ich betrachtete den immer noch qualmenden Krimi und musste daran denken, dass Professor Maximilian recht hatte: Entscheidend waren die kleinen Dinge, etwa, welche Reiselektüre man bei sich hatte. Ich fragte: »Aber warum? Aus welchem Grund hat sie es getan?«

»Die alte Geschichte«, seufzte Mrs Noor. »Rache.«

35
DAS MOTIV

So unmöglich das scheinen mochte, ich hatte ihre Anwesenheit fast vergessen. Gabriella Short fixierte mich mit ihren grauen Augen und stieß nur ein Wort hervor, bevor sie wegsah.

»*Sie!*«

»Aber was habe ich denn getan?«, fragte ich verständnislos.

»Sie haben ihr die Chance genommen, Schauspielerin zu werden«, antwortete Mrs Noor. »Es kann nur eine Gabriella Love geben.«

Es konnte nur eine Gabriella Love geben. Der Schnuller eines Kindes war von einem Brückengeländer abgeprallt und war für Felix B, der schweigend neben Bean stand, auf der richtigen Seite heruntergefallen, und auf der falschen für mich. In meinem Universum hatte sich die Gummiente gelöst und Gabriella Short hatte sich keinen klangvolleren Namen zulegen müssen. Es ist schwer, berühmt zu werden, wenn dein Alter Ego dir zuvorgekommen ist. Genau genommen hatte sie nie die geringste Chance gehabt. In Universum A waren die Kinos in den letzten zwei Jahrzehnten ausgestorben und durch andere Formen der Unterhaltung ersetzt worden. Sehr schwierig, ein Filmstar zu werden, wenn es keine Filme mehr gibt.

»Gabriella ...«, setzte ich an.

»Sie haben mein Leben zerstört!«, spuckte sie aus. »Sprechen Sie nicht so mit mir!«

»Dann eben Bürgerin Short. Es war doch nur ein winziger Augenblick …«

»Können Sie sich vorstellen, wie es ist, Ihr eigenes Gesicht überall zu sehen, auf Plakaten, T-Shirts und in der Werbung? Im Übergangsterminal war sie auf dem Titelblatt eines Modemagazins aus Universum B, das ich kaufen wollte. Ich konnte die Demütigung an der Kasse kaum ertragen. Ständig mit einem gefeierten Star verwechselt zu werden, die Enttäuschung, wenn den Fans klar wir, dass Sie nicht *sie* sind …«

Für jemanden, der ohne seinen Anwalt kein Wort hatte sagen wollen, war sie ziemlich gesprächig.

»… und am Schlimmsten ist es in Universum A, weil mich da überhaupt niemand bemerkt, als wäre ich unsichtbar. Ich tue nie so, als wäre ich *sie*, wenn ich herkomme, wissen Sie. Niemals.« Sie fauchte.

»*Doppelgänger*«, sagte ich.

Das ungewohnte Wort überraschte sie.

»Das Wort stammt noch aus der Zeit, als es nur ein Universum gab und es als böses Omen galt, wenn man sich selbst sah«, erklärte ich. »Es bedeutet in der Literatur ein körperliches Ebenbild, gewöhnlich eine unheimliche, geisterhafte Erscheinung. Wenn man seinen Doppelgänger sah, wusste man, dass etwas Schlimmes geschehen würde.«

»Das ist heute natürlich nicht mehr so«, ergänzte Felix B taktvoll.

Bean hatte die Hände in die Hüften gestemmt und funkelte Gabriella an. »Sie hätten zu Hause bleiben sollen, in Universum A! Sie mussten ja nicht unbedingt herüberqueren, wo ihr Alter berühmt ist.«

»Aber warum hätte ich es nicht tun sollen?! Ich *wusste*, dass Sie der Schuldige waren«, sagte sie, ohne mich aus den Augen zu lassen. »Von dem Moment an, als ich Sie in der Übergangskammer sah, wo Sie das Gepäck betrachtet und müßig in Ihrem

Omni geblättert haben, als hätten Sie keine einzige Sorge auf der ganzen Welt.«

»He! Ich hatte eine Menge eigene Probleme«, entgegnete ich scharf.

Bevor noch mehr Worte fallen konnten, übernahmen DIM-Beamte das Kommando, nahmen Aussagen von allen Beteiligten auf und verließen uns erst wieder, nachdem sie die Ereignisse des Tages als Staatseigentum und Geheimsache deklariert hatten, sodass wir mit niemandem darüber sprechen durften.

»Sie wollte mich als Double engagieren«, kreischte Gabriella, während sie sie abführten. »Als *Double!*«

Ich ließ mich schwer neben Mrs Noor auf die Bank fallen. »Ich *wusste* ja, dass die Leute mir die Schuld geben würden.«

Bean wirkte immer noch wie betäubt. »Ich habe auch eine Weile gebraucht, bis ich es glauben konnte«, sagte Felix B und legte Bean tröstend den Arm um die Schultern (wir waren nur noch zu viert, da Ham schon wieder im Auftrag eines anderen Klienten unterwegs war).

»Es war sehr clever von dir, zu merken, dass sie etwas im Schilde führte«, sagte Bean. »Du hast Felix vermutlich das Leben gerettet.«

»Mord«, sagte ich. »Sie hatte es wirklich auf mich abgesehen.« Ich berichtete von den anderen Anschlägen, denen ich nur knapp entronnen war, dem Auto, dem Teigroller in Carmel und auch den Kirschpralinen im Krankenhaus von Palo Alto. »Glücklicherweise habe ich sie nicht probiert. Sie muss irgendwie von meiner Allergie erfahren haben.«

»Es war ziemlich dumm, einen Mord im Krankenhaus zu versuchen«, meinte Bean.

»Warum denn?«, fragte Mrs Noor. »Ein sehr geeigneter Ort, will mir scheinen. Im Krankenhaus sterben ständig Menschen. Es muss sie sehr geärgert haben, dass alle Versuche fehlschlugen.«

Da fiel mir etwas ein. »War sie verantwortlich für die Quarantäne? Dachte Gabriella, das Haustierbazillus würde mich aus dem Weg räumen?«

»Dafür war niemand verantwortlich, soweit ich feststellen konnte«, sagte Mrs Noor. »Es war einfach einer dieser Zufälle.«

Aus irgendeinem Grund glaubte ich ihr.

»Ich bin nur froh, dass wir sie noch rechtzeitig aufhalten konnten«, fügte Mrs Noor hinzu. Sie legte das schwere Handbuch neben sich auf die Bank und beugte sich zur Seite, um an einer besonders schönen Rose zu schnuppern.

Tatsächlich? Ich hörte beinahe Professor Maximilian fragen: *Konnten wir sie tatsächlich rechtzeitig aufhalten?* »Fünf Mordversuche«, würde er sagen. »Es gibt ein Universum, in dem schon der erste Erfolg hatte und in dem Gabriella Felix unmittelbar nach seiner Ankunft über den Haufen fuhr. Und ein weiteres, in dem Felix diesen Anschlag überlebte, aber den Kirschpralinen zum Opfer fiel. Und noch eines, in dem Felix die ersten beiden Mordversuche überstand, aber sich in Carmel auf der Treppe das Genick brach. Und eines, in dem Felix die ersten drei überlebte, aber gestern von Gabriella über den Haufen gefahren wurde. Und ein letztes, in dem er bis heute lebte, aber hier vor ein paar Minuten starb, weil er sich nicht *Die neun Schneider* vor die Brust hielt oder Mrs Noor nicht ihr Detektivhandbuch bei sich hatte, um Gabriella rechtzeitig zu stoppen. Ist das nicht interessant?« Und wenn ich so etwas je von ihm zu hören bekam, würde ich ihm in allen denkbaren Universen den Hals umdrehen.

»Müssen wir davon ausgehen«, sagte Bean wie zu sich selbst, »dass Gabriella sich den Job bei *Past & Future* schon in der Absicht besorgt hat, herauszufinden, wer ihr Leben zerstört hat, oder kam ihr der Gedanke erst nach und nach, während sie die Lebensgeschichten der beiden Felixe recherchierte?«

Jemand bellte.

Bean schüttelte den Kopf und begrüßte eine heftig schnaufende Murphina. »Hallo du.« Sie bückte sich und streichelte der Kreatur den bleichen, pelzigen Kopf. Wir hörten eine Stimme: »Murphina, wo bist du denn?« Dann teilten sich die Büsche und James stieß zu unserer Gruppe.

»Hallo Felix. Und Felix.« Er sah sich um. »Hat jemand Gabriella gesehen?«

Ja, dachte ich. Regierungsbeamte haben sie gerade nach dem fünften Mordversuch an mir abgeführt. Aber irgendwie erschien es mir nicht angebracht, das zu sagen. Es gab natürlich auch die Geheimhaltungsverpflichtung zu bedenken, die die DIM-Agenten uns unterschreiben hatten lassen: Die Ereignisse der letzten zwanzig Minuten, darunter Gabriellas letzter Mordversuch an mir, dem Universenmacher, durften Außenstehenden gegenüber nicht erwähnt werden.

»Gabriella hat versucht Felix zu töten«, sagte Bean. Murphina wälzte sich auf den weißen Kieseln am Rand der Rosenbeete auf den Rücken und ließ sich von Mrs Noor den Bauch kraulen. »Das heißt Felix A, nicht Felix B.«

»Nein, das ist unmöglich«, erwiderte James. »Gabriella hat mich angerufen, ich solle so schnell wie möglich herkommen, um ihr bei einem Interview zu assistieren.« Er fuhr sich mit der Hand durch die öligen schwarzen Haare und blickte um sich, als erwartete er, Gabriella würde im nächsten Moment hinter einem Rosenbusch oder dem gigantischen Strauch in Eichhörnchenform erscheinen.

»Um jemanden zu interviewen?«, warf Felix B ein. »Meine Tante Hen, meinen Sie?«

»Ah«, sagte Mrs Noor. »Das sollte offenbar ihr Alibi sein, Gabriella brauchte einen triftigen Grund für ihre Anwesenheit. Niemand hätte sie verdächtigt.«

Nachdem wir James ins Bild gesetzt hatten, leinte er die

Quasi-Hündin wortlos an und begann sie durch das Gebüsch davonzuziehen.

»James, warten Sie«, rief Bean ihm nach. Sie nahm ihn beiseite, und ich hörte, wie sie ihm im Flüsterton von Professor Maximilians Omnikampagne berichtete. James stieß einen überraschten Ruf aus; dann verschwand sein Stirnrunzeln, und selbst aus der Entfernung konnte ich sehen, wie die Rädchen in seinem Kopf sich zu drehen begannen und er zustimmend nickte. Wahrscheinlich wälzte er bereits Ideen, wie er die neuesten Entwicklungen in einen monetären Vorteil für *Past & Future* ummünzen konnte. »Es ist nur fair, dass er Bescheid weiß«, meinte Bean abwehrend, als sie zurückkam.

Felix B hatte im Detektivhandbuch geblättert. Er klappte es abrupt zu und musterte mich mit hochgezogener Augenbraue. »Ich bin froh, dass alles gut ausgegangen ist. Aber habe ich Tante Hen vorhin nicht etwas von einem Buch sagen hören, gerade als ich die Gartentür aufmachte? Hattest du nicht behauptet, du schreibst keines, Felix?«

»Damals stimmte es auch noch.«

»Und jetzt?«

»Und jetzt«, platzte ich heraus, »habe ich mit einem Roman angefangen, der in den Sierras spielt und in dem unmittelbar vor Beginn eines Kochwettbewerbs jemand ermordet wird. Die Hauptfigur heißt R. Smith.« Ich wand mich. »Erzähl mir nicht, dass du an derselben Geschichte arbeitest. Doch, erzähl's mir, ich will es wissen.«

Einen Augenblick lang sagte Felix B gar nichts, dann breitete sich langsam ein Lächeln auf seinem Gesicht aus. »Meines ist ein Kochbuch.«

»Tatsächlich? *Tatsächlich?*«

»Ich nenne es *Wie man eine teuflisch gute Krimi-Dinnerparty auskocht*. Jede Menge Rezepte natürlich, etwa für das gebackene Eis, das wir heute Abend bei der Alaska-Kriminacht servieren.

Auch Rote Bete im eigenen Blut, ein absolutes Muss bei Krimipartys, dieses dunkle Rot. Killer-Cocktails, Metzgers Mordwurst, Teufels Tafel, Maligne Mandelplätzchen ...« Er zählte die Rezepte an den Fingern ab. »Natürlich gibt es auch jede Menge Vorschläge für Plots, Charaktere, Kostüme, historische Schauplätze, Tipps und Tricks eben.« Er grinste verlegen. »Es ist anstrengender als erwartet. Die Rezepte müssen vereinfacht werden, sieben Ingredienzien ist das Höchste, was der Verlag genehmigt, damit die Leute nicht gleich entmutigt sind und das Buch im Regal stehen lassen. Auch nicht allzu viele exotische Gewürze. Als ob Kurkuma exotisch wäre ...« Er zuckte die Achseln. »Als Chefkoch verdient man nicht schlecht und es macht mir auch Spaß, aber ich will mehr, ein eigenes Buch, vielleicht genügend Geld verdienen, um selbst ein Restaurant zu eröffnen. Ich habe mir schon einen Namen überlegt, Krimi-Bistro, mit wöchentlichen Krimiabenden, nicht nur einmal im Monat, wie ich es im *Organic Oven* tun kann.«

Ich starrte den Mann an. Ich hatte ihn völlig falsch eingeschätzt. Unsere gemeinsamen Interessen, Kriminalgeschichten und Essen, hatten sich miteinander verflochten, aber auf völlig unterschiedliche Art, wie zu Zopfbrot geformter Teig und eine von Wagners Riesenbrezeln. Die Anleitungen, die ich für Wagner verfasste, enthielten Rezepte und Anekdoten aus der Geschichte des Kochens, aber erstere stammten aus unserer Abteilung für kreatives Kochen, nicht von mir. Es hatte mich nie gereizt, meine eigenen Vorlieben mit einzubauen, was Essen betraf, und schon gar keine Rezepte. Ich fühlte mich, als wäre eine Zentnerlast von mir abgefallen, und beinahe hätte ich ein kleines Freudentänzchen hingelegt. »Hast du einen Vorschuss bekommen für dein Kochbuch?«, fragte ich.

»Nein, doch nicht als Unbekannter. Ich muss sogar selbst jemanden finden, der etwas davon versteht, fertige Gerichte zu arrangieren und zu fotografieren.«

»Da kann ich dich mit den richtigen Leuten zusammenbringen«, hörte ich mich sagen. »Bei *Wagner's Kitchen*, wo ich arbeite, machen wir so etwas andauernd.«

***

Felix B verabschiedete sich, um das Paket für die Alaska-Kriminacht bei Tante Henrietta abzuliefern, und die Gartentür schloss sich hinter mir, Bean und Mrs Noor. »Mrs Noor, woher wussten Sie eigentlich, dass ich der Universenmacher bin und mich Gabriella aus diesem Grund umbringen wollte?«

»Alle schwirrten wie die Fliegen um Sie und Felix B herum, wenn Sie mir den uneleganten Vergleich verzeihen wollen«, sagte sie, während Bean bei der wenig schmeichelhaften Beschreibung ihrer Forschungsarbeit zusammenzuckte. »Außerdem erinnerte mich Gabriella an einen ehemaligen Klienten. Einen jungen Mann, der als Kind adoptiert worden war und seine leiblichen Eltern finden wollte. Er war sicher, sie würden ihm seinen Traum finanzieren, ein Kasino zu eröffnen, wozu seine Adoptiveltern nicht in der Lage waren. Wir spürten seine leiblichen Eltern auf, aber die konnten ihm auch nicht helfen, und so wurde er verbittert und beging ein Verbrechen, um an Geld zu kommen. Eine traurige Geschichte. Verstehen Sie, er hatte vergessen, dass er der Herr seines eigenen Lebens war. Genau wie Gabriella Short.«

»Kennen Sie die Bücher von Agatha Christie, Mrs Noor? Ich glaube, Sie würden feststellen, dass Sie und Miss Marple eine Menge gemeinsam haben.« Während wir die Detektivin zu ihrem Wagen begleiteten, fügte ich hinzu: »Ich denke, es war *tatsächlich* meine Schuld, dass die Kinos verschwanden. Universum A wurde von mir auf den Weg gebracht.«

»Unsinn«, betonte Mrs Noor. Sie hob entschlossen die Hand, und ein heranrauschender Wagen hielt folgsam an, um uns über die Straße zu lassen.»Wenn Sie so argumentieren, müssen Sie daraus auch schließen, dass Sie für absolut *alles* in Universum A verantwortlich sind. Die tollen Nationalparks im Naturzustand. Die saubere Luft. Und wie ich höre, ist das öffentliche Verkehrssystem gar nicht so übel. Es gibt eine Menge gute Dinge in A ...«

»Mikrowellenöfen«, steuerte ich bei. »Kaffee.«

»Sehen Sie«, sagte Mrs Noor, während sie sich in ihren Zweisitzer zwängte und das Detektivhandbuch auf den Beifahrersitz legte. »Aber ich glaube nicht, dass jemand bereit ist, Ihnen das Verdienst für diese Dinge zuzuschreiben, oder? Also müssen Sie sich auch nicht mit den schlimmen oder unangenehmen Sachen belasten.«

»Mrs Noor, ich danke Ihnen für alles«, sagte ich. Mir fiel ein, dass ich versäumt hatte, mich bei Felix B zu bedanken, weil er mir das Leben gerettet hatte.

»Wie gesagt, ich bedaure, dass sie doch noch einen Schuss abgeben konnte.«

»Ich frage mich, wie die Geschichte wohl ausgegangen wäre, wenn ich nicht am Busbahnhof Ihr Firmenschild gesehen hätte oder sofort einen Platz für eine Stadtrundfahrt bekommen hätte. Oder wenn Tante Hens Gärtner Klee angesät hätte, statt Kakteen zu pflanzen, oder wenn Gabriella eine bessere Schützin gewesen wäre oder Dorothy Sayers ein dünneres Buch geschrieben hätte als die dreihunderteinunddreißig Seiten von *Die neun Schneider* ...«

»Vergessen Sie's. Diese Denkweise führt nur zu einem Zustand der Erstarrung.«

»Die Passivistenschleife«, sagte Bean. »Was macht eigentlich Ihr Alter, Mrs Noor? Es scheint sich zu lohnen, jemanden wie Sie auf seiner Seite zu wissen.«

»Sie hat als Detektivin angefangen, aber als DIM-Agentin geendet. Was soll man machen? Ich schicke Ihnen die Rechnung, Felix«, fügte sie hinzu und brauste davon.

36
DAS ÜBERGANGSTERMINAL

»Dann hast du also wirklich alles ausgelöst«, sagte Bean. Sie wickelte einen Burrito aus der Alufolie. Sie war so schnell zum Übergangsterminal gebraust, dass uns noch Zeit für einen schnellen Imbiss in der *Cantina* blieb.

»Ich habe das erste Kapitel fertig.« Ich fühlte mich seltsam gelassen und zuversichtlich, als ich das sagte. Ich hoffte, dieser Zustand würde noch ein oder zwei Tage lang anhalten. »Ich werde versuchen, die ganze Geschichte ausschließlich in Worten zu schreiben«, sagte ich, während ich meinen eigenen Burrito auspackte.

»Darf ich es lesen?«

»Es ist noch nicht fertig. Ich meine, es ist schon fertig, aber nicht so, dass man es lesen könnte. Noch nicht.«

»Man sollte meinen, du hättest genug von Krimis, nachdem du …«

»Das Opfer mehrfacher Mordanschläge durch eine rachsüchtige Möchtegern-Schauspielerin geworden bin, die mich für alles verantwortlich macht, was in ihrem Leben schiefgegangen ist?«

»Ja, genau.«

»Glücklicherweise habe ich mit dem Schreiben angefangen, bevor ich das mit der Möchtegern-Schauspielerin *et cetera* wusste. Die ganze Sache mit Gabriella kommt mir so unwirklich vor. Ich glaube, ich tue lieber so, als wäre es nie passiert. Man könnte es Verdrängung nennen, aber was solls?« Ich nahm mir einen Maischip und knusperte drauflos. »Außerdem gibt es in einem richtigen Krimi immer einen *echten* Mord. Versuche zählen nicht, auch wenn es fünf sind.«

»Ich bin froh, dass Gabriella keinen Erfolg hatte.«

»Ich auch. Sehr erleichtert, genau genommen.«

»Wenn eine Geschichte so knapp gut ausgegangen ist, fühle ich mich trotzdem immer schlecht, weil ich an die vielen Beans in den anderen Universen denken muss, die nicht so viel Glück hatten. Gibst du mir eine Serviette?«

»Es tut dir leid für die Beans aus den Universen, in denen Gabriella es geschafft hat?«

»Du weißt schon, was ich meine.« Sie zögerte und tupfte sich den Mund. »Äh, Felix, ich wollte mich dafür entschuldigen, dass ich gesagt habe, du wärst Schuld am Verschwinden von Papierbüchern in Universum A. Es war erst die Verbindung, die den Import des Omni aus Universum B ermöglichte, also liegt es genauso in Professor Singhs Verantwortung. Wie Arni sagte, würden die Dinge einfach weitergelaufen sein, hätte man den Omni in Universum A nie erfunden, oder jedenfalls noch sehr lange nicht.«

»Ich verzeihe dir, wenn du ein gutes Pseudonym für mich weißt. Das brauche ich nämlich. Um mögliche Verwechslungen mit Felix' Kochbuch zu vermeiden, sollte es bi-universelle Verbreitung erreichen und ein Wahnsinnsbestseller werden, den alle Leute als Weihnachtsgeschenk kaufen.« Außerdem hatten die jüngsten Ereignisse mir die Vorteile der Anonymität nahegebracht.

»Wie Mark Twain?«

»Oder Mary Westmacott«, schlug ich vor.

»Wer war das?«

»Agatha Christie, wenn sie Liebesromane schrieb.«

»Mark Twain hat das Alias aus seiner Zeit auf den Mississippidampfern gewählt, ein Begriff, der die Tiefe des Wassers bezeichnete. Vielleicht kannst du etwas Ähnliches aus der Welt des Kochens finden.«

»Red Saffron? Serrano Pepper?« Mein Blick fiel auf den Salzstreuer. »Sal del Mar?«

»Das klingt alles, als stammst du aus einer Passivistenfamilie, die den Namen auswählte, indem sie eine Nadel in eine Liste steckte. Ich sehe schon, die Angelegenheit will gut bedacht sein.«

Ihr Blick folgte einer Gruppe Passivisten, die auf ihrem steten Zug durch das Terminal an uns vorbeiwanderten, und ich fragte mich, wie lange es dauern würde, bis Professor Maximilians Netzwerk von Fragen und Antworten sich herumsprach und bewiesen wurde, dass die Passivisten keine Spinner waren, sondern ihre Grundidee stimmte.

Dabei fiel mir etwas ein. »Ich bin froh, dass ich Tante Henrietta wiedersehen durfte – auferstanden von den Toten, sozusagen. Und sollte sie hier auch bald sterben, könnte ich sie immer noch in einem dritten Universum besuchen, nicht wahr?«

»Seine Lieblingsverwandten in Universen zu besuchen, wo sie noch nicht gestorben sind? Könnte ein Trend werden. Vielleicht gibt es sogar ein Universum, wo die Menschen das ewige Leben entdeckt haben.«

Ich bot ihr noch etwas von der Guacamole an und wischte den Rest mit einem Chip auf. »Diese ganze Buchstabensuppe, Personen von A bis Z in Universen von A bis Z. Spielt es überhaupt eine Rolle, was wir tun, wenn unsere am sorgfältigsten durchdachten Handlungen nicht mehr Bedeutung haben als ein rollender Felsen und jeder denkbare Ausgang sowieso *irgendwo* vorkommt?«

»Möchtest du nicht lieber in einer Welt leben, in der du das Richtige tust?«, fragte sie, während sie geschickt ihre Burritorolle zusammenknitterte. »Anstatt in einer, wo du ein Arsch bist, der Fußgänger nicht über die Straße lässt?«

Selbst ein Radfahrer wie ich wusste, was sie damit meinte. Ich zog ein schnelles Fazit meines Besuchs in Universum B. Ich verließ es mit einem Glas Sauerteig und ein paar mageren Seiten eines Romans im Gepäck, schuldete meinem Alter mein Leben, besaß immer noch keinen Rollenkoffer und Bean, tja, Bean konnte Übergänge zwischen den Universen nicht leiden.

»Hör mal«, begann ich. »Es könnte sein, dass ich alle ein klitzekleines bisschen in die Irre geführt habe, als ich sagte, ich hätte nichts mehr von meinen Eltern. Ganz am Boden meines Dielenschranks stehen ein paar Kisten, eine mit Gemälden und eine andere, die mir der Anwalt nach ihrem Tod gab. Briefe, Fotos und so weiter. Ich wollte sie immer mal durchgehen, seit ich mein wirkliches Lebensalter herausgefunden hatte. Ob etwas Interessantes dabei ist oder ob ihr überhaupt noch etwas braucht, nachdem ihr jetzt die Geschichte von Olivia May und Meriwether Mango kennt, weiß ich nicht. Aber ich dachte, du solltest es wissen.«

Sie sah nach unten, als überlegte sie, ob sie den Teller nach mir werfen sollte, wischte sich dann aber nur nachdenklich einen Klecks Guacamole von der Hand. »Wir sollten es nicht riskieren, die Kiste als Fracht zu schicken. Einer von uns kann nach Universum A queren, um sie sich anzusehen. Es wird ein paar Tage dauern festzustellen, ob sie irgendetwas von wissenschaftlichem Wert enthält, vermute ich.«

Mein Omni piepste. Wagner. Machte sich bestimmt Sorgen um seinen Sauerteig. Ich stand auf und hob vorsichtig meinen Rucksack hoch, um das Glas nicht zu kippen. »Ich sollte jetzt lieber aufbrechen. In einer Minute erlischt mein Übergangsvisum. Besser, ich mache das DIM nicht noch mehr auf mich aufmerksam. Äh, Bean, eines noch«, fügte ich hinzu.

»Was denn?«

»Schick um Himmels willen nicht Arni oder Pak wegen der Kiste. Der eine redet zu viel ...«

»Und der andere zu wenig, ich weiß.«

***

Während ich darauf wartete, wieder in eine Zahl verwandelt zu werden, kreisten meine Gedanken um die drei Bücher, die sich kurzzeitig in meinem Besitz befunden hatten.

Steine, Grüfte und Wasserspeier, jenes Buch über prähistorische Kunst, dessen Seiten das Lesezeichen aus einer jüngeren Vergangenheit beherbergt hatten, befand sich jetzt in der Hand der DIM-Beamten. Den Agatha-Christie-Krimi *Der Schritt ins Leere* mit seiner eingebauten Wanze hatte ich mit einem Fruchtmixgetränk ruiniert. Die unersetzliche Erstausgabe von *Die neun Schneider* war nicht mehr zu reparieren.

Rache, das war Gabriellas Motiv gewesen. Für die Geschichte, die ich auf dem bienenförmigen Hotelpapier begonnen hatte, fand ich ein anderes. Die Tote mit den eisweißen Haaren, die R. Smith nach dem Sturm am Ufer fand, war eine Künstlerin gewesen, beschloss ich. R. Smith hatte sie beauftragt, dekorative Lebensmittelskulpturen für den bevorstehenden Kochwettbewerb anzufertigen. Die Bildhauerin – Griselda? Selene? Nadia? – hatte ein Alter Ego, ebenfalls Künstlerin, nur einen Tick weniger talentiert. Und dieses Alter fasste den Entschluss, sie zu ermorden, nicht um ihren Platz einzunehmen – ein viel zu offensichtliches und abgelutschtes Motiv –, sondern weil sie genau wusste, dass ihre Chancen auf Ruhm sich stark erhöhten, wenn sie ein Alter Ego hatte, das Opfer eines brutalen und heimtückischen Mordes geworden war.

Ich schob die Befürchtung beiseite, dass es mir vielleicht doch wie Felix bestimmt gewesen war, ein Kochbuch zu schreiben. Die Chance hatte ich gründlich vermasselt, als ich mir vor

Jahren die Nebenhöhlenentzündung zuzog. Stattdessen stellte ich mir die Schlussszene im Berghotel vor, in der Bibliothek, einem gemütlichen Raum, ausgestattet mit bequemen Sesseln, während draußen leise der Schnee fiel und ein Feuer im Kamin prasselte. Dort enthüllte R. Smith vor einer Zuhörerschaft aus möglichen Verdächtigen, dass die eine Griselda die andere ermordet hatte. Danach versuchte die überlebende Griselda ihm mit dem Schürhaken eins überzuziehen und wurde abgeführt.

Da fiel mir etwas auf. Ich hatte meinem Opfer, meiner Mörderin, eisweiße Haare verliehen, beinahe so, als hätte ich die ganze Zeit unbewusst erkannt, dass Gabriella mit dem ähnlichen Namen und den ebenso eisweißen, wallenden Haaren hinter den wiederholten Versuchen gesteckt hatte, mich zu beseitigen.

Jetzt blieb nur noch eine Frage zu klären. Die Tür der Übergangskammer glitt zu und der Deckel schob sich langsam über das Oberlicht. Taugte die Idee etwas, sollte ich also meinen Job bei Wagner hinschmeißen und Vollzeitschriftsteller werden? Das ließ sich unmöglich sagen, ohne mich hinzusetzen und das verdammte Ding einfach fertig zu schreiben. Und dazu *kündigte* ich eben am besten. Plötzlich fühlte ich mich wie ein Passivist, gefangen in der Schleife, unfähig zu handeln.

Eine Entscheidung nach der anderen, so ist das Leben.

Suppe oder Salat. Aufzug oder Treppe. Dusche oder Bad.

Bean anzurufen, sobald ich zu Hause war, oder erst ein paar Tage zu warten.

Man weiß nie, *was* eine signifikante Ereigniskette in Gang setzen könnte.

ENDE